其佩文存

沈毓刚◎著

文匯出版社

图书在版编目（CIP）数据

其佩文存 / 沈毓刚著. -- 上海：文汇出版社，2023.6
ISBN 978-7-5496-3948-9

Ⅰ.①其… Ⅱ.①沈… Ⅲ.①散文集—中国—当代
②小品文—作品集—中国—当代 Ⅳ.①I217.2

中国国家版本馆CIP数据核字（2023）第090719号

（本书获2020年度上海文化发展基金会图书出版专项基金资助）

其佩文存

著　　者 / 沈毓刚
责任编辑 / 甘　棠
装帧设计 / 薛　冰

出版发行 / 文匯出版社

　　　　　上海市威海路755号
　　　　　（邮政编码200041）
经　　销 / 全国新华书店
印刷装订 / 上海颛辉印刷厂有限公司
版　　次 / 2023年6月第1版
印　　次 / 2023年6月第1次印刷
开　　本 / 720×1000　1/16
字　　数 / 350千字
印　　张 / 34

书　　号 / ISBN 978-7-5496-3948-9
定　　价 / 168.00元

沈毓刚先生传略

　　沈毓刚（1920—1999）本名沈翊鹍，笔名其佩、方晓蓝、华成璐等。籍贯浙江宁波。1939年考入上海之江大学英文系。1937年11月上海沦陷后，参与编辑《万象》杂志并撰稿。1945年抗战胜利后，任《申报》副刊编辑、采访部记者、电台新闻稿编辑、国内新闻版编辑，并参与《辛报》《中国文摘》《宇宙》《袖珍》等报刊的编辑工作。1949年5月上海解放后，参加《亦报》创办，先后任编辑主任、副总编辑。1952年11月，《亦报》并入《新民报》（晚刊）后，任《新民报》（晚刊）编委兼编辑组组长、编委办公室副主任。1971年10月到上海译文出版社任编辑，参与创办《世界之窗》杂志。1981年参加《新民晚报》复刊筹备工作。1982年任新民晚报副总编辑，主管"夜光杯"副刊，制定了雅俗共赏的编辑方针，开设了"十日谈"等一系列受到读者喜爱的专栏，并以其佩、方晓蓝笔名撰写大量随笔和杂感。1983年、1984年，代表新民晚报出席第一、二届全国晚报会议，先后作《建设精神文明是一个重要主题》和《关于晚报的特点》的发言，在全国晚报界产生一定影响。1987年评定为高级编辑。1993年获国务院特殊津贴。

目　录

世　事　杂　谈

素　笺　怀　想

赏 读 笔 记

访 德 随 笔

世　界　之　窗

附　　录

世事杂谈

谈谈中外电影

——三致纽约董鼎山

鼎山：

你对中国电影似乎很关心，而且有信心。最近就看到你为中国电影《湘女潇潇》在纽约作商业性放映，写了一篇通讯，不知放映的效果如何？有时我真有点惭愧，你对中国电影命运的热情，似乎比我还高几分。

有年你回来，我说看了《骆驼祥子》，很欣赏斯琴高娃的演技，你说这种演技完全可以在世界影坛上竞争。真遗憾，我只看过她演的这部影片；后来她与一位外籍华人结婚了。也不知是否离开影坛。我对电影界的情况隔膜得很。

《芙蓉镇》开拍前，你曾应邀参加讨论会，这是应你的朋友谢晋先生之请吧？他是个有才华的导演，现在好像还是国际影坛上的活跃分子。前两月写过一篇文章:《中国电影如何走向世界？》，应该说他对中国电影的命运，比你更关心多了。这是他的本行。也许该说他把生命奇托在电影上。

奥斯卡今年 60 周年，《末代皇帝》荣获九项金奖，这在奥斯卡奖史上大约不多吧？这部电影是中意英合拍的，中国方面的贡献可能在人力物力方面，也有一位青年作曲家获奖。这主要是外国人拍的以中国人物为题材的影片。这也不足怪，《甘地传》《莫扎特》等传记片都曾得过奥斯卡奖，也都是外国人拍的。

我想到的是如果全部由中国人自己拍《末代皇帝》会是什么样子呢？能不能惊动奥斯卡的评论家，荣获最佳外国影片奖呢？

我说不上，也没有多大意义。但是作些假设性的对比，对中国电影走向世界是否有所裨益呢？我没有看过《末代皇帝》，如果跟着叫好，也许会被斥为盲目崇外。现在这一套戴大帽子的方法已不时兴，我也不怕，而且我根本没有叫好。我说的是比较，是思考。

一部电影的成败与导演、剧本、演员、摄影、音乐等等都有关系。关键在哪一方？是以导演为中心，还是多方面合作，我都说不上。

中国电影的发展有自己艰苦的历程，倾注了许多进步艺术工作者的心血，它与中华民族的命运息息相关：争取民族的解放，打倒反动的统治。解放后也有过曲折的道路，受过没头没脑的批判。问题是改革开放的今天，怎样发展中国的电影艺术，怎样走向世界？

中国电影工作也不能再采取闭关锁国的态度。谢晋先生就在他的文章中谈到"好莱坞模式"问题。所谓"好莱坞模式"长期作为贬词：黄色、低级、下流等等。这种说法是不公允的。中央电视台每周播放一部美国电影，似乎多是1940年代的，当然经过挑选，但确确实实是"好莱坞模式"的产物，它歌颂美好的人情、爱国主义思想、忠贞的爱情等等，使人喜欢看，也有陶冶情操的作用。现在也容易看到1970年代1980年代的录像带，出国的人或去香港的人也很多，往往也会看一两部美国电影。许多影片都有很好的主题，但它的表现手法不同，不论是导演手法、演员演技、剧本情节、摄影角度，都可得到一些启发。当然好莱坞也拍了许多不堪入目的影片。我是没有看过，你大约明白。我的意思还是应该多作些文化交流，多作比较。不仅让电影工作者比较，也让观众比较。堵塞不能算是上策，也不会使自己进步。

偶有所感，匆匆再给你一信，余话以后再说吧！

其佩　1988.4

1988.05.14（此为新民晚报发表日期，后同）

拉关系

袁鹰兄：

一位青年朋友介绍我读一封妙信，得以拜读大作《〈随想录〉的启示》。我也写过一二篇有关这部"大书"的小文，虽然都很肤浅，我们的看法倒相差不多。

我在1930年代念的是一个相当严格的中学，也许是保守的，初中的国文课，读的是《论语》《孟子》和《左传》。我刚从旧的演义小说中钻出头来，开始看各种新小说，最吸引我的就是巴金同志的作品。我的感受和你完全一样："曾被《灭亡》《新生》和《爱情三部曲》那种反抗旧社会、旧制度的勇敢行为所激动、所鼓舞。"（看《家》《春》《秋》要迟一些）那时我只有十三四岁，也和你一样是"少年"。不过你似比我小几岁，这说明这些小说激动少年的心，有相当长的年月。

后来发生两个口号之争，有一封信对巴金咒骂一番。我简直不懂。同时发表的是鲁迅先生的回信。他说"巴金是 个有热情的有进步思想的作家，在屈指可数的好作家之列的作家"，是非就很清楚了。那时我们都崇拜鲁迅。

当时除了学校中念的"三民主义"，此外，我甚么主义也不懂。而"三民主义"对我们也很简单，只要记住"三民"指什么，考试就可及格了。

那种谩骂大约是当时文坛混战中射出的"乱枪"，不知是宗派主义还是个人主义，还是什么主义。多半还是误会。近年我常读《新文学史料》，因为对青少年时期熟悉的作家与那些年头的文坛，可以有较多的了解，颇有亲切感。但看多了，越看越糊涂，不知"左联"成立前后的文艺界，原则是非与人际关系到底是怎么回事。文学史的作者将如何作出公正客观的叙述?

我想到更多的、更不解的则是在"文革"期间,那时候有两件事我很糊涂。一是有的书中引述孔孟的话,就大肆挞伐,说是宣扬孔孟之道。但其他书中也有,那些挥舞棍子的教师爷没看过吗?二是鲁迅当年提到"四条汉子",这就成了十恶不赦的铁证:但鲁迅也说过巴金是"有进步思想的作家",怎么要把巴金打入十八层地狱,万劫不复呢?我从糊涂不解、到疑团丛生、到失去了我的虔诚。我开始明白,马克思主义也好,鲁迅也好,在拿着魔术师短棍的"旗手"和教师爷手中都不过是幌子,要变什么,就有什么。也懂得了为什么在1960年代初,就批判巴金了。

我这样说说,不能算是向后看吧?如果拿个人关系来说,回顾一下,这三十多年我们碰面的机会似不多。有一回你来拜望我的一位前辈朋友,适逢我也在座。又一回你到机场送一位朋友,恰巧我与他同机而行。再有恐怕多是在会场中"狭路相逢"吧?

不过胜利后你替我编的一本杂志写过一篇《访曹禺》,这是唯一一本我自己编的杂志;其他几本杂志,都是我与别人合编的。那时候碰面的机会倒似乎多些。

我写了几封信,就有尖刻的朋友讥我写回忆录,其实我写信的对象多是青少年时期的朋友,一般说来解放后很少碰面。但青少年时的友谊,常常使我难忘。这种友谊说是谈如水,也浓如酒,使人陶醉。当年谁和谁也没想到有什么"人际关系",写起信来,也就扯到这类往事了。

如果硬拉关系,倒可说两件事。解放前,我们几乎两度同事,是"几乎",不是真的。关系也拉得太勉强了。但作为青少年时期的文友,关系倒是紧密的。

其佩 1988.3

1988.05.22

也说张爱玲

君维：

前些时一位青年向我借尊作《名门闺秀》，过两天她突然问我，作者是不是很喜欢张爱玲？你说我该怎么回答她呢？我对这位青年所知不多，只觉得她有些才华，现在看来，还颇有眼力。

张爱玲的名字刚传开的时候，我们一些朋友似都感到这位作者才气逼人。但对她的作品喜爱程度不一。你好像跑在最前头。我想就在这时候，1940年代初吧？你和你那位形影不离的朋友，去拜望过张爱玲。这是当时你亲口对我说的，40多年了，不知还记得否？

你们是三人行，还有你的一位同学是介绍人。她家是开珠宝店的，有个古怪的店名叫"摩希甸"什么的。她好像是混血儿。

当时照你访问回来说的，似是一次尴尬的访问，因为你们都还是少年——二十岁和十几岁，既不掌握访问技巧，又不擅长社交辞令，弄得很僵。你对我说：张爱玲的服饰好像民初打扮，大约是她自己设计的。其他的话什么也没有。最尴尬的还是那位介绍你们去的同学，她怪你们说："张爱玲又不是动物，你们就像上动物园看长颈鹿一样。"她倒是一个很有幽默感的人。我记得你说张爱玲住在赫德路（现常德路）一座公寓中。不知何故现在有些资料说她住在大西路。

我知道张爱玲有一个"秘密"，她的第一篇作品发表在《西风》上。当时黄嘉音主持一个什么征文，张爱玲以头名中选，题目为《天才梦》，后来西风社还出版过征文选集，书名就叫《天才梦》。我想那时她是中学生，因为我还没进大学。不知哪里还能找得到这篇文章？我也忘了那是个什么梦。

我与张爱玲也有一次奇特的会面，是在你拜望她十年以后了，1950 年代初期。前辈友人龚之方和已故才子唐大郎说是晚上请客，约我作陪。那时他们正在办一份报纸，常常请客。我到得较早，接连而来的客人都使我吃惊。第一批来了三位：夏衍、姚溱、陈虞孙，他们当时是上海宣传文化系统的主要领导人。随后而来的——则是张爱玲。

吃饭的地点是一位富有者的私人厨房，菜很精致。那次饭也吃得有点尴尬，谁也没有说多少话。之方兄擅长交际，大郎兄妙语如珠，那晚都没施展出来。大家斯斯文文地吃饭，我也不记得张爱玲说过什么话。那时是解放初期，干部似不宜在酒家露面，就选了那样一个冷僻的地方。

事后我问龚唐两位玩的什么花招，他们回说有点事请示领导，同时夏衍同志想见见张爱玲，并托他们两人劝劝张爱玲不要去香港。我想，这是真的，我读过柯灵同志写的充满深情的怀念文章，就谈到夏衍同志对张爱玲作品的厚爱。张还应邀参加过上海第一次文代会。到了 1953 年，张爱玲还是去了香港。我不记得是否曾向龚唐告别。现在也说不清她当时该不该走。

她能经受得住不久接连而来的"运动"的"考验"吗？她能度过那疯狂的年代吗？结局会不会像姚溱同志那样凄惨呢？我想她那高傲的自尊心，无法忍受各种原始、野蛮的凌辱。然而我也不想说她走得好。中国有多少知识分子经受了苦难的历程，亲历了扭曲的道路，懂得了应该自我思考。我又想说，她走了也许是幸运。我陷入了无法自拔的矛盾中。

我不知张爱玲是否有兴再回来看看 35 年以后中国的月亮，是欢愉，还是带点凄凉？可惜她几乎不可能看到我给你的信。

其佩

1988.06.04

美国人的脾气

鼎山：

前回我说，在我国坚持改革开放的今天，要增强中外之间的了解。因为我们几十年闭关锁国，对外国的情况很不清楚；外国人对中国更隔膜了，还受到一些并不准确的传播媒介的影响。

有一位旅华多年、很有声望的美国公民，希望通过她的努力，在中美两国人民之间架起一座相互了解和理解的友谊桥梁。但她在努力了解中国和中国人的过程中，发现中国很少有人真正了解美国和美国人。

我不知道她这个发现的准确程度到底如何，但觉得她说的一段话很有意思："美国人的许多观念与中国截然不同。中国人很在乎的事，美国人无所谓，而美国人很在乎的事，中国人却不大在意。"这种观念的差异是无法统一的，了解和理解却是可以做到的。

她举了一个例子，某天她丈夫一个人去逛庙会，想了解中国人是怎样过年的。但进庙会时买门票，中国人的票价是 4 角，外国人却要 4 元。他在门口和庙会的人辩论了很久；对中外游客票价相差 10 倍，十分生气，认为是欺侮外国人。这位先生并不在乎钱，而在乎是不是公平，是不是欺侮人。

我想这个情况是真实的。我就在一些旅游点看到园林的门票价，中外游客相差悬殊。在中国这叫"土政策"，因为唯利是图就传播开来，甚至层层加码。什么友谊之类的话已经忘了。

中国的园林等旅游点，原是供大众文化娱乐的场所，收费极低，是国家给人民的福利，但国家穷，票价低到根本无法维修园林，只能任其荒芜；政府也拨款修整，所拨的款项，为数却甚微。等到改革开放以后，讲究经济效益，这几年对中国人的票价也大大增加了。大约这和价值规律也有关系吧。

中外游客票价悬殊，是不公平的，也非待客之道，因为我们习于称外国人为外宾。但我想这里并没有欺侮外国人的意思。与当年租界时代，外滩公园门口的牌子"华人与狗不得入内"截然不同，那是明显的欺侮中国人，压迫中国人。现在人的观念是外国旅游者有钱，即使把票价提高十倍，他们也不会在乎。不料他们十分在乎，因为这是歧视，甚至是敲诈。主其事者没有考虑到对方的感情。多数外国人都有导游或陪同，他们可能并不知道这种情况，否则辩论可能更多。

还可能有另一种情况，那位先生如果找个什么"关系网"去逛庙会，也许连4角门票也用不着买，这叫做"优待外宾"。但"关系网"在那位先生眼中可能是种不光彩的东西，宁可单身独闯，与人辩论。在中国，有些人的眼中，"关系网"可神通广大了，"香得很"。这种观念的差异，应在是非的原则上取得统一。正直的中国人，并不赞成这种"关系网"，往往狼狈不堪、走投无路。但应该理解，这种网是许多中国人希望打破的东西。"辩论"在中国当前并不顶用，胜者往往是那些有点小小权力的一方。"权"大还是"法"大，迄今还未辩论清楚，何况区区门票售价？在商店里、小菜场辩论，输方总是顾客。

1960年代，这对美国夫妇也给巴黎小饭馆敲竹杠，两份简单的早点，开来的账单竟是二百多美元。他们只有三天假，竟用两天时间到处反映这个小餐馆勒索外国游客，最后终于把这个小餐馆关闭了。这位美国夫人说："这就是美国人的脾气。中国人则是自己吃亏算了，多一事不如少一事。"

我想这位美国公民对中国和中国人是有些了解的。我只希望她不要误解，因为有些现象中国人也是认为不对的，并非中国人的脾气。

其佩　88.5

1988.06.11

忆友人

幼生兄：

为了找一本书查点材料，找来找去找不到；就发狠心，把几个破书橱整理一下，看到柯灵同志的《煮字生涯》。这书我当初翻过一下，但没注意最后一部份你写的有关《万象》的那篇文章。这回就读了一下。我觉得你的记忆力十分强，而且对前期《万象》的评语，也十分公正（我收藏的全部《万象》，"文革"中都当废纸卖了）。

你说到徐慧棠和我在《万象》上翻译知识作品。那时我们两个人所用的笔名，有好几个，前期的翻译稿，几乎一半是我们包的。后来，柯灵同志接编，仍照用我们的译稿，因为作者面和品种都增加许多，这类译稿占的篇幅就少了。但每期也总登一两篇吧。

我们两人常去《万象》编辑室，其实就是平襟亚家的厢房，所以常看到你。说来也可笑，那时我们也不过二十刚出头，却把你看成小孩。每次总闲谈几句，因为我们是送稿子去的，主编人常不在，你对我们很客气，不知是否觉得我们是"大人"。

《万象》停刊后，我就不知你的去向。解放初，慧棠当了记者，东奔西跑，联系的人很多。一天他对我说，你在某个机关工作，穿的是军装，名字也改了，大约是从解放区来的。我想你后来参加革命是很自然的。不久慧棠去干他的本行，当医生了。他受过长期的医学教育，功课好，人又聪明，归队是应该的。请原谅，此后，我就把你忘了。

直到有一年鼎山回国，一个单位接待他，参加者中也有你，乍见面，我已不认识你了。我问这些年你在干什么，怎么从未遇到过。你说1957年你出了事。我大吃一惊，时隔近30年，我才听到这个"新闻"。你这位我们当年认为有点像"乡下孩子"的人，后来参加革命，怎么也成了"右派"？我没曾问下去，俱往矣，都平反了。而且那次是个比较正式的招待会，我很不习惯。因为鼎山是我的老友，他成了异邦人，我们还是说说笑笑，不讲礼仪，不谈正事。

回家我想了一下，有说不出的感慨。你在《万象》的同事王湛贤成了"右派"我倒听说过，他笔名阿湛，曾经写过小说，还在巴金同志主编的十来套丛刊中出过一个集子。听说那时在一家报社当校对。朋友告诉我，他在1957年不过说了几句欠妥的话，还有句"名言"，"如果劳动能改造思想，牛的思想应该最好了。"在1950年代，知识分子都乐于改造思想，可以更好地为新社会服务，听到这样的话难免感到有点过头。现在想想，他不过是对劳动究竟能否改造思想，有所怀疑。

慧棠也成了"右派"，我们相知很深，又都属于洋学堂的学生，平日天南地北无所不谈，却几乎从不谈论国家大事。大约我们都是属于"脱离政治"的人。在那黑暗的年代里，我们等待胜利；在那腐败透顶的社会中，我们欢呼新中国的诞生。我们希望有一个公正的社会、一个富强的国家，自己能够尽点力，也希望能够有个较好的职业，养家活口。他出事后，我每年都去看他次把，不知是没问或没问清楚，他究竟怎样成了"右派"，我始终没闹清。"文革"当中，我"解放"后又去看他，他（一个著名医学院的毕业生）在当苦力，为某厂拉黄鱼车，大概是送药瓶之类，我觉得他常常语无伦次，说是株连了家属，弄得神经不很正常，粉碎"四人帮"后，他已彻底平反。白天看到一次什么游行，半夜跑出去跳进苏州河，说是一家人再也不会受株连了。

阿湛六十年代就故去，情况如何，也没人对我说过，似乎他没到过这个世界一样。

其佩　1988.2

1988.06.18

迟到消息与"透明度"

谷苇兄：

　　你是新闻界的老手了，流行的说法大概叫资深记者，或是更正规的什么职称的记者，这我可不清楚。只是想向你打听打听，你们这一行的新闻改革到底进行得怎样了？我或许说偏了，因为我只看一般报纸，并不阅读新闻专业刊物，可能早有许多宏文，更不了解有关会议的内情。

　　这几个月来似乎下了几滴小雨点。全国性两会召开期间，对于会议的报道颇有叫好声，说是透明度增强了。

　　沈从文先生5月10日去世的新闻，迟迟不见报，又引起了一番议论，新闻界的老前辈也按捺不住了，提出：新闻为何还要出口转内销？据说港台报纸都及时刊登这个消息，还有整版整版的纪念文章。大陆报纸则在沈先生与世长辞五六天或七八天后才刊出。而且有的还是出口转内销的消息。听说中新社是5月13日发了沈"去世"报道，海外华文报刊当即登载的。是否如此，我不知道。北京有一张报纸刊出中新社所发《告别沈从文》一稿，时间为5月19日。这大概是第二则报道了。

　　中新社的职责是向海外发稿。我的印象是：贵社向海外"批发"出去的新闻，有时也被"零售商"拣回内销。当然大陆报纸也有直接刊用中新社稿件的。我想中新社的发稿对象是分工不同，原不存在"竞争机制"。只是有时我也有点疑问，中新社报道的面比较广，写法也活泼些。不知是不是对外发稿的关系。

　　我想到6月初，钱锺书先生在《我看〈光明日报〉》专栏的话："报纸的开放是大趋势"，"官话已经不中听了，但多少还得说；只要有官存在，就不可能没有官话。"这说的是实话，十分坦率。

搞报纸的人大约是不希望说官话吧？但报纸上的消息、文章，有时又似乎不得不打点官腔。新闻改革的内容是不是也要包括：多登些迅速翔实的消息，不登或少登点官样文章。

再回到迟迟不登沈从文先生逝世消息上。《人民日报》8版上的一篇文章是这样解说的："这使人想起：等级森严的'死人规格'，目光短浅的实用主义，莫名其妙的清规戒律……它们束缚着新闻工作者的手足。"似乎又跟那种难以捉摸的"官式报道"有微妙联系。

至于两会报道的透明度，前辈夏衍同志似犹感不足，他说"党代会、人代会实行差额选举，报纸上只公布谁当选了，群众更关心的是谁落选了。应该让群众知道。"落选的人不公布，是不也和"官"字沾边呢？

"所谓透明度，总有个限度"。这点钱锺书先生说得透彻极了。至于"限"到多少"度"，恐怕各有千秋，或是新闻改革的难题之一吧！

外行人说外行话，贻笑大方。

其佩　88.6.10

1988.06.25

小报二三事

之方兄：

朋友对我说，有人准备编上海新闻史料，还将包括小报，这可是新鲜事。由于近百年社会变动大，资料保管方式落后，既残缺又不便查考。真不知道有关的人怎样着手。听说美国有一所图书馆藏有"文革"期间的各种"造反"报纸，查阅也很方便。这些东西不知我们是否也有收藏。近年有关部门已开始重视资料，比如影印各种书刊、影印申报等，希望逐渐完备起来，查阅也要方便些，还得收藏保管好。听说有的珍贵史料已在霉变。

关于小报，活资料也很重要，就是当年编小报的人。我不知道，上海什么年代开始出版所谓小报。1930年代编小报的人恐怕找不到几位了。你本来是电影界的大员，不过1930年代也兼编小报，是不是办过一张《电影小报》？你与大郎合编的《东方日报》，大约是当年颇有名声的吧？

一般的所谓小报是四开报纸，注重社会新闻和影剧圈的人事，二三版是豆腐干文章和连载小说，大都是谈男女之间了，格调不高。作为史料则可看出当年上海滩的一角。

我在中学时期看过另一种小报，如《立报》和《辛报》，内容就不同，或重视短小精悍、迅速翔实的新闻，或偏重体育比赛的评述性的报道。前述的小报只有理发店或浴室中有，报摊上也有卖或租的。买来看的当然也有，大约销数并不多。胜利后冯亦代、姚苏凤先生办过四开的《世界晨报》，也与前述的小报不同，类似《立报》那种类型吧。解放后的《新民晚报》也是四开的，也被称为小报。两种不同类型的四开报纸就有点混淆，于是又有了"小型报"的名称（这名称可能解放前已有）。但不甚流行，似乎也不顶用。听说1950年代《新民晚报》销数逐步上升以后，就有机关学校禁止订阅《新民晚报》，"罪名"就是小报。旧式小报流毒甚广，殃及池鱼。主要还是那种欲加之罪何患无词的"左"在作怪。四开报似乎总是身价不高。现在却有人想为它立传了。真不知文章怎样作法？不过总得提一下你和大郎在解放初期办的《亦报》吧？还有《大报》。

我想到的则是抗战末期，你与大郎、小洛几位前辈合办的《光化日报》。不知"文革"中有否为这张报纸"定性"？戴帽子是最容易的战术，分析问题就复杂得多了。

其实你们也没有领到登记证，不过你们有自己的"关系网"，只是利用《光化月刊》的牌号，每天出版一份副刊性小报。而且你们很有点革新精神，要找新人来参加工作。记得是柯灵同志受你们之托，介绍了两个青年，谈下来一拍即合。似乎因为他们不是小报圈的人。至于还有什么内情，我就不知道了。也不见得有吧。那时二三版由已故的小洛兄负责，他是三十年代的日本留学生，划样颇有新意，与旧小报编排不同，内容也有不少新花样。

一版由一位青年划样，两人共同写稿，有点像国际知识，比如盟军在非洲获胜后的情况、欧洲战局的进展等，当然并非军事评论，而是风光介绍之类，是暗示性的。也有一点零零星星的欧洲战讯。不知道他们从什么地方弄来一些二次大战中出现的新武器以及吉普车之类知识。在暗无天日的生活中，他们希望带给读者一点曙光。

最最惊人的一次，是美军在广岛投原子弹。有人听短波把消息传开。他们写了一篇很长的有关这种新武器的稿子。只靠学校学的一点物理知识，加上想象力，以及七拼八凑，肯定是错误百出的，却顿时轰动上海，《光化日报》也洛阳纸贵。那时老百姓多么渴望胜利啊。不久日本宣布投降。胜利后,《光化日报》改名《光复日报》,似乎没出几天,就被国民党查禁了。什么地方还能查到这种小报呢?

其佩　88.5

1988.07.02

知识分子的使命感

乐山:

在那灾难的年月,知识分子的生活,就是像你所描绘的颠倒世界一样。堂堂正正的翻译家,某一天"祸从天降",被迫停止翻译,改行换业。像我这种只差 26 个英文字母还未忘光的人,趟水弯腰在稻田中改造脑袋,某一日一声令下,去搞翻译了。这种小小的颠倒,也令人啼笑皆非,哭笑不得。但又都是在"革命"的名义下发生的。十一届三中全会就是否定了这种颠倒。

这意思我在以前的信中也说过,但 L 兄责我只把两人颠倒的经历,轻松地扯了扯,忽略了点破当时知识分子的遭遇尽管不同,命运却是相同的。也没有道出我们是在颠颠倒倒生活中"挺过来"的。我想想,自己不过是"混过来"的吧,实在常常感到怯懦。

这回的题目是看到一篇理论家的文章想到的。那是一篇相当深刻的文章,因为有人说"要是某一天,所有的中国知识分子都抛弃了使命感,中国就有救了。"作者从分析中西文化传统,从理论角度阐述,认为必须"重新唤起新一代人的使命感"。

早在"五四"以前,中国先进的知识分子就有强烈的使命感,唤起民众,改造社会。时至今日,巴金老人以他颤抖的手,向全民族发出呼唤,树立了说真话的楷模。冰心老人为教师的命运悲愤呼吁。还有许多老一代知识分子具有相同的使命感。这是中国知识分子的传统。现在却要呼唤了。

我只是还不理解,那些勤奋工作、钻研自己专业的是否背离了使命感。中国知识分子的传统是热爱祖国、热爱工作，甚至不计较个人经历的磨难。

我忽然想起你们的彭望荃老师，她是道地的洋学堂老师。也许知道她的人并不多。她一直工作到死前的一分钟，翻译当时需要她翻译的东西，没有一文稿费，用的是自己的纸张、自己的打字机，译啊！译啊！她说这叫 Do Something。这种精神我是很敬佩的，只是不知道这叫不叫有使命感，还是抛弃了使命感。实际上，讨论的问题，我也没弄清，只是感到一点兴趣。

我还感到中国知识分子有在清贫中做学问的传统。但那是旧社会的传统。今天这种精神仍值得继承、发扬。清贫的生活可应快快结束了。他们应该有较好的做学问的条件：工资、住房、设备、书籍等等……

当然这一切已受到重视，而且放到日程上，那就请快些吧！快些吧！

我又想到读初中时认识的一位老师，他写得一手好字，常以书写唐宋诗自娱。我有好几次看到他写的《奉赠韦左丞丈》，总是只写几句，写到"读书破万卷，下笔如有神"，就不写下去了。不知是自励，还是对学生的教诲。《唐诗三百首》，现在我已背不出几首，至今却还记得这首诗的头一句"纨绔不饿死，儒冠多误身"。这位伟大的诗人一千多年前的作品，到了今天还引人深思。我常听到一些"兄弟俩"的故事，一个没考上大学，摆摊致富；一个是研究生，或是教师，或是学者，过着紧紧巴巴的生活。我不知后者有没有使命感。只是我已无言。

其佩 88.6

1988.07.23

不是情书

幼生兄：

前奉一信不知怎样忽然离题万里。我原是想跟你谈谈对《万象》和"孤岛文学"的评价的，这两事都与你有关，结果却扯到"右派"朋友去了。

我的书简原是打算与老友乐山谈点对他的一本书的感想。编辑同志大约希望多点品种，要我继续写下去。我想只写给一个人恐怕有占什么嫌疑，就又想到谁就写给谁。我甚至还想到过一个栏名:《不是情书》，又觉得像是我的前辈和老友唐大郎的口头禅:"硬滑稽"，就弃而不用了。

解放后，我没看到过一篇谈论《万象》的文章，迄今似只有尊作一篇。一般通称书刊为精神食粮，在那最黑暗的年月，精神食粮比户口米还难吃到口，大多是鸦片烟。你说前期的《万象》"编辑和发行人都有爱国之心，不与敌伪在政治上沾一点边"，是很公道的，至于刊物的格调，则与编者的爱好和联系的作者有关。但它也给读者一些小有营养的精神食粮。

柯灵同志接编以后，《万象》格调上有所变化；也是因为编者的方针不同，用现在的话则是不仅注意可读性，也重视思想性（当然受到客观条件的限制）。但柯灵并不排斥前期的作者，而且完全按文取稿，没有一点门户之见。这是一个优秀编辑的重要标志。他不仅采用文坛老将的稿件，青年作者沈寂、石琪、施济美写的小说，他都乐于采用。有一次我把我的朋友黄嘉音（胡悲）写的《我爱讲的故事》转给他，他不仅立即刊用，而且加上评价很高的按语。这样宽厚的编辑胸怀，似乎至今还是令人神往。

在完全沦陷了的上海，曾有这样一支小小的烛火发出亮光，莫把它吹熄吧，请在什么史上记上一句。这不是争功，而是公正地对待历史。历史是冷酷的、无法改变的往事，任何人也不能歪曲。"假的总是假的，伪装应当剥去。"歪曲了，五十年、一百年后也要平反，这是奈何不得的。

至于"孤岛文学"的收辑，意义更大了。后来出版时名为《上海抗战时期文学丛书》。出版情况，我不清楚，柯灵同志似是主编之一，现在是不是朱雯先生负责多些？你与另几位我不相识的同志负责具体工作。

不知现在出了几辑，也弄不明白为什么弄到福建去出版（福建人民出版社承担这项任务是很可贵的）。应该说这都是革命文学或正统文学吧。不仅有巴金等老一辈作家留下的时代足印，也有当时青年作者的创作，其中有些人在写稿时已是地下党员。

国外早就有人研究孤岛文学，有许多书在大陆以外有各种盗印本。《上海抗战时期文学丛书》，看到的有三辑。知道的读者恐怕不多。但这些作品在中国文学史上，至少是抗战文学史上的地位是无法抹煞的。你说是不？

我的书橱一直弄得很乱，我几次寻找当年我喜爱的钱锺书先生的《写在人生边上》，一直找不到。那是很薄的本子，开明出版的。当年我为他那深邃的哲理、调皮的文笔入了迷。虽然并没完全读懂。这回你们连同《人·兽·鬼》都收入了。几年前，《围城》也重印了单行本。其实这些书外面早就有了盗印本。过去想到这点，我常感到疑惑不解。不是要百花齐放吗？现在总算开步走了。

我也不知你们的丛书有没有张爱玲的集子？

其佩　1988.2

1988.07.30

夸"译文"

吴岩兄：

报上登了赞扬译文出版社的新闻，读了也感到几分高兴。不仅因为有一些熟识的朋友在那里辛勤工作，我也一度是那里的过客。我只能作个过客，因为一无所长，无法在那样严谨的环境中安家。

可是我立即联想到的却是那回你说的年底"轧头寸"之苦。当时越薪兄与我都对你十分同情。你是翻译家、散文家，还有什么家，可不是理财能手，多少双眼睛都瞪着你看，或伸着手等。那日子恐怕是难熬的吧！生活把我们带进了商品经济的新环境中，家家都遇到新问题。精神食粮和物质食粮都是不可缺少的。创造精神食粮的人，也得物质食粮来维持。现在谁也不能用虚无飘渺的口号来号召了。

我是同意报纸上对你们的赞扬的，很欣赏你们一贯的出版方针。这些年来，就全国范围来说，有些出版社的情况，是够令人摇头的了。我想那里也是共产党员领导的吧？不要说党性，连起码的出版者的良心也所剩无几，甚至变黑了。但是仍有好多像译文出版社这样的勤奋制作精神食粮的单位。这就是我们的希望所在。

你们出版了一些很好的丛书和文集，都是极有意义的，而且都是会流传下去的好书。但是，纸价涨，书价贵，喜欢买书人的口袋却欠饱满，销路不是很畅，那是必然的。你们似乎无所抱怨，坚定地走自己的路，这就是可贵之处，受赞扬的原因吧。

商品经济也使马路旁的书摊兴旺起来，挂着白字连篇、似通非通的广告，刺激路人的感官，对准人们的腰包。我常怀疑这是什么地方，也看看是什么出版社的产品。我确信"译文"是不会去"轧闹猛"的。

我这个还算喜欢买书的人，现在第一关心的只能是菜篮子，对书架子也难免冷落了。一位热情的朋友，每期都寄《外国文艺》给我，这是一本颇有质量的刊物，编的人都是行家里手。我对国外的文艺流派一窍不通，但是我看得出他们坚定的、献身事业的心。我常对那位朋友表示敬佩之意。他们的工作，打开了门户，让开放的中国看到世界。

《世界之窗》更让我们看到了外面五光十色的世界，它使人长知识，增见闻。你们坚持出版这样一份刊物，也反映了出版者的胸怀宽广。窗子是可以更亮一些的。世界是广阔的，可悲的是许多年来我们把自己锁在笼子中，两耳不闻窗外事。

我对"译文"只有一点往事的记忆，现状几乎毫无所知。当年还没个社名，是家无所不包的大出版社的一部分。有一天忽然说要分家了，许多人在我的办公室中议论社名，多数人我都说不上熟悉。我说可以叫"译文"吗？因为我想到鲁迅先生编的那本刊物。尽管群贤毕至，可没人答腔。我与当时的领导层之间可有很长的一段距离，你好像也还不是那个圈子中的人。后来居然用了这个名字。当然不是我提的，我根本没有资格参加那样的会议，是所见略同的"英雄"提的吧？现在我也不想向你争什么权，也不是请你这位一社之长考证招牌的由来，仅是忽然想到。说实话，当时我内心的反应是很强烈的："老百姓"的话是没人理睬的，一切的一切，不过摆个架势。

更使我难忘的则是"译文"的前身，干校的"翻译连"了。那可是辛酸的往事。哪天有兴致，咱们再来共同回忆一下吧？

其佩　88.7

1988.08.06

诗人唐大郎

黄裳兄：

　　近读夏（衍）公的文艺对话，忽见篇末提到大郎，且给他一个头衔曰"江南才子"。我想夏公是读过大郎的诗的，可能极喜爱。一般而言，大郎是报人，实际上他是一个诗人，他是才华横溢的诗人，且有强烈的诗人气质。尽管表面上人们对他的印象似是"海派"类型的人物。

　　他早年就业于中国银行，在当时那也是"铁饭碗"，或是"金饭碗"。当他与当局闹翻，一怒而去的时候，辞职信是写在草纸上的。只有具有诗人气质的人，才会表现出这般对权贵的蔑视；这是诗人的愤慨！

　　听说你也颇欣赏大郎的诗，且为《闲居集》的出版尽了不少力。大郎生前几次跟我说起你，不仅欣赏你的文章，更高兴的是你也喜欢他的诗。听说你写过一篇关于大郎诗的文章，可惜未曾拜读。

　　大郎写诗似是随手拾来，却又功力极深。他对自己的诗有充足的评价，决不是自傲。我想他的自我鉴定是公正的。你说是不？对别人的诗，他要求至少得合乎规范；不是七个字一行，凑四行、八行就叫诗了。他常笑我不懂诗。我对他说，"我最喜欢你的诗尾巴，就是诗后面的注，常常妙趣横生。"后来他把我的"诗尾巴"，改成"诗屁股"，竟也写了一首，调侃一番，当然只是玩笑性质。

　　《闲居集》中多首和我们的往来有关。还是"四人帮"时代，他告老还家，突然向我借翻译小说，我借了几本傅雷译的巴尔扎克小说给他，我想那译文他会喜欢的。不料他竟对巴尔扎克着了迷，每次都要大谈一番，有时我竟无词以对。我已经胡里胡涂了。后来，他写了《读〈贝姨〉》，大加赞赏。

他说少时很喜欢《随园诗话》，问我是否有？我找给了他。重读以后，他对子才已颇有反感。在"诗屁股"中奚落一番。

我很少读当代人写的旧诗，但对大郎的诗，我则看到必读。我也说不上什么，只觉得有一种亲切的乐趣。我从没有过写旧诗的念头，不过有时也跟他闲谈几句。还是"文革"以前，我曾问过他对名人名诗的意见，他说气势很大，却不一定怎样。在朋友间，他系不说假话，也不趋时，更不逢迎，

解放初，他曾去华北革大学习。归来以后，一句理论也不肯说，给朋友逼急了，他说女同学说他这个人"应该枪毙"。大家都笑了，回想起来，这也有几分诗人的天真。

此后，他写的诗都是歌唱新社会的，还在香港大公报写过《唱江南》。后来他的诗表现了对"四人帮"的强烈憎恨。他用的笔名为"刘郎"，夫人刘姓也。老夫老妻十分恩爱。打入"牛棚"后，夫人更多体贴。某次甚至带了"私房钱"去救大郎，因大郎缴不出一文存款。到单位后，却给"牛魔王"训斥一顿，且吃了一记耳光。夫人掉头而去，硬性女子也。

他住处离我旧居仅四五站路，有两年我几乎每周都去看他；夫人则煮香味扑鼻的咖啡招待，有几回他说要请夫人烧次西菜招待我，但我终是后辈朋友始终没有去打扰。

有时我们一起闲逛，他总说腿脚比我轻捷，突然之间加快步伐，跑到我前头老远。后来忽然之间病倒，而且很快地就离开了他的亲人和朋友。识者莫不哀痛。惜哉，诗人唐大郎！

当时夏公在沪，我尾随前辈老友之方兄，去宾馆报丧。夏公说："大郎是一个从旧社会过来的知识分子，解放后毕恭毕敬地努力为人民服务，不辞劳瘁，成绩显著。"

其佩　88.7

附记：大郎解放初任《亦报》总编辑，后入《新民晚报》，任编委，主编副刊《繁花》，多彩似锦，夏公曾书短札赞之。恶浪袭来，勒令交出"黑信"，"勾结"之"罪证"也。书信招祸，由来已久，乖谬如斯，盖属"史无前例"。黄裳喜读"唐"诗，大郎闻之，每每与余道之。偶忆往事，修书裳兄，共怀亡友，兼告世人。

1988.08.13

"翻译机器"的哀歌

吴岩兄：

我们熟悉起来，还是干校翻译连的时候吧？那时人们相处多怀戒心，我们能很快地从陌生到无所顾忌，可能是因为有一个共同相识的朋友缘故。

对 17 年中，你的情况我是一无所知。对我，你肯定也是漠然。告诉你，那时候我是真心想当个"螺丝钉"和"驯服工具"的。当然有时感到困惑和内心紧张。却是矢志不渝。

一解放，我就感到自己需要"改造"，因为我的思想完全不适应革命形势。我信奉人道主义和民主，也信奉自由、平等、博爱。都是资产阶级的，太不革命了。要有阶级观点，要进行阶级分析。这我完全不懂，也学不会。做"螺丝钉"和"驯服工具"，比较容易，我想这样可以使自己走上革命的道路。

我觉得这不很困难，不过代价也不小，就是不能有自己的思想。"螺丝钉"和"工具"怎么可以有思想呢？至少渐渐变得不会思想或麻木了。我有个朋友，照我看来他不是我这种类型的知识分子，他说他的工作就像"走钢丝"，你看多玄乎？革命的征途怎么这般艰险啊？

"文革"炮声一响，我也觉得是"完全必要的、非常及时的"。因为我反省自己，这个小小螺丝钉，一点没改造好。我不理解人道主义怎样会那样可怕，我没看到民主，只有"一言堂"。有篇社论把自由、平等、博爱批得臭不可闻。虽然读了以后，也莫测高深。

这一回为时并不太久。我到底还是个有大脑、会思维的人，并非真的是任人敲打、毫无感觉的"螺丝钉"。我发现我们生活在一个疯狂的世界、颠倒的社会中。我的朋友、亲人和自己陆陆续续都成了"牛鬼蛇神"。我的大脑怎样能相信这种荒唐的事呢！我们明明是人吗？

不是说新社会把"鬼"变成人嘛！怎么又把人打成鬼呢？于是我也恢复了人的本能，又开始用自己的大脑思索一切，用自己的双眼观察一切。我看到身边有许许多多青面獠牙的双脚动物。我们生活在他们看管的牢笼中。

到翻译连成立的时候，虽然听了什么"红头文件"，又听了冠冕堂皇的"帮话"，对于用自己大脑思维的人，一眼就看穿了，他们不过是运来一批"翻译机器"，制造莫名其妙的废品。——我们长期习惯于生产废品，还是超额完成。

当时说是根据"革命的需要"，要把非洲各国的历史全都翻译出来。大概是按照什么"仓库"的花名册，"工头"找出一些能够翻译外文的"机器"，于是集中一起，按动揿纽，就开工了。

"工头"既不懂外文，也不懂历史，甚至也不知道非洲在地球的什么地方。"机器"当然认识外文，似没有一个人是研究外国历史的，更没有研究非洲历史的。无所谓选题，不讲什么版本，连那个国家的大小，历史长短，现实状况也不闻不问。"一声令下"，从什么图书馆中，找来各种文本的、乱七八糟的非洲历史书，就一本本撕开，动手翻译了。确实是"创举"。也确实生产出废品。

不久，又要翻译苏联小说了，急不可待。又运来了一批"高精尖"的"机器"——著名的翻译家。不知十几位还是二十位，把一本我连书名都忘了的小说，撕成一片一片，挑灯夜战，翻译家眼睛都红了，或者睁不开了。十多天吧，翻译完成了。也是"创举"，而且是批什么什么的"伟大战果"，唱了一阵小热昏似的"赞歌"。我想那本小说的翻译家们今天自己也不忍卒读吧。太伤心了。

从机器到人，这就是我的一点进步。你说是不如此？翻译家！你该写篇小说来描绘那机器的呻吟声。

其佩　88.7

1988.09.03

从"方型周刊"说起

之方兄：

胜利后国民党对报纸的控制很紧，根本无法领到登记证。你与大郎当时也算有点神通的人物，三教九流都有几个熟人吧。可是你们似乎没有办成小报。我觉得你与大郎都有点留恋不久前《光化日报》的"盛况"。

后来你们出了一种方型周刊，名为《海风》，也是属于小报型的。我翻过几期，你们办刊物的态度相当认真、销路也甚畅。这是因为国民党严格控制日报的出版，对期刊却无限制，方型周刊是每周一期，就有"出版自由"了。

因为生意好，竞相效尤者风起云涌，后来总有七八十种吧。恐怕不一定都像你们那样严谨，良莠不齐。我不知这是否也会属于小报史的宣传范围？胜利后的小报好像并不繁荣，我也闹不大清，只记得到解放前夕仅有"罗""铁""飞"三家了。

那种方型周刊的发明人听说就是老兄，我一直觉得你这人很有魄力，自己肯动脑筋，能与朋友合作，宁可自己吃亏；而且相信共事的人，让别人能够放手去干。

当时我听到的传闻是这样的。你因为办不成小报，就动脑筋捉摸，把一种 31×43 的新闻纸折来折去，终于折成 12 开方形，用骑马钉装订，采取传统的小报编排形式，这样就诞生了《海风》，而且一炮打响，红极一时。你还千方百计约左翼人士写稿，有的还是大名鼎鼎的，他们当然都用化名。结果有人告密，你受到了警告，并被召到南京，似乎被"软禁"了一段时间，最后被迫宣布"自动停刊"。这个第一家创刊的方形周刊，也是第一个寿终正寝，是因为有为"异党"宣传之嫌。众多的方形周刊中，《海风》散发出的光彩，不知人们是否还记得？

这类事知道的人似不多了。解放后你和大郎也未作过任何自我宣传。其实你还用《海风》赚的钱办了两本进步刊物。一本叫《清明》，是吴祖光、丁聪几位编的，内容之丰富不说，排印之精美，现在也可拿出来比一比。还有一本名《大家》，不知是不你自己编的？好像你约我写过稿子。在那种年代，尽管刊物内容好，寿命也不长，政治上、经济上都有压力。似乎没出几期。解放后倒有有心人进行了了解和调查，将来编期刊史，总会榜上有名吧！

这些刊物都是你那个山河图书公司发行的，你们还出版过张爱玲的小说，记不清是不就是那本《倾城之恋》，也不知是不是张爱玲著作的第一个单行本。

大郎生前曾悄悄对我说过，真的是悄悄，他似乎没对别人说过，有位同志把《清明》编辑部的钥匙交给地下党的同志，在那办公室中，地下党碰过不少头，开过重要会议。那是一个很好的掩护场所。我想你更应清楚了。

大郎说得比较多的是解放初期夏衍同志到上海的时候，他打电话给大郎，说："我来了。"大郎说："你来了，我可失业了。"夏公说："我来了，你就不会失业了。"我想这就是解放后出版《亦报》的由头，不在本信所谈范围了。这对话极有趣，事隔近四十年我还记得。

接连跟你噜嗦这类往事，也许使你这位只想隐姓埋名的人物厌烦，那就请原谅。而且我说了使你感到不快的话，更感惶恐，请罪，请罪。我觉得你是一个对小报感情极深极深的人。

其佩 88.5

1988.09.17

再谈小报

今纯兄：

我真没料到你这位研究西洋文学的专家，竟对我写的一篇关于小报的信感到很大的兴趣。

我写了二三十封信，内容是相当单调的，大多谈的是知识分子的坎坷，鸣冤叫屈，说几句不痛不痒悲愤的话。这种话现在可以随便说说了。当年遭到厄运的人，还要自我检查，尽量向自己脸上抹黑，以示认"罪"服"罪"。历史总是向前走的，尽管有时只是慢腾腾移动。这类唠叨多了，也会使人乏味。

我的一个朋友更重视知识分子的另一面：随风转舵啊，投井下石啊，看见遭难的熟人就像碰上麻风病患者一样，避之唯恐不及啊。他是愤慨的情绪多，这种抗议声，我也能理解。但也不想为这辈人画像了。钱锺书先生在《干校六记》小引中就说，觉得杨绛先生漏写了一篇《运动记愧》，我是指那种根本"无愧怍于心"的"旗手、鼓手、打手"。这些空白，还是让缓步前进的历史去补足吧。

关于小报的文章是极难写的。我有几位老朋友是小报的"权威"，也认识一些小报作者，我也曾和一二小报有过关系。但我谈起小报，也会使他们不快，说我有偏见。世人对小报多有偏见。

小报的产生与发展，是极复杂的现象，必须具体分析。简单点说，小报有上、中、下三等。小报界也有不少有雄心的人，想把它办出个样子。你因为家中长辈的爱好，很小就看到小报，你说的那份《晶报》是比较早期的，办报的张丹斧、王西神都是有点名气的。

我看到一份材料，记载 1937 年 10 月，上海有十家小报联合创办《战时日报》，由龚之方主编。那时国难当头，小报界也投入抗日救亡的行列。其中没有《晶报》，却有《大晶报》，其间大概有个演变的过程。

抗战之前，有张小报叫《中国电影报》，是与中国的进步电影事业或白区的革命文化有关的。它是由王尘无、唐瑜和龚之方三人合作的。不知你看过没有？解放后，我在一些悼念文章中知道，王尘无是当年地下党的电影小组的主要领导人之一。写得一手极有小报味的好诗文，内容当然不会与革命无关。抗战爆发后，这张小报无法办下去，王尘无写了一篇《停刊宣言》，感人至深，催人泪下，可见他的激情。他因体弱，不幸早逝。唐瑜我不认识，解放初在朋友处遇到过，是在解放军中工作的。

我曾看到过一份陈灵犀办的《社会日报》，我的印象是有几位进步文艺青年在上面写稿，大约想创出一个新格局吧。不过也没什么具体的印象。

小报是特殊条件下的特殊产物，对研究当时的社会风情有参考价值。有的小报也揭露了豪门权贵的丑闻。小报确有不少极为低级的、下流的；也有正派的、有贡献的。虽然都被称为小报。正如电影一样，有优美的、高雅的，也有下流的、淫秽的。小说也是如此。对小报一棍子打死，是不公允的。

对于小报作者也应作如是观。我有位朋友过去在小报界颇负盛名，前两月忽然有感而发，说在"小报作者中，弟洁身自好，俯仰无愧，能够清介自守的大有人在。"他虽是感时，我相信他说的是真话。

看人论事，偏见导人堕入荒谬的泥沼。

其佩　88.7

1988.10.01

"谢谢"和"对不起"

君维:

记不清在什么报刊上登了一篇短文,说的是贵市一个居民区,常有一位"谢谢你先生"来访,我闹不清这位先生怎么会有这样一个雅号。看下去才知道是指一位外国客人,他常常说"谢谢你"。我只看了几句,觉得不是滋味,它反证了"谢谢"一词在我们社会中已是难得听到了。有人多说几句,竟成了他的姓名。

又是报上登的介绍异国风情,一个人走路不当心,碰了对方,而对方却说"对不起",碰了别人的人当然也说"对不起"。这类事在我们这个曾经号称礼仪之邦的国家,也算是新鲜事加以介绍了。记得我们在大西路读书时,碰了别人,不论在什么场合都会很自然地说声"对不起",那时我们都是少年。我们说的也是英语单字。自从懂得"崇洋"之害以后,我没再说过这个英文字。当然我还会说汉语"对不起"。现在马路上、公共车辆上经常看到听到的,则是两人争执到底是谁碰了谁。双方大声吼叫。怒目相对。

解放初,我没再敢为女士们开门、让路等等,认为这是轻视妇女。男女平等,她们是半爿天,大家都一样嘛!大家也都横冲直撞了。前两天在上海报上看到一篇近整版的文章,题为《"半爿天"下的咏叹》,说的是中国妇女的地位,在全世界占第 132 位。我真不敢相信。文章说这是外国人调查的,他们有六条标准。第一条是对待男婴和女婴的态度,你是儿女双全,我想只有女儿,也没有什么可遗憾。社会上重男轻女的情况,可能别人已调查得一清二楚了。我还是糊里糊涂。不知该信不该信?也不知中国的文明礼貌程度占第几位?

前几年向十亿人民宣传十个字，都是礼貌用语，我觉得很可悲。宣传者倒是有的放矢。这两年不大看到了、不知是否感到不雅。但在我们社会上，礼貌用语确实非常少听到。你到商店买东西，碰巧营业员兴致好，给你包扎一下，你试说一声"谢谢"，我可以保证对方充耳不闻，毫无反应，好像是听到外星人用语。

前些日子我去看美国总统大选的实况转播，布什获胜后在休斯敦的竞选中心，向狂呼欢叫的支持者发表演说，众人沸腾的情绪无法平静。满面笑容的布什高举双手，连说了七八次"非常感谢大家"。才算慢慢静下来，说了几句施政方针。布什明年上任后，美国人大约不会称他为"谢谢总统"。在那里说"谢谢"已是"套话"了。每个人每天总要说几次。不过这种"套话"毕竟表示了一种文明礼貌。

我有时看看中央电视台播放的美国电视连续片《草原小屋》，觉得很有人情味。它反映了美国建国初期人民的勤劳朴素，也看到小孩子从家庭和学校都受到良好的礼貌教育，"谢谢"一类的话常常挂在口头上。从小教育是很重要的，家庭、学校都有不可推卸的责任。

现在常有人谈论国民文化素质下降的问题，素质有很多内容，除了科学文化知识，还包括公德心、责任感、使命感、爱国心、事业心等等，也包括处世之道，懂不懂起码的文明礼貌。

改革开放取得成效，国外旅游者十万百万地涌来，大张旗鼓地向十亿人民宣传十个字，也许确实不雅观。这种宣传方法也不见得有实效。但也不能让"谢谢""对不起"一类话从汉语中消失。还是挂在口头上好。没有起码的文明礼貌，是挤不进现代化的社会的。不过向你这位彬彬有礼的朋友噜索一通，也许使你哑然。对不起！

其佩　88.11

1988.11.26

岁末寄语

乐山：

岁云暮矣！解放前投稿，年终作文常以这几个字开头，慨叹急景凋年，社会不公，国家动乱，路有冻死骨等。解放后，情况大变，岁尾年头，总是写些欢歌笑语，大好形势。最后"唱"出了一场旷古未有的惨剧："文化大革命"。年景又显得凄凄惨惨了。真是不曾料到。今年岁末《人民日报》发表社论，题为《伟大的十年》，歌颂改革十年的成就。结束语谈到取得的巨大成就和遇到的严峻问题，都是"不曾料到的"。

今年我自己不曾料到的事是，年初用书信体说说你写的一本书，这类信竟写到了年底。本来早可以休矣，可是一位朋友却劝我写100封。我这类信与西方的某些书信体小品不同，对方都有真名实姓，我哪儿去找100个对象呢？

世事多是迂回的，谁也不能料事如神。哥伦布发现新大陆的航程，是冒险探索出来的。创建任何新事物，没有捷径，也没有平坦的道路。靠一两句真言，指挥十亿人民去战斗，只能是梦境世界，一旦醒来，才知道不过是虚幻而已。还得从头扎扎实实地干。不过当初谁也不曾料到。

一年来《夜光杯》编辑部陆续转给我一些信，早期的多是问我"其佩"是何许人？这点我确实不曾料到。我只能礼貌地回答他们，只是一个使用这个名字投稿的人。事实就是如此。"孤岛"时期，我就用这个名字在柯灵先生编的副刊上发表过一些习作。因为跟你是老友，我给你写信时又想到这名字，就用它具名了。

我写信的对象，倒有不少是"知名度"颇高的，我不曾料到，竟有人问我认不认识这些人？我只能笑而不答了。对一些这多年往来甚少的朋友打招呼时，我倒总是表示一下"盗名欺世"的歉意。有几位前辈，我还算熟悉，不过我给他们的信，仅止封把而已。写给阁下的多一些，承蒙谅解，说是为你"做广告"，那就谢谢了。

我的一位老友说，我的信是写给知识分子看的。他的话是对的。因为来信与我交换意见的人，多属知识分子，而且是年已花甲了。一位八十岁的老先生也从远道写信给我。我写过《生与死在上海》那封信后，三位译者竟赠给我一册他们新出版的译作。他们大概是中年人。我想这不算受贿，就收下了。在此也都要谢谢他们。

使我深为感动的是收到一封没有具名的来信，他说解放前他是"银行经理"——这就是他的具名。后来调到别的单位任干部，"反右"时那个单位"名额不足"，就把他"凑上了"，开头思想不通，后来发现"不少熟人"都成为"右派"，他也"只好认命"了。我想他确实不曾料到。很可能也是教会大学毕业的，信中夹了一些英文句子。

他写信给我是看到我在一封信中说到："中国知识分子有强烈的祖国感。"他"对许多青年千方百计想出国，感到吃惊，决定老死故土"。他还说"我对共产党从没有失去信心，没有共产党，就没有新中国，这观念决不会动摇。现在改革中，党处在困难的时期，我认为更要热爱党，热爱祖国，同心同德，度过深化改革的困难时刻"。我相信他说的是真心话，这位被凑数的受害者表达了真情实感。

我又记起《人民日报》社论的话，它要求"四千多万党员，特别是在各级领导岗位上的党员干部，要振奋精神"，"真正做到令行禁止，并且在为政清廉上作出表率，坚决同各种腐败现象作斗争"，使工作收到实效。我想只有这样才不负那位银行经理先生和亿万人民的赤忱之心。

其佩　88.12

1988.12.31

"热气"消散以后

君维：

我简直闹不清，上海今年不知怎么爆出了一个"圣诞热"？我晚上外出必经过一家宾馆，门前的火树银花，是道地的西方色彩，十分诱人。解放前我在街头也没见过。

从大宾馆到个体户餐厅，都张贴了"圣诞大菜"一类的广告。有个单开间门面的，除了歪歪斜斜的"圣诞大菜"字样外，还保存着盛夏的"冷气开放"招贴。倒也反映出当前的难以说清的、不伦不类的社会风气。

更多的是"圣诞舞会"，据说15元的门票，可以翻到60元，盛况可见。圣诞卡也是满天飞，一位朋友告诉我，在中学女生中流传最盛，也许她们喜爱的是那些画面吧。当年"贝当路"上的国际礼拜堂又恢复了原名，那里的圣诞音乐会入场券可不容易搞到啊！这些人的文化层次当然要高得多了。天主教堂恢复了子夜弥撒，参加者大约多是正宗的教徒了。

报纸上也够热闹的。评论文章多不以为然，说是中国人何必过圣诞？那些高价的"大菜"有谁能享受？新闻则是报道圣诞夜的热闹景象，并说明参加活动者中以国人为多数。（外国人过圣诞恰如中国人过春节，是家人亲友欢聚的日子；本来就不会在这时光来旅游的。）副刊上则刊登了各式各样有关圣诞节的短文。看一眼，也够热闹了。这种舆论不一律，我倒觉得是一种进步。

一对青年夫妇送了我一盒圣诞音乐磁带。圣诞夜饭后，我听了《平安夜》等乐曲后，就感到倦意，上床睡了。第二天下午看了一场电视：狄更斯的《圣诞欢歌》，似乎也在这场热潮的边缘感到一点暖气。

其实，我对圣诞节素无兴趣，不过我在读小学时就知道这个节日了。那时我在一所小城中的教会小学读书，老师大约都是虔诚的信徒，从小就知道耶稣生在马棚中，以及后来的受难和钉在十字架上等。坏人叫犹大。还似懂非懂地，读过老师发的这个那个"福音"，到了圣诞节还送些糕点之类。但没有燃起我一点皈依的火花。我读的中学虽有点洋化，却没有宗教色彩。大学是教会办的。并不宣传宗教，宗教课和哲学、逻辑等都是选修的。圣诞节并不放假。同学见面多要说一声 Merry Chriastmas！老师上课也要对同学说一句。我不知今天卷入"圣诞热"的人群中，有多少人会说这句圣诞节最常用的英语。

现在有人说中国人要过三个"年"了。就是新年、春节之外，还要过圣诞节。其实从前中国老百姓称圣诞节为"外国冬至"，首先点明它是洋货。将来是否会在中国寻常百姓家流传，我可说不上。我觉得今年的"热"，多半是一种"食洋不化"的怪胎。就像有些女士夏天穿的 T 恤衫前印着"请吻我"，男士的风衣背后印着"我是出租汽车司机"，电话号码多少多少。衣服上有外国字，就时髦了。

青年人玩玩是理所当然的，过圣诞节也未可厚非。不过按着现在的工资标准，正规大学毕业的青年分配在一个单位服务，恐怕是很难享受那种圣诞舞会、圣诞大菜的欢乐的。但我也不想扫富有者的兴，有钱就花嘛，摆你的阔佬架式吧。只要不是公家的钱，或"官倒"来的。

我不相信中国人非过三个"年"不可。在西方，元旦不及圣诞节热闹；在中国，新年不如春节欢乐，民族的习俗是很难改变的。社会风气，有点像时疫传染。圣诞节将来也会传开的，不必预防。说穿了今年的"圣诞热"与千家万户并无关系，和教徒也无大关系，只是做生意的哄起来的。到了平民百姓欢喜而又能承受的时候，才会真正成为习俗。硬撑场面就成了王小二过年啦！

　　你这位当年圣诞晚会的热情主办人，今年如何？恐怕也是默默打发的吧。

其佩　88.12.26

1989.01.07

远东第一大粪缸

梦熊兄：

"干校"的生活好像已是遥远的往事，总想不再回忆，但有时仍不免从潜意识中跳出来。就像恶梦醒来，想把它忘却，仍在脑际纠缠。朋友间闲谈，有时也会提起它，似是以说笑来掩盖当年的伤心事。那是一段难忘的经历，受灾受难的生活。

这回不知怎样把话题扯到了"干校"中的"远东第一大粪缸"，就是整个团部储藏粪肥的那个大家伙。咱们干校不乏才高八斗的人物，各种封号无所不有。我却不明白，为什么没有把它封为"世界第一"；是不是因为美国或西欧还有更大的粪缸？或是亚非拉其他国家？

这个大粪缸，我并没有太深的印象，从来没有跟它打过交道。我是个小人物，远比我的一些朋友幸运。下干校时，披在身上的"牛鬼蛇神"魔衣，已被脱下。没有谁再会差遣我去挑两桶粪；而我这个"革命群众"又看破红尘，懂得人间的戏法都是假的；既不相信"改造"，也没心愿"积极"，毋须在那庞然大物旁，表演"威武雄壮"的"劳动英姿"。但我十分怯弱，人前说说假话；人后孑然一身溜到海边，望着杭州湾发呆，看傻了就会出现幻觉：白茫茫的西伯利亚雪原。我心中想的是河对岸的老伴，上山下乡的孩子，上海的老父与幼女。一共没几口人，几乎各据一方，过着孤寂凄凉的生活。在当年这就叫"私"字，我可不会"狠斗"，而是在迷惘中苦恼好半天，不是"一闪念"。

这回对你提起这个"远东第一"的宝贝，是不引起你的苦恼呢？我这个人是不有点残忍呢？我犹豫再三。但想到我们各有各的不幸，也就消除了顾虑。

　　"干校"生活的高潮，是五花八门，没完没了的"批判大会"。照例我总是拿个小板凳坐在后排角落里抽烟，既不想听，也听不清，常常弄不明白批判什么。整个团部有那么多单位，实在闹不清究竟。而且我已养成不看大字报的习惯，大约也属于不关心国家大事吧。

　　那次批判你的"破坏毛主席著作""滔天大罪"的批判会，我倒是记忆犹新。因为我想弄清是怎么回事，我根本不相信会发生这种事。原来你是把《毛选》与当初发表的原文作了对照，记下有些什么差异和改动，并发现第二卷注释的引文与第四卷的正文不符。这是中国古已有之的校勘工作，怎么竟犯了王法？真叫稀奇。会上似乎又株连及那个"胡风分子问题"。那些年头是冤案如山；但你想不通，我是完全理解的。"大批判"的"神圣原则"是罪加一等，把你关进竹圈的"班房"中。

　　我不知你现在是不还会做恶梦？白天你总是笑嘻嘻的。你可以校勘任何书籍，你可以研究鲁迅的著作，你可以大写现代文学的研究资料；你还费了很大的力气编辑了好几十本抗战时期和"孤岛时期"的上海文学作品。后者是很有意义的工作，使久已淹没尘封的作品重见天日。在国外也有人进行这方面的研究，而且相当细致。我们不应落后，否则太说不过去了。我个人特别高兴的是，你使我有机会重读钱锺书先生的《写在人生边上》，这是一本我久觅不获的书。

　　历史的事实，必须忠实地记录下来；不是忘却，更不是歪曲。谁都应该记住一句名言：没有谁能永远欺骗所有的人。这就叫历史无情。遗憾的是"一到回忆时，不论是几天还是几十年前，是自己还是旁人的事，想象力忽然丰富得可惊可喜以至可怕"（钱锺书语）。大浪淘沙，历史只留下真实的往事，容不得"创造性的回忆"。一切穿红戴绿的虚假史书、伪装迟早都将被剥得精光。

其佩　88.12

1989.02.11

嘹亮的救亡歌声

有庭兄：

日前闲来无事，整理友人寄来的旧照，发现你惠赠的一张指挥学生合唱的照片。不知是什么年代的事，总是你当音乐老师的时候吧？

解放后，青年时期的朋友，有些都分散了，失去联系。还是粉碎"四人帮"以后，又陆续往来。在此之前，知识分子之间真有点无事不登三宝殿的味道，友情逐渐淡薄。但我听说过你在一所学校中担任音乐教师。

胜利初我们相识之始，就知道你爱好唱歌；并且在抗战时期，发动青少年高唱救亡歌曲。你在内地做了不少这类工作。有一阵，救亡歌曲运动确实轰轰烈烈，鼓舞了同胞们的抗日热情。刘良模先生就是一位卓越的倡导者。

那时候我还在中学读书，除了许多人都会唱的《义勇军进行曲》之外，还有"我的家在东北松花江上……"以及"工农兵学商一齐来救亡"等救亡歌曲。歌词含义明确，歌曲也很吸引人。还有一首"谁愿意做奴隶，谁愿意做马牛……"也很鼓舞人心。好像就是电影《夜半歌声》插曲吧？

现在《义勇军进行曲》已成了《国歌》，其他的救亡歌曲似已没人再唱了。风行的是另一种流行歌曲，我是不常听的，更不会唱。但救亡歌声还在我耳边萦绕。那是民族危亡的年代。当亡国奴与不当亡国奴的生死搏斗年代。

这类往事，在五十岁以上的中国人心中是记忆犹新的。我读小学的时候，就从历史教科书上知道，长期以来日本就决心并吞，也就是侵略"支那"。还在田中奏折（日本首相如果读过日本历史，当会知道这个奏折，也该知道是奏给谁的）中就定下了侵吞中国的方针。日本军队侵占了中国的东北，这就是"九一八"。后来日军又挑起"一·二八"进攻上海的侵略战争。再后则是"七七"和"八一三"，日军全面发动侵华战争。正是这些侵略事实，激起了中国的救亡歌声，响遍了大地，发动了全民的抗日战争。

日本发动了侵略战争，中国进行了抵抗。这是最简单明确不过的事实。怎么到了一个经济繁荣的大国首相的嘴上，竟是"关于侵略的学说有多种多样"呢？

怎么会"以什么作标准"都难以决定呢？我真觉得说这种话的人文化水平、历史知识低下到何种程度，令人难以"评价"。当然更不知居心何在了。

一国的军队侵占别国领土，实行"三光"政策，杀戮千百万无辜的平民百姓的血的历史，还要进行什么"学术上"的讨论吗？

日本首相竹下登的这番诡辩，倒用不着历史学家以后来评价，世人现在就很清楚。日本不仅侵略中国，还偷袭珍珠港，侵占东南亚许多国家，人们怎会忘却？但愿首相不仅看到今天日本的繁荣，也莫忘却侵略给日本带来的惨景。别再自作聪明了。

我们现在很少听到救亡歌声，可是人们要警惕呵！且莫为那些五光十色的玩意儿迷住了眼睛。我们要记住历史，特别是日本侵略中国的历史。我想每年"九一八"，我们都该举办一次救亡歌曲演唱会。

尊见如何？

其佩　89.2.19

1989.02.25

致听风楼主

亦代先生：

拜读你为鼎山《留美三十年》写的序，我有点不能自已，使我想起你为人的"热情、质朴和爽朗"。当年我们这伙年轻朋友，对人生世事了解不多，就是气味相投，在一起扯扯逛逛。你已有一定的名声，但没有一点架子，而且乐于帮助大家，像是位老大哥。这回，我差一点用"老大哥"称呼你这位听风楼主，一则顾虑可能有点不敬；二则也怕别人误解，把咱们当作"哥儿们"。

我对你特别发生好奇心的是解放前一年的圣诞晚会上，你给大家表演了一种"土风舞"。当时我并没太在意，后来我告诉一个朋友，他说你跳的大约是解放区的秧歌舞。这可出我意外。但我没对那些常来常往的朋友说起。我想你是个有心人。

解放后你去了北京，有的朋友也跟你上京革命了。那时大家真是全心全意投入工作和改造，忙得不亦乐了，开没完没了的会，互通音信不多。后来惊悉书信可以成为"罪证"，就只剩下平安家书了。所以我没弄清你这位"热情、质朴和爽朗"的老大哥，1957年怎么也中了"绊马索"，跌倒在地。

鼎山为大陆报刊写稿，是否始于你主持《读书》创刊之际？我弄不大清。他在《读书》上写的文章确实打开我的眼界，对西方文坛多了几分知识。我读西方文学不多，但还知道一些英美作家的名字，但过去我们介绍的总是限于那么几个人，这大概是按照苏联模式介绍英美文学。也算怪事一桩。

后来鼎山写的散文随笔多了，似以谈他自己和家人的居多，大约就属于解放前的身边文学吧。读来容易感到真挚亲切，富有人情味，了解不少老友的情况。《留美三十年》一文更是如此。我完全同意你在《序》中所写的话。但生活是实在的东西，无法用心愿来兑现。鼎山太多良好的心愿了。

他在女儿碧雅十二三岁的时候，就教导她不要忘记父亲的"根"，中国的"根"。今日鼎山重读自己的旧作，恐怕只能失望了，"百分之百的"失望了。他这个中国父亲生的美国女儿百分之百的美国化了。这是无可奈何的事。碧雅不是在鼎山的保险箱中生活，而是在美国社会中成长的，她只能成长为一个美国姑娘。鼎山没有一点理由责怪她数典忘祖。我们充分理解鼎山热爱祖国的赤忱之心，却没有任何理由要求他的女儿中国化。

说鼎山"天真"不是误解，他确实天真。他每次来沪我们都要碰面，虽未深谈，我常感到他的天真。这种天真是他四十余年在美国养成的。他没有经历过我们生活过的 40 年。我说他有时用美国思维方式看中国，他好像有点不快，似乎有损他这个中国人的尊严。

他的《中美青年思想比较观》不够精密。他所谈的中国青年基本上是抗日战争时期的青年，他对比的却是六七十年代的美国青年。他列举了从 1930 年代到 1980 年代初，美国五十来岁的进步人士在政治思想上所走的路线，似乎都很合拍一致。他不了解同龄的中国知识分子思想上、心态上、经历上、错综复杂的变化。我认为他也不大理解 1980 年代的中国青年。

他不无自豪地说："我幼时在国内所受的政治熏陶竟使我在后期踏上美国进步人士的同道，这是一个启示。"可是他的那位受过与他同样甚至更多的政治熏陶的老弟的遭遇，却没有启示他更深一层看中国的问题。

听风楼主，我开"黄腔"了！

其佩 89.3

1989.04.29

中外风月谈

群兄：

　　这两年你似乎游兴不浅，走了好几个地方；嫂夫人更是漂洋过海探亲旅游。关于这方面我是没有什么可说的；你要我谈风月，也引不起我什么兴致。

　　解放前，我只去过苏杭。解放初，好像已没有旅游一词，只是出差开会之类，那时这也非"公费旅游"的代号。

　　1950年代我去了一趟北京，当时心急如焚，乱成一团。但初到人民首都，总想看看。仅抽得半天时间到颐和园跑了一趟。想多看一眼园中的风月，确实常常在跑。其实并没看到多少，倒够累人的。

　　1960年代初，去了一次南京，我很想领略一番秦淮河的灯光桨影，但什么也没有，连夫子庙也不是名胜了，一位前辈邀我吃了一次点心。

　　后又去了济南，我想找一找《老残游记》描绘的大明湖风光，却变成破败不堪的地方；连泉水也没看到，据说遭到破坏，不再喷出了。你看有多扫兴？

　　此后，就是八十年代的事了。有幸到了四季如春的昆明。你也许会说，这回可玩一下了。但风月好像注定与我无缘。一夜醒来，突然飘起雪花，终至鹅毛般的大雪飘个不停，连续两三天，寸步难行，还怎么能游？当地根本没有打扫积雪的思想准备与物质准备。据说这是昆明一百多年，或是二三百年未遇的大雪。我记不清了。你替我想想，怎么能引起我春城观雪的雅兴？我毕竟只是一个凡夫俗子。

　　再后，又去了新疆。汽车在戈壁滩上奔了两三个地方。后来安排一个高潮节目，是到乌鲁木齐郊外一个什么地方观看少数民族的叼羊赛马表演，这个民族是游牧而居，住的地方就是帐篷，类似蒙古包。我们进入专门接待外宾的蒙古包，天就下雨了，表演也取消，连老百姓真正住的地方是个什么样子也没看到。你说我的运气好不好？

也有过一次应邀出访的机会，可以欣赏外国风月了。我去的是联邦德国的西柏林。有许多安排好的正规活动，当然也有一点游览，但我缺乏对当地背景的了解，看了也等于白看。比如乘火车游莱茵河，请注意是乘火车，不是乘游艇。火车沿着莱茵河开了数小时，到达另一个城市。我只能说风景如画。究竟看到什么经过哪里，全是一笔糊涂账。

到西柏林最后参观的地方是柏林墙，看不见尽头的墙隔成两个世界。据说是有几处通口的，在西柏林工作的人也有住在东柏林的。但我们看到的只是墙，这里那里放着多少有些残败的鲜花，也不知献给谁的。墙上涂了不少我不认识的德文。有一些卖纪念品的小店，也有一些参观者。墙那面鸦雀无声。陪同对我说，墙那面远处一块荒地，就是希特勒当年自焚的地下室。对这个屠夫的下场，我一点不感兴趣。面对把人与人隔开的墙，总觉得不是滋味。也说不清是谁之责？谁之过？我也不想听谁说什么。你是不有这样的经验：有些事没有人说，你心里倒很清楚；有些事，别人越说得多，你越听越糊涂。

在异国的大墙下面旅游，我只感到闷气、压抑。我不想用好听的谎话骗你。谎话也骗不了人。

我看到的中外风月都是那样令人扫兴。写给你，也会使你感到乏味。突然记起爱默生的话："沉默是黄金。"我没记错吧？那就不说了。

"拜！拜！"

其佩　写于 5 月深夜，89

1989.05.27

斋　名

麦耶:

　　偶然遇到一位青少年时的朋友,谈起孤岛时期的文坛。另一位朋友,忽然问起"麦耶上哪儿去了"。他不知道你已是大翻译家了。第一位朋友倒知道你参加三 S 学会活动,主编英文杂志《桥》等。前两年看到一本外国人写的研究"孤岛文学"的文章,倒提到麦耶的作品。解放后,我只读到过一篇你写的小说,后来还得了奖,但用的是真名实姓。我告诉他们,你去国外了。他们问干什么,我也说不上。不知你是去讲学,还是搞研究。你对自己总讲得那样少。想起上回你出去大半年,回来也只讲了三两句话。尊夫人也去探亲了,那新居不是空关了吗? 倒真像你题的斋名,成了"不问春夏秋冬楼"了。

　　我不知你题这个斋名的内涵是什么,你不是不问世事的人,只能怪我愚钝了。

　　我倒记得有次在小楼中,我说要喝咖啡,你说有,找了半天,确实还有半瓶。但你说没有糖。我只得学洋人样,喝了一杯不加糖的咖啡,心想这倒是"苦咖斋",因为我忽然想起另一个相似的斋名。咖啡与茶都是香的,只有高手才领会苦的味更好。

　　我想应该说不问春夏秋冬,你总是笔耕不停。你的勤奋,常使我惭愧。你到底译了多少书、编了多少书,我总觉得数不清。可你从不炫耀,甚至好像并没出过什么书一样。一本书译完,又译一本,或是同时译几本,校几本,编几本吧。你尽管带病在身,却是不肯放下工作。有了别人千方百计争取的职称,却不甘在美名下享清福。只知道默默地工作。

你与另一位同志合编的《英汉美国社会知识小词典》，那包罗万象的资料，真不知道你是怎样积累起来的。也许真是读破万卷书吧。有时翻翻《时代》《新闻周刊》之类，觉得一句话莫测高深，一查小词典，顿时开窍。

你中英文根底原都很好，你虽遭过灾，却不懊丧，而是更专心地钻研翻译了。终有今天这样的成就。正像一些上山下乡的孩子，在那艰难的日子里，利用时间苦读，这中间也出了不少人才。我们的一位老友，也跟我谈过这意思。

我则是老大徒伤悲。你只要想想，我这个从英文系出来的洋学堂学生，竟有二十年没翻英文书，多可悲啊！从乔叟到现代诗选都还给了老师。但我也不懊恼，俱往矣。

其佩

1989.07.22

谈快餐店

飞兄：

报上刊出了一家中外合资快餐店的招聘广告。上海人不久以后也可看到这种类型的快餐店了。

快餐现在已是一种跨国的大行业，各大洲许多国家都有一些著名快餐店的联号。它的发展繁荣不过是近 20 来年的事。北京已有开设，在前门附近。去年你上京，不知去尝过没有？这种外国炸鸡大约还比不过京式烤鸭吧？

1920 年代初期，有一种开设在美国公路旁的小餐馆，售卖三明治之类，供应路过的汽车司机用餐。这种小店可算是当代快餐店的鼻祖。

美国著名的麦克唐纳快餐店是 1940 年代创办的。1960 年代后得到蓬勃发展。据统计美国有 96% 的人，在这家餐馆中进过餐。它是美国购进牛肉最多的企业，它买进的土豆占美国产量的 7.5%，雇佣的工人多达 800 万名。它每年的总营业额超过百亿美元。20 年前用 2000 多美元买进的股票，现在值 40 万美元。美国有十家最大的联号快餐店，总营业额达 500 亿美元。

美国快餐店多以"家庭餐馆"为号召，它表示出售的是美国风味的餐品，也因为美国妇女就业的日多，没有时间做饭。所以它的价格不贵，是一般人所能承受的。味道也是老少咸宜的。可说是大众化的餐馆。

不知你是否感到，近些年我们的许多行业多争取新潮、豪华：对大众化却是逐渐忘却，甚至不屑一顾了。这一点在饮食业尤为突出。本来卖大众化食品的餐馆、点心店，装修打扮一番，也走向豪华型，什么都卖高价了。

其实饮食业大众化还是大有潜力，前途无量的。你记得否，还在十里洋场时代，上海就有许多专营客饭的饮食店，并非满街都是专做筵席生意的酒家。一般工薪阶级都可就近用餐。记得抗战以后，上海有家大酒家，好像就在现在美术馆附近，改营广式客饭。定价虽稍高，一般在"写字间"工作的人都还能享用，味道不错，环境也清洁卫生。

生意经要靠独具慧眼。现在上海新村很多，居民绝大多数是双职工，赶早上菜场，赶早回家烧晚饭，几乎没有空闲。是不是可以开设一些类似快餐店的商号呢？当然应以薄利多销为经营方针，还要保证质量，清洁卫生。做出牌子，建立信誉，逐步发展，可以在全上海居民点建立许多联号。

再如大众化早餐，是否也可用企业化的方式发展，保证质量，价格公道：在各个点建立联号，统一管理。现代企业经营的效果，应该超过个体单干，不知是否如此？

其佩

1989.07.29

吸毒·禁毒·扫毒

森兄：

是历史作弄人，还是人作弄历史，也真难说清，不过历史确实充满嘲讽，也会有相似之处。

100多年前，西方帝国主义者用洋枪大炮和鸦片打开了封闭、落后的中国大门。以后他们不知又写了多少书嘲讽中国人的愚昧与吸食鸦片。到今天，吸毒却成了美国和西欧的"国患"，朝野哗然。在这方面我们倒成了净土。

禁毒扫毒成了美国传播媒介的头号新闻，布什本年度拨款80亿美元从事这项工作，还援助6500万美元给哥伦比亚，加强那里的扫毒工作。

西方毒品蔓延的过程，我不清楚，反正大麻、海洛因，以至什么迷幻药等都曾风行一时，现在盛行的似为可卡因。服用方法有注射和吸服两种，都能给服用者"飘飘欲仙"之感，用量越来越大，终致成瘾。

可卡因是用一种古柯的植物提炼的，它的英文名字跟畅销全球的"可口可乐"的"可口"完全一样。拉美国家种植这种毒品的最多，从墨西哥到智利没有一国没有。大概以秘鲁、玻利维亚、哥伦比亚和厄瓜多尔为最多。最近在哥伦比亚掀开了声势巨大的扫毒战。

哥国总统巴尔科决心颇大，不过这是一场胜败难说的战争。哥伦比亚的贩毒大王，与政府官员警察部门有密切联系，也掌握街头巷尾动向，他们拥用强力的武装、不怕死的杀手。已有一些高官命丧他们枪下，大城市不断发生爆炸案。穷苦的农民只能靠种植毒品为生，各行各业的人又与贩毒活动有千丝万缕的联系。各种人的生死利害关系纠缠在一起，难解难分。

国际地下贩卖可卡因的中心，就在哥伦比亚的第二大城麦德林。几大毒贩头子都是亿万富翁，据报界估计总财富达 55 亿美元。他们开设的是形形色色的公司，经营各种行业。其实他们唯一的买卖就是走私贩毒，但有财政专家，能把他们的黑市交易转到合法业务的帐面上。

要把古柯制成可卡因毒品，必须在实验室内提炼。哥伦比亚有成千上万个这种秘密实验室。制造可卡因必须用某些化学剂，如乙醚、丙酮等，而这些原料又是从美国、西欧进口的。据哥伦比亚警方公布，上半年截获 150 万加仑这类化学品。这些国家难道不能控制这类产品的出口吗？哥国警方不无道理地提出质问。最后制成的毒品，又是走私到美国、西欧的。消费国难道不应该担负主要的禁毒责任吗？这是巴尔科总统的观点。谁主谁次，孰是孰非？

这种问题虽不像鸡生蛋、蛋生鸡那样难答，总也够错纵复杂吧？你说是不？

其佩

1989.09.16

谈解放初的小报

祥兄：

欠你的信债已有一年多了。谈解放初的小报，我并不是合适的人，真正谈得准确的人却躲起来了。最近《我与新民报》专栏，有两文谈到《大报》、《亦报》。他们谈的都是尾声，怎样并入了《新民报》；我想乘机还掉这笔债，说一说这两张报的短暂历史。

就从序幕说起吧。这两张报虽然是私营的，却是奉命办的。两张报纸的发行人和总编辑都是指定的，成员则是负责人"自由组阁"。冯亦代、陈蝶衣、龚之方、唐大郎都办过小报，而且是佼佼者。冯办过《世界晨报》，他是进步翻译家、作家，民盟重要成员，很快就调北京工作，他的职务由李之华代理。李是地下党员，对解放后仍要出版小报的来龙去脉一清二楚，有些事都是他经手的。他不幸于1950年代中期遭车祸遇难，留下了一些说不清的空白点。

我觉得这几位朋友有个共同点，他们对办小报有强烈的自尊感。他们办小报都是严肃认真的。所以对社会上轻视小报，把小报都说成一团漆黑、乌七八糟，有强烈的逆反心理。良莠不齐，各行各业都一样。

这一点可以从报名看出，明明是小报，偏要把报名定为《大报》，这就是不服气，或是对看不起小报的一种对抗。这报名是陈蝶衣起的。

关于《亦报》的报名，我知道得比较多一些，它与《大报》报名有共同点，就是小报"亦是一张报纸"。不过还有些别的意义。一是与上海著名的进步报纸《译报》谐音，取其顺口，也表示决心办一张进步的小报。二是抗战期间，重庆有一幢楼叫"亦庐"，是进步分子聚会之所，乃取其名。三是"亦"字在古义中有辅弼之意，表示愿为新社会略尽绵薄，敲敲边鼓，仅是一支小小的队伍，绝非宣传主力。我想用心既深又巧，道出了这张报纸的目的作用。这报名是龚之方取的。

解放初的小报是过渡性的报纸，这点创办人是清楚的。所以到了后来，就有了两报合并的问题。商谈合并的事，是由李之华牵头的，双方负责人共进"工作午餐"达一月之久。内情很难细说。据我所知，这事李之华也不能拍板，更不用说其余负责人了；似是有关方面决定《大报》并入《亦报》。这可能是 1952 年初的事。这样一来报纸成员多达 80 余人，经济上很难负担，负责人颇为狼狈。

接着新闻界进行思想改造，《亦报》的历史使命也完成，部分人员并入《新民报》。一切尴尬问题都由政府包下来，负责人深感政府的关心。只是《亦报》负责人龚之方在并入《新民报》后二三月，也奉调北京了。由于《新民报》有很强的凝聚力，其余人似都各得其所，没有一点后遗症。

其佩

1989.09.29

再说解放初的小报

祥兄：

《大报》《亦报》都是建国前三个月创刊的，也就是 1949 年 7 月。在此之前还有一段小小插曲，有朋友曾建议，集中力量办一张小报，取名《上海小报》，未能实现。我想一则可能是人事、班子的安排有难处；二则小报而以"上海"命名，可能欠妥。主要当然是前者，报名可改的。

我想说一下这两张报纸的内容。在办报方针上，领导与报社负责人都是很清楚的，它们的使命是办一张小报，形式和内容都要像小报，当然是宣传新社会的小报。办报的人都没有停滞不前。二三版保留的小报"老面孔"较多，但已貌似神非，也可说是旧瓶装新酒吧。两报负责人是受命办报，应该说基本上完成了自己的特定任务。特别在报纸生命最后一息的时刻，负责人一口承诺，表现出良好的风度和服从的态度。

在我的印象中，小报是以二三版为重点的，也就是现在的所谓副刊，文章多谈社会世态，都是作者熟知的事和有点心得的知识，文笔亲切。解放后，重点转到礼赞新社会，用的也许是老眼光，心却是真挚的。周作人的文章，也谈到知识分子的思想改造。

作者队伍中有一部分是小报的老作者，还有一部分是过去没写过小报文章的。大家熟知、前已谈过的如周作人、张爱玲。新闻界前辈严独鹤也是一位。严老先生 1930 年代主编《新闻报》的《新园林》，每日一文，影响很广。有一个时期，他在《大报》上也天天写，《亦报》也登过不少他的作品。

《亦报》上的新文学作家写稿较多，因为两位负责人在这方面交游甚广,作者似都用化名,我记不甚清,也不便一一道来。比如著名散文家丰子恺就写过儿童文学作品。当时红级一时的电影演员石挥也写过不少文章。在新闻界号称"副刊圣手"的张慧剑,写了不少文史小品。在上海和全国都算得上数一数二的漫画家米谷,长期为《亦报》作画,其他名画家的画也很多。

大约是那时的惯例,对作者的真姓名,有关的人往往采取保密态度。时隔40年,我揭穿一二,大约也无碍。比如说胡考从延安来沪,他当然是老革命了,就接连为《亦报》写了若干短文。编者胡澄清对这些文章都精心处理。当时在新闻处工作的陈落,慨然允诺写小言论。当时这方面的作者最难找。

两报第一版以本市新闻为主,也刊新华社的电讯。那时的重点是新闻性和社会性。四版是影剧新闻,还有些别的。《亦报》则有体育新闻。我没有考证,这可能是解放后报纸的第一个体育版。

其佩

1989.10.07

救救大象

老张：

你想刻枚象牙图章，不知哪里来的雅兴。现在治印，似仍以石头为主；其次为铜印。象牙已经比较稀少珍贵了。几十年前，用象牙筷子，也不仅豪富人家。目前市场上，只有各种假象牙装饰品，骗人的。而且世界潮流反对猎取象牙，反对象牙国际贸易。真象牙已越来越难觅了，或是"价值连城"。

环境保护者，野生动物保护组织，正在到处呼吁：救救大象。按照现在猎捕大象的情况，到本世纪末，大象在地球上将完全灭绝。100年前，非洲的大象多达1000万头，现在只剩70万头，多惊人的下降啊！

不久前报载：肯尼亚总统由文武官员陪同，监督焚毁12吨象牙，多达3000多根，价值300多万美元。这是肯尼亚政府缴获的全部库存。这场烈火，表示了肯尼亚政府扑灭偷猎大象活动和禁止象牙买卖的决心。

由于世界大象头数急剧减少，国际象牙买卖看俏，偷猎者滥杀大象、倒卖大象的情况越来越严重。

目前国际市场上的象牙价格高达每公斤200—250美元。肯尼亚焚毁的象牙，有的一根重达四五十公斤。

据统计，近十年来，每年运出非洲的象牙达800吨，经过加工后的象牙成交额高达十亿美元。

非洲各国是禁猎大象的，但偷猎者手段越来越高明。而且由于非洲政局复杂，还有武装偷猎者。安哥拉和莫桑比克的反政府军，为了偿还南非提供的军援，在过去五年中，捕杀了十万头大象。

偷猎大象的活动，集中在黑非洲和中部非洲。大象也有"灵"，看到人影或听到汽车声，就会逃入丛林躲起来，不像我们在动物园中看到的那样懒洋洋或悠然自得。

纳米比亚树丛中的大象闻到人的气味，就会抬起头来，像潜水艇的潜望镜一般侦查敌情，立即警告这支小小象群赶快逃命。它们都沿着河岸奔向峡谷。

一位资深的环境保护学者曾躲在山坡上观察这种惨景，他说，由于长期惨遭猎杀，大象看到人影，立即逃奔。由于恐惧的压力，大象的自然繁殖率也大大降低了。河畔到处是大象尸体，象牙都被截掉。据这位学者估计，仅在洪尼比地区，过去十年被捕杀的大象，就有二三千头。

动物园中的大象有福了。你的象牙图章也莫刻了！

其佩

1989.10.14

致自行车王国公民

阿泉：

　　你算得上自行车王国的模范公民了。你是那样地爱护自己的车子，在院子里我三天两头看到你弯着身子在擦它。你踏上去，虽然其快如飞，但可不横冲直撞。这当然是遵守交通规则的好习惯，我想至少有一半，你也怕碰坏你的车子。

　　我怎么讲了这些空话，给你写信呢？这是因为看到了一个很有趣的材料，是国外一个学术机构，研究交通工具和人类环境问题的报告。

　　据他们最新研究取得的成果，说是骑自行车有助于解决全球污染和若干经济问题。可惜这样一种有用的交通工具，受到人们的轻视，认为品格不高，是落后的、穷人使用的车辆。有身份的人骑自行车则是有失体统。这当然是在西方发达国家调查出来的结论。我们听来或许有点可笑。

　　在美国，平均每两个人有一辆自行车。但多数美国人都是开了汽车到健康俱乐部，去踏固定的自行车，锻炼身体。不论是算经济账或智力账，我们都会感到愚不可及。

　　专家还发现在汽车不多的国家，人们骑着自行车送牛奶、运货和送信。在我们这样的自行车王国中，这种研究结论可太奇妙了。

　　它也告诉我一个有新闻价值的数字，全世界有 8 亿辆自行车，与汽车的比例是 2 比 1。我们确实无愧于自行车王国的称号。不过美国在 1987 年生产了 800 万辆汽车，也制造了 600 万辆自行车。

　　这份研究报告指出："20 世纪的最大讽刺之一是，全世界都追求汽车化，糟蹋了宝贵的土地、汽油和新鲜空气——但是世界上大多数人，永远无法拥用一辆汽车。"

据调查，如果美国人有 10% 不开汽车。改踏自行车，每年可少进口 10 亿美元的汽油。至少在上班的时候改踏自行车，也可以解决华盛顿交通堵塞问题。

研究者还说，有些最穷的国家对自行车一类交通工具抱有敌意，因为被富裕国家瞧不起。这个话的含意较广，也包括人力车、三轮车等。它提到雅加达当局过去 5 年中没收了 10 万辆人力车，扔到大海中去。这是整顿市容的措施。

在发达国家中，荷兰和丹麦的自行车最多。

实际上，这个调查并不解决问题。现在许多国家都开始重视消除环境污染问题。，自行车不会取代汽车的。但发动汽车的汽油，却是迟早要淘汰的。现在人们已研究太阳能汽车和使用电池的汽车。

其佩

1989.10.21

忆母校

志兄：

前些时报上登了一则"旧闻"，说到当年圣约翰美国校长卜舫济，在校园内将中国国旗扯下来，引起中国师生的愤慨，毅然脱离学校，创办了光华。又一次引起我的回忆。

说来也怪，在大西路的那段日子常在我脑海中跳出来。许多日子我都忘记，连自己的生日也如此（因为我只记得阴历的生日，阳历就要查本子，所以总错过）。可是"六·三"校庆这个日子，我一直记住未忘。我对大学生涯已没什么印象，但对大西路的四年生活却是记忆犹新，好像只念过那几年书似的。我的知识程度可能也只有那点点。

还是说说校庆，那是很好的爱国主义教育。每年六·三都有活动，也讲讲校史。在小小的心灵中，就烙下了帝国主义欺侮中国人的印痕，激发了民族自尊心、自强心。也有了要为祖国富强尽份力的想法。这种教育方法很自然，而且有效。我记得不论大学部，还是我们附中都很重视这个日子。总要开展一些活动，比如演戏啊，开运动会啊！我都是个热心的观众。演戏的舞台就搭在食堂里，谁都不感到简陋。我们的运动场还可以，有个四百米圆圈的跑道，当中就可赛足球，也能掷标枪、铁饼。后来还盖了个漂亮的健身房。校园里还有单杠、双杠，有兴就可拉两下，晃几晃。记不清在哪个角落还有个回力球场，去玩的似多是大学同学。廖世承主任和大学的负责人，也算得上千方百计把学校办成个样子。这类文体活动，锻炼了学生的组织能力，培养了学生的高尚情操，增强了学生的活力。你不就是著名的"话剧明星"吗？你的先生是我们附中的"足球先生"。

我更忘不了初中的那些老师，特别是国文和英文老师。我初中有两位国文老师，一位是陈式圭，一位是张杰。他们讲课都是眉飞色舞，全心泡在课文中。而且常邀学生到他们宿舍中闲谈，他们谈的诗文，并不是一个孩子所能理解，但却是一种熏陶。张杰老师有时在课堂上骂蒋介石法西斯，不抗日。有天晚上，和几个大学同学被国民党抓去，不知所终。陈式圭老师后来不堪生活负担，改行到一家企业去工作了。有时我在马路上遇到，向他致意，他对我十分客气。现在已故世了。高中教我国文的是王蘧常老师，后来我读另一所大学，他教我古代史，好像把史记倒背如流。现在是知名度极高的书法家和学者了。我们之间倒仍有些联系，去年一些学生为他做九十大庆，可惜没人通知我。失礼之至。

这样的学校培养出来的并不全是书呆子。抗战后到解放前，地下党在学校都很活跃。现在有两位党的领导人，就是光华附中出身。

其佩

1989.10.29

快餐店偶感

存兄：

你问我北京之行有些什么见闻，真没有新鲜事儿可对你说，总是在公共车辆或地铁中来来去去。我们上海人也不能不惊叹北京可真大啊！

闲来当然也不免于探亲访友，按着我们的习惯，多年不见就是吃顿饭吧。好几个朋友都不约而同地邀我去快餐店，多被我谢绝了，就在家吃碗面吧。但也去过一次。这因为在北京的名胜中，这快餐店似乎也成了北京一景，就像许多年前的吃烤鸭。

快餐店吃得很简单，二三块烤鸡，一二样冷菜，一只小面包，一杯饮料。烤鸡的作料有些讲究，但也说不上怎样美味。买好了以后，自己端着盘子，找个座位，也说不上有什么服务。但生意很好，却又不给你一种拥挤感。你尽可以细嚼慢咽，最多不过三四十分钟吧。但使人有些从容舒适感。还可用得上窗明几净那句话。餐桌非常干净，也看不到地上有什么鸡骨杂物。吃完了也就饱了，没有杯盘狼藉的糟蹋状。饭后洗手的地方，宽敞干净，有小块肥皂，吹干机是顶用的，不是装饰品。

我觉得这是经营管理有方；价格即使按我们的标准，偶一为之，也还是能够承受的。这道理对全世界的快餐店来说，都是适用的。不过由于消费水平的悬殊，在发达国家，人们天天可以承受。而且请客不会去快餐店。我们只能偶一为之。那道理也不过是薄利多销，大众化；我们的商人早已懂得这样浅显的道理，现在却似乎忘了。而且走向另一个极端，专在怎样"斩"顾客一刀上下功夫，这是很可惋惜的。据说这家快餐店在世界各地分号的生意，以北京最佳，不知确否。

发达国家中注重饮食健康的人，到快餐店就餐往往选择鸡或鱼，认为比起牛肉来含脂肪低。这在理论上说是对的。但营养学家经过调查，由快餐店烹调出来的烤鸡，含脂肪量并不低，而是大大增加了。人们只注意到原料，却忽略了烹调后引起的变化。

专家分析一个汉堡包所含的纯脂肪为 13 克，6 小块烤鸡的脂肪含量，则达 20 克。报告还指出，快餐店的食品含有高脂肪，高盐和高蛋白质，但纤维素、维生素和其他营养成分都偏低。

多数快餐店食品中的热量，有百分之 40%—55% 是来自脂肪。健康问题专家认为每天从脂肪中摄入的热量，不宜超过百分之三十。

每件事不同的人从不同的角度衡量。经营者注重生财之道，吃饭的人考虑价廉方便，营养学者重视科学标准。多角度的观察，可以得到比较全面的认识。这是北京之行以外的感想了。

其佩

1989.11.26

"难得清醒"

鲁兵兄：

我很少参观书画展，因为外行。但每年也总要去观光几回，都是陪朋友凑热闹，也算附庸风雅吧。由于不懂，所以往往看过即忘。最近在一次书画展中发现了法书，却一直在脑中翻腾。你的小字写得很灵巧，真不像出自一位高度近视者的笔下，不料大字更是神笔，真应该得奖。说实话，我印象深刻的还是四个大字本身："难得清醒"。

板桥书"难得糊涂"，似作反意解，或是幽默，并非提倡糊涂。阁下的"难得清醒"，肯定是警世之言，有感而发的。

解放初学习《联共党史》，实在记不大清，有些平易的话，倒是没有忘记，如不要被胜利冲昏头脑。可惜这位伟人自己也干了不少昏头昏脑的事。这又使我记起读初中时"知易行难"和"知难行易"的争论。我想只要保持清醒头脑，这类争论也没什么意义。

远在建国之前，毛泽东著作中，就有告诫人们不要给糖衣炮弹打中的话。四十年来，中了糖弹的少说也是数以万计吧。惩治他们决非诛而不教。现在还是强调坦白自首，给以悔过的机会。这样的政策当然是对的。我只是有感于许多有益的名言，常被人遗忘；有些可憎的手法，却给人翻来覆去使用。

最近李瑞环同志在一次讲话中，告诫大家别吃糊涂亏，当然也就是要求保持清醒。"风"是很厉害的，不仅是街上的衣着；五花八门的小道，传开来会成为阵阵旋风；何况还有煽风点火的"好汉"。愿大家都能保持清醒。

建国四十年确实取得伟大成就，应该歌颂。糊涂事也干了一些吧。成百万知识分子遭难的"反右"，全民遭殃的"大跃进"神话等等，决非清醒头脑设想得出来的。至于"文革"则已是"史无前例"的热昏了。正如你所说"及至醒来，已经迟了"。

来者可追。十一届三中全会以后，我们制定了一条清醒的、正确的政策。可是多次失误，不也都是头脑不清醒造成的吗？

引进是必要的，糊涂者却引进一堆废铜烂铁，这种事已不是个别的，报上屡有登载。类似的情况并不太少，只要想想近些年这个"热"那个"热"，就够人发麻的了，也使我想起别人讽刺的话："五分钟热度"。更不用说比较大的事，如经济学家宣扬"向钱看"，名人提倡超前消费之类。现在市场疲软，已作出回答。

你问我报上怎么那么多"腾飞"，我也说不清。我只能说"跃进"是地上的千里马，腾飞是腾云驾雾的喷气机。不过一般用语与政治口号大有区别。你似不必担心。

就以法书的小注，结束我的废话："书此一偈，清神醒脑"。

其佩

1989.12.09

修　漏

慧兄：

你说搬进新居，一场暴雨，阳台上的积水竟流入室内，真是不幸。大约房管所给你修好了吧？

前两天报上登过一篇文章，说是浴缸漏水，急去报修。不料修理师傅跟踪而至，半小时就修好。作者大有所感。我想那是老房子，大约什么配件年久失效了。比较麻烦的还是新工房。有一些或者有许多新工房，施工马虎，验收不严，结果是后患无穷。

我搬进新居时，一场暴雨，室内画镜线上的墙壁都渗湿了。急去报修，检查者说，要搭脚手架才好修，无法办到。他们还算负责，后来又来过两批人，说法不一。最后一位老师傅说可能是落水管塞住。他费了好大力，疏通出许多石块。这当然是盖房时拆的烂污。

另一位朋友的遭遇就更曲折些。他们住的是比较好点的工房，间数较多，卫生间也稍宽敞。但住了不久，就发现楼上卫生间渗水，天花板总是湿漉漉的。以后马桶顶上也转潮。再后浴缸两头经常滴水。他们报修多次都无下文，向楼上住户反映也没办法。后来厨房间也有水漏下来，两户人家都着急了。

不知怎样，楼上住户找来了一位房修工，他发现卫生间和厨房水管等处都偷工减料，少了一道工序。他花了两天工，用水泥将下水管周围补好。渗水、漏水的现象都消失了。

据朋友告诉我，这位房修工还多次去了解，是否还有漏水情况。事隔二三月，确实不再渗水。卫生间的天花板也干了，颜色返白，当然难免有斑斑点点的陈迹。

这是一位四十多岁的师傅，姓史，是个先进工作者，不久前从北京还是什么名胜休养回来。他说他乐于为居民解决困难，也为居民打通过堵塞的水管，并说他还要争取先进，多为居民办些实事。这种志气是可嘉的。朋友请他抽烟，他也接受，相互闲谈了一番。

干什么都要外烟开路，当然惹人厌。抽支烟，喝杯茶也是人情之常，礼貌范围内的事。我们不必过分强调绝对不抽烟不喝茶，而要强调认真为居民干实事。因为居民的烦恼实在太多。另一方面，可能也还有居民用"高招待"来讨好对方，那就大可不必了。

社会风气是双方的事，每一方都要自重，也要尊重对方。根据我的经验，通知房管所、煤气工、电话工修点什么，似乎都没遇到什么刁难。可能这是偶然机遇。确实听到不少抱怨。不过风气在变，也是事实。

我那位朋友住在田林新村，不知那里的十万居民的感觉怎样？我说的也许片面，也许确实较好！

我更希望造房工人谨记"百年大计，质量第一"。特别是工房。

其佩

1989.12.16

圣诞新年杂谈

东方兄：

电视里已播放了北京的宾馆接待外宾欢度圣诞的镜头。今年大部分地区的美国人将在冰天雪地中度过佳节，而英国的许多地区则是洪水成灾。不知外国人是不也有"天不作美"的话。

根据我的"两点一线"路程，今年上海的圣诞节气氛似乎淡化了一点。

记得你们家做过一种圣诞布丁，味道不错，不知用料是否合乎规格。按照西方的习惯，圣诞布丁多是圆的。因为英文的长方木有愚笨的意思，四方形又有呆板的含意，圆形则是象征圆满和幸福。后一点则和我国人的习俗相近，我们节日吃圆子、松糕也是圆的。当然北方人吃的饺子，并非圆形。这种说法我是从报刊上看来的，不知对不对？

圣诞节吃的火鸡，在英文中倒是和"土耳其"一个字，只是第一个字母不一定大写。也有人考证出这个别名的由来。据说哥伦布发现新大陆后，西班牙人征服了墨西哥，从当地带回许多火鸡；后又传到当时的土耳其属地希腊。希腊人认为火鸡头上的红冠酷似土耳其人戴的红毡帽；火鸡趾高气扬、昂首阔步的神态更似土耳其官兵，乃把"火鸡"称为"土耳其"。不知是讽刺，还是幽默。也不知怎样异化到英文中去的。确否只有待你考证了。

至于一般家庭举行的圣诞舞会，解放前通称"派对"。这个英文字却有点作弄人，因为它也是"政党"的意思。解放后、"文革"前读英文的人大约只知道这个英文字是"政党"，而不知在西方生活中用得较多的含意是社交性聚会。在那荒唐的年代中就发生过有理说不清、啼笑不得的事。一外调人员调查某年某日在某处举行的"派对"，向被调者询问，你们的纲领是什么？为什么你们规定一个男的必须带一个女的？不知道哪来的这种奇妙"规定"。从前我总是单身独往，没有谁说过禁止入内。倒是西方习惯，一张圣诞舞会的请柬，是邀请两个人。这是习俗或礼仪，不是什么"纲领"的暗号。

新年的习俗各国都有自己的特点，我不想多说了。明年元旦是1990年。这里发生一个问题，就是明年是九十年代第一春呢？还是八十年代的最后一年。关于这个问题我没有资料。据我所知，这两种说法都有，好像前一种说法比较普遍，没有定论。我也不知这是属于天文学家探讨的课题，还是应由历史学家来发言。

请看明年我们报纸的标题吧。我们是不跨进九十年代？

说声"新年快乐"，总不会有错吧。

其佩　12.23

1989.12.29

巴老与本报

巴老最近在本报发表了他的新作《关于全集〈书信篇〉》，谈的还是讲真话问题。说到一点往事，读来令人辛酸和感慨。

讲真话已是巴老文章的永恒主题。远在半个多世纪以前，巴金就是一位把心交给读者的作家。后来由于大家熟知的原因，人们把心掩藏起来，真话也就难得听到了。

巴老把在粉碎"四人帮"以后所写的全部文章，分年编成一本集子，书名就叫《讲真话的书》。这是 1990 年 9 月，由四川文艺出版社出版的。印数 2000 册。发行路线的堵塞有如上海马路的交通，看到的人可能不太多。

到了 1991 年 5 月第二次印刷，印数到了 10000，这说明搜寻的读者还是不少的。去年底第三次印刷，一次就印了 10000 册。

说是第三次印刷，不够准确。因为内容比前两次印刷的又有补充和增添。第一次印刷本为 1148 页，这次印刷的为 1242 页。

初印本所收的文章从 1977 年到 1989 年，新本的内容增收了从 1989 年到 1993 年所写的文章。初印本所收的《"文革"博物馆》只是存目，新本则是全文照登。回想这篇文章，最初在《夜光杯》发表的时候，引起强烈响应，现在在集子里又重见天日。

去年底印的版本，好像不该叫第三次印刷而是第二版第一次印刷。这是两种不同的版本，书套上也说清楚了。

新版的《讲真话的书》从《一封信》开始，到《没有神》为止。这篇《没有神》最初也是在《新民晚报》上发表的。短短 200 多字，十分引人注目，发人深思。

巴老说："没有神，也就没有兽。大家都是人。"人人都要"下定决心不再变为兽"，因为中国人民站起来了。

本报故社长赵老与巴老是老朋友。巴老的《随想录》中，就有一篇是记述两人交往的。巴老称故社长为杂文家，说的是 1957 年以后的事，剖析深刻。其实也涉及到讲真话问题。

在真话、假话问题上，两位老人是相通的。感受的沉痛是一样的，后来表现的方式或有不同。还在本报复刊之前，赵老就向巴老约稿。当时赵老对巴老说："我不出题目，你只要说真话就行。"

《随想录》的单行本，第三集的书名就叫《真话集》。巴老为本报写稿，则是好几年以后的事了。

今年是巴老九十整寿，如此高龄仍工作不辍，令人敬佩。巴老头脑清晰，思路敏捷，记忆力特好。就是腿脚不灵。今年春天和秋季两去杭州，足见兴致之好。

本报创刊于 1929 年，今年是出版 65 周年。巴老写小说始于 1927 年春季，比本报历史还早两年多。

1994.11.18

贺"翻译中心"

昆兄：

报载"上海外文翻译中心"成立了，真是可喜可贺的事。我的印象，解放后我们各级学校对外语教育太不重视，而且很乱。有的孩子初中读英语，高中又读俄语了。甚至从小学到大学的英语课，都是从 ABC 教起。一般说来，外语成绩很差。如非专业，离开学校就忘了，也用不着。

十一届三中全会以后，情况逐渐有了变化。自从实施改革开放以来，外文外语的需要很多，我们培养了大量人才。而且办了一些成绩斐然的业余外语学校。但似乎还不能满足形势迅速发展的需要。在这方面，我们的底子太薄了。

从世界范围来说，还是英语的应用最广。你们这个中心的工作，也是先从汉译英开头，这是很符合实际的。经费无，人手少，你们勇敢地承担了这项工作，可敬可佩。

中文译外文是很难的一项工作，中外文都需要有扎实的根基。不是字对字搬过去就可以的事。现在街上商店招牌，兼有英文的也多起来了。据行家告我，中国的有些英文店名，英美人根本莫测高深。

好像有多年了，在华的英美人就创造了"秦格利西"一语，有别于"英格利西"。就是说写的或说的是"中国式英文"而不是道地的英文。这个字可能和过去的"洋泾浜"不同，不一定有什么贬义。因为一位朋友告诉我，也有"法国式英文"之类的字。不过外国人读起"秦格利西"来难免费力，难懂，甚至误解。

我们搞对外宣传，总要使对方一目了然或一听就懂，不能让别人去猜：你是什么意思？所以汉译英，应该是规范化的英语。总不能说我用的这个英文字，跟你的理解不一样。翻译的目的就是让对方理解嘛。不过由于社会制度、意识形态不同，有些名词即使准确地译成英文，双方也会理解不同，说不到一块儿去，你说是吗？有什么高明的办法吗？

翻译还需要对对方的社会方式，生活习惯、风土人情、政治用语，文字演变有较多了解。也就是知识面要广些。

40 年来，英语有许多新词和变化。正如我们现在写的中文与解放前的不同，可能我们不自觉。只要翻翻港台报纸，立即可以发现这种差异。小时候读英文，两人见面总是说"哈啰"，现在较流行的却是互呼"嗨"了。国外回来的朋友说，这种改变早已有了，我当然是孤陋寡闻。

至于那些错误百出的翻译，可就害人败事了。如果有外国友人向我们指出，应该说是一种友好的表现。你们建立这个"中心"就可以把关了。虽然限于人力物力，总能睹住若干漏洞。坚持下去必然胜利。我看到几位朋友在十分艰难的条件下编辑英汉大词典，奋斗数年，上卷已经出版，颇获好评。

在这告别 1980 年代，跨入 1990 年代之始，祝你们的"中心"，排除万难，审译出一篇又一篇准确、生动的译文！

其佩

1990.01.06

香港赛马

马年一到，很热闹了一阵。万马奔腾啊！一马当先啊！说了大堆吉利话，这是情理之中的事。旧时民间春节贴对联，都是吉祥语言。人们总希望一年好过一年，万事如意。关于马，两方面的话都有。有马到成功，也有马失前蹄。有天马行空，也有万马齐喑。这是辩证法，事物总有两面。人心则向往吉利的一面。

我却想到了香港的马会。不久前曾去那里的赛马场参观过一次。并不是赛马的日子。场中空无一人，连一匹马也没看到。从场外楼梯走向参观的平台，望了一眼，没留下什么印象。按香港标准，这是比较脏的地方。走上楼梯，就看到散乱的烟蒂和纸屑。这种情况，在香港是少见的。许多地方都禁烟。在电梯内吸烟，罚款港币 1000 元。这倒是令出必行。我乘过不知多少次电梯，都是自动的，却从未见人吸烟。

赛马在香港市民中大约是一件盛事。我则一窍不通。从未见过赛马，更谈不到买马票了。香港的报纸都有"马经"一类的专刊，想来读者甚众。

香港有两个赛马场。第二个赛马场恰是上次马年开办的。今年春节首次赛马就成了香港报纸头版的花边新闻。那标题是："马年贺岁马丁财两旺投注逾七亿创新纪录近八万人入场今季最多"。其盛况已描绘得淋漓尽致了，观众爆满，投注总额空前。

赛马场的马，各有其名，而且千奇百怪。当然多是吉利话，如"一本万利""包旺财""多发财""福中福"等，多极了。也有以人名命名的，如"唐明皇""程咬金"等。还有地名的，如"香港精神""上海之宝""美国生菜"等。以"金"字打头,"星"字结尾的名字也不少。什么"金苹果""木球之星"之类。

当然还有骑马师,中外籍均有。马场的马都是养尊处优的良种马。马师当然也待遇丰厚,香港赛马,过去不受国际重视,马是不入流的,马场被称为"乡村马场。"1970年代后,有所变化,而且日益发展,受到各国的重视,已经走上国际化的道路。每季赛马,澳大利亚、菲律宾等地都有观众通过卫星电视观看实况,而且参加投注。估计今季赛马的投注总额可以突破400亿港元。

香港法律是禁赌的,那里的赌客都在周末奔往澳门过瘾。赛马也是一种赌博,但在赛马的名称中加上一位英国女王的名字和什么好听的话(我没弄清楚),它又变成了慈善事业。可见什么法律都有空子可钻。赛马之事,由马会管理。香港马会是全区首富,其收入超过汇丰银行和香港政府。但赢利不能分红,只能举办救济、福利事业。

本文只是介绍香港百态中的一态,并无宣扬赛马之意,请勿误会。

1990.02.17

单亲家庭

海兄：

近数年来你致力于家庭、婚姻方面问题的研究，是很有意义的。在这个领域确实存在多方面的复杂情况，值得探讨。

我看人们感兴趣的，还偏重两性择友、选偶，或第三者插足一类的事，可能因为这类事特别需要咨询；到了"木已成舟"，人们就不愿意把发生的问题"曝光"了。

离婚现在已不是罕见的事，它已为法律和社会所承认和接纳。但离婚后引发的问题，似乎就很少公开讨论了。

我看香港报纸就在讨论单亲家庭日增的问题。由于离婚、分居、丧偶等原因，必然产生家庭问题。这里有经济问题，更有单亲家庭的心态问题，特别是孩子，他们跟别的家庭不同，没有爸爸或妈妈，这自然会带来一种压抑感。

香港有 150 万个家庭，专家估计，每 100 个家庭就有 7 个有单亲情况，这就是有 10 万个单亲家庭。西方的数字就更高了。据调查，美国的单亲家庭占全部家庭 20%。探讨这类问题的影视，我们也看到一些了。

至于大陆或上海，单亲家庭的情况如何呢？我们大约都不知道。但问题肯定是存在的。我觉得也应该予以研究。

现在谈得比较多的是独生子女教育问题，很多很多是过于娇生惯养了。但也只限于叫叫，并没有进行科学的研究。

这类问题都属于社会学的范畴，在我国一直是比较薄弱，甚至近于空白的，过去费孝通先生曾进行过调查，现在当然不暇及此了。

从世界范围来说，社会学的历史也不长，这个名称的存在不过 150 年样子。它的范畴，含有社会冲突、犯罪学、城市与乡村、死亡、离婚、家庭、人的需求、工作与闲暇、婚姻、社会心理学、社会结构等等。

在 19 世纪，社会学家研究农民、流浪汉、小贩、失业工人、妓女、罪犯、被遗弃的妻子、未婚母亲、非婚生子女一类现象。

当时大学里，对这一类问题都不屑一顾，但它们又确实是社会的有在。

到了 20 世纪，社会学渐趋成熟，学者研究家庭危机和解体、夫妇冲突、亲子冲突、各种形式的犯罪，青年的业余追求、老人的孤独生活等。

我觉得你对婚姻家庭等方面问题的探索，也不妨提高到社会学的角度来探索。

听说我国有关研究机构也在筹建专门的社会学部门，这是十分可喜的。

其佩

1990.05.19

老人的心态

小纹：

你问我怎样跟老人相处，有的老人你觉得很容易接近，有的却难以相处。我想这是人际关系的普遍性问题，不限于青年与老年之间。

最近我在报上看到有位领导提出，在我们社会中，人与人的关系要更加和谐、融洽，更加团结、友爱，更加诚恳、宽厚。这里面就有个尊重人、理解人、关心人的问题。

我想，如果对老人来说，因为你年轻，理解就更重要。人到老年，性格是会发生一些变化的。虽然难免有人变得刁钻古怪。一般说来，老人是比较平易、淡泊的。他们是欢迎与青年人相处的。老人更懂得宽厚待人的好处和必要。

如果拿六七十岁的知识分子来说，在四五十岁的时候，多半被迫虚度光阴、浪掷了生命。这是那段灾难的岁月造成的。所以他们厌恶讲假话，放空炮。虽然老了，还是希望干点实事。在待人处事上，更理解诚恳、宽厚的可贵。

青年人富于朝气，活泼可爱。或许更重视和谐、融洽。由于青老年的兴趣不同，可能你觉得谈不拢；也由于人生经验不同，对事物的看法不一，这就叫"代沟"。这在世界各国的两代人之间都存在，并非是中国的土特产，大可求同存异。

如果拿老人本身的心态来说，我觉得有位富有权威的同志说得很好：要提倡老有所为，人一般在 60 至 70 岁还可以大有可为。每个人都有老有所为的问题，能干多少就干多少。不要把老年人看成包袱。老有所为会使老年人变得更健康。没有老有所为，也就没有老有所乐。

我觉得他说出了老人的心态，至少是老年知识分子的心态。幸好，在我们社会中，这种机遇还不是太难找到的。

一般说来，老年人最怕孤独、寂寞、与整个社会脱节。他们渴望感觉到时代的脉搏。当然有的老人可能喜欢居家研究学问，或是照料儿孙。多数人则希望有个栖身之所，与社会保持若干联系。

拿老人来说，只有能干多少就干多少，切忌倚老卖老。青年人则不应厌恶，视为包袱。这种情况在单位里可能不多，在某些家庭中则严重存在。这就是虐待老人的新闻屡见不鲜的原因。但这不是我在这封信里和你谈的主旨。

我只是劝你理解老人，体谅他们的心态。不知是否可以请求你，对他们多一点尊重。我只是就一般常态的老人而说。至于你说到那种难于接近的老人，多少有点变态了。那你就敬而远之吧，这也是人与人相处的一种方法。

其佩

1990.06.23

哥儿俩无国籍

寂兄：

从哈同，我想到来上海的犹太人。鸦片战争以后，清朝的门户被西方的炮舰打开，随之而来的西方人都是冒险家，外籍犹太人也不例外。当年上海的豪门巨富，很有几个是英籍犹太人。他们多以地产致富。当然他们发的是欺压、剥削中国人民的不义之财。流浪的犹太小贩也是有的。

犹太人第二次来沪的浪潮，是希特勒在德国执政以后。当年许多德籍犹太人，纷纷逃亡世界各地，有些人来到上海。他们的流亡生活就比较凄凉了。没听说过出现新的哈同式的人物。

1940年代初，在上海一家药厂，我遇到一对从纳粹德国逃出来的犹太兄弟，他们姓科恩，名字可不记得了。样子都有些狼狈、憔悴。惊魂未定，不知何处是归宿。世界各地都是战乱。

哥哥是德国的哲学博士，看样子近50岁，衣衫不整，衬衫领子总是皱巴巴的，领带灰旧，软绵绵的。衣服和大衣，都接近破旧边缘了。人的精神也不振，满脸愁容，难得看见他笑。只是在和他说话的时候，有时显出一副天真样子，大约只有这时，出于礼貌，才强颜欢笑吧？他精通数国语言，而他的工作却是撰写英文药品说明书。我怀疑他过去是否研究过医药，只是根据各种资料拼凑出一张说明书而已。

看样子，他总给人一种可怜的感觉，吃的是一种很硬的罗宋面包，很少见到夹什么肉食。问问他纳粹德国和逃亡的情况，他总是噤若寒蝉，支支吾吾。吓破了胆吗？也难怪。那时日本侵略军早已占领整个上海。中国人也是在铁蹄下生活，过着奴隶般的生活。

弟弟在药厂当药剂师，比较开朗，不知因为年轻些，还是收入较高。当时中国的制药水平和制药工业都很落后。一般都是进口原料加工的，当时海运已断，自己能合成维生素 C，都是值得大吹大擂的事。弟弟在这方面有些专长。

哥儿俩的身份都是无国籍者，两人都未婚，不知是何缘故。那时在虹口某一地方，似有一个犹太人聚居区，兄弟俩也住在那里，不会宽敞的；与哈同花园对比，可是天上地下了。哥儿俩相互谈话时，面部表情都很严峻，他们说的是德语。不知他们是谈论明天的柴米，还是未来的去处。抗日战争胜利后，这对无国籍的兄弟就离开了上海。不知投奔何方，也不知是不又有了国籍。现在当然都不在了。

忽然跟你说起这些，是感到犹太冒险家的发家史可以写成小说；后来一批的流浪者，是不也有故事可以挖掘呢？那是截然不同的。多半是充满血和泪的传奇。

其佩

1990.09.08

闲话快餐店

耶兄：

倦游归来，意兴如何？大西洋畔的风光还在脑中回转吗？还是多已记忆模糊？常去快餐店吗？突然问到这点，是因为报载意大利馅饼快餐店，已在北京开了分号。这样世界三大流行的快餐店：汉堡包、肯德基家乡鸡和意大利馅饼已在北京立足了。西方快餐店和西方饮料一样，很会打天下，扩展到遍布全球。

五年前，我访西柏林，在一家意大利餐馆初尝此物，不合口胃；但也开了眼界，它并不是我们概念的馅饼，馅是铺在饼上面的，而不是包在当中。新玩意儿，尝新的人是不会少的。在西方最便宜的快餐，到了国内，可算不上便宜了。不是一般以工资为生的人能常去的地方。

我常想，我们为什么不开一些中国自己的快餐店呢？近数年大中城市新开的酒楼不少，几乎都向高档发展，相互攀比，节节高。为什么不向大众化发展呢？中国经商之道，素有薄利多销的说法，这也是最能赚钱，立于不败之地的法门。国外快餐店近二十年来的蓬勃发展，也说明了这个道理。

从前，南京路上，有若干饭店出售客饭，这也是一种经济实惠的快餐，早已没有了。近年有些西菜馆又恢复了套菜，就是从前的公司大菜，似乎还没有哪家做出牌子。

开设中国快餐店首先是特色和质量。总要设想出有特色的快餐；并且始终保持质量不变。不论生意好坏，绝不偷工减料。保证菜肴是热的。

其次是单一经营、手续简便。就是只卖快餐，不卖其他，全心全意把快餐店搞好，而不是作为一种附庸。西式快餐店，只卖那样几种东西，连外来的酒类也不准携入。高级酒楼是服务越来越多，快餐店则是自取的。这就要求手续简便，工作人员有高效率。这样顾客自取也不会嫌麻烦。当然中式快餐，也可由服务员送上台。因为这里还有个设备和店堂面积问题。总之要快速方便，不能让顾客久等。对店方也有好处，便于周转座位。管理方面有套学问，别人有值得学习的地方。

三是保证清洁卫生。现在连中档饮食店也不甚重视卫生，桌子油腻腻的，地上狼藉不堪。重视卫生，不仅使顾客吃得舒适，也是精神文明的标志。

四、价格要做到经济实惠，真正价廉物美，而不是在"斩"字上下功夫。

好的快餐店、点心店要学会开分店，但要保证质量划一，打破"只此一家，别无分出"的旧观念。

其佩

1990.09.29

且说国际饭店

枚屋：

前致一信谈本书，顺便提到书中有个小小错误，把国际饭店译成"公园"饭店。不料竟引起一点余波。一位署名"上海人"的同志写信笑我不知国际饭店的英文名字是 Park。这个英文字还是用打字机打出来的。我也无从答复。不久《夜光杯》第七版刊出一篇短文，说是国际饭店原名"公园"饭店，我看他的根据也是那个英文字。还谈了几句饭店的掌故。

国际饭店兴建之初，我们虽只有十来岁，但它是当时上海最高的建筑，印象还是较深的。不过到底事隔半个世纪以上，我还是查了一下资料。

国际饭店筹备处成立于 1932 年，是由金城、盐业、大陆、中南四家银行的"四行储蓄会"投资建造的，发起人是四行储蓄会主任吴鼎昌，吴久有办饭店之意。

设计建造过程中都聘用过外国人，大楼耗资 400 万元，饭店投资 100 万元（均为当时币值）。饭店设有董事会。董事长是吴鼎昌，副董事长是钱新之。饭店定名是经过一番议论的。英文名称原定为 International Hotel。当时的外籍经理希勃勒认为这个英文名称不够响亮，讨论后加上了 Park Hotel 的名称，采用的是饭店右首的路名 Park 路。

这样就算考证出来了。我根据的是上海地方史资料（三）所刊的唐渭滨写的《建国前的上海国际饭店》一文。唐先生解放前在中国旅行社工作，1953 年兼代国际饭店总经理，他所述当为信史。

这样弄清了这个"派克"，跟纽约的公园大道的含义不同，它是英美人的姓氏，不是"公园"。旧租界的路名，一般有两类，一是中国的地名，二是外国人的姓名。"派克"到底是何许人，我就不知，也不想考证了。

我上次谈的是翻译，把 Park 饭店译成"公园"饭店不对，译成"派克"饭店也不对；只能译成"国际饭店"。这道理很简单，英汉文必须对号，否则读者就看不懂或者缠错。前些时"渣打"银行董事长前来访问，这家银行的名字，只能按广东话音译成"渣打"，而不能按英文行名的原意翻译。另一家发行港纸的大银行，也要简译为"汇丰"；英文行名"香港和上海"可略去，"汇丰"两个字却不能省。

上海有许多电影院都有英文名称，如美琪、大光明、国泰等。如果从英文译这些影院的名称，只有按它们的中文招牌译，而不能按英文招牌含义翻译。不然读者就弄不清是哪家电影院了。

事情很小，道理也很简单。只因引起一些热心读者的兴趣，我多少也费劲翻查了若干资料，就再写几句，了此公案。贸然引用唐渭滨先生的文章，在此表示歉意和谢意。

其佩

1990.10.06

漫说英文招牌

乐兄：

上周为了国际饭店的译名，谈了一通，见报后，又懊恼自己多事，有点"年老气盛"的味道。好像查了一通资料，不吐不快。当然这类问题，不劳你这样的翻译家探讨；但也无须我这种念过几个英文字的人饶舌。懂得沉默真不容易。

我另外倒引出一些感想，就是现在开始引起人们注意的外文招牌问题。这外文大都是指英文。报载，专家查看了多少多少商店的英文招牌，有相当多是有差错的。这里面大约指用字或拼写的差错。

现在商店用英文招牌，跟解放前是不一样的，那时由于洋化，是殖民地产物或带有殖民地色彩。现在则是适应改革开放的需要。我们既采取开放政策，那就是欢迎外来者，为各国旅游者提供方便。旅游和吃、住、购物等是联在一起的，英文招牌也就有必要了。

虽说现在出洋成风，考托福的人几乎不可胜数。可是社会上的英文程度是不高的。不仅招牌，就是标语也有不合规范的。最常见的是拼写差错和把两三个英文单字连写在一起，字与字之间没有间隔，看起来就很费力，脑子不打一个转，简直就看不懂。

我想到的是英文招牌的店名，多用汉语拼音书写，不知是否有明文规定，我缺乏这方面的常识。我是从对外开放角度来看，英文招牌是给外国人看的，这种汉语拼音，很难给他什么概念，有些拼音字母，按英语根本就无法发音。

我不想牵涉太广，我所谈仅限于宾馆、饭店的店名，特别是涉外饭店，既以招待外国顾客为主，那末店名，就应该让他们懂得、好记、上口。当年国际饭店的外籍经理，不赞成把"国际"意译成英文的招牌，说是不响亮，他是从外国人的角度来考虑的，我们开办一家以招徕外国旅客为主的宾馆、饭店，所取的英文招牌，不也应该合乎外国人的心理和习惯吗？

现在全国开放城市、旅游胜地，有数不清的涉外饭店，它们的英文店名恐怕大半是采用汉语拼音，是否合适？有关方面可以研究，也可以问问外国旅客的意见。

我觉得北京长城饭店用 Great Wall，而不用"长城"两字的汉语拼音就聪明得多。因为稍有知识的西方人都识得这两个英文字，知道是中国的伟大建筑，确实是世界闻名，不仅英汉词典中有这个词，就是英英词典，稍大型的，也收这个专用词。

我不知这意见对不对，只是跟你说说而已。

其佩

1990.10.13

老人家庭

耶兄：

最近在报上读到张瑞芳同志写的《我的家务》，很使我想了一阵，也有点惊异。在我脑子中，好像从没有把家务跟张瑞芳联系在一块儿。这不仅因为她是影剧界名人，这几年更是政坛知名人士。她说："每天，在频繁的社会活动之后，一踏进家门就奔向厨房。在全部家务劳动中，最烦琐不可一日缺少的就是烧饭了。"她说的是真话；也看出她为人的平易。

她还说："在上海以及全国其他城市，由老人组成的'两个人的家庭'，特别在知识分子阶层中，相当普遍。"这话也不假。我马上想到你们这"两个人组成的家庭"。还有很多很多。

在知识分子家庭中，形成这种局面的，有若干是因为孩子出国。也许是遗传因子的影响，这些孩子们在开放政策实施以后，就苦读外文，考上好分，争取到奖学金就出去了。他们并没有什么特权，也不是去"扒分"，是实实在在地去读书，虽然也免不了打工。生活是十分紧张的。有人有亲戚，支援也是有限的，主要靠自己。

知识分子阶层对孩子要求留学，多是支持的，很少拖后腿，但却给自己留下难题。我认识一家人，两个儿子、儿媳都去国外留学，女儿女婿又被派去国外工作。一家人只剩下两个老人和一个外孙。不仅要围着锅台转，还要围着孩子转。一年多下来，两位老人都瘦了。

还认识两位老人，都快80了。独生子在外地成家立业。他们只能在"两个人的家庭"中生活，又住在高楼上，虽有三间房，更显得冷清了。

我并不向往四世同堂的家庭，这种家庭在中国已经解体了，这是一种进步的现象。有更多的"两个人的家庭"，是因为两代人分居，或是合不来，或是为了双方方便以及住房问题等。

现在我们已经逐步走向老龄化社会，在大城市或已走上了。这是人民生活水平提高的表现。但，随之而来的问题，可也越来越多。不能说，我们一点没有注意到这一点，而是相当注意了。最近上海就有"为尊老社会一条龙服务"，发了"优待证"。当然是好事。但究竟有多少实效，老人能得到多少实惠，还有待实践的考验。

张瑞芳同志对解决老人家庭有些设想，但又说她"最终可能享受不到了"，不过她还是乐观的。

我想最实在的是能否使"老人家庭"的一日三餐尽量方便些、省力些。在国外图省力的，总是叫饭馆外送。我们显然做不到，因为一方是低工资，另一方是高利润，差距太大。另外好像也没什么人对这类行业感兴趣。用百分之一二十工资雇位保姆的时代过去了，这也是一种进步。总希望有能人为"老人家庭"逐渐想出些好主意。我只会买袋装菜和说点空话。祝你们"老人家庭"幸福！

其佩

1990.11.24

参观"老人之家"

耶兄：

　　说来也巧，就在写给你一封《老人家庭》的信以后，还未及见报，我就受邀到卢湾区去参观一些老人设施。这是一些默默地干着实事的同志，在困难的条件下，因陋就简地办起来的。有社区老人服务中心，有街道敬老院，有老人食堂，有街道老年活动中心等等，花样不少，规模都不很大。

　　"简"是很"简"的，一个社区服务中心，是利用一座废弃的房子改建的，地方当然很小，在一个弯弯曲曲的弄堂里。但里面装修得很整洁，一共有十来张床铺，算是两间屋。床铺被褥都很干净，收拾得相当整齐。门口坐着几位老太在晒太阳，笑嘻嘻的，大约就是里面的主人了。我们看了一圈，也没多打扰。

　　还看了个敬老院，似乎是专收没有什么收入、仅靠政府补助的孤寡老人。地方要大些，床位要多些。里面的陈设也比较讲究，还有一架 18 英寸的电视机。据说这里由一位热情的青年人负责。敬老院中有厨房，还有一个简单的浴间。厨房为附近有特殊困难的老人送饭。那位热情的青年负责人，还背着行动不便的老人来洗澡，真是可敬。

　　有个济南街道，设有"老人之家"，虽是利用旧仓库搭建的，服务却不少。开始时吃茶，后来增加一日三餐、下棋、看书、读报、看电视、健康长寿咨询、理发、洗衣、缝衣等项目。每天接待 100 多位老人，有 50 多位老人用膳。红烧肉 4 角一块，蔬菜 1 角来钱，馄饨 2 角 1 两。有位 93 岁老人从外地来沪看望儿子，儿子忙于工作，没时间照顾，白天就托给

"老人之家"，解决一日三餐，晚上回家团聚。父子都很满意。

这些地方都是由区、街道和居委协力兴办的，跟我说的老人家庭问题不一样。来者都是经济条件、家庭条件都较差的老人。但这却是一种雪中送炭的工作，也就更可贵了。

我还看了设备条件都较好的老年活动中心，但它须靠向社会开放来贴补，因为没有钱。比如瑞金街道办的，有早茶、有午饭、有跳舞厅。但一个人吃餐饭也得 2 元到 5 元。还有个香港顾太捐一部分钱在托儿所上面兴建的老年活动中心，电梯上下，还有桌球设备。看见几对老年妇女在练舞，样子像是侨眷，层次就较高了。

这些为老人服务的设施，是有关机构和热心者努力经营的。但老人问题需要全社会的关心。现在上海差不多每 5 个人中，就有 1 个 60 岁以上的老人，他们多需要这样那样的的关心。这些年，上海在大规模兴建住宅小区，是否在计划中，也留几间房子，给老人活动用呢？

其佩

1990.12.08

素笺怀想

怀嘉音

最近《文汇报》星期天新出了一个专刊:《彩色版》,这是一个老的副刊名称。解放前的《文汇报》上就有,被封后迁到香港出版,似仍保留。解放后复刊,没有恢复这个副刊。大约在 1956 年,不知是不是因为报纸改版的缘故,又重出《彩色版》。而且从社外聘请一位同志来担任主编,这个人就是黄嘉音。

当时嘉音在出版社工作。他曾在一家医院用谈话的方式、心理治疗的方法,替某些精神病患者诊疗。好像这个专科并不是医院的一个部门,而是他个人的一种试验,因为他一贯倡导心理卫生。可以肯定他与精神病专家粟宗华医生商量过,因为他们是熟人。心理卫生在国外是一种专门学科,嘉音读过这方面的书籍,有些心得。那是解放初期,我刚学会一点新名词,其实什么也不懂,就问他这个东西是资产阶级的还是无产阶级的。他说对社会有好处,有一些病人和他谈话后病情大有好转。我还是劝他不要当什么"医生",继续专心搞出版工作吧。我深知他在这方面富有经验和才能。言下他不胜感慨,似乎很难发挥所长。

到了有同志请他主编《彩色版》的时候,他精神突然振奋起来,连夜打电话告诉我,隔两天又来找我,谈了不少设想,还约我写稿。我很为他高兴。可是那时大家都忙成一团,虽然都还年轻,却没有多少余力,我终于没给他写什么。在这一点上,嘉音对我大约感到失望。其实我也没有他要的那类材料。

以后各人忙各人的事,来往不多,偶然通通电话。到了 1957 年下半年政治气候骤然紧张,一些名人学者的名字陆续在报纸的大标题上出现,变成了反党反社会主义的右派分子。知识分子难免或多或少有点惶惶然。每个单位都在搞运动。我和嘉音一直没什么联系，好像都有点相互忘记了。大约在这年年底的时候，报上也点了嘉音的名字。这可出我意外，当时他已少为人知，很少出头露面了。精神病治疗、花鸟虫鱼等都成了他的"罪名"。唉！

没有多久，他举家去了宁夏，可也没给我一个字条。是我心神略定，想找他一下的时候才知道的。没过几年从宁夏传来消息，说他死于狱中。起因是在自由市场上"非法"买了一点兔子肉（那是三年困难时期）。这可把我闹胡涂了，是怎么回事呢？我写信去问在外地的他的兄长黄嘉德同志，只是证实了他的噩耗，似也不知详情。

1978年底以后，按照党中央的政策，陆续为错划的同志平反改正，嘉音也获得平反。至于政策落实到什么程度，我也没弄清楚。此刻更少人听到过黄嘉音这个名字了。似乎只有他衰弱的老伴为他奔走呼吁。

嘉音在大学时期就对新闻出版工作感兴趣，后与他哥哥合办《西风》，介绍欧美风情，还出了不少书。诸凡编辑、发行、经营主要是他一人在搞。稍后又与夫人朱绮同志合办《家》杂志，解放初期还继续出版过一个时期。对于报刊、出版工作，他是很有专长的。

记得太平洋战争爆发后，日军进驻租界，西风社被封，他在艰难的条件下转往内地，重出《西风》。解放前夕，他以欢欣的心情等待新社会的来临。他确实没为新社会的创建尽过什么力，但他为改天换地的新社会拍手欢呼，也想尽一点力，可惜他的志愿没有得偿。

我相信熟识嘉音的人，都会记得这位正直、诚恳的朋友。

1984.11.26

世界之大与天下真小

"世界之大，无奇不有"，这是曾经流行的一句俗话。我在收到董鼎山在三联书店出版的文集《天下真小》的时候，不知脑子中怎么冒出这句话来。据说：

"天下真小"是美国社交中的一句口语。类似人间何处不相逢的意思吧。"之大""真小"可是截然相反的。

鼎山的夫人是瑞典人，长居美国还保持原国籍。鼎山说他有"第一祖国与第二祖国"，是美籍华人。他的掌上明珠碧雅先说自己是美国人，后来说自己是美国人、瑞典人。在跟爸爸妈妈来中国探亲以后的今天，碧雅又说自己是美国人、瑞典人和中国人。这反映了一个十多岁女孩子的天真与对父母和他们祖国的爱。但，这一家子不是也有点"奇"吗？我是舞文弄墨，可没一点贬义。

鼎山这人也有"奇"处。女儿随妈妈到瑞典探视外祖母，一进屋子就往屋顶小楼直跑，检视幼年的玩具。他听到孩子的"奇特"行为，竟为伤感所袭，纽约的高楼公寓，没有屋顶小楼可爬。只能到储藏室去翻箱倒箧，寻找少时的遗迹。找出一批旧照片和两本日记。他在《天下真小》中摘了一点日记片断，有这样的话："昨日是鲁迅六十周年诞辰，但纪念会在今天开……会后我请许广平题词留念：'继续鲁迅精神'……回家途中购得《文艺阵地》第四卷第十二期。"这天是 1940 年 8 月 4 日。

稍有一点常识的人，不难看出这位生活在孤岛上海的青年，是什么样的思想倾向。尽管他今天有了"第二祖国"。我第一次在《人民日报》上读到这篇文章就深为感动。

鼎山说到旧照片，我可有点内疚。他赴美前夕为他饯行，我与他凭窗合影。老友的照片我是一直保存的。但在那些动乱的日子里，我自己全毁了。我怕这张照片落在"造反派"手里，问我这人是谁，现在哪里，与你什么关系。那可是"铁证如山""岂容狡辩"。但愿鼎山再次翻检旧箧时还能找到，给我翻印一张。

抗战胜利后，我曾两度与鼎山共事。一次是在被国民党劫收的一家历史悠久的报馆，鼎山是考进去的，投考竞争极为激烈。进去以后，待遇相当优厚。但没多久，他就不干了。似乎还和当事者吵了一架。因为那里不允许他按照他亲眼目睹的事实写报道。不久，他考取官费留美读新闻系。并非由于他自己的过错，后来他失去了第一祖国的国籍。现在他当然是他"第二祖国"的公民。但他怎么能忘掉自己的"根"呢！

《天下真小》中介绍了他的"第二祖国"的文化情况，也剖视了他对"第一祖国"的心。

1984.12.03

与何为话当年

何为：

听说你仆仆沪闽之间，不甚得闲。大约不是因为头上有个"官衔"奔波不停，而是忙于散文的发展吧。京中友人来信，说你最近去了首都，商谈创办一本散文刊物的事。几十年来，你为散文的繁荣，真是锲而不舍，不遗余力。虽然迄今散文的行情并不见俏，却确实有些同志对它"抓住不放"。文学的价值与华尔街的行情到底是两回事。文坛也非市场。

你已是著名散文家了。"文革"前尊作就成了范文，不仅收入各种选集，而且编入学校的课文，供莘莘学子研读。

我则久违此道，整年整月无所事事，一无所成。倒是在"牛棚"与"干校"期间，突然有了点悟道的样子：世事原来只是如此这般！因为在那乱哄哄的舞台上，不管演出什么闹剧，我都不过是一个小小的陪衬，只须叨念"满脑子资产阶级反动思想"的罪行。因此也有了一点闲情，欣赏那些"革命派"的飒爽英姿，和他们演出的"旗手派"连台好戏。

这两年我想的多是几十年前的往事，完全与现实脱轨了。记得少年时你就有哮喘病，一犯病就无法平躺入睡，我到你那个亭子间去探过病。这或许是我到你那住处唯一的一次。我们好像谈了半天何其芳的《画梦录》，当时两人都为那本小书着迷。（说来抱歉，近两年我也没问过你的旧疾是否痊愈？）

前些时越薪忽然找出一本《星火文艺丛刊》第一辑，刊名《燎火》，就是你的一篇散文的题目。上面居然还刊有一篇拙文，那是 1940 年写的，也就是"孤岛"时期的产物。越薪说是跟你合编的，只出了一期。当年我并不认识越薪，上面还有晓歌（坦克）的《煊英瓣瓣》。我不记得是把稿子交给你还是晓歌转的。越薪说这恐怕是海内孤本了，且是"文革"劫后的幸存物。他复印一册给我。上次晓歌来沪，我又转送给他，因为我感到他也觉得十分珍贵，但当时的情景却记不清了。

我翻翻各篇文章，主要是宣传抗日的，虽然没有"抗日"两字，因为那是违禁的。读者很容易理解，刊物的内容是控诉异族压迫的苦难，歌颂战士杀敌的雄姿，呼唤争取民族的解放。你那时已经访问青弋江归来，《燎火》大概就是描绘那里战士夜间守卫的战斗雄姿。

当年我们晤面的机会甚多，好像从来没有做过激昂慷慨的谈话，也不懂应该写什么的道理。但内心有强烈的反抗感，决心争取民族的解放，推翻异族的压迫。现实使我们悲愤，笔下流露出的自然而然也就是这种感情。激情来自现实。我们喜爱《画梦录》，甚至到了着迷的程度。但我们没有描绘菩提树下王子的冥想，也没写少女的哀怨。写作是一种内心真情实感的流露，它来自生活。不是图解什么，没有固定的模式。更不是重复说过千百遍的语言。我看你解放后写的散文，也是从这个路子向前发展的。而阅读则是心灵的交往。

那时你不到二十岁，大约是个穷学生；越薪的地位大约比银行的练习生高不了许多；然而你们却办了一个小小的刊物，尽管是短命的。但它体现了年轻人的信念和斗志。创办这样一本小小刊物的精神，则值得深思。这是在那样艰难的岁月、严峻的环境中，干下的庄严工作。不是吗？那时我们对周围花天酒地、荒淫无耻的生活是多么痛心疾首！

深夜枯坐，突然想到与你话当年，我的脑子乱极了。我不知道到底想跟你说什么？我猛然想到，1957年如有傻瓜想办这样一个刊物，是不是就叫"同人杂志"？是不是要戴上一顶可怕的帽子？今天不同了，我默祷你们的散文刊物散发出灿烂的光芒，充满锦绣篇章。

其佩　丁卯年末

1988.03.02

李先生，您的笔搁得下来吗？

李先生：

您写了千百万字的手，被紧紧捆住了十年之久，一声春雷，一小撮妖魔鬼怪的罪恶黑手，戴上了手铐。您的双手松绑了，还没有从长期缚绑的麻痹中缓解过来，您就写出了震动全国的《一封信》，您的手还是那样灵巧，您的心还是那样火热，您的头脑更为清醒。您的读者，您的朋友，莫不为之兴奋欢呼。"四人帮"倒下去，您又站起来。许多外国朋友也都为之高兴。

您制订了五年计划，要继续翻译赫尔岑的《往事与随想》；要每年写一本《随想录》，共写五本；要写两部小说，好像题目都有了：《一双美丽的眼睛》，听说是写您最亲密的人的。您在那篇要人泪下的怀念文章中说：她"始终睁大两只眼睛。眼睛很大，很美，很亮"。但大约不同于现在的"纪实小说"。那时您已年过古稀，多大的雄心啊！看到这个计划，我很兴奋，我祝您健康长寿，我相信您一定能完成这个计划。您自己也说要为完成这个计划而奋斗。您"只愿意做一个写到生命的最后一息的作家。"

计划是从写《随想录》开始，那是 1978 年 12 月，只是写了两本，您就病了。那时您早已是老人了，与半个多世纪前，您在法国写第一部小说时已大不相同。这是任何人无法违抗的生理规律。何况您还遭受了十年的残酷折磨。《随想录》的第三集，书名就是《病中集》。但您仍坚持下来，您的笔停不下来，您的脑子静不下来，到 1986 年 8 月，您完成了五卷《随想录》的最后一篇，差不多近八年的时间。但您胜利了！虽然许多篇章您是用发抖的手一个字一个字写的，也许一天只能写几百个字，甚至几十个字，您已不能在书桌前挥笔不停。您走路也要靠手杖了。您是否真的松了口气，觉得任务完成了，可以搁笔了。恐怕没有。您的笔停不下来，因为一旦停下来，您的心就无法安静。您日日夜夜关心着我们国家民族的命运，您时时刻刻要人们记住那十年的大灾难，您要呼唤，您要呐喊，您要大家都说真话。灾难的十年，几乎使我们生活在"谎言国"中。您的150篇文章引起了强烈的反应。但我也要说真话，不是一片叫好声，也有吼骂声。其实这话您自己就说过，我不过作个旁证。

尽管您不止一次说道，写完150篇"随想"，就要"搁笔"。写另外几部作品的计划，您早放弃了。但您没有"搁笔"；您又写了一篇激动人心的《合订本新记》。合订本还没有出版之前，我就听说，这是专门为"三联"写的，不在其他报刊发表。声明"搁笔"之后，您又写了一篇，"搁笔"的口气也缓和了，您说"新记""可能是我的最后一篇文章"。就是说也可能不是最后一篇。我想您已经预感到，您的笔搁不下来。它就在您的手边，随时向您呼唤：拿起笔来，写吧！写吧！您的心也不让您安静，您还有不少真话要说啊！您又多么关怀炎黄子孙的未来。您尽管遭受十年折磨；后来又为病痛所缠；最大的烦恼，可能还是搁笔！虽然写过要搁笔，您心里怎能舍得？怎么搁得下？您的体力，您的高龄迫使您搁笔！但您的笔却只受您的心、您的脑的指挥，它很难停下来，您的笔搁不下来！

作为一个读者，当然希望您保重身体，不要再干力不从心的事，好好地保养身体。作为一个读者，也不能不希望能继续读到您的新作。您的心又不甘受"力"的抑制。

您说，"我们有共同的遭遇，同样的命运。"您深信："我没有做好的事情，别的人会出来完成。"今天，我们找到了正确的道路，但仅有赞歌，不会使我们腾飞。我们有许多问题、困难和障碍（报纸、电视台、电台都有所报道），需要齐心协力去排除，创造真正的新世界。这一切不能不触动您去思考，您不会只让别人去做，自己袖手旁观，您的笔又在移动了。

您要搁笔吗？我说，您无法搁下来，笔在您手中您却无法扔掉它来安度晚年。您必定会写。这是 1927 年就给您算准了的命运。

请原谅我的狂言。祝健！

其佩 1988

1988.03.08

关于家

乐山：

在刊物上看到介绍萧乾先生《搬家史》的文章，也有朋友向我推荐这本佳作。可是我已从懒得跑书店，变成不会跑书店了，真不知到哪儿去买。多年前，我急于拜读杨绛先生的《干校六记》，问来问去都说不知道。我总算还有点"邪门"，到一家大书店的教育文化柜台去问，果然放在那儿。可有点乐不可支。这回是一位热心的青年朋友帮我借来的。我想不必再到书店的历史柜去打探了。

萧乾的大名，我已久仰。少年时读过他的《梦之谷》等小说，更主要的他是《大公报》的驻外记者。写了不少国外通讯。大约他回国以后，我才干上这一行；他的《人生采访》又成了我们那时的学习教材。但始终无缘识荆。我不知解放后他怎么成了你的同行，翻译外国文学了。读了几页《搬家史》，才知道原先他是搞对外宣传的。使我惊奇的是他使用了"洋包子"这词，正如我前回说的"洋学堂"。这个"洋"给两代知识分子不知带来多少灾难。他因为改行翻译外国文学，1957 年你们再次成了"同路人"。

还是说说"家"吧。萧先生以鸽子为喻，说明对家的依恋。倦鸟知还。在海外漂泊游荡之后，终于在解放前夕，作了回老家北平的选择。这是很容易理解的。鼎山现在成了美籍华人，当年出国，他肯定也是准备回家的。他成了异邦人，是历史的作弄，或是上帝的安排。

记得那年鼎山带了瑞典夫人、美国女儿第一次回国，到那个大院去拜访你的家。真抱歉，那是我从未到过的斗室。我问他，你怎么到那样挤的房子去？他说我让我太太看看，中国知识分子的家就是这样，小小一间房，塞满了东西。他是让夫人懂得，不论什么样的家都是温暖的。小时候读英文，不就有过"家，家，甜蜜的家。"是不？我老糊涂，已记不清了。或许是歌词什么的。

我清楚地知道现在有多少人争着飘洋过海，有的不想要这个家了。有的饱含辛酸而去。等我们国家富强了欢迎回来。作为学成归来也好，作为华侨回来也好，作为什么籍华人回来也好。作为归家回来也好。闯荡世界无可厚非。建设家园也是一种责任。

萧先生现在的生活是幸福美满的，而且有文静体贴的洁若夫人（我有幸见过一面）为伴；当年他也是怀着幸福的理想回家来"重整家园"。可是这中间，却是一段苦难的历程。现在他还是乐于建设家园。《译余废墨》不是也在字里行间反映了同样的辛酸呢？你一贯向前看，一贯默默地工作，热爱咱们这个家。你好像到国外去了好长一段时间，我们遇到几次，你却只说了三两句话。你当然不会像刘姥姥进大观园那样看异国风光。倒是给我看了两条裤子，就像少年时研究《老爷》杂志上的服装和皮鞋式样。年轻时的这类生活小事后来成了肩上的重担。我们曾喜欢过外国的书刊、电影、服饰等等，但我们也始终多么眷恋自己的祖国；希望她快快富强，人民幸福。

其佩　88年2月初

1988.03.15

说猫道狗

黄裳兄:

前些时在 L 先生家碰到一面, 匆匆谈了几句, 因为我已坐了一阵, 又有点琐事, 就先行一步。忽然想到已经好久没有造访尊府。这大约因为我是无事不登三宝殿, 闲下来以后, 只讲废话, 不干正事。我前一次拜访, 府上那条大狗已经不在了。因为那时已有明文规定, 城市不准养狗。狗肉倒是可以卖的。

我没问你狗到哪儿去了, 我知道你很喜欢它, 怕给你增添烦恼。虽然年头变了, 我却立即想到巴金写的《小狗包弟》, 这文章我读了好几次, 每读一回都要心酸一阵。

"文革"灾年, 害死不少人, 伤了更多的人; 祸及猫狗则是它的余波, 写文悼念猫狗的似不多。我家一直养猫, 一则因为捕鼠, 二则因为我老伴喜欢猫狗。她幼年住在小城, 养猫狗是很普遍的事。老老小小似乎多很喜欢。那都是小猫小狗, 常常跳到身上, 当时她还是孩子, 小狗常舐她的手脚, 她觉得舒服极了。老来还要讲给儿孙辈听, 引以为乐。

还是说说我家养的那猫吧。养猫先要训练两件事, 一要教它认识食碗放在何处, 肚饿了就可以在那里找到带点鱼腥味的残羹; 二要给它设立一处"卫生间", 让它在那里大小便。小时候, 妈妈对我说猫有九条命, 我已记不清什么意思, 大约因为小孩子要打它吧, 但猫是有灵性的, 很容易训练, 它也很听话。因为猫碗总是吃光了。破脸盆做的"卫生间"有猫尿猫粪, 天天要打扫。

我们下班回家, 它常跟进来扒在旁边。星期天它更是占据客堂间太阳照进来的那块地方, 舒舒服服的养神。每天总有一个时候不见影踪, 去找它的伙伴，或是"谈情说爱"。

我不知猫的平均寿命有多长，从猫仔捉来，养了十多年，从无邻居说闲话。我们住的是两开间假三层房子。我们住底下一层，楼上有一间，还有亭子间，上百平方。其余都是别人住的，一户一间，我们似乎颇有点"特权"了。解放初那还是私房，原来是我们独住的，后来因为家人中，走的走，搬的搬，就很宽敞了。房东解放初从美国回来，我们主动还了他几间，让他可以多收点房钱。虽说"特权"，也还心安。那是忙得不得闲的年代，早出夜归，邻居也难得碰面，相安无事。

"文革"一来，形势渐变。我们基本上没有往来的那些邻居，似乎都属工人阶级。他们都清楚，只有我们这一家靠不住，要倒下来了。有个看过几本旧小说的老年妇女，还对我家阿姨说"一朝天子一朝臣嘛"，这样的妙论我只听到过这一回，或许有点不伦不类。

我们是普通的知识分子或一般干部，但那时四十多岁，又念过洋学堂之类，从旧社会过来，总有点社会关系，而且生性怯懦，虽不是"走资派"或"反动权威"，也乖乖进了"牛棚"，老伴还给"造反派"监管起来，不准离开机关。老阿姨也走了，白天家里只有十来岁、念小学三年级的小女儿，房子只留下了一间。还算安静的住处，顿时成了七十二家房客式的嘈杂。更糟的是，每夜回来，女儿总是眼泪汪汪的说，东家讲我家的猫偷吃了什么，西家道猫闯了什么祸，跟我说几句就哭了。我不知怎样哄孩子，她还要受"红五类"孩子的气，问你妈妈哪里去了。我真不知怎样对孩子说好，心酸透了。她更不知我是怎样牵挂她妈妈的命运。我连看都无法去看她。从前还可以探监呢。你说这是什么滋味？无可奈何中，托人把猫带到浦东扔到荒野中了。连一只除四害的益物，也受到我们这种"反动透顶"家伙的株连。那种年月再也不能让它回来了。

其佩 1988.2

1988.03.30

再致黄裳

黄裳兄：

认识令弟已久，与你相遇不多，只好算"点头之交"，但很早以前我就是你的一个读者。也有一点事可以扯扯。

可能咱们的年龄相仿。少时，我们曾在一两个副刊上共同投过稿，这就算文友了。当年你不用这个笔名，何为兄对我说过，我却忘了，但还记得那时常常看到那个名字的文章。不久以后，我就不再写那些文章，你却成了名家。

解放初，常在各种会议上遇到，不记得第一次相逢是什么情景，你对不熟的人，很少说话，但总是相互点点头。

我们有些接触大约是 60 年代初期，当时你们那个系统的"右派"都集中在郊县一个什么乡里劳动改造。这要比流放北大荒或西北不毛之地的朋友，幸福得多了。

解放后，我很少下乡，或基本没有下乡。只有一回随着一位杂文家前辈去乡下"走马看花"，回来谈感想，我脱口而出：乡下的苍蝇太多了。吃饭的时候，饭桌旁总有成百个绕着飞，有的还落在汤中。却给那时的革命同志笑话了一阵，说是"书生气十足"。我也没闹明白，究竟是什么意思。只是心想，你是苍蝇的朋友吗？

第二次，就是到你们那个乡下，是锻炼的意思，也是改造。但跟你们不同，头上光光的，没戴任何帽子。还有两位较年轻的革命同志陪伴。后来我才有点领悟，是考察的意思吧？看看我的"劳动观点"或"阶级感情"之类。

细节我不记得了。只记得下车后，自己背着行李到了住处。这点后来受到好评。于是看到了你。多数都有点认识，也都是点头之交。有的话多些，有的话少些。我知道大家都有戒心。你似乎没说什么话。但在一起住了一个多月，我们三人都回来了。对我的评语似不甚佳，但说的是真话。不过我心里想：彼此彼此。这类事现在想来只能哑然了。

我什么农具也不会使用，也不会拨弄土地，总觉得两只手笨拙透顶，无法学会，心想让我当农民一定饿死。也弄不懂种地怎么就能改造好思想。但我的心是很虔诚的，默祷能够通过劳动，脱胎换骨。我是真心锻炼的。"文革"后一位作家说了句名言："经受折磨，就是经受锻炼。"当年我还不领会，情况也有些不同。后来在"牛棚"、在干校，我已失去这种虔诚的锻炼心愿，尽可能偷懒，不让"造反派"或"工军宣队"看到。这大概就是现在人们常说的"逆反心理"。

前信说猫道狗，太噜嗦就打住了。十年浩劫过去，我们这个社会开始恢复失去了的理智，我老伴又弄了一只猫养着，但没有以前的漂亮，只是邻居的闲话也没有了。

由于单位一位好心人的同情，后来替我们讨回楼下一间房子，让我的老父能搬回来与我们同住（上回被赶出不久，我母亲就病故了。丧葬费都不许报）。但最好的那间房子，早已经给对过街道办事处的"造反派"占为办公室，而且在院子里搭搭盖盖了什么。浩劫过去，也一点没有还我们的意思，那时还没宣传法制，我已说过我生性怯懦，自知斗不过官府中人，也没去讨。前些时林放先生写了一篇题为《反过来想一想》的杂文，说的是某县政府的公房被占，打官司，收回房产，他赞扬了这种法制精神。但又提出"反过来想一想，公家占用民房，老百姓打官司能赢吗？"他没做结论。我是三年早知道。是收不回的。虽然我没去打官司。

幸而我老伴的单位关心，给我们找了一套房子。那是一门一户的高层房子，我们的猫又有了问题，那种房子是无法养猫的。我想，把它留在老宅吧。也许邻居会收养。在整理东西，准备搬家的几天，猫碗中我们照常放好猫食，但它已知道我们要搬走了。审来审去，惶惶不可终日，闹得我们心神不安，对它充满歉意。临走前，我们留下一碗丰盛的猫餐。但我们则是第二次残酷地遗弃了对我们十分友爱的猫。也不知它后来的命运如何。

其佩　1988.2

1988.04.08

《大亨》与阁楼

沈寂：

近年你写了不少作品，都是连载小说，或是应该称为传记文学什么的，我可说不上怎样才算准确。我们熟起来，总在太平洋战争前后，三四个人逛逛马路，或到石琪读书的那所医学院的宿舍去谈天。你还记得吗？我们穿上白大褂冒充学生到手术室，看外国教授开盲肠。真是多么荒唐。这一切都不过掩饰我们内心的苦闷，国土沦丧的苦闷。也许我们属于弱者，没有勇气拿起刀枪。但我们有信心，敌人最后必然灭亡。

另一种掩饰苦闷的办法，就是写些稿子。也不是拿起笔作刀枪。我们只是发泄过剩的精力和压抑的情绪。石琪好像喜欢写北京的劳动人民，什刹海卖艺人之类。你写的我们说是"武侠小说"，当然这是笑话。但你写的是粗犷的人物，山林中的英雄好汉，骑马的、打枪的、拿刀的。不知我是否记错。前两年看到预告，说你出了一本小说集《恶夜》，大约就是那时候的作品，那时候的"夜"吧。真遗憾，你竟忘记送我一本。

胜利以后，大家都忙于养家活口，似乎很少往来。所以我一点不知道解放前，你怎么去了香港，而且进入电影圈。直到我在报上看到你和另几位同志一起被驱逐出境，回到了大陆。才知道你还是站起来斗争，为维护新中国的尊严而斗争。

但是似乎无缘相见，同居一个城市，却失去了联系的渠道。又不久，准确地说是五七年，我听说你给戴上了帽子，站起来又倒下。我愕然，从此更难往来，长达二十多年，又像是一瞬间。

"四人帮"倒台后，你编了几部电影。真抱歉，我一部也没看过。我又恢复了两点一线的生活，又有点不知前途如何，不知归宿在何处？

不知怎么我们又往来起来，恐怕还在你开始写传记文学之前。后来报上登的作品都出了书。一些报纸先后刊登你的小说，说明有人欢迎。可能还是《大亨》流传最广。因为一次我打传呼电话找你，接电话的师傅没听清楚叫谁，我又说一遍你的名字，对方回答：噢，就是写《大亨》的。这可用得上"家喻户晓"了。这时候你还是一个短短电视片的主角，上了荧光屏，不知是否在《文化生活》一类节目中放的。俨然是名人了。

几次拜访，你都在走上楼梯的那个小小"角落"接待我。因为我不知应该给那个几平方的地方一个什么称呼。有两只沙发，对面就是小菜橱。是客厅吗？听起来够漂亮，但却是假话。你说住在上面阁楼上，你可从未请我上去过。应该比"角落"宽敞吧？我也没要求上去参观一下，我不知道上去，人能不能站得直。

就在那个阁楼上，你描绘了各种大亨的豪侈公馆，我真不知说什么好。我也不记得那个短短的纪录片，是否有阁楼的镜头。何况摄影机最能迷惑人，纸糊的东西，也会成为豪华的宾馆。当然这不是说电视台的新闻片，是你搞的电影。可是你却非电影中人，而是在阁楼上写《大亨》的作者！现在你又在写《大世界》了，我默祷你能找到一个稍稍宽敞的小天地。

其佩　1988.2

1988.04.16

遥寄纽约董鼎山

鼎山：

你好像有两年没有回来了。读本版《纽约生活》专栏，感到你颇有点老当益壮、雄心未减的样子。过了退休年龄，还想按照规定，再干几年。这个专栏还使我比较深刻了解美国人真实的日常生活。你居美四十余年，思维方法、生活习惯，大约都美国化了。这是可以理解的，思想和生活都必然受到周围环境的影响；而且必须适应周围的环境。

两国人民的了解和尊重是很必要的。了解应该是准确真实的，尊重应该是诚心诚意的。过去我们对美国人生活习惯的了解，有一些误解，而且比较喜欢滥用"腐朽""浪费"之类的字眼。美国记者对中国的宣传有些也是有偏见的，有时近乎荒唐。我们需要了解对方的真实情况，而不是给对方戴一顶破"帽子"或是强加于人。这就少不了尊重。中国人民是很有民族自尊心的。任何国家的人民都是如此吧？不应伤害对方的感情。

我觉得你客观地介绍了美国人的生活，对中美文化沟通作了可贵的贡献。我不知道你在香港出版的《西窗漫笔》是否就是刊在《读书》杂志上的作品。我常翻阅你在这本刊物上所写的介绍美国文坛情况的文章，觉得大开眼界，使我对当代美国作家、作品、知识分子的动态，有些粗浅的认识。过去我们很少介绍当代美国文学界的现状（近十年情况有改变），翻译的作品多是我们在学生时代就知道的那几位作家，大概属于"经典"作品吧。

《读书》杂志在国内也是属于"高级的"一档，但它有特色，出了百期以上，保持一贯风格。可能印数不太多，不是属于"畅销"一类。有的读者说编者有"伤感"情绪，劝告《读书》"走自己的路，让人家去说吧"。这是说得很对的。我看编者还是很有信心的，现在不论办刊物或办什么事，都难免遇到波折。像《读书》这样的刊物更应保持原有的风格，不必办成通俗性的、消息性的书刊。另外还有其他同类刊物可以承担这方面的职责。

一腔一调、一窝风是最令人厌烦的。我们的口号是"百花齐放、百家争鸣"，成效如何我很难评价，但这总是一种值得提倡的精神。

国内有三种专门介绍外国文学的刊物（仅据我所见，可能不止）。它们好像都有所分工，这就很好。不论销路如何，它们都保持原有的编辑方针。有一种比较偏重介绍国外的通俗流行作品，有些美国电影电视就是根据这些作品改编的。有人对介绍这种作品则不以为然，其实这就是一种偏见或误解。两位富有学识的前辈则说："为了理解外国当前的社会，通俗流行的作品常常是较好的指南。"话就说得公允了。

仅从文学作品来说，我们也应了解各种流派。而经过长期闭关锁国政策，推行改革开放政策的今天，更须了解外国当前的社会，破除过去的扭曲的印象。

我们都难免有偏见。比如对武侠小说我们大约很早就不看了，或是瞧不起。但据熟悉情况的读者说，有几位写的武侠小说有很大创新，也有文学色彩、不再是那种"一道白光"了。虽然我无意去看，但不能否认这类小说也有发展。我们只应该反对真正丑恶的和有害的东西，不应该否定自己不喜欢的东西，更不应反对别人说不同的意见。你说是不？

其佩

1988.04.25

《道德经》与其他

鼎山：

有一回在酒会上遇到一位美国外交官，他的普通话说得相当流畅，我问他在哪儿学的，他说在美国。柳无忌先生是他的老师。他选过柳先生的明清小说史。我说"柳先生的普通话也许没有你说得好吧。"他说："我情愿听他讲英文。"我说的是戏言，他大约是幽默吧？我问他最近看什么中文书吗？他说：《左传》。还有另一国的女外交官，是研究汉学的，也说只会看古书，不认识简笔字。外交官说的当然是真话，也是外交辞令。这毫不足怪。他们的使命并非来中国研究古代作品，是不会不注意现实的东西的。在社交活动的闲谈，也就是如此这般吧。一位外交官夫人更有趣，她说的普通话不错，与英文混杂使用。我说你看中文报吗？她说："我是文盲。"你看多有趣。

过去西方研究汉学，都是古代的吧？近几十年在美国与西欧都相当重视当代中国文学作品的介绍，中国与外国作家的交流也大大增多了。但不少汉学家可能还是重视古典作品。

我不了解背景情况，不知西方为什么特别重视《道德经》。一位去过西欧的朋友告诉我，他在汉堡和西柏林的书店中，都看到把《道德经》放在显著地位。听说这部书有好几种英文译本。

中国也有研究《道德经》的专家学者，不过我们通称《老子》，它并不是通俗书物。我从未读过，也读不懂，只知道其中的片言只语。我不知道美国人把它看作一种哲学思想，或是宗教观念，或是什么。

我听说美国总统今年发表的国情咨文中，也引用了《道德经》的话，既感奇怪，又觉有趣。据说他引用的是"治大国若烹小鲜"。你这位教授知道吗？我未读过这篇国情咨文，不知他怎样引用，想说明什么问题。按照字面的意思，《老子》的话是说治理大国，要像煎小鱼，不要常常扰动它。应该说这是一种治国的方法，并不等于无为而治。里根总统也许是维护他的自由主义贸易政策。这可是瞎猜了。

这话对中国也有用处，老百姓最怕政策多变，折腾不已。煎小鱼如果不断地翻动，那就要变成鱼糜，或是鱼酱了。

有趣的是，两三年前林放先生在本版写过一篇《未晚谈》专栏文章，题为《若烹小鲜》，也是正面发挥这个意思，希望不要干预太多吧。只是时间久了，我已记不清。

你读过《道德经》吗？想读吗？那就读英文版吧，一定比原著好懂，只是不知翻译的准确程度如何？我们也有一本《老子新译》，是任继愈先生的译著。

其佩　1988.3

1988.04.30

久违了，蝶老！

蝶老：

近获致 W 兄与弟的手示，欣喜万分。一别 30 余年，又看到你那方方正正，一笔一划的手迹，真没想到你已八十高龄了。

1950 年代初你悄然离沪，没听过谁为你饯行。但我知道尊夫人已离沪，你的跟踪而去，是理所当然的。当时，知识分子改造的锣音初响，百花齐放的赞歌尚未吹起，送别宴请的好事之徒已收敛自重，你也只能默默离去。但，时至今日，你还是忘不了上海，这是给你许多美好记忆、美好友情的城市。你总忘不了四十大庆的盛景吧？有些朋友虽没有你长寿；但健在的还不少，而且他们多半都能自得其乐，还都惦念着你，记着你的美好情谊。

有好几个像我这样的朋友，仍感到欠了你的友情，我们一直是负数，只接受你的温情赐与，一点没有回敬你什么。甚至连那盏送别的酒，还挂在账上。

你去港后，久久没有听到你的讯息，直到 1986 年乔奇先生去港演《家》，返沪以后，我才间接听到一点音讯，可惜语焉不详。只知道你过得还不错吧。今年 2 月，你荣获"十届十大中文金曲"最高荣誉"金针奖"，我才从港报上知道你还热爱填词，编写电影剧本，写专栏文章。而且看到贤伉俪的照片，但我一点不认识了。我立即想到尊夫人发福了。又想到我们和 S 兄在楼下喝咖啡，弱不禁风的尊夫人从楼梯上下来的情景，那时她还在养病吧？可是我怎么竟认不出你了呢？也看不出一点老人的样子。

我想了半天，才悟出你在头发上耍了一点花巧。这在大陆极少见。我对你的印象是素来不爱修饰，现在穿的西装，比我们年轻时穿的还挺刮。真得刮目相看了。

我知道陈燮阳兄是令郎已经很迟很迟了。我从没听说过你有一位热爱音乐的儿子，而且已经成了乐坛明星。我这个人自幼缺乏音乐细胞，很少去参加音乐会。但在一年以前，外国朋友举行的小型电影招待会上，我遇到令郎。

我进去时只有三两人，我一眼就看出他是令郎。面孔和头部与你完全一模一样。我冒昧招呼，果然不错。可惜他一点不知道我和你的关系。我想你离沪时，他也许是小学生吧。

今年2月，上海《解放日报》以《悠悠父子情》，介绍了你和燮阳兄在深圳会面的生动情景。而且介绍了你20岁起在上海文坛的经历，相当详细，只是漏掉了对我们有特殊意义的那本《宇宙》。这张报纸为你亮相是可以获得迎头彩的！

你寄给我一篇记与谢晋先生初相见的专栏文章，把"政治"与文艺挂钩说成"痛苦"。我想这是多年来"左"的路线给你造成的"痛苦"。政治是应该给人民带来幸福，使国家变成富强的东西。你并不是远离政治的人，你主编《万象》，用的名字不是陈涤夷吗？这不就表现了你对日本军国主义的反抗吗？有一回，我说你给我随便用个笔名吧。你随手写下"东方荆"，并说"东方荆棘之地"，那时日军已占领了东南亚。这就叫政治！我不是向前辈说教。我只是说政治有好坏两面，谁也离不开它。有时你投身其中，有时你想避开。是不这样？另外，现在大陆的政策并不强制政治与文艺挂钩。

前些时，我与文兄伉俪回忆你写的歌词，还数那位贤慧的明星夫人记忆最强，凑出《香格里拉》一歌的几句："这美丽的香格里拉 / 这可爱的香格里拉 / 我深深地爱上了她 / 爱上了她 / 你看那红墙绿瓦……"再也背不出了。你看对不？

现在大陆经常演唱这类没有什么政治内容的流行歌曲。朋友们都在怀念着你。你也想回来看看吗？这回 W 兄肯定会为你组织一席丰盛的接风酒。他现在可神通广大啊！祝

健！

其佩　88.6 月底

1988.07.09

雷马克及其他

朱雯先生：

我读初中时，雷马克的《西线无战事》已是大大有名的外国文学作品了。不知是好奇，还是赶时髦，说得好听点叫学习，也拿来看了。但对这部杰作，一点不知好在那里。一个少年，生来愚笨的少年，对世事与文学都不甚了了。

后来读了您译的《凯旋门》与《流亡曲》，倒是品出一点滋味，那玄妙的哲理，那人物的命运，都引起我的沉思。可能也由于您的流畅译笔，读起来不吃力。翻译家对应该如何翻译，各有高见，这是正常而且容易理解的。但是读者，至少像我这种懒惰的读者，总喜欢看些明白流畅的译文，不要读一句猜一猜。

八十年代，您又出版了雷马克最后一部著作《里斯本之夜》，而且新译了他的处女作《西线无战事》，我觉得这一尾一头很有趣。有点像上海名菜"烧头尾"。这可有点唐突了，请谅。但我不知您是何时译的？听说您新出版的译作历史小说《彼得大帝》从动手翻译到译成交稿，历时30年。也有点象"苦难的历程"了，不仅是译作的苦思，在现实生活中，也有点吧？

您年近八十仍然在职，还带研究生，又开各种没完没了的会。您没被"一刀切"，这是您的学生的幸运。您好像患有老年人多有罹患的冠心病。据说，不发的时候像条龙，发的时候像条虫。这话对先生稍有不敬，但龙是大吉大样之物，当不见怪。

我的前辈、老一代知识分子多是热爱自己的工作，不愿"享福"，担任老师的全心全意地做学问、教导学生、培养人才。听说抗战前您是先任中学教师，后升大学教授。我是1930年代末中学毕业的，到了四十年代，我的许多中学老师先后登上大学讲座。那时大学不多，倒不是缺乏师资，他们和您一样，都是学有专长，是够格的大学教授。现在多已七老八十，仍旧负责培养研究生，发扬自己的专长。

也有在"苦难的历程"中过早倒下的。我中学读英文，得益徐燕谋老师的教诲最多，他上课总是那样有劲，常常弄得唾沫四溅，使你无法不认真听课。但我并不是一个好学生。我离校不久，他就到大学授课，解放后仍任教高等学府，培养的高材生成了莎士比亚专家、英汉大词典的主编。他还写得一手好诗，装订成册，由另一位国文老师抄录若干。有两次他拿给我看，很是高兴；却绝口不谈英文，而书架上又全是英文书。有的报刊编辑向他索稿，他都婉谢了。"文革"中神经受到猛烈刺激，后虽治愈，却未断根。前两年旧病复发，不幸故去。那已是粉碎"四人帮"之后了。根子则植于大灾大难之年。家人将他的遗作自印成册，他的老友钱锺书先生为之作序，文字之古雅，情谊之深切，真是感人。这样好的老师、这样深的友情，是令人难忘的。

您对雷马克与阿·托尔斯泰有深刻的研究，精通外国文学的许多方面，在开放的今天，您培养的研究生对介绍外国文学，扩大读者眼界，活跃思想、解放思想，必将作出许多贡献。

对《苦难的历程》这书，我总有些感想，像是指的中国知识分子的命运，当然大家都希望苦尽甘来，我们正在新的长征路上迈进，也许下回我把我的意思说得明确些。

祝您健康长寿，带出更多的优秀研究生。或是还有精力和时间译点什么吗？

其佩　88.2

1988.07.16

"小朋友"与"大干部"

林莽兄：

每想到你，我的心情都很混乱。你究竟是当年的"小朋友"？还是当今的"大干部"呢？我想你是那种还没有失却当年"小朋友"天真心情（或曰"赤子之心"）的"大干部"吧。

那是解放前的一两年，由于S的介绍，彼此相识。我们那一伙都有了工作，甚至编一些不三不四的刊物，而你却还在大学念书。我们都已成家就业，你只能算"小朋友"。我们的共同点是大家都喜欢写写稿子，一见如故。在那样险恶的旧社会，彼此都没什么戒心。现在想来也还值得怀念，人与人的距离竟是那样贴近。

我记得解放前某一天傍晚，你和我离开S家，在泥城桥一带闲逛。兜来兜去，你竟没有分手之意。其实并没有什么闲话好说了。又走了一阵，终于告别。

几天以后，S对我说你去了解放区，那里需要懂外文的人。这是我没想到的，和一位革命者在一起，却毫无所知。我没说什么，也没告诉别的朋友。

解放后，有人来信说，他的同事中有位叫什么的认识我。你们在一个部门工作，关系很好。可是这个名字，我十分陌生，想来想去不知是谁。那时，我已忘记你在学校叫什么名字。直到好久之后，才知道原来是林莽。

"文革"以后，你那个大院中的人来信告我，在某家人最危急的时刻，是尊夫人挺身而出帮了大忙，他们十分感激。你好像在国外。他们十分赞赏贤夫人的品德。那是什么年月啊！又过了几年，你成了大干部，就是咱们那帮子人中职位最高的人了。在许多事情都以级别分的情况下，我们几乎无法高攀了。

我们恢复联系，重新通信，已是粉碎"四人帮"以后。你似乎拥有更高的职务，但你只字不提，讲的还是一些写稿子的事。而且对我们当年写些小文章的"雕虫小技"，仍有很大的迷恋。

又两年，我因公赴京，恰巧你从外地回来。我打电话给你，碰巧你那里车库中没车，你竟换了几路公共汽车到那小小招待所来看我。衣着之随便，还不如我这个知识分子，讲的竟全是家常话。

我们党仍有不少你这样身居高位仍如平民百姓一样的干部吧，不如意事甚多的此刻，这点是十分可喜和珍贵的。我有点忘乎所以，我们还是当年的"小朋友"。

前些时，柯灵同志对我说，你过沪赴国外访问，在沪仅有一天时间，你还抽空去拜望了他。柯灵是我们的前辈，但你是十分念旧的！友情是多么珍贵。它永远温暖人的心。但在那什么都以"阶级斗争为纲"的年代，挂念友情似乎也是需要鄙弃和批判的。什么都要"划清界限"。唉！

前获赠书《西欧剪影》上下册，作者都是常驻国外的记者，虽然除了你和姚云兄外我都不认识。

在以开放为国策的今天，在提倡到国际大循环中竞争的现在，这部书对了解西欧各国有很大的益处。因为不仅文笔流畅，而且相当客观地介绍西欧社会生活的各个侧面，兼及名胜古迹、风土人情，也谈到那个相当富裕社会中的若干恼人的问题。不是那种片面地批判，好像那个社会很快就要垮台。

我们的建设还需要几代人的努力奋斗，对别人的长处应有真实的了解。

我奇怪的是这样一部好书，何以只印1250册？有几个读者能看到？

其佩　88.3

1988.08.27

青年钱锺书

今纯兄：

报刊上的文章中，在提到钱锺书先生的时候，往往在前面加上"大学者""大学问家"的字样。不知你是否注意到？我从没看到什么文章把"官衔"加在他的头上。那样读起来可能是很可笑的。据说在我们社会中，"学而优则仕"的余风犹存。钱先生的道德学问盖过了"高干"的桂冠，决非偶然。

杨绛先生在介绍钱先生的文章中，有这样一句话，他"1933年毕业清华大学，在上海光华大学教了两年英语，1935年考取英庚款到英国牛津留学。"我就是那两年认识钱先生的。我1933年考取光华附中，钱先生已是大学教师了。当时我不过十三四岁，钱先生大约二十三四岁吧。我们的相识是十分偶然的。我读初一、初二时，有两位国文老师：陈式圭老师和张杰老师。初一读的是《论语》，初二读的是《孟子》。大约他们对我的功课还满意，常约我到他们的宿舍去谈天。这样也常遇到钱锺书先生在场。

两位老师对我的谈话并不多，他们三人的交谈却很热烈，多属谈诗论文一类。我听得懂的也不太多。钱先生也不时和我说几句，我幼小的心灵中，立即感到这是少有的奇才。他不仅精通中国古典文学，而且除了英、法文外，好像还懂另几种外文。有的是我老师告诉我的，钱先生也说几句给我听。我的印象真是深刻极了。他的学问还不是"满腹经纶"所能概括的，宏博渊深，简直使我惊异。常想怎样能学到那样多的学问，暗暗佩服羡慕。

他们还喜欢写毛笔字，都写得一手好字。大家也说些闲话，那时我就知道钱先生号默存，别名中书君，而且一直记住未忘。那时我的老师还不时跟钱先生开玩笑，大致是写情书或情诗一类。我这个早熟的少年也能听懂一二。不过我不知道对方是未婚妻还是情人。钱先生总是哈哈大笑。他虽是大学老师，十分平易，而且爱说笑话。对小孩子也没什么架子。

对于"青年钱锺书"，我只有这样一点印象，却一直保存到老年。当时我已认为他是位大学问家了。后来我读大学，那些外籍教授是无法和这位青年相比的。他到光华大学教书，听说是因为考英庚款，必须有在大学教学两年的资历。不知确否？

自从钱先生赴英后，我们再没有机会往来了。后来我就成了他的一个读者。我知道他在开明书店出了一本《谈艺录》，立刻赶去买来，这是我第一次买这类书，也看不大懂。后来读散文《写在人生边上》等，以及小说《围城》都很喜欢，因为这些书有别树一帜的独特风格，常常妙语连珠。那时我想他总在什么大学任教，但也没打听，也没听谁说过。

解放后，我倒向北京的朋友打听过，回答说在从事一部巨著的汉译英工作。我想这怎样能发挥他那满肚子学问呢？

后来我看到他编的《宋诗选注》，尽管我对旧诗词一窍不通，也立即买了。主要只是看看他的评注，确实不同一般。直到今年初读到他写的《模糊的铜镜》，才知道他工作变动的情况；而且还知道这样一部选注竟也惹出风波。我们的大学者、大学问学家，怎样能按照自己的心愿工作呢？

钱先生是不会放弃工作的，《管锥篇》终于问世了，而且确确实实震惊中外。一二年前我读到过一篇热情赞颂钱先生和《管锥篇》的文章。那激情使我感动，并唤起我少年的回忆。我也有点不同的看法，就是觉得《管锥篇》是很难译成白话的。你译过不少英、俄文作品，古文也比我好得多，你试译一段看？我想这种研究工作，是后继有人否的问题。在大学中可以开专题课。尊见如何？

其佩　88.9

1988.10.15

踏进迷人的领域

振志学长：

离别几十年后重新相逢，头一回谈话，你就告诉我，你本来是画油画的，可是"工宣队"不让你画了。你说的是一种道地的北京话，不是我说的那种上海腔的普通话，我听不出你是恼、是恨、是悔，还是什么？你说得那样平淡，不露感情。你被迫失去了从事多年的油画，却找到了新的发展道路——美术史和美术评论。

我想起你，还是一位北京朋友的来信，问我常在《外国文艺》上写文章的何振志是不是就是当年我们同年级的女同学？我立即抓住了一双影子。你们是一对姊妹花。在我印象中，还是"富家女"。这话你也许不愿提，但你用不着担心了。当年这也许是"工宣队"不让你画油画的一个重要原因。现在"富"又是好字眼了。当时他们只希望把你放在资料室中，让你喝喝茶、看看报，谈谈天，白养着你，让你消磨时光。有很长一段时间，对待知识分子的策略，特别是对待有些才能的知识分子，就是干养着、给工资，却不希望他干什么事，特别是干什么别出心裁的事。唯一的用处，就是充当"靶子"。

你如说艺术是迷人的领域，那说不准还要受批判。对于他们，什么都是阶级斗争史、阶级斗争工具。他们是不会知道这话是革命伟人说的。他们在一根指挥棒拨弄下，只懂得胡搞蛮缠，用他们的话叫"斗"。"遗憾"的是他们自己给斗垮了，彻底完蛋了；你却大踏步进入迷人的艺术殿堂。

你在贝满女中读初中，受王辛笛先生的启迪，爱上了巴金的小说；我在上海读初中，自己找到了巴金的小说。我们有许多共同点，在不同的大学，读的是同样的系。解放后又有同样的感觉，咱们的英文是白念了。但也有不同，你的英文记得很牢，我却忘得差不多了。你爱上了美术绘画，我却是一窍不通。

我又想到了资料室。我有几位学问渊博的老朋友，当年都被安排在资料室一类地方。却让我重操旧业，去搞忘得差不多的英文翻译。颠颠倒倒的生活，几乎已在有些人的记忆中消失了。人啊！你是多健忘！

你大概是充满艺术细胞的人，记得在高中你还是学校剧团的演员，是演女主角吧？最近在本报写连载的惟翰学长是大学的演员，有一次相逢，我和他谈过这事。可是没问他演的是什么戏，以及你们是否同台演出过。我倒问过他，当年四川来的三姐妹"富家女"的情况。他消息灵通，说是老大后来当了国民党某大使的夫人；老二去了延安。你看人事变化多悬殊。对于你，是不可以说一直在艺术的道路上前进，而且深入堂奥呢？

我想这是因为你的认真和执着，这种优良的性格，我就很缺乏。把你塞到资料室中，你却把那些乱七八糟、久已尘封的书刊，整理得井井有条，而且把它们拿过来，丰富自己，撰写美术史和美术评论的文章。这也许可代替那被迫扔下来的画笔了。虽然说不定你如果继续画下去，也许会成为"中国的梵高"或别的什么名画家。但我看你还是不会后悔的。你不是那类喜欢缅怀往事的人，而是挺着胸向前走。

人们都习惯于把发表过的文章编成集子，你写的美术评论足够出书。而你却从头做起，写了一本《艺术——迷人的领域》。

你说你是个浪漫主义者吗？我看你有很强的理智，你不懂得摇摆！你不沉缅于幻想，脚踏实地。

问候你的先生，我少年头脑中的足球明星。

其佩　88.9

1988.10.22

祝　寿

嘉德先生：

今年 10 月是您的八十大庆，在此敬祝健康长寿。"秀才人情纸半张"，今天的知识分子只能如此聊表心意。我已有好几位相识的前辈是耄耋老人了。真是可喜。不过我们的情况稍有不同，相识往来已有半个世纪之久。当年我读高中，在嘉音编的一个副刊上投稿。嘉音是个热情的编辑，常邀投稿者到家中吃茶，还弄点福建点心。有一种很细的炒面，十分可口。您好像是从圣约翰授课回家，跟大家一一握手。后来就熟起来。

您执教已五十年以上了。很早以前我就遇到您的高足，解放初期我还遇到刚从"约翰"毕业的人。那时大约是院系调整吧，"约翰"停办，您去"山大"任教。我却未碰到过您在"山大"的学生，或研究生。

我记不清是"文革"前一年还是两年，我因公赴济南，重新相逢，时隔十余年，您似乎没太大的变化。我庆贺您经过那么多"运动"都平安无事，您似乎也显得很高兴。就是在那时候，名为高级知识分子，日子也过得常常不太平。

"文革"来了，您肯定不会太平。我没问过您，您几次来沪，一句也没说过。我们都重视隐私权，虽然在我们社会，这是一个十分陌生的名词。我对您在"浩劫"中的经历，一无所知。

我陆续读了巴金老人写的《随想录》，也开始对过去的生活进行反思，真是不堪回首。我的朋友嘲笑中国知识分子的卑怯，我承认自己的懦怯，但有当时的主观原因，也有特定的社会背景。

比如解放初的思想改造运动，我想您和我都抱着真诚的态度参加的，因为我们受的是西方教育，必须改造才能为新社会服务。在很大程度上可以说是自觉的，紧张心理或不能避免，但并无抵触。

您因为是名教授，又是《西风》的主编，记得您在当时的中央级报刊上发表过一篇题为《批判我办〈西风〉杂志，替美帝国主义作宣传工具的反动买办思想》的文章。这大约就是思想改造的小结。后来还编入一本文集中，所收文章多是北京名教授写的。有几位先生现在的地位很高很高了。当年您可能认为是作了深入检查，政治觉悟和思想认识都有了提高。现在看看这个题目，就够吓人了。哪儿来的这大罪名？显然是说得过头了，不是实事求是的。这顶大帽子当年却是您给自己戴上的。有时会发生自己把自己弄胡涂的事。当年则表示要革命。我们的情况既不同又有相似处。我是《西风》一类刊物的译者，我也检查过"宣扬美国生活方式"的错误，也是自己找来的帽子，表示要革命。后来，别人把帽子拿在手上，就可怕了；戴过来则变成"反革命"。

近些年来，到处都是进口的咖啡、饮料、香烟；美国报刊也有出售。我忽然起了疑惑，什么叫"美国生活方式"？我根本也没弄明白。我记得曾写信问过您，"喜欢翻翻美国杂志，爱看美国电影，抽美国香烟，喝美国咖啡"，是不是就叫"美国生活方式"？我觉得真糊涂得可笑。您说"美国生活方式主要是指衣食住行各方面模仿美国人"，也包括我提到的那些。

后来我偶然看到美国官方出版的介绍美国概况的小册子，其中也有"生活方式"一节，只有两小段：

"生活水准"与"食物和住房"，不过是说的美国衣食住行水准都很高，好像并没有什么洪水猛兽。

当年我是穷学生，工作后收入也不算高，购买那些代表"美国生活方式"的东西，却算不了什么负担；今天我的工资不算低，前面提到的进口货，都是可望不可及了。再也用不着检查"宣扬美国生活方式"了。但反思下来，好像是做了场糊涂梦。不知这叫历史的循环，还是否定之否定？

祝您八十大庆，不知胡言乱语什么。改天，咱们再来谈谈《西风》吧。这也许是您难忘的往事。

其佩　88.10

1988.10.29

我听到了苏凤的笑声

袁鹰兄：

读完大作《我遇到的第一位报纸总编辑》，又看了看苏凤翁的遗照，我也是"恻然良久"。

一个好人，做过好事，总会被人们记住的。时隔越久，人们对他的评价也越接近公正。各种干扰和偏见都已逝去，只剩下一个赤裸裸，而又不存在的人，却比较容易看清他的本来面貌。

我在1930年代就听到过姚苏凤的名字，这与《小晨报》和《辛报》有关系，当时我看过这些报纸；也和电影有关系，他编过电影剧本，在报纸广告上有他的大名。

我认识苏凤先生，则是胜利以后，在一位朋友举行的茶会上。姚苏凤先生夫妇和冯亦代先生夫妇往往同时出现。多数人都是二十来岁，大家称呼他姚先生。他似乎显得客气而又严肃，并不喜欢说笑。

《世界晨报》创刊之前，他曾写信给我，约我到一所办公楼去谈谈。去了以后，他告诉我在筹办《世界晨报》，约我参加工作。当时我已有了一份职业，还跟朋友编一种不三不四的刊物；回答他只能兼职，我首先考虑的是生活问题。他很严肃地回答我："不行，我们要专职的。"整个谈话过程，他没笑一笑，一本正经。以后我们还是偶尔在朋友的茶会上碰面，没有什么很深的印象，总觉得他很严肃。

解放后由于其他朋友的关系，经常有机会遇到他，才知道他并非不苟言笑，而是喜欢逗乐，有点老天真的味道，有时也把一件事说得神乎其神，故作严肃认真状。他与人抬杠，显得特别认真。常使我想到早年的印象。这种为人的风趣，使一些朋友很喜欢他。更以逗他为乐。我也不称他姚先生，而直呼"苏凤"了。那时"先生"之称在人们交往中已作为旧名词淘汰了，只用于政治身份的区划。朋友之间，不太计较年龄地位的差别，往往以名相称，甚至使用一些有趣的"雅号"，连姓名也没有了。

听说解放初期，就有二三位"左"先生，要把他从《新民晚报》撵出去，但未成功。苏凤喜欢评弹，我记不清他是专写弹词，歌唱新社会的编辑，还是写写评弹新闻的记者。有较长一段时间他是主编副刊的。那时在内容上，他已没多大的选择权；他的版样确实具有独特风格。这点你已说过，亦代先生也写过一篇谈"姚氏编排"的文章，大加赞赏。他有套真实功夫，发完稿子，划好版样，卷起来送到排字房，拼好版，常常一行不多，一行不少。现在说起来，也有点"神"了。

他这位与国民党要员有过密切关系，而又长期帮助过共产党人开展工作的报人，似乎把往事都存在心里。我从未听他说过一句这方面的功绩。但他毕竟是懂得政治的人，我看他往往装糊涂。编副刊和写《诸葛夫人信箱》一类文章，是他的擅长，可惜已无从发挥。

你说的"1957 年之难差一点被'扩大'进去"，指的是他写的《风前草》短文吧？那是些相当真诚动人的文字。其实，不过是托天之福，《新民晚报》的多米诺骨牌没有倒下去，保护了一批人。而一向被我们认为左翼文人的亦代先生却遭了难。是怨天还是尤人？

到了更大灾难降临，一张题为"鲁迅笔下的小勇士"的大字报，就把他打倒在地。伟大作家在天之灵也难免要吃惊。他不会料到，在革命胜利之后，他的文章竟成了打人的狼牙棒，而且"战无不胜，攻无不克"。但却不能保护他的青年战友和他赞扬的作家。

苏翁病危后我去那种凉棚式的"急诊间"看他，他已不能言，姚云兄黯然立在其旁。不久，苏凤终于悄悄地去了。夏公则在《懒寻旧梦录中》留下了对他的评语：姚苏凤从 1934 年之后，"一直和我们保持着良好的关系，经过抗战的孤岛时期、解放战争时期、解放后他在《新民晚报》当编辑，用'月子'的笔名写文章，拥护党和人民政府，直到去世为止。"

我仿佛又听到苏凤当年爽朗的笑声。

其佩　88.10

1988.11.12

弥洒社老人

杨郁兄：

记不清从什么时候起你对胡山源老人的著作出版已十分关心了。老人故世后，你还积极整理他的遗作，研究有关他的资料。古道热肠，实堪钦佩。承蒙来示询问，十分抱歉，我对老人所知甚少。

我知道胡山源和弥洒社是读了鲁迅编的一本小说集《中国新文学大系》，当时左翼已主领文坛，但鲁迅等编的这部文集，却是各家各派作品均收的。弥洒社是一个纯文艺的团体，山源先生似为主将。小说集中就收了他的一篇作品。这个 1920 年代的文学社团，当时已没有什么影响。人员大约多已改行并星散了。

我与山源先生有点关系时，他主要是位编者；在一个大书局任编辑，并主编申报《自由谈》。我是个投稿者，常有一些不三不四的短稿刊出。我认识胡先生则是在考入大学以后，他是我读大一时的国文老师。当时四所教会大学都在"租界"上一所大楼中上课。大家都是来也匆匆，去也匆匆。师生之间、同学之间没有多少往来。不过胡先生认识了我这个小小投稿者。

比较熟悉起来是在学校举办的辩论会以后。辩论的题目大致是文科重要还是理科重要。在举国进行抗日战争的当时，这个题目是一边倒的。因为没有清廉的政府领导全民抗战到底，单靠科学是无法战胜敌人的，科学救国的路是走不通的。政治改革当然是第一位的。我是在最后一分钟应班上推出来的女同学的要求，仓皇代替上场的。裁判人就是山源先生。辩论会后，他找我谈了一会儿。

后来胡先生发起组织一个文学团体——愚社，参加者多是他的学生，还有一些爱好文艺的青年。我虽参加，但没有留下多少印象。也许胡先生是有雄心的，可是愚社没有什么核心，缺乏积极的中坚力量。所谓活动多半属茶会性质，也许有过章程之类，还出过一些油印的什么"刊物"，但没有一点活力。在当时的环境下，它不可能有什么政治色彩。"文革"中也有人向我来"外调"过，我可说不上什么。对方倒也没有追逼。

抗战胜利后，我就不知道胡先生在干什么工作，也没向老人问安。直到 1957 年后，才听说他遭了难。使我十分不解。他完全是位忠厚长者，兢兢业业本职工作，在政治上一所无求，怎么会"跳出"来呢？这与我的中学国文老师著名书法家白蕉先生当了"右派"一样，他也是位敦厚长者，怎会有半点政治野心？说实话，那时我已不想多打听这类事了。自从我知道什么什么"小集团"之可怕，我已很少与单位以外的朋友往来。而且大家好像都有点自顾不暇的样子。

直到 1980 年以后，我才重新与山源先生取得联系，他已八十多高龄了，似乎一人住在江阴。所谈的都是写稿、出书的事。这方面你尽了不少力。我想是老人的那股劲感动了你吧？还是同"难"相怜！不管怎样，老人对你的感激，你是受之无愧的。

我们应该客观公正地对待历史，不容夸大，也无法缩小。历史本身会作出最终的裁决。对于弥洒社与山源先生的作品，也是如此吧。胡先生主编的那一年多的《自由谈》，已编入孤岛时期文学报刊编目，研究这方面的学者，也为先生留下了遗迹。一切客观存在过的事都无法抹去，也无法粉饰。山源先生正是这样一位胸怀坦荡的人。祝你工作顺利。

其佩　88.10

1988.12.03

干校一老人

伯吹先生：

不久前在晚报上接连看到有关您的文章，有新闻报道，有您写的序文，有林放先生写的《未晚谈》，都是有关儿童文学的。您确实是一位全心全意为孩子写作的人。

记得我读小学的时候，就知道您的大名，大约是编《小朋友》一类刊物，和写儿童文学吧？只能怪我不长进，却没记住什么内容，只记得大名。我那时更着迷于《封神榜》、刘关张等等。后来知道社会上有文坛，您仍是著名的儿童文学作家。我初识令弟时，朋友除介绍他的大名外，还加一句"陈伯吹的弟弟"，就显得更亲切了。

解放后，您仍是儿童文学方面的名人，我干其他行业的工作，对这方面的情况更不清楚了。有几位朋友也写儿童文学作品，我也从未读过。大约我这个人太缺乏"童心"的缘故。

我初识先生，还是动乱年代，到"翻译连"的时候。原来您是位相当瘦小的老人，有副和祥的面孔，脸上常带一些笑容，倒像童话中的老人。这可能是在人前吧？人后您大约也有说不出的隐忧和悲愤吧？我们虽素不相识，没有什么交往，但内心却对您充满同情。那是糟蹋人的年头儿。但我们好像没谈过什么话。我把真实的感情都埋在心底。您当然更有戒心。

您被指派的"工作"，是每天到"团部"去把报纸和信件拿到"翻译连"来分发给大家。我每次看到您走进来，心中总不是滋味。您却是干得那样认真，笑嘻嘻地发给大家。

我不知给您戴的是什么"帽子"。大约总是"反动权威"之类，就只能干勤工一类事务，被剥夺了拿笔的权利。我听到过别人议论您，只不过是对一纸一线都很爱惜，这成什么"罪名"？

后来我读杨绛先生写的《干校六记》，其中谈到钱锺书先生也曾被派到邮局去取干校的信，钱先生还帮邮局的人辨认信封上"龙飞凤舞"的字，我是既感慨又感动。我们的大学者呵！落到这般田地，他还是一丝不苟。我又想到您当年的情景。

在一个合理的社会中，应该人尽其才，而不是随便给按在什么机器上。

话好像扯得太远了。现在我已经是有了第三代的人。外孙已经进了幼儿园，也发生了儿童文学的问题。他最早感兴趣的好像是电视上的孙悟空，后来是黑猫警长，现在又是变形金刚了。大约我实在是老朽了。看《变形金刚》，我常要问他哪个是好人，哪个是坏人。他都清清楚楚，我只感到晕头转向。其实这种片子是广告商拍的。他妈妈给他买的小书也都是这类题目。

我想儿童文学不限于童话，范围更广吧。我只记得小时候读过的课本中，有司马光打破缸，华盛顿砍掉樱桃树以及都德的《最后一课》等等。但我不知道这些故事和作品算不算儿童文学，却都使我懂得一些做人的道理。

儿童文学除了给孩子一些乐趣外，如果也教导孩子懂得诚实，乐于助人，有爱国心，懂得公共道德，知道尊敬老人等等，也是一件好事。特别是现在的年轻父母对独生子女，只知道用各种"味道好极了"的东西塞孩子嘴巴的时候，给他们一点有益的精神食粮，也更迫切了。

我不知道大家对儿童文学争论什么。我只是赞成您保留自己的意见，让实践来作出争论的结果吧！何况这就是百花齐放呢。

其佩　88.12

1988.12.24

一位精神病患者的来信

朱绮大姐：

我很钦佩你的毅力，在经过长期折腾，回到江南一个城市，仍旧勤奋从事编务。听说当年你和嘉音与孩子们"下放"去宁夏，你还满怀乐观的改造心绪，踏上"征程"。

不久前，我在一封信中提了一句嘉音的冤案与冤死，有一位读者写信给我，打听一些细节，显然他没读过我几年前写的稿子。他告诉我，他是嘉音的一个病人。他说他在五十年代曾是一个精神病患者，去看粟宗华医生，粟医生说是患"强迫观念"症，介绍他去找嘉音。那时嘉音就在粟医生的医院中，开设一个诊疗室。

你对嘉音是否应该从事精神病治疗，前两年似乎还心存疑虑。我记得嘉音在圣约翰时是主修历史兼修心理学的。我认识他的时候，他对心理卫生就很感兴趣。他在《西风》上写的答读者信专栏，有一些就是从这个角度出发的。他借给我看一些这方面的书，也要我译过一些短稿。

解放后，不知是粟医生的意思，还是他的要求，他们两人就合作了。用与病人谈话的方式，治疗病人精神上的障碍。这在西方是种科学。记不清在他从事这项工作前夕，还是开始以后，我到你们那个花园洋房的家去看他，谈论起这件事，我不以为然。两人争执到午夜，并无结果。

首先我劝他还是干出版，不必当什么医生。其次我问他怎样跟病人谈话，他给我看了一些卡片之类的东西，上面有"思想改造""小资产阶级"等等新名词，我劝他把这些字眼都去掉，我说我们也弄不清这些时髦名词什么含义。他要比我革命，说是他为了适应新社会的需要，设想出来的。

因为病人要看到、听到这些字眼。他的话不无道理，两人东拉西扯一直谈到深夜，不知当年你是否问过他。

嘉音的这项医疗工作，在病人中颇有好评，却受到主管部门的干预。粟宗华医生是这方面的专家，他应该懂的。

五七年，大约在市政协的鸣放会上。他对这个问题作了发言，说明用谈话方式进行精神治疗，是一种科学，不是卖江湖的。大意如此，我已记不清。总之，他提出了一点异议。后来《解放日报》和《新民晚报》都登了他的发言。有天晚上，他打电话告诉我第二天还要开会，他还要提出这个问题。我劝他不要再说了，报上都登了。他不同意。我倒不是有什么先见之明，更不知道什么阳谋、阴谋，只是因为我中"中庸之道"的毒害太深，认为凡事都应适可而止。还有我已看出，我们这种在教会学校受过西方教育的人，是被人看不起的，"世界观"是改造不好的，"真理"总在别人手上。这是我和他最后一次谈话。以后，你们双双被划成"右派"，很抱歉，我没勇气来看望你们，问个明白。他在去宁夏前，也没告诉我一声。

精神病和神经病是两种不同的疾病。精神病表现的形态很多，如焦急、恐怖、疑心等发展到极端的程度，患者也感到不正常，但自己却无法摆脱。西方学者认为这种疾病的病因是内心矛盾与环境压力之间发生冲突，特别是潜意识的冲突造成的。西方认为医生可以通过谈话等方式，帮助病人认识原因，解除症状。

那位来信的读者说患的强迫观念症，不知什么症状，病似已痊愈。所谓强迫反应，就是无法控制自己，反复进行一些活动，最简单的例子，比如说反复洗手不停，病人感到自己不正常，却又欲罢不能。

现在我们好像又恢复了这方面的研究，这完全是一种学术问题，与"反党反社会主义"毫不搭界。不知你现在是否明白了。即使明白，也已年过古稀。对你的坚强，我始终佩服不已。

其佩　1988.12

（今年1月2日本报的《康健园》刊出了一篇《别开生门的谈心门诊》，不知能慰亡灵否？又及）

1989.01.14

无害的苦役

谷孙兄：

你们把编写《英汉大词典》的工作，说成是"无害的苦役"。这是18世纪英国文豪塞缪尔·约翰生的名言，据说他是第一个编《英语词典》的人，还编注过《莎士比亚戏剧集》，两者倒和你都有关系。你的博学，我可望尘莫及，我不知约翰生是感叹还是谦虚，惨淡经营到最后，充其量只能指望"无害"而已。

我倒深知你们的辛劳，也听说过你们坚忍不拔、刻苦工作的精神。没有这些怎能建立自己的语库？那20万个词条也无从编成。林老师说，你去年春节也整天伏案工作，今年春节又快要到了。怕也很难过一个轻松年吧？说实话，多数工具书的主编往往是荣誉称号，而老兄却是一字一句地细读。你和你的同事，全力编写，而不是编译的《英汉大词典》，在我国该属首创。它必将是大有益的。

我对各种英汉词典的情况不大了解。我读中学时一位英文老师就要求我们使用《简明牛津词典》。后来我自己使用的是《韦氏新世界词典》。当然《新英汉词典》我也有，对我也有帮助。我的朋友董乐山送给我一本他和别人合编的《英汉美国社会知识小词典》对我阅读美国杂志倒有用。因为这本小词典的编写方法和你们的大词典相似，其中材料就是从阅读美国报刊搜集来的。

不过，你们许多专家建立的语库，肯定丰富得多了。两者是无法相比的，我只是表示赞成你们采用编写原则，而不是编译，并祝贺大词典可在下半年出版上卷。

使我更感兴趣的是你个人，而不是大词典。那样丰富、渊博的辞书，对我这种英文程度平庸之至的人也用不上。对致力学习英语的人，将是一个宝库。

当年，你到我那个单位来工作时，身份是"借调"，只是一位青年。其实我也不过是个临时工。有人告诉我，你是走"白专道路"的"典型"，"文革"中吃过苦头。那年头，知识分子过的都是战战兢兢的日子，可是你引起了我的好奇心。"造反派"的嘴脸，我看得多了。走"白专道路"的青年是何等样人，我却从未见过。

那时我和几个朋友，在干一种多少有点滑稽可笑的工作，我试着与你接触，问你几个字，你每次都把答案写在卡片纸上，端端正正，谈吐彬彬有礼，也很谦逊。有知识、懂礼貌，大约就是"白专"典型吧？

粉碎"四人帮"以后，我才知道你是徐燕谋老师的得意门生，你对他执礼甚恭，常去问候。"孤岛时期"，徐老师也教过我，但我是个低能学生，没学到什么。只是我去拜望他，他还记得我的名字。或许正因为这样的关系吧，我们之间的距离，也缩短了一大截。以后往来较多。感谢你借给我大批美国流行小说。

你们编写《英汉大词典》的工作已在进行，我听到的消息似乎都是难题，房子啦，人员啦，经费啦，等等，总之使我感到荆棘重重，前途渺茫。我都是听那位胖乎乎、满脸笑容的顾兄说的，他好像马不停蹄般地"上窜下跳"，奔走联系。

以后又听到你出国啦，讲学啦，搞莎士比亚戏剧啦，等等。还是有一次我登门拜访，才知道《英汉大词典》的工作早已走上正轨，你这位主编对我说，不把大词典编好不再出国。你决心把全稿从头到尾通读一遍。我才恍然所谓走"白专道路"的人有多强的事业心，对祖国有多深的爱。你却盛赞你的同事何永康等老先生的工作热忱，说是工作室无一张软椅，大家中午嚼干粮之余，伏案打盹，权充休息等等。

　　我却在想，你的学生如都走"白专道路"可多好啊！你却不愿提美国总统里根访华，到你班上听课的事，那我就不说了。

其佩　88.12

1989.01.21

去 国

威兄：

一别数年，也不知是否会重逢。有时我还想到你。你是我熟悉的朋友中最奇特的一个。你和尊夫人的生活与遭遇，就像是编织出来的小说。但并不是虚构的，而是饱含血泪的、真实的纪实文学。

我们在那灾难的年头偶然相识，共事了两三年。你头上戴着"摘帽右派"的帽子，竟对我出奇地坦率，不断地诉说着自己，发泄对"四人帮"的不满，咒骂那些以整人为业的"勇士"。

是你第一个告诉我"四人帮"倒台了。我问你怎么知道的，你支吾，我知道你是从外国电台听来的。我没有你那股勇气。我问你靠得住吗？你笑而不答。第二天你又对我说，你核对了，北京有人来，绝对可靠，那样子兴奋极了。我没有向谁传播你的喜讯，只是藏在心里，三四天后，报上就公布了这个新闻。

你是研究历史的，顾颉刚先生的高足。你说你青年时的梦想是去日本早稻田大学或美国哥伦比亚大学深造，因为这两种外国语你都能对付。当年这或许是你的凌云壮志；你对我讲的时候，却只能叹息了。在那年头，这已类似痴人说梦。

命运之神并不总是捉弄你，人间的生活也是变化万千。现在你不仅在早稻田进修了两年，而且转往美国，到哥伦比亚大学继续研究。夫妇两人也在纽约团圆。

你说这回你是"得天独厚"了。但回头看，那坎坷的过去，你忘得了？向前看，一个年近花甲的人，也难有似锦前程。恕我直言，你能否摆脱那难以名状的"失落感"？你是研究历史的，你无法撇开中华民族的过去，以及现在和将来。你关心中华民族的声誉。

你们这一对啊，让我怎么说呢？你们两人是在谁也没看到风暴即将到来的1957年初相识的。不祥的年头，不祥的开始。

作为你那个部门的代表，你在鸣放初期的全体大会上，为一个"问题人物"鸣不平，说了几句公道话，这是道道地地的惹火烧身，你一天比一天感到问题的严重性。你的敏感是有道理的。帽子虽然还在别人手里，你却主动与她切断关系。你有副好心肠，不想牵累别人，1958年某月，你因挖河泥病倒，住入劳保医院。而她就在这个医院工作，当晚来查病房的竟然是她。断了几个月的线，突然之间接上了。残酷的是：两三月后，手中拿着帽子的人，到你病榻前严厉宣布，把帽子戴到你头上。你们怎么办？你出院了，她热情地到你家看你。

祸不单行。她是虔诚的天主教徒，她不承认一个主教是"反革命"。按照那些年代的逻辑，她也是"反革命"。距你出事不到半年，她果然被捕了。

这回轮到你去探监。她被判徒刑7年，再三嘱咐你不要等她。短短的三分钟会见时间，你泪流满面，只斩钉截铁地说了一句话："我一定等你回来！"天啊！后来她被押往西北农场改造。再后是刑满就业。实际上也没有多少自由。她曾回沪数次看你。大约是1970年代初那次吧，你们终于结婚了。仅仅有20天的蜜月，她又回到囚禁之地。是甜？是苦？艰难的岁月，艰难的生活。

"四人帮"垮台后两年，她回来了。你们继续那短短的20天之后的夫妻生活。后来你的"右派"改正了；她的"反革命"平反了，而且恢复了原来的工作。

生活给了你们广阔的自由。八五年初，她去了美国，次年初你去了日本；又两年你也到了美国。相识30余年，好歹断断续续在一起生活了8

年。幸福吗？应该说幸福。

　　抬头看看，穿越美国大陆，横渡太平洋；遥望祖国，你们想的是什么？

其佩　89.1

1989.02.18

给海外友人

椿兄：

朋友把你从美国西部寄到纽约的信转给我。读了两遍，我多少有点发呆。你说当年那一段日子，你的"表现是相当充分的"。可是我却记不起多少。因为那些日子，我是相当冷漠的，几乎不关心任何事。我只觉得大家在欺骗中生活，虽然多是被逼的。

你说看过一部影片，主题好像说"现实是一连串谎话"。那当然是讲的西方生活的一个侧面。我想你也尝过到处是谎言的滋味。中国早有"尔虞我诈"的老话。看来古今中外，说谎是生活中不可避免的一项丑事。

我想对你说，今天中国有良知的人，都努力说真话，不说假话。虽然谎言还在流传，但你不会感到一种压力，逼着你非说假话不可。至少你有权利沉默。这是你离去后，我感到的比较显著的变化。

对我来说，当年真有点鬼使神差般闯进你们这些以翻译为专业的人群中。我确实有点惶惶然。但在那种以说谎为准则的日子中，我完全可以靠骗人混下来。因为我想活下去，我想看下去；说谎的本领是最容易学的，小孩子都会。这样直到有一天，整个社会的谎言和神话都破产了。真话也开始发出呐喊，当然并不等于谎言的消失。

不知是由于我们有共同的朋友，还是受过相似的教育。在陌生的同事中，我还是比较注意你的，但我一点不敢说，对你有多少了解。在我的印象中，你是比较内向的，在我听来，你说的话常常只有半句。这也许由于每个人表达的方式不同。正如我写信常常是东拉西扯的唠叨。

我看得比较清楚的，你是个很重感情的人。我听人家讲得最多的，是你侍母至孝；其次是称你为"大公子"。你家同辈人都在国外，只有你孤身一人在国内侍奉病榻上的老母。四大间公寓，可够冷清的。我虽到过府上几次，但只看到空洞洞的房子；我也没有理由提出向令堂问安，这将为老人增添麻烦，给你带来不便。你的孝心我是感染到的。还在那年头，你就抱怨没有办法使老母在恒温的环境中养病。

为什么称你"大公子"，我始终没有弄清；在我的印象中，你相当朴素，更从来不摆阔。也许是你的熟朋友对你开玩笑吧？

令堂不幸弃世后，人们就传说你从此无牵无挂，总要出国了。我一直没弄懂你为什么没找个伴。后来果然走了，似是熟人中最早出去的。那时还谈不到什么出国热。很久以后我才知道，你在一种无可奈何心情下，噙着泪水出境的。我心里很不是滋味。祖国啊！你的子孙对你抱有多深的感情，多深的爱，更有多大的期望：赶快繁荣富强起来，让平民百姓过上好日子。用你的原话则是"都能真正安居乐业"。

我能怎样回答你？我只能说生活在祖国，我抱的是与你相同的希望。我不会用谎言，对海外游子描绘多少美景。我们面临的困难仍然很多很多。这需要上下共同努力。执政者当然应该承担更大的责任，这是他们不容推卸的义务。

我不知你手中拿的是绿卡，还是怎样？但我知道你并没有靠亲人生活，而是自己奋斗，并且仍然搞翻译。似乎过得还不错，照样爱看电影，喜欢旅游，到保持古风的小镇去寻找安宁。但你的心并不能一直平静，它不时的向祖国远眺。我相信这是绝大多数游子的心愿。

其佩　89.4

1989.05.13

小秀其人

雄兄：

不久前在本版上读到徐寅生同志写的一篇文章，谈到冯小秀兄，颇多赞语，窃以为喜。小秀地下有知，也会欣慰。当年报纸，体育记者的地位不高，在新闻界也是知名度甚低。但在广大"球迷"和运动员中，知道他的却大有人在。

小秀终其生，是名体育记者。他自幼就尾随一位体育名记者出入球场，后来自己也当上了体育记者。那时候的体育报道似着重足、篮球，当然也有田径赛之类。乒乓球似乎属于娱乐性质，并不列入运动项目。

解放后，小秀无业。龚之方兄筹办《亦报》，说是想辟一个体育版，问我有没有适当人选，我就介绍了小秀。他要我去找来谈谈。可是我并不知道他的住址。说来也怪，当时有不少相识的人，都不知对方家住何处？但我说有办法找到他。我知道他常去的几个地方。不料第二天就在马路上碰到，被我一把"揪"住。双方一谈即合。小秀自采自编体育版。解放初强调群众体育，体育竞赛不多，他也搞得够苦。后来随《亦报》部分同志并入《新民晚报》，仍任体育记者。可能有一段时间也仍是单枪匹马。

小秀跑体育新闻是个全能人才，十八般武艺都会使。能跑球赛，也能记武术，还会写棋赛，能把一步步棋，写得活蹦活跳。我只有佩服。

他和许多体育教练、运动员都建立了很好的私交。他是个很有眼光的行家。能看得出哪位运动员有水平、有才华。也懂一点球场上的战术战略，所以他写的报道常是夹叙夹议。

我国体育宣传产生"轰动效应"，似始于参加世界乒乓球赛的时候。

那时候，这个项目的霸主为瑞典、匈牙利和日本。我国异军突起，震惊世界，兴奋国人。

小秀早就看出徐寅生的才华，奖励有加。有次描绘徐寅生回敬日本名将抽过来的十几大板，真使读者如临其境。

我并不常遇到小秀，交谈的机会更少。他似有一种压抑感，不能畅所欲言。有时我感到他露出来的只是苦笑。有次他对我说采访某项盛大运动会，他竟领不到记者证，只能坐在观众席上。还是报社对他照顾的两全其美办法。我们默默相坐良久，无言以对。后来他写的新闻，照样有声有色。

他病危时，我约一个朋友陪我去他家探望，他仍是笑笑的样子，尽管他已知道病情。他还问我有没有《新民晚报》复刊的消息。天知道，那时谁会有这种信息。多年的"战高温"都把他压垮了。他把一切苦水咽下肚里，最终仍不忘当一名体育记者。终年不足六十。

不知后人是否会出一本《小秀体育报道选集》？

其佩

1989.11.11

忆廖世承先生

翰兄：

前写《忆母校》一文，承示知许多我忘却了的事情。你是老学长，又一直从事教育工作，情况当然比我熟悉得多，只是你告诉我志兄与她的先生已去国，不能不使我感到遗憾。我的信不是无从投递了吗？它是登在报上的，邮局又不会退给我。咳！

最近听说有关方面要研究廖世承教育思想，并成立一个筹委会，真是一件很有意义的事。过两年就是廖先生诞生百周年纪念。我只是廖先生的一个普通学生，没有发言权。我不记得当年跟他直接谈过话。只是在附中大会上听他讲过话，据我的记忆，他谈的多半是关于读书、做人、爱国等方面的道理。我觉得光华很重视爱国主义教育。他也多次到我那个班上来听课，悄悄地坐在后排，既不干扰学生，也不惊动老师。

我仅跟廖先生谈过一次话，那是解放初期在电车上。当时还有有轨电车，车上很空，我上车后看见廖先生坐在角落里，车厢中不满 10 个人。我立即走过去向他致意，告诉他我是他的学生，他笑笑，向我伸出了手。像他这样桃李满天下的前辈，当然不认识我这样一个学生。

给志兄的信中，我说总忘不了在大西路四年的少年生涯。我是 1933年进光华附中的，当时廖先生已辞去大学副校长的职务，专任附中主任。这种事在当年和现在都很少见。他在 1920 年代就取得美国哲学博士的头衔，在我国留学生中，似也属于前辈了。他是中等教育专家。然而他没有一点博士和专家的架子。但在我的印象中，他是很严肃，甚至是严厉的。当然这是孩子的印象，因为望着他站在台上瘦长挺直的身体，发出响亮的声音，我总有一种敬畏的心情。现在想来，他是极端认真负责，专心一意地办好学校，教育我们这些无知的孩子。

廖先生的教育思想，首先是育人，他并不强调填鸭式的硬灌知识。他重视学生德智体全面发展。对当年野营等活动，我还留下深刻的印象，还保存着乐趣的余味。我进入附中后，学校正筹建一座给学生活动的健身房。到后来快落成完工的时候，廖主任每次在大会上讲到时，我总看到他那不多见的笑容，他把身心都放在这件对学生大有裨益的事上。

廖先生很重视师资。至今我对在大西路上课的几位老师还感恩不尽，我想他是精心挑选优秀教师。我对读大学时的几位洋教授已没甚印象。也许当时民族危亡、社会动乱、家庭衰败，我又不用功的缘故。不过我的中学老师，有许多位后来都担任了大学教授。

十三四岁到十八九岁正是一个少年发展定型的阶段，所以抓好中学教育是至关重要的事。应该给予更多的重视。

老兄是教育专家，尊意如何？

其佩

1990.01.13

冬夜访友记

华兄：

友人夫妇俩原是中学教师，由于家族的原因，两年前移居国外了。他们年近花甲，又无孩子，家人多不在国内，考虑多年，最后终于走了。只留下两间房子和全部家具等物。因为想到有一天还会回来吧？

不久前，他忽然来电，说是回来了，约我晚上去谈谈。一走进门，我吃一惊，房间布置摆设竟是原封不动，与两年多前完全一样，连一些小摆设也没变动，就像等待主人归来似的。它们也等得不耐烦了吧？室内的灰尘，全部打扫干净。

我问：夫人呢？他说：没来。他是回来处理房子的，按规定他的房子要收回了。人不回来，家具也要处理了。他是既舍不得房子，又舍不得家具。只能在限期内飞回来，退掉房子，并给这些家具找个新家，当然再不可能原封不动了。一个留下的家被打碎了。这时我看到他那永远挂在嘴边、眼神中的笑意，带一点涩味。

我问起他在国外的情况。他说还可以，在国内每月总要贴一点钱，在外面每月可以积一点钱，虽然有限。其实贴一点钱，对他来说也是小事一桩。他们倒不是去"扒分"的，说实话，既不善"扒"，也"扒"不动。

他们去的那户亲戚，已属小辈，住在一个小城中，或可算大学城。亲戚虽然给了他们住房，按着国外的习惯，他们还是搬出自己住。就是那种大学生寄居的公寓，也有两间房。到了节日、假日，入夜整幢房子漆黑，只有他家的窗户是亮的。有些阔学生离校了，家具杂物等都扔下不要。热心的房东，就拣几件合用的，"借"给他们。

工作就在亲戚开设的中国饭馆中，他任账房，夫人是总管，亲戚开了多家店，不大管事。我开玩笑说，你们倒像半个老板了。他说收账也不容易，美国钞票多是一样大，只有面值与头像不同。初去时会把 20 元的钞票，放在 1 元的格子中，所以要特别小心。

饭馆的工作时间，当然与办公室不同。白天是上午十时半到下午二时，晚上是五时半到十时。每天回家，洗洗后就睡觉，连看电视的精力也没有。烧菜的大师傅等，到了钟点，就开着漂亮的汽车下班了。他们必须等顾客走完，而有些青年男女吃好后，靠在一起谈个没完没了。他们也没有汽车，好在十分钟不到就可走到家。

这家饭馆开设时是小城中第二家中国餐馆，现在这里已有了八家中国餐馆。我又看到朋友笑意中的涩味。不知是为了什么？祖国之恋吗？

其佩

1990.01.20

重逢蝶老

惟兄：

上回匆匆过港，我只拜望了一位老友，就是蝶老——陈蝶衣先生。我们相识近半个世纪，相别已30余载，总不能不聚聚吧！他曾要我向你问好。

我初识蝶老是在太平洋战争爆发之后，那时他在编一本商业性刊物《万象》。我从旧的美国杂志中译一点东西寄给他。隔不久，他就写信给我，邀我到编辑室去一下；其实是一家书店楼上的厢房。他拿了一本美国《国家地理杂志》给我，指着一篇刊有几幅美丽图片的文章，约我译出来。当时我还在大学念书，虽然已认识一两位报纸副刊编辑，但却不认识像他这种类型的编辑。他话很少很少，我也还不习惯与陌生人交谈。

就这样，他常找我去。我发现他所识英文甚少，他是"看图识文"。他很重视杂志的编排和插图。大约半年以后，我对他说家境不好，个人生活有困难。他立即跟我说："你来帮我忙吧！"这样，第二天我就去了。这是我的第一个职业。这样我接触到处理作者稿件、刊物的校对和编辑方法。时间不过是几个月。因为我发现他付给我的钱，并不是书店老板出的，而是他自己从编辑费中拿出来的。我心想这人真是古道热肠。同时也感到一点愧意。我找到另一项职业后，就辞了这项工作。

此后，我们就成了朋友。我的第一项职业，对我后来的命运有不小影响。

他编过多种杂志，我和故友徐慧棠兄常去看他，他有个时期经常在咖啡馆中办公，我们总是送稿子去的。他笑笑，把稿子收下，为我们每人要一杯咖啡，就埋头自己看稿编报了，很少说话。对我们也有好处，去多了我们就多少看懂一点报纸版样是怎样划的。而且总有咖啡喝。胜利以后，人们就称呼他蝶老了。他的四十大庆，还是胜利后一二年的事吧。

这回，我在香港某饭店的大厅中等他，因为我早到了三四分钟，只见一个脚步轻快、戴着假发的耄耋老人走来，我有点不敢相认，但还是叫声"蝶老"，果然是他。

不知是多年不见，还是怎样，他成了一位非常健谈的朋友，频频询问几位熟人的情况，并为几位不幸故去的朋友唏嘘一阵。他说他本不想离开上海，但夫人已经来港，《大报》已停，他也只好来了。我遇到他时，他的公子已移居香港。他说他不要孩子赡养，他靠自己养活自己，上午在家写稿，下午出来坐坐。照香港标准，他的生活远说不上阔绰，但他甘于淡泊，平安愉快地生活下来。

他说，他写的歌词，每年演唱下来，到年底，版税约有万余元，也够过个年了。他淡淡地笑了笑，似乎满足了。

但他关怀朋友，关怀上海，关怀内地。

其佩

1990.04.14

蘧师遗墨

棠师：

新民报——新民晚报创刊 60 周年纪念画册:《飞入寻常百姓家》已经付印了。我不禁忆起故世不久的王蘧常老师，既怀敬意，又有愧感。

蘧师曾在中学教过我国文，大学教过我中国通史。他是一位精通经史子集的学者。在大学时期，他严肃认真，不大有说笑的时候。他上课什么书也不带，只带两支粉笔。他对历史极为熟悉，博学强记。引述尚书、史记、汉书等均能背诵，且摘要写在黑板上，同学们莫不钦仰。

我离校后一别数十年，不知蘧师音讯。直到 1980 年代初，才因偶然机缘得知他的地址，我赶往他府上拜谒，他竟还记得我的名字。那次正有两个研究生在他家上课。我自报姓名，他亲切和蔼，竟是谈笑风生了。我因懒散，后来也很少前去；偶有琐事，通通电话而已。

去年 9 月，友人奉命主编《新民晚报》纪念画册，嘱我约蘧师题词，我未敢表态，因知蘧师健康欠佳。踌躇数日，我还是对蘧师说了，他竟慨然应允。约一月后，我去电询问，传话人答说未写。我当即告以"王老师身体不好，就请他不要写了"。当初我的冒昧，已是对蘧师很不敬了。

不料三四天后，竟接获蘧师手示，云："兄虽病臂，然贵报贺联不能失信吾弟，今晨勉起书之，乞察。"蘧师所题法书为："一代新民，手接花甲；多闻晚报，心念苍生。"我虽不禁欢喜，也深感惭愧，多少有点强老人所难；但蘧师为人的诚挚正直，高风亮节，也由此可见。时为 89 年 10 月，距蘧师仙逝不足一月。我闻噩耗，益增悲恸。

我想，这应是蘧师现存的最后遗墨了。

蘧师的章草近十余年有异军突起之势，遐迩闻名，日本《书道》杂志有"古有王羲之，今有王蘧常"语，可见不仅国人赞赏，异邦的书法家也有高度评价，实非偶然。据行家说，蘧师的章草，有所创新发展，可谓"蘧草"，也非虚语。

回忆蘧师毕生治学，安贫乐道，桃李满天下，也很有几个成就很高的弟子。我却是个不肖的学生，对先秦诸子，只是白茫茫一片，寥无所知。蘧师偶有手示，我也常有一二字不识，得左看右看半天，算是糊里糊涂认识吧。

吾师与蘧师相交 50 余年，可谓友情深厚，对蘧师的道德文章理解也深。但对蘧师最后遗墨，可能不详。书此短札，既告吾师，也供后世学人参考，并祭蘧师在天之灵。世人会记得有这样一位大学者、好老师、书法名家的！

其佩

1990.06.09

廖先生忌辰

志兄：

今年 10 月 20 日，是咱们母校光华附中主任廖世承先生逝世 20 周年。上海师范大学早在去年底，就邀请廖先生的亲友和学生，商讨成立廖世承教育思想研究会的问题。今年此日这个研究会将正式成立。这也是你在海外乐闻的消息吧。

解放后，我只在报上见到过廖先生的名字，知道他是上海市民盟和师院的负责人之一。他仍兢兢业业地为他热爱的祖国和教育事业默默地奉献。我对廖先生只有敬意，缺乏深刻的了解。他于那动乱的岁月中离去，最后的日子也不会很平静吧。哀哉！像廖先生这样善良而又有成就的学者、教育家，不会在人们的记忆中消失。时隔 20 年，人们以极有意义的行动来纪念他，又是多么可喜啊！

那已是半个多世纪以前，咱们还在大西路念书的时候。我父亲慕廖先生之名，让我小学毕业后投考光华附中。也就是在初中那几年，一个孩子的心中，留下了这位主任的印象。瘦长的身材、严肃的面孔、整洁的服装，还有那谆谆的教导。

自己进入老年以后，往事常常猛然从脑子里跳出来。不知为什么，多半是初中时代的事。老师啊！同学啊！我参加工作后，在路上遇到过当年的教师，总是满怀深情地向他们致敬。有几个初中同学，至今还是我的好朋友。那年咱们重逢，一见如故，不也正是由于大西路校园中的共同生活吗？

我的高中和大学生活都是在旧租界的大楼中度过的，没有给我留下什么印象。每逢填什么表格的时候，遇到学历这一栏，我常觉得自己不过是个初中生。其余不过是虚名而已。

事实上，我也只在初中，认真读了三年书。这时我的记忆中，也常跳出廖先生的影子。对我来说，廖先生只是存在我心中的虔诚形象。那时我没跟他谈过一句话。

但在孩子的心中却留下了抹不掉的记忆：他是那样认真地办学。一个孩子当然无法懂得教育思想，但却能感染到他那股认真的精神。

他要求学生学好，他自己则努力把学校办好，一丝不苟。他认真挑选师资、认真建设校园、认真执行校规。给学生创造一个优良的学习环境。

在我的记忆中廖先生很注意爱国主义教育。高一的时候，我们读的是《中国近百年史》，而不再从三皇五帝读起。让孩子的心灵中，记住帝国主义对中国的侵略。他重视德智体的全面教育。重视在校园中举办运动会，支持学生的演剧活动。

廖先生的教育思想是很丰富的，但我说不出。只是后继有人，廖先生可以安息了。

其佩

1990.10.20

哭斯颐

征兄：

斯颐于 10 月 17 日凌晨在北京病逝了。你远在香港，天南地北，不知得悉否？ 67 岁，去得早了点。咱们少年相聚的日子，已是半个世纪前的事啦。

往事有时比现实还清晰。我还记得他借到一本《反杜林论》来告诉我，兴奋不已。我连书名是什么意思都闹不清。我想，当时他也不见得看懂，那时读高一，他只有十五六岁。但这说明他对理论的兴趣、对革命的追求。当时他想去延安，被阻未成。"文革"中有人向我外调，谈起这类事，问我他这个富家子弟，为什么要参加共产党，他为什么不留在美国？那样的年月，颠颠倒倒，没什么道理可说。后来我也没跟斯颐谈这件事。

斯颐好像不爱谈不愉快的事，我曾问过他在动乱年月的遭遇，他只用一两句话避开。他也不爱谈他肩上繁重的工作。津津乐道的是有趣的、遥远的往事，倾吐说不完的友情。我也没向他打听什么，他解放后的情况，我是不甚了了。

抗战后，他随着家庭去了内地。1939 年入党，赴昆明西南联大。不知哪年去了美国，在哈佛大学获博士学位。后从事外贸工作，这也是他解放后的主要工作吧。熬尽他毕生心血，取得杰出成就。

斯颐可算富家子弟，1930 年代他家里已有自备汽车。但富家子弟入党又有什么可怀疑的呢？国民党官家子弟参加共产党也不是个别的。这不正说明国民党的腐朽，共产党是人心所向吗？他父亲邹秉文先生其实是位学者、农业专家。国民党统治时期曾在联合国粮农组织任职。1950 年代由斯颐动员回国，可见老先生作为一位有正义感的学者，还是热爱社会主义新中国的。这事还受到周总理的关注。"文革"中周总理接见一位来访的学者，陪同接见的就有邹秉文先生和他的子女，斯颐也在其内。但我不知道此后斯颐是否得到解脱。

斯颐确实不愿意谈自己。他只跟我说过他但愿摆脱担子，去大学教书。他是位学者。近十年在京沪多次相遇，他竟不曾告诉我他患心脏病。他样子很年轻，满头黑发，兴致总是很好，谈话也滔滔不绝。但他女儿对我说，他回家往往累得不想讲话。他无须对我客套，他只是十分珍视友情。来上海总是他打电话找我。

这回他要出访，是代表团负责人之一，这才去医院检查。病情十分严重，一根血管几乎完全堵塞。医嘱不能动。必须作心脏"搭桥"手术。不幸手术后，他的血压突然消失，从此没再苏醒。

医生打开胸膛，惊讶这位病人怎样能活得这样久。他完全靠大把的药，以扩张微血管向心脏供血。

他活着的时候，全心全意地干着烦心的工作，不知休息。在改革开放中，他能干更多的工作，但他去了。讣告中称他为优秀共产党员、忠诚的共产主义战士，他是无愧的。

其佩

1990.11.03

自学成才的画家乐小英

1982年,《新民晚报》复刊的时候,乐小英被调回来了,他各方张罗,筹建了美术组。老朋友们发现,"文革"前,他那种满面春风的样子已不再看到了,只有心头的沉重,积郁难消。

乐小英是位自学成才的画家。在家乡镇海读小学的时候就被誉为画画的"神童"。移居上海后,因为家境贫穷,也没有机会深造,到附近一家画月份牌、年画的店家,窥看画匠绘画,回家就自己临摹年画。十八岁那年他考进一家电影公司当绘画员,走上美术工作的道路。逐渐认识一些画家和出版社报社人员。1950年代初期进入《新民晚报》。

乐小英解放前画过一张政治上不好的画,我没见到过,听说1957年外界揪住这个小辫子贴了他不少大字报。但右派是由本单位定的,他一贯无言无语、勤勤恳恳工作,终于平安无事。而他自己难免战战兢兢,如履薄冰般地做人。他也知道政治运动的可畏,真是不择手段,攻其一点不及其余。像丁玲那样的大作家,写过誉满国内外的长篇小说《太阳照在桑乾河上》,在需要的时候,还是拿出早年写过的《三八节有感》等短文来"再批判",流放北大荒。许多蒙受冤案的人,都立过大功。何况他已一失"笔"成千古恨,就是画上一千张政治上好的画也没用。

"文革"一来各种帽子满天飞,仅仅旧画重提,他就成了"漏网大右派",第一批进入"牛棚"。这也无所谓,许多人都要进去,不过先后而已。不幸的是他跌入了派性斗争的陷阱,倒了大霉。

"文革"已经扭曲了人性,扼杀了理性,而派性更在上面火上加油。狗头军师张春桥在什么材料上"批示","像乐小英这样的就是牛鬼蛇神",

当时的日报也刊登了张的"批示",小英遭到了残酷的迫害。

在全民族都遭受灾难的那年头,从国家主席到平民百姓受到各种折磨迫害的,不知要以多少万计,个人的厄运也算不了什么。但不是每个人都能想通的,否则老舍也不会跳太平湖。乐小英则把郁闷积在胸中,一积十多年,到晚报复刊时,他已变了个样子。没多久,就发现他已染上癌症。郁闷过久,无法发泄的人,似乎易感癌症。他很快就离开了人世。临终前,胡言乱语的时候,还在叫:"不要打我!不要打我!"可谓惨矣。

乐小英出版过十几本画册,如《乐小英漫画选》《乐小英儿童漫画集》《小胖》等,现在恐怕已很难觅到了。他算不上大画家,却是一个办事认真、为人正直的人。不知还有多少人记得他。

他的后辈是记得的,要努力做些于人民有益的事,为父辈"争气"。小英可以安息了!

1999.01.09

翻译家的"防扩散材料"

1950 年代，北京人民文学出版社出版了一本描写苏联建设的文学名著《水泥》，作者是革拉特珂夫，译者是我的朋友叶冬心。他 1938 年圣约翰大学英国文学系毕业，是我最早认识的一位翻译家，那时我还在念中学。这本书已有过著名翻译家董秋斯的译本，曾风行一时，书名《士敏土》，是水泥的译音，因为是从英译本转译的，英译本有不少差错，所以"人文"又请人从原文重译。我的朋友有外国语天才，不仅精通英文，很快又掌握了俄语。解放初期，他向上海私营出版社投稿，后来投向北京人文，被看中了，先后为该社译稿 10 年，也为其他出版社译书，总共译了 30 多部，有革氏的三部曲，有德拉伯金娜的历史回忆录《黑面包干》(曾被外语学院俄语系选为参考读物)。也有从英文译的卓别林《自传》，马克·吐温的《幽默小品选》等。

解放后，文化发达，译书很多，但译者的知名度却远不如过去，除少数人如傅雷等外，很少提到译者。

我不想谈这类事，只想说两件翻译家的令人感慨的"趣闻"，或令人啼笑皆非的闹剧。

首先叶冬心是个笔名，也是他女儿的名字。他原名叶群，是他祖父起的，也不是依照什么古训，而是因为他是长孙，希望多带来一些弟弟妹妹，大家族人丁兴旺。这已是 80 多年前的事了。他读书、工作、户口簿、银行存单等等，都用这个名字。到了史无前例的时候，这名字突然犯忌了。工宣队几次跟他说，这是"首长"的名字，你还是改一个吧。他说自己是个小人物，不会有什么妨碍的。总算混过去了。后来林彪爆炸，又有人跟他说，这名字臭了，改一个吧。翻译家不无幽默地说："大丈夫不能留芳百世，亦当遗臭万年。"

在"五七"干校的时候，这位十足的书生遭到突然袭击，要他交代什么"黑话"，大字报贴满连队，广播喇叭轰鸣怒吼，可是这名字既不能打上××，又不敢高呼打倒，于是情急生智，临时改用了他那鲜为人知的别号"今纯"。

什么事情呢？原来他认识马思聪的哥哥。他们两家的夫人年轻时认识，许多年后在马路上遇到，发现两家住处搬得很近，有时跑来闲聊，这是很普通的邻里往来。马老先生的女儿涉嫌协助一个朋友外逃香港，因而被捕入狱。在极端闭关锁国年代，这是相当严重的事。何况马思聪一家已外逃。于是马老先生受到盘问，和什么人往来、谈论什么之类，材料转到翻译家有关单位工宣队手中，一场猛攻就此发动。

串门闲谈有什么可交代呢？谁会把这类闲谈放在心上呢？马老先生是法国留学生，学农科的，解放后没有工作。解放前他先后带领两个弟弟到法国学小提琴。一个去了美国，是一个著名乐队的第一小提琴手，马思聪回到中国，也很有盛名。马老先生生活不成问题，但不明世事。翻译家不懂音乐，只能没完没了地交代串门时的闲话，实在无法触及"要害"。马老先生有一次交代，两人谈到唐纳家里是否富有的事。工宣队如获至宝。通宵达旦地向翻译家盘问，全是诱供，要知道议论过"旗手"什么事没有。翻译家和唐纳是同学，很普通的关系。在读书时候，看到唐纳连一两角黄包车钱都要节省，不见得是富家子弟。审问者也太无知，那时教会大学学生，或许会谈论好莱坞明星之类，谁会对蓝苹一流的演员有什么议论。

翻译家只能没完没了地交代。在那年代，这类遭遇太多了。粉碎"四人帮"后，全部交代材料还给了翻译家，厚厚一大堆，和翻译一本书差不多，标题赫然是"防扩散材料"。

1999.01.17

海派小说家李君维

李君维曾在《夜光杯》上写过两部连载：《名门闺秀》和《伤心碧》，友辈和朋友都颇称道，他是一位十分喜爱张爱玲小说的人。吴福辉1995年出版的《都市漩流中的海派小说》谈到他的一本短篇作品集，说"他的纯正张爱玲风格，又不是个拙劣模仿者"。冯亦代在文章中说，《名门闺秀》"还是宗张爱玲的"，这书后来由天津百花文艺出版社出版，相当畅销。

解放前，李君维好像没有写过长篇，只写短篇，出过一本集子，书名《绅士淑女图》。1989年上海书店出版了一套"海派小说专辑"，共10册。这书就是其中的一册。他用的是一个很古怪的笔名："东方蝃蝀"，这两个字当时我不认识，也不知什么意思，心想怎么用虫子作笔名，后来在辞书上查到，在古书上这两个字指的是"虹"，七彩缤纷，可爱得很，不像毛毛虫那样惹人厌。

最近黑龙江人民出版社又出版了新版《绅士淑女图》，除了原来的七篇短篇，又加上了在本报连载过的《伤心碧》和《名门闺秀》，就有相当厚度，不是薄薄的小册子了。

按冯亦代的说法，海派文学就是都市文学，并无贬义。它应和"京派文学及革命文学鼎足而立"。他还说施蛰存是"海派小说的鼻祖"，他当年主编的《现代》杂志，也大量刊登都市小说。不知这观点施老是否同意。

这些年我很少看小说，从报上知道，现在写都市文学的也不少，褒贬不一，这也正常。多种样式、多种意见，总比什么都舆论一律好，否则怎能叫百花齐放呢？不论写什么作品，只要不违犯法律，不毒害读者的似都应该允许。

李君维的海派小说总是在各个故事中塑造不同的人物，他遣词用字很讲究。我的印象，他很重视对白，从人物说的语气、语词，反映他或她的性格、身份。对有些人物，由于故事的需要，他采用上海话对白。他还重视对人物服饰的描绘，从穿着打扮上表现人物的性格、修养。

解放初他去了北京后，五六十年代没再写小说，根本没有什么地方会刊登他这种海派小说。就是革命小说给人发现什么"小资产阶级情调"，也要大批特批一番。

他倒在《新民晚报》的副刊上陆续写过一些散文，都是淡淡的，我已没什么印象。就像他的生活一样，他是个甘于平淡的人。似乎长期编一种内部的专业性刊物，默默无闻。我倒记得他在《夜光杯》上，写过一篇虚拟的《走进柳无忌先生书斋》，那时晚报还没有美国版，不知怎么给柳先生看到，从海外寄来一篇《李君维同志来访记》的长文，这可能是《夜光杯》第一次引来海外来稿。

1980年代，李君维还在香港《大公报》副刊发表过一批散文，据说反映很好。不知他现在是不是还想写海派小说？

1999.02.06

杂记陈蝶衣二三事

陈蝶衣已经欢度过九十华诞。半个世纪前他在上海庆祝四十岁生日的事，记忆犹新。当时许多人已称他为蝶老。现在可是实实在在的蝶老了。这位老人不仅高寿，而且体健，外表则是相当瘦小。前几年在香港遇到他，走在路上他真是健步如飞，我只能紧跟。他现在写的字，仍是一笔一划，就像铅字或是电脑一样的整齐，没有半点手抖的样子。

他的养生之道很简单，一是少吃多餐，他一天吃六顿，道理是不让肠胃负担太重；二是开开心，人总该活得开心，他不是"大款"，仅是过得去而已。钱也许能使人开心，更会使人烦恼。

1940 年代，上海人知道陈蝶衣的人相当多，他编过好几种通俗性的综合杂志，如《万象》《春秋》《宇宙》，刊名的口气都很大，真是上下古今、天地万物，无所不包。这也许是他的爱好。解放前夕，他曾任《铁报》总编辑。解放初期，他与友人合办一张《大报》，报名是他定的，明明是张小报，他偏要取名大报，这也反映了他的性格。

陈蝶衣没有什么高等学历，完全靠自己勤学奋斗，博览群书。他十五岁的时候，就帮助在《新闻报》工作的父亲抄抄写写，并进入报社当练习生。到了二十五岁，他创办了《明星日报》，并举办了"电影皇后"选举，胡蝶成为电影皇后就是这次选举产生的。这是史无前例的创举，也是后无来者。当时大约轰动上海，那是 1933 年的事，我刚刚小学毕业，还留有模糊的印象。

陈蝶衣于 1952 年去了香港，开始也是编杂志，并撰写"侠盗鲁平到香港"小说，是仿效孙了红的笔法，同时编写电影剧本，先后共写了 20

余部。

他写的电影剧本，首先是《小凤仙》正续集，接着是《秋瑾》，都是由李丽华主演的。蝶老写的最后一部电影剧本《红楼梦》也有李丽华演出，不过已是演贾母了。

陈蝶衣在港、澳、台知名度颇高，是作为歌词作者，被誉为"一代作词家"，他一共作了 3000 多首歌词，真是一个不小的数字。中国第一代歌词作者，蝶老可算硕果仅存的了。在作歌词方面，蝶老在香港多次获奖，并曾获得最高荣誉的"金针奖"。

蝶老作歌词是 1940 年代在上海开始的。当时周璇拍摄的《凤凰于飞》主题曲就是他撰写的。字面是爱情的，寓意却是爱国的，那是山河破碎的抗战时期。暇时蝶老还作诗自遣。已积存诗稿 40 余册。

在此祝这位开心老人更健康！

1999.04.01

龚之方与唐瑜

最近《夜光杯》人物版刊登了一张老照片，是1934年拍的。照片上有三位名人：唐瑜、丁聪和龚之方。我曾见过三人，引起了一些回想。拍摄这张照片的时候，我还是初中学生。我见到他们已是十年以后的事情了。

最早认识的是龚之方，大约在1944年吧，龚和唐大郎、陆小洛筹办一张报，要认识一些小报圈子以外的人。当时由他们的朋友柯灵先生，介绍我和我的朋友徐慧棠给他们。我和徐都是柯灵主编的"万象"杂志的投稿者。认识不久也就成了朋友，他们比我们都年长十来岁，也可算"忘年交"了。因为我们或是辍学，或是还在读书。他们却都在社会上有些名气了。我们有时候也可看到小报，兴趣不大，但都很爱唐大郎写的诗。也知道龚之方别号"龚满堂"。他做过影剧宣传工作。凡有什么连台本戏演出，由龚做的广告，演出时门口总高挂"客满"牌子。不过我认识他的时候，好像已不干这行了。不过知道他这项本领的人大约也不少。解放后，抗美援朝期间，发行过一种折实公债，他也是宣传委员，他拟的口号是："喂！你买了折实公债吗？"横幅挂在大街上，跟其他标语很不相同。

解放后，我们共事数年，他对我颇多关心。他1950年代去京后，就音讯不详了。1957年，不知什么原因他成了右派。就我所知，他在京熟悉的都是进步文化人和共产党干部。他办事能力很强，而且熟悉新闻出版工作，是个内行。大约什么话得罪了外行吧。

有一年他从宁夏回来，腿都肿了。也没看医生，吃了几顿炒鳝糊就好了。显然是营养不良的原因，后来家也搬到苏州了。他夫人很能干，协助他料理家庭生活。再后来得到夏衍、廖承志的帮助，担任了香港《文汇报》驻京记者。那时香港《文汇报》大约是归侨办的。"文革"一来他又遭殃了。详细不知，他的朋友也几乎都倒霉。

丁聪，在许多场合都见过面，没什么深谈。我很喜欢他的画，有一年去京，想去拜望他，因为不知他是否还记得我，结果未去。我和他弟弟是老朋友。

唐瑜，我只见过一面。那是解放初的一个冬天，忽然有一位穿军大衣的人走进办公室，来看龚之方、唐大郎。那时我们对这种打扮的人是肃然起敬的。可是坐下来，他讲的都是上海朋友久别后的家常话，没有什么政治性语言。他走后龚、唐告诉我这是唐瑜，这名字我有点印象。读中学时，也偶然看到《联华画报》。

许多年前我看过一本《潘汉年传》，里面说，潘有一段时间，比较轻松，可以自由进城访友，但潘只看望两个人，其中一个就是唐瑜，我想他大约是个侠义之士，信得过的朋友。

前两年看了一本唐写的有关"二流堂"的书，对他有了几分敬意，也才知道"二流堂"是怎么回事。我还打电话告诉住在苏州的龚之方，说书中收了他的一封信。龚还不知有这样一本书。

后来又看了一本李辉编著的有关"二流堂"的书，内有一份"造反报"的缩印样，竟有什么"北京二流堂"，龚之方竟是其中一分子。我想绝不会成立什么"北京二流堂"，他们吃的苦头还不够吗？但龚之方和这些朋友肯定会有往来的。因为他是很重视友情的，一些朋友也很关心他。

那年头，无耻之徒什么谣言都造得出，帽子工厂什么都有。那张老照片中，龚头戴礼帽（上海人俗称铜盆帽），我可没见过他这种打扮。

1999.04.27

四个人的遭遇

　　沈寂新出的一本文集《风云人生》附有若干照片，内有一张 1943 年他和朋友在龙华郊游的照片。我已想不起他们怎样会作这次郊游的，而他却把照片保存得好好的。

　　照片上共有七个人。除那年长的杂志编辑已去了香港，其余六人都是当年他编杂志的投稿者。当时倒是常有往来，但抗战胜利后，两位震旦大学医科毕业生去了北方谋生，没有什么音讯，最后留在上海的就只有四个人了。两个人早已不在了，都是"文革"中自尽的，这是当年谁也想不到的事。

　　解放后，大家就很少往来，各自的工作岗位不同，又都忙于学习改造，改变了解放前的生活方式，1957 年两个人成了"右派"，一个叫徐慧棠，另一个就是沈寂。

　　先说徐慧棠，他是医科大学生，懂英法两门外语。当年我们都是二十出头的人。在杂志上译写一些西方杂志上的知识性文章。他用一个很怪的笔名，叫余爱渌，大家说一定和他的女朋友有关，他也不否认。后来我和他夫人熟悉了，也没弄懂这笔名的奥秘。我们的友谊是有点缘分的。抗战胜利后来往不多，两个人竟在同一天结婚，他好像在开私人诊所，曾任过《前线日报》记者。那时是宦乡主政，有时相遇，他会激昂慷慨议论一通，他在多家报馆工作过，是一个很聪明、很有才气的人。

　　解放后他仍当私人医生，后来分配到一个工厂任厂医。1957 年给划上了。据说他认为某一种医疗器材，美国造的比苏联的好，这就是大逆不道。他还写过一篇短文《我想求签》，原来为了编制劳保预算，要他填一张表格：厂里有多少人会请长病假，有多少人将在当年死亡。这叫医生怎么填呢？争辩无效，还惊动了劳保主任、工会主席，最后他把心一横胡乱填上。第二年又发下同样的表格，他说"望望窗外青天，忽阴忽雨，还是到庙里求个签吧！"这文章收在不久前出版的《乌昼啼》（鸣放期间杂文小品文选）中，不知是否也是一项罪状。

1960 年代，我去看过他几次，他已变得十分沉默，没说什么，只告诉我那时他在推小车。他对自己的遭遇已无所谓，只是懊恼连累了家人。后来听说他多次企图自杀未果。"四人帮"垮台后，他已被折磨得神志不清了。一次什么游行，他认为"文革"又来了，跳进黄浦江。一个聪明的、多才多艺的人，就这样结束了生命。

另一位自尽的是照片上的唯一女性施济美，那时她是负有盛名的小说家。解放后失去联系，听说是位优秀的语文教师。"文革"中大约不堪凌辱吧，愤然自尽。许多年后我参加过她的追悼会，她妹妹诉说当年情况，真是令人泪下。

沈寂怎么成为"右派"，我一无所知。解放初，他和几位爱国影人被英政府驱逐出境，回到上海，没几年就成为"右派"了。真是奇哉怪也。不过近十几年他已是著作等身的名家了。

"文革"中，四个人都蹲过"牛棚"。解放前毕业的大学生，那时如还活着，没关进"牛棚"大约是"稀有人物。"至于四个人中两个人当了"右派"，两个人"文革"中自尽。比例是过高了。怎么说呢？

1999.05.05

魂归异乡　心留祖国

这题目有点欠通或是费解。容我慢慢道来。

董乐山已经走了一百多天了，时不时我会想到他，想写点什么，总是心绪不宁，终于想到这样似通非通的八个字。

根据乐山的留言不搞遗体告别和追悼会。仅有家属和几位亲戚为他送别。他们父子情深，骨灰盒由他的独生子带走了。乐山的心还留在中国，他还有许多事没有来得及干。他还要译书，还要写文章……他是不想离开的，但这不是个人意志所能决定的。他只能抱着无穷的遗憾走了。

对美国的花花世界，他没有什么迷恋。他生前曾三次去美国，完全有机会、有条件留下来，却每次都按时归来。至少有一次是和夫人同去的。两人都未留下，他对他哥哥说：我要回去"享受应得的养老金"。这只能说是一种托词。他要回来，因为要完成自己的心愿，有许多未了的工作要干。尽管那时已年过花甲。

他的夫人仍然留在北京，她说她要给乐山编个文集。她是最了解乐山的，共同过了20多年坎坷生活，也尝到不少人间的酸苦。

有一次我去北京，恰逢乐山作为访问学者从美国归来，我问他在美的情况，他打开橱门，拿出两条裤子给我看，说是从美国买回来的，把话题绕开。解放后我几次遇到他，见他已不像年轻时那样讲究衣着。有许多关于自己的事，他是不愿谈的，不论是得意的，还是倒霉的。他更不愿别人为他贴金。这跟他的性格有关，也与我们小时候受的教育有关。自我夸耀，是最没出息的。

乐山过世后，京沪报刊都登了不少悼念文章。香港报刊也有登载。美国的中文报纸登过他逝世消息，可惜都是听说，没有看到。给我印象最深的是《中华读书报》和《文艺报》的两个专版，都是用了整整一版的篇幅悼念乐山，编排都很醒目。在什么都讲究规格和级别的社会里，这两张报纸出这样专版，恐怕是出于对一个有成就的学者的敬意和情谊。

《中华读书报》刊登了三篇文章，是他翻译界同行写的悼文，都是真心实意的话。没有那种对死者空洞赞誉的套话。我本来不知道巫宁坤教授的名字。1993年冬去北京，乐山借给我看了他著的《一滴泪》，使我这个不知世事的人"大开眼界"，被迫害的知识分子竟有那样辛酸的遭遇。回沪后我对一位前辈说起这事，他认识巫，也有这书，说巫是一位才子。我想巫教授是热爱祖国的，否则不会回来讲学。

《文艺报》的专版，是三联书店为乐山组织的追思会上的发言摘要。发言者是乐山的朋友和同事。使我对避不谈论自己的乐山的心境，多了几分了解。原来还有"办公室政治"的倾轧诽谤，还有人打他小报告。这都是他受不了的，他有所风闻多半闷在心里。他闷在心里的怨气和委屈过多，终于弄垮了身体。

乐山是个正直的人，他要求的是公正，可是社会上并不讲究费厄泼赖。他虽然成了著名的学者和翻译家，还是觉得自己受一辈子屈辱，坐一辈子冷板凳。这也有他的道理。袁鹰在追思会的发言和《笔会》的悼念文章中，说到一件事，解放前他曾在美国新闻处工作过，其实这完全是一种正常的职业经历，可是却成为"老也说不清，其实也完全能说得清却又不被相信的'问题'"。终于成为他一生坎坷的开始。其实何止乐山？刘尊棋和金仲华都在美国新闻处工作过。刘历遭磨难，金在"文革"中自尽。从前我们只知道左翼作家进入美国新闻处，会有许多方便。不过对于刘金二公，我是一无所知。

还有他决心与"政治分手"的事。主动当然在他，但是为什么呢？袁鹰在追思会上有所解说。我曾问过乐山，他却不肯说。我想一定有什么事当时使他觉得委屈和不公正。

乐山一直认为《西行漫记》是自己的第一部译著。半个世纪前，我们读复社译的这本书的时候，看到了中国的希望，看到了中国的未来。我们这些中学生对什么主义也不懂，但我们憎恶透了国民党政府的腐败，蒋介石的专制独裁，豪门的专横和特权。可是斯诺没有告诉我们未来社会将飞来阵阵的不测风云。

由此我想到乐山在解放后写的一篇短篇小说:《傅正业教授的颠倒世界》。许多事是颠倒的，这是写"文革"时期的知识分子的颠倒世界、荒唐遭遇。题材和表现手法都很新颖，最后几段描绘教授的颠倒世界，用的类似科幻小说的手法。小说发表在1970年代末的《文汇报·笔会》上，很可能是1957年后，乐山用真名真姓发表的第一篇作品，那时《笔会》的主编是我们的朋友徐开垒。可是这篇小说是由巴金、柯灵、吴强等几位老作家组成的评委会定为第一名的，跟原来编辑室评定的名次不尽相同。我已记不清，当时是否已发表过"伤痕文学"。不过这篇不好算伤痕文学，只能说是美国式的幽默吧。小说中的住房狭小和干木匠活，跟乐山的经历相同。

我希望编辑文集时，不要把这篇小说漏掉。

不论乐山魂归何处，还有许多朋友怀念他，为他惋惜，为他不平，这可完全是公正的声音。乐山可以安息了。

1999.05.22

林放与《夜光杯》

　　《夜光杯》的老读者大约没有谁不知道林放的。他是《未晚谭》专栏的作者。或许还有不少人知道林放是《新民晚报》原社长赵超构的笔名。这位晚报界元老级人物离开我们已经五年多了。现在留下的只有怀念。

　　1981年底，《新民晚报》历经浩劫，准备复刊前夕，讨论六个版面怎样安排的时候，前四个新闻版没有什么问题。五、六两版怎么办？林放首先提出两个版都出副刊《夜光杯》，这是少有先例的。复刊后经过多次改版、扩版，两版《夜光杯》一直沿续到现在。这也许可算一点《夜光杯》掌故吧。

　　复刊的《新民晚报》，林放提出十六字方针："宣传政策，传播知识，移风易俗，丰富生活。"这十六个字当然是完整的。他说两版副刊，可以一个版侧重前八个字，另一个版侧重后八个字。这样在选稿组版上容易分工一下。许多年来，《夜光杯》大约就是这样编的吧？

　　据我的了解，林放首先重视办报路线，重视新闻，对副刊他似有某种偏爱，他读得很仔细，但很少议论别人的文章。他特别关心言论。他把很大的精力放在写作《未晚谭》专栏上，他把这当作主要工作，也获得很大乐趣，当然也少不了几分烦恼。

　　写言论，他强调要有新意，要提出问题，解决问题。他反对写空话、大话、套话、假话。他与巴金老人一样，比较早提出要讲真话。因为他们都深切感到说假话，反违心之论的内心痛苦。

　　他强调要面向读者，了解群众，要平等待人，他十分反对以训人的态度写文章。在他生前和身后出了三本《未晚谭》文集，这是有案可查的。

　　林放写《未晚谭》主要把力量放在选题构思上，等到成熟以后下笔可就一挥而就。不过，他还要一改、再改、三改地字斟句酌。排出小样来，他也要认真检查，作最后的修改。

林放观察敏锐深刻。有次读到一段新闻，说是一个直接参与迫害彭德怀元帅的"头头"，摇身一变青云直上被查出来了。他就写了一篇《江东子弟今犹在》一文，引人注目。读了巴老《随想录》中《我的噩梦》，立即呼应，写出《"文革"还在揪人》。他要人们记住历史教训，悲剧不再重演。

对个人的遭遇，他并不计较。在史无前例的日子里，他是属于那种在劫难逃的人物。虽然许多年来他努力保护自己，感恩戴德，也没有用。粉碎"四人帮"后，他很少述说自己的遭遇。事实上，他受到很大的屈辱和精神折磨。关进"牛棚"后，他被强迫在排字房劳动，拆铅版、折白破（卷筒纸破碎的部分）。他对朋友说好好学吧，以后我们就干这个。一代报人落得这样的心境。悲夫。

林放很关心《夜光杯》和报社的青年朋友，但他从不对他们发表什么训示，正如他从不在专栏中宣扬自己、夸耀自己。而是关心他们是否努力工作，刻苦钻研，希望他们处理好版面，认真对待读者来信来稿。他提出设立一个《读者·作者·编者》专栏，刊登各种不同意见和批评。他还亲自答复过一位少年读者的来信。

林放还为《夜光杯》向许多老朋友组稿。复刊后第一部长篇连载：《清风楼》，就是由他向张友鸾老先生组织的。

最后说一下林放向巴金组稿的事。他们两人早就有深厚的友谊。那时巴老已陆续发表《随想录》，林放和朋友谈话中，也就常谈到巴老，朋友说去看看他吧，他犹疑一下，说不要打扰他了，让他好好休息。但没过多时，林放又提出还是去看望他一下。友情是缠人的，总是挂牵。两人都是重视友情的人。后来巴老为《夜光杯》写了两篇重要文章，还写了一些短文。

1997.04.05

往事杂忆

最近解放日报《朝花》副刊忽然刊登了陈诏写的《〈"片面"无忧论〉再认识》，这是林放先生四十多年前写的一篇短文，何以旧事重提，我不清楚，也许因为《朝花》文集收了这篇文章，作者重读有感吧。

陈诏的文章是客观公正的。它引起我想到许多往事。当年双百方针提出以后，林放欢欣鼓舞，异常兴奋。在此之前，他无论对办晚报或写文章都常感苦闷，无法施展。现在可以百花齐放、百家争鸣了。在办报上，他公开提出，除了继承解放区办报传统以外，也应该继承国统区办报的好的传统。在《新民晚报》内，他提出了改版的三句口号："短些、短些、再短些，广些、广些、再广些，软些、软些、再软些。"此后报纸恢复了生机，发行量逐步上升。

在写文章上，林放更是得心应手，再不为找题目苦恼了。他是一位热爱新社会的人，他希望执政者要结交诤友，要大家敢言，提出不同意见，他自己是很想做一个诤友的。他写文章不是随风转，总是说出自己的心里话。

《"片面"无忧论》发表以后，引起了纠纷。文人的笔战在过去是很平常的事。这时他脑子中占主导地位的，还是那个双百方针，他兴致勃勃地参加争鸣，一点也没有紧张的情绪。文痞姚文元虽也挥出妖棍，林放也不在乎。那时姚不过是个小伙计而已。

以后林放还是照样写他的文章。还是想着响亮的方针。林放当时常常说，他写的文章算不上杂文，只是小言论。此后，直到1957年上半年，林放写的杂文，现在已经很难找到了。这些文章并没有收入出版的文集。

这时期的文章都是这位老报人的真心话，都是坦率真诚、针对时弊的肺腑之言。

林放的文章风格没有变，到了6月形势却突变，而且是大变。风声越来越紧，这时报社听到的传闻，已经十分吓人了。那时林放到北京参加全国人大会议。报社领导人非常焦急，为了报纸，为了他，告诉了他一些严重情况，当时林放在北京也会感到情况有变。他有很强的敏感性。立即作了检查，检查内容我一点也不记得了，其中有句话我却一直没有忘记，他说他写的文章是"有罪的"。我是一个政治迟钝的人，弄不懂问题怎会这样严重。在此之前报社已对一些报道进行了自我批判。林放检查文章发表后的一二天或二三天，著名的"七一"社论发表了，《新民晚报》得到谅解，林放也得到了谅解了！

《随想录》中写到，林放脸上又露出原有的笑容。许多年以后，还有人要他到台上，诉说感激之情。又过许多年，数十万蒙冤的人都得到昭雪。他当然十分欢喜。也不再有人要他诉说。他说过的"罪"成为莫须有了。这都是后话，还是回到1957年。

全国人大会议结束以后，林放回到了上海，当时反右斗争已经热火朝天，大会小会不断，今天揪出这个，明天揪出那个，都是些知名人士。报纸使用的都是特大字标题。

后来，新闻界也举行过一次批判林放的会议。开会之前，也已知道，不是要把他揪出来，但去开会的路上还是心神不定。会上发言的都是新闻界的一些头面人物。这大约是奉命举行的一次集会，了却林放的这桩公案。最高领导人已经保护了他，市领导人也只能想办法收场。所有的发言者都是快速地念着发言稿，没有气势汹汹的声讨架势。散会后大家都像放下一块石头。林放的心神也算定下来了。

巴老的《随想录》有一篇记述他和林放交往与友情的文章。我记得当年在香港《大公报》发表的时候，这篇《随想录》的题目是《我的杂文家朋友》，后来出书时题目改成《紧箍咒》，寓意很深。

巴老的文章，有一段生动地记述了 1957 年 6 月林放在前门饭店的心态和表情，以及写自我检讨前后的变化。巴老说他和林放，1957 年下半年起头上都给戴上了"金箍儿"，许多知识分子大都如此。

对这篇香港《大公报》的文章，他没说什么。但 1957 年下半年以后，他头上确实戴了"金箍儿"。在有惊无险之后，他还不能不写文章。因为写作不仅是他的工作，也是他的生活，他离不开笔，就像一日三餐。以后写作的时候，虽不一定战战兢兢，却是火烛小心。他总是从中央级报纸上摸气候、找题目。一方面不愿搁笔，另一方面动笔又是困难重重啊！他最怕写应景文章。他已很少把心里话写出来。但也写了无法不写的文章，我只能举个反证，他在 1980 年致巴老的信中说："今后谁能保证自己不再写这类文章？（指写'违心之论'）……我不敢开支票。"（见巴金：《随想录》第 702 页）这可说明林放 1957 年下半年以后写的文章，并不都是心里想说的。进入 80 年代，他还心有余悸。

到了 1965 年以后，他感到文章愈来愈难写了。及至 1966 年上半年，他已觉得无法再写任何文章，连"违心之论"也写不出了。动乱一起，有人贴大字报说他"罢写"。那已是什么罪名都可套在人们头上的年代，这"罢写"是不足道的。以后十来年，他的笔被迫搁下了。

1982 年，被砸烂的《新民晚报》复刊了。他又欢欣鼓舞地拿起那支笔，又兴致勃勃地写他的文章了。他心情非常舒畅，写得很顺心。头上的"金箍儿"还在不在，我不知道。他写的还是真心话，没有违心之论。对敏感的问题，他还是沉默的，他也不打"擦边球"。1957 年那场灾祸他还是忘不了。经历了许多风雨难测的春夏秋冬，他还是紧握手中的笔。

1997.08.31—09.01

想到了黄嘉音

黄嘉音这名字，总要年过花甲曾读过一些报刊的人才知道吧。也许年过半百的人，也会知道，因为1950年代初期，他在上海一家出版社工作过，但知道的范围不会很广。

想起了他，是因为看到一本新出版的记述老上海名人名事名物的书。在名人栏目中，赫然把黄嘉音的名字列入其中，这使我感到一点欣慰，还有人没有忘记他。

黄嘉音是三四十年代很有才华的编辑和出版家。他与其兄黄嘉德合编的《西风》月刊，相当畅销。稍后他又主编《西风副刊》。抗战胜利后，跟他夫人朱绮女士合编过《家》，这些刊物他都是发行人。他不单是编辑，对出版发行，也很在行，把出版社经营得兴旺发达。

嘉音还编过报纸副刊。那是1930年代末期，我还是一个中学生，属于乱投稿的年纪，常有稿子在他编的副刊上登出。记不清怎么和他通起信来。在一个中学生眼里编辑就是一个"大人物"了，而且高过其他的大人物，真是有点喜出望外。也记不清，当时一个中学生，投稿写的是什么东西。忽然有一天，他来信约我到他家去吃茶。

到时，另有几位青年人，都比我大不了多少，都是投稿者，好像他并不都认识。我也没弄懂，编辑怎么请投稿者吃东西。以后我和嘉音就熟起来了。

再后我进了大学，课余去西风社看过他，想看看出版社是什么样子。几乎每次他都约我到西风社对过一个白俄开的店里去喝牛奶。

不久，日军袭击珍珠港，太平洋战争爆发，西风社停了。他在一家药厂工作一段时间后，就去重庆复刊《西风》。这时期的《西风》我没看到过。抗战胜利后，他回到上海又和他哥哥合编《西风》，原来西风社的房子没有了，办在他家的楼下。不久，又跟他夫人合编了《家》。我们已成了老朋友。不过各人都有工作，来往不很多，只记得他约我到他家去吃饭，兴致很高，有点雄心勃勃的样子。

没有几年，上海解放了。介绍欧风美雨的《西风》主动停刊了。就是那刊名也没法办下去。《家》也停办了。家庭妇女都要走向社会，还谈什么家。虽然这些年，同类性质的刊物已不止一种，而且比《西风》和《家》都要开放得多。时代不同了。正是所谓此一时彼一时也。

抗战胜利初期，嘉音还编过申报的副刊，因为史量才的儿子史咏赓是他大学时的同学，知道黄是个人才，就邀了他去。不过这时国民党已接收了申报，用各种手段排挤史家，而嘉音跟那些官气十足的申报上层人物也合不来。没多久，他就不干了。具体情况我不知道，也没问过他，嘉音对政治没什么兴趣，是个十足的脱离政治的自由主义者。不过前多年，有人告诉我，他曾资助一个青年去延安，他可从未对我说过这事。

嘉音的兴趣很广泛，曾画过不少漫画，画的标记是一只小鸟。我和他熟悉以后，他已不作画了。他对心理学、社会学特别感兴趣。解放前曾说过要到疯人院和监狱去调查社会。

解放初他搞心理咨询工作，对精神不正常的人进行心理治疗，好像在一所这类的医院，有一个门诊室，在社会上也有点小名气。我劝他还是搞老本行吧。

嘉音交游很广，结识不少人，多是后来称为高级知识分子一类。不久，他进了出版社，他笑嘻嘻地对我说还是一个编辑室的副主任。也对我说过那里的领导，不懂出版业务，但并无不满的话。

解放后，大家都忙得不堪，来往更少。1957年，他到文汇报去编《彩色版》，兴致极高，又活跃起来，来找过我一次，谈的多是报纸的事。

后来鸣放，报上忽然登出他在政协的发言，是关于医疗卫生的事。大约和他搞的心理治疗有关。我劝他不要多说了。他回答曰"争鸣"嘛。

以后没有什么往来。再过一阵听说他成了"右派"，而且夫妻带着孩子双双去了宁夏。我不免大吃一惊。我始终不知道他是什么"罪名"，因为我不认识出版社的人。

当年下放宁夏的上海知识分子"右派"不少，倒有时传来一些他的消息，最后是死讯。我问过他在济南的哥哥黄嘉德教授，证实他是死在狱中。不是病逝。还传说他后来在学校中的工作是掌管上课下课的打钟。困难时期在街上买了点兔子肉遭受斥责。我都未加考证。

现在有关"右派"经历遭遇的书已有不少，并没有什么稀奇。

一代才人，摔倒在黄浦江畔，葬身西北，也是平常的事。可幸的是还有人记得他。

1998.10.20

江南第一枝笔

朋友借给我一本《老上海名人名事名物大观》，说是翻翻吧，并说没有收唐大郎。我翻到"名物"栏，收有不少小报的名字。两相对照，难免有点欠平衡的缺憾。所谓"江南第一枝笔"，就是小报界给唐大郎的美誉，跟文坛无关。前些年，偶然看到新编嘉定县志，内收唐大郎。唐是嘉定人。

1930 年代初，他在中国银行工作，业余也为小报写稿，受到行长的嘲讽。他一怒而去，此后专为小报写稿，成为专业作者。

上海解放，夏衍打电话给唐，告诉他已经到沪。唐回说："你来了，我就失业了。"夏说："我来了，你就不会失业了。"因为已经决定，解放后上海还要办小报。1949 年 7 月，上海出版了两份小报，一份就是唐大郎和他的老搭档龚之方合办的。当然这时期的小报是过渡性的报纸。

稍后，唐大郎担任《新民晚报》副刊《繁花》的主编，直到晚报被砸烂。1966 年 8 月某日，他和几位朋友第一批关进"牛棚"，再后"牛棚"不断增员，直到"牛满为患"，最后全报社人员都去了干校。他在"干校"退休。

大郎写的文章都很短，记身边琐事，尤多诗作，极有韵味。诗中常有俚语，却都合格律。《繁花》上也偶登他的作品，主要作品则登在香港《大公报》副刊上，栏名《唱江南》，歌颂新社会的好风光。据魏绍昌《唐大郎逝世一年祭》所记："周总理生前曾前后两次对夏衍提起过唐大郎，并且认为《唱江南》是有良心有才华的爱国主义诗篇。"

"四人帮"垮台后，大郎已退休，诗的栏名改为《闲居集》。他病逝后，香港友人等为《闲居集》出版了单行本，内地很少流传。精通诗词的友人陈榕甫兄曾为文介绍，题为《肯吐真言即好诗》。这题目就是大郎的诗句。"吐真言"是大郎的特点，平时他也不说假话。学习时，他连套话也说不上几句，会后往往自嘲为"硬滑稽"。"真"是大郎的最大特点，非说假话不可，他多半沉默。

我意想不到的是诗人邵燕祥对《闲居集》也颇为欣赏。邵是诗人，当然具有慧眼。唐在京中有不少友人，但跟邵是不会认识的。邵燕祥还摘编了一段《刘郎语录》。《闲居集》是用笔名刘郎发表的，夫人刘姓也。语录大约是摘自诗后的注释，唐戏称这种注释为"诗屁股"，文多妙语佳句。这段语录是谈文风的，我未查到。唐的诗几乎都有注释。在一首题为《诗屁股》的诗中说"屁股最好自家写，假手后人惟恐假"。他有一首为诗之道的诗："为诗千万莫流酸，读到酸诗齿亦寒。俗尚能医酸不治，若工泼野或堪看。"他的所谓酸，是指空话、套话之类。

大郎对自己的诗颇为自负。解放前他在一张报上写过一个专栏名为《唐诗三百首》，署名"高唐"，自注"高唐"两字作"高出于唐人"解。解放后，闲谈时，他很少谈诗论诗。1957年后，杂文家林放曾与他切磋写诗的问题，这是我仅见的盛事。

解放后，来自旧社会的知识分子，感觉到有改造的必要。可是又不懂怎样改造。有的朋友建议大郎去华北革大学习，那是革命的大熔炉嘛。他居然去了。好像时间不长，我已记不清，大约是三个月，或是半年，他就结业归来了。大家要他谈谈学习的心得体会，他无论如何不肯说。

有一天周围只二三极熟的人，他苦笑着说，革大的女同学说他这个人应该枪毙。原来学习改造的人，都要自报过去的经历，少不得还要臭骂自己几句。这是关键吧。我们这位率真的诗人，大概把往日的花花绿绿生活渲染一番。他没有什么政治辫子可抓。但那些革命的红颜听了，怎能不怒发冲冠。（当时男女都戴一式的帽子。）幸好学校并不算这种生活上的老账。他也平安归来。此后，他对夫人忠贞不二。还写诗献之。自云"老而作嗲，亦是一乐"。不过"革大"学习的事，再也没人提起了。

大郎主编《繁花》副刊是很认真的，重视读者来稿。他的方针是版面分"上半身下半身"泾渭分明。他有一首题为《副刊与火腿》的诗说明这个意思："上方大块笃精肥，食到腰峰味略稀。耐咀嚼还供下酒，火筒脚爪最相宜。"注释说："上身思想性，中间知识性，下身趣味性。"这种三性结合，现已是编报的常识了。当年事事要配合形势，时时要配合形势；这种编法多少有点偷梁换柱的味道。幸得他身边有几个好帮手。

大郎退休回家，我已在市内混事。当时两家住处较近，我常去他家闲聊。每到，他必请夫人烧两杯咖啡，临别必送我几包香港友人赠他的香烟。盛情可感。那时"味道好极了"的速溶咖啡还未上市，也没有到处可见的外烟摊。

闲聊总是东拉西扯，他很少谈及"牛棚"和"干校"的事。《闲居集》中，这一类的诗也不多。他是长者，比我整整大十二岁，都属猴。我不便挑逗他不愿谈及的往事。但总感到他有些话憋在心里，这跟他爽朗的个性是不符的。

大郎特别喜爱宋诗，熟读苏东坡、黄山谷等的诗集。有次问我有没有《随园诗话》，我借给了他。他说少时很喜欢这书。在《闲居集》中，他写了篇《重读〈随园诗话〉》，却大为反感。因为内有对苏黄"不逊之言"，斥袁枚"狂妄与无知"。后又向我借巴尔扎克的小说，《闲居集》中也记此事——《读贝姨》，大为赞赏，更欣赏傅雷的译笔，尊为"圣手"。他喜欢各种戏曲，对沪剧、越剧、黄梅剧、评弹等他都唱了不少赞歌，他一再写诗悼念严凤英的惨死，他更爱京戏，不少著名演员都是他的朋友。他自己曾登台演过全本《连环套》，饰黄天霸。这是 1930 年代的事，我没看过。画家丁聪，为他画过一像，那张友人戏称为"西风脸"的面孔惟妙惟肖。

1980 年，《新民晚报》已进行复刊准备。晚报的原班人马，早已七零

八落。有关的朋友去看他时，他已不适，却说复刊以后给他放张台子，足
见他对晚报感情之深。就在这一年，他仙逝而去。晚报则在两年后才算
复刊。

大郎逝世后，未复刊的晚报为他举行了个追悼会，由赵超构致悼词。

诗人跨鹤西去，他的诗会流传吗？会不会再有人写他这种别具风格的
诗呢？

1998.11.05—06

龚之方与吴祖光

　　最近看到两期很有特色的杂志，刊名《华夏·记忆》所登的文章多讲往事，从 1930 年代到 1980 年代，图文并茂，重点回忆"反右"和"文革"的事。也有对于名人成长过程的记忆。

　　一篇关于"右派"脱胎换骨的文章中有一幅作为插图的照片，画面是新凤霞、吴祖光、龚之方。照片与文章没有一点关系。前两年我在香港看到一本杂志，有篇谈"反右"的文章，也刊了一幅和文章无关的照片，画面上有两个人，一是吴祖光，一是龚之方，两人一前一后，不是并列。当时我就不解，错划的时候，两人并不在一个单位，怎么会拍出这样的照片？而现在又在流传。

　　吴祖光是文化界的名人，大家都知道。龚之方，知道的人就要少些。或许采用这两张照片的编者也不知道，所以没有注出他的姓名。龚与我共事数年，对我多有帮助，常引起我的思念。他从北京退休回苏州养老，我多次写信向他问安，讲点事情，均无回音。后来对朋友讲起，才知他搬了住处。得悉他的新址后，通过一次电话。以后又找不到他了。朋友说他现在一人独居，不知搬到哪里。真是无可奈何，只有单相思了。

　　对吴祖光先生，仅有一面之缘，说过三两句话，给我的印象是一位慈祥的老人。龚之方和吴祖光可是老朋友了。已经是五十多年前，龚之方以山河图书公司名义办过一本杂志《清明》。主编是吴祖光和丁聪。时隔太久，已记不起什么了。好像没有出几期。有关吴祖光的情况，各种记载很多，却极少提到这个刊物，这刊物的编辑部富丽堂皇，我没去过。有朋友称之为"危楼"，办公室虽然漂亮，却是一座陈年旧屋。朋友还有一层意思，则因在白色恐怖的年代，到那里去的都是进步作家；地下党的人还在那里开过会。岂不危哉。可能还有一危，在红彤彤的年代，把那里说成什么俱乐部或是二流堂分号之类。这不是朋友说的，是我胡扯。

龚之方原在上海有不错的工作和不薄的工资，却在 1953 年去了北京。早在 1949 年，就有人在香港给他留好写字台。他不南下而是北上了。我想因为他有一些进步的、革命的朋友在北京，他也投奔革命。我有几个青年朋友确实抱着革命心情抛弃上海，奔往北京的。

到了 1957 年风云突变，吴祖光成了"右派"，丁聪成了"右派"，龚之方也成了"右派"，我的青年朋友也有两个成了"右派"，我真不理解，他们怎么都跑到北京去充当"右派分子"呢？

说实话，到了 1957 年，我已见识过一些政治运动的威力和大小风波，不会说出这种疑惑。但心里不能不想。投奔北京，虽不如当年的投奔延安，但总是向往革命吧。怎么跑去"反党、反社会主义"呢？这几年看了韦君宜的两本书和于光远等的文章，才知道投奔延安也不保险。伟大的收获后面，还有个小插曲，少不得"抢救"一番。如果不是韦君宜等这几年写出来，当年如果有人写，人们一定会认为是造谣。

前事不忘，后事之师。这话现在已成为外交活动的语言了。如果在抢救运动以后，敬礼、平反之余也把这话来指导党内工作，建国后是否会少一些灾难呢。不仅忘了，而且发展到年年讲、月月讲、天天讲。斗，斗，斗，斗到天昏地暗，国民经济崩溃的边缘。

中华五千年文明，有不少智慧结晶的语言，有助于修身、治国。但不会有谁来编这类语录了。对于往事、格言还是不要忘记的好。

1998.11.20

董氏兄弟

年轻时投稿认识的朋友，大多是学生。之后各奔前程，进入各行各业。有的继续写作逐渐成了作家。但几乎都是在"文革"结束以后，才一本本书出版，有的还得过这样那样奖，成为名家。这时都已年近花甲，他们的大好年华不知怎样过的。

兄弟两人都成为作家、名家的，我熟悉的只有董氏兄弟：董鼎山和董乐山。而且在海内外都有点名声。董鼎山的作品在海峡两岸都有出版。

董鼎山两度与我同事，都没留下什么印象。因为他是白天工作，我是晚间上班。我只觉得，他是一个中英文都很好的朋友。当年他是考进申报的，后来又考取了官费留美。这两种考试都很难，没有真才实学是考不上的。我们还有一个共同点，刚接触新文学，都喜欢巴金的小说，受到这位作家激情的感染。另外，就是我们都在柯灵主编的副刊上投过稿，受到过柯老的厚爱。

在国内的时候，董鼎山作为文艺青年，主要是写小说，他有好几个笔名，还出过一本集子。他写的小说是爱情故事还是反映社会生活，我已不记得了。俱往矣！不像张爱玲，沉寂许多年以后，忽又引起强烈的轰动效应。这些年，鼎山在国内也写了不少文章，出版不少单行本。还有一部《董鼎山文集》。

出国前他在几家报社工作过。他到美国进入密苏里大学，这个大学的新闻学院当时是世界有名的。他虽然取得新闻学硕士，却无法进入美国的新闻界。华人要进入美国的重要报刊，跟美国记者竞争，并非易事。也不得其门而入。结果他又入哥伦比亚大学，取得第二个硕士学位，以后当起教授，而且进入了美国主流社会，并在一些著名报刊上写稿，他在美国的身份，大约是教授兼作家吧！

1950 年代，由于复杂的国际因素，他已无法回国。出国之初，他不会打算长留美国的。鼎山是个热爱祖国的进步青年。话又说回来。鼎山如果回来了，结果又会怎样呢？我无法断言，他是一个耿直的人。

鼎山多次回国探亲访友或是访问。他没有忘记自己的根。但半个世纪在国外，他自己也"异化"了。思维方式、待人接物等，和在国内的人已很不同。这点他也许不承认或不自觉。

他很爱自己的女儿，在宾馆中还放着女儿的照片。他也希望女儿知道自己的根。不过他多半要失望。他女儿的皮肤是白色的，跟妈妈一样。每次照镜子，都觉得自己是美国人。只能希望再过半个世纪，他女儿也回来寻根。至少成为中美友好的使者吧。

鼎山很重视青年时的友情。每次回来都会谈到一位早逝的友人——钟子芒。他们一度面对面办公，业余一起玩乐。十多年前，我和同事共同编一本杂志，约他写稿，不是他习惯写的那种题材，必须另外找材料，他按时每期寄稿来，稿费最多够买一个汉堡包，当然他志不在此。杂志竟没有钱把刊物航寄到美国。有一年他回来替谢晋导演的《鸦片战争》翻译英语对白，住在宾馆，清晨四五点钟就起床工作，真是多为朋友卖力的人啊。

最近碰面，他送了我一部《董鼎山文集》，我说你讲的这些我一点不懂。他说那你更应该多看看。他忘了我已看过他送的好几本书，也忘了中国人习惯的客套。我感到遗憾的是至今没看到他那本《旅美三十年》。

啊，异化了的董鼎山，祝福你！并祝福你的洋夫人和中西结合的女儿。

董乐山是我中学同学，不过要比我低几年级，没有往来，听说他是个进步学生。我们这个学校很早就有地下党活动。有两位国家领导人少年时也在这个学校读书。我们相熟起来是在他用麦耶笔名写剧评以后。那时他也许未满 20 岁。他的剧评不是那种"炒作"，他总有一些观点。有个时候，西方忽然研究起孤岛文学，就谈到他写的剧评。

另外还有一位他的同学，我们总是三人在一起的时候多，不过并不谈什么剧评，尽是废话。因为受的教育的影响，总认为穿着整齐一点的好。大家都穿小裤脚管裤子。他们还穿一种横条衬衫和 T 恤——一种有条纹颜色的汗衫，大约是从犹太人开的商店买来的，当时作外衣穿的人极少，不像现在这样。他们都从大学毕业，在寻找工作。一位朋友考进了大公报，同时考进的还有后来大名鼎鼎的查良镛。董乐山是否找到工作，干什么工作我已记不清了。只知道他在追求一位女同学。还记得解放前夕，他在美国新闻处工作。这点职业经历，不知跟他后来的恶运是否有关。

解放后他考进了新华社，担任翻译工作，得以发挥他的特长。

1957 年夏，我因事出差北京，风暴乍起，他和朋友请我吃饭，谈笑风生，没有任何预感。后来听说他被划进去了，真是天有不测风云。

"文革"结束后我多次去北京，每回总去拜望他，总要闲谈半天吧，也没弄清当年他是什么"罪名"，他对长达二十多年的坎坷似乎也并不计较，从谈话里我只感到他教过书的学校歧视他。他没有写过这方面的文章，谈到这事总说他是"小巫见大巫"，就像人们常说自己的生活是比上不足比下有余似的。

这也许是他这人豁达，也许他确实没有吃大苦头。但两代人挤住一间房，在院子里干木匠活修理家具，比起当年的麦耶来，也真够受的了。我想他精神上的痛苦决不是轻微的。他是个自尊心很强的人，又受过西方民主自由的教育，或说"毒害"。我想这主要还是因为他那位颇有才华的贤慧夫人的帮助。

还是在"文革"时期，听说他翻译了一部《第三帝国的兴亡》，在那没什么书可看的年头，这可是新闻。我托朋友找他搞到一部。看了以后不免大吃一惊，主要是虐待犹太人那部分，不是描述战争的事。特别是描绘砸犹太人商店玻璃窗的事。我立即想到当时此间把各种虐待，称为"革命行动"，南京路上的"革命行动"，把商店橱窗都糊得、涂得狰狞可怖。我走过的时候，真不知这成了个什么世界？大约是感到了"红色恐怖"吧？

《第三帝国的兴亡》译者中并没有董乐山的名字。后来他说这是几个人合译，他统校的。以后他译了很多部书，各有特色。已经是一位著名的翻译家了。

后来他进了美国研究所工作，又多次去香港、美国讲学、研究、主编什么丛书，则步入学者之林了。

彼此都年过古稀以后，我见到还把他当作不满二十岁的麦耶，他头发乌黑，面容也无老态。但对这样一位翻译家、学者来说，我是有点不敬了。不过像我们这样从小就熟悉的朋友也无所谓。有时我们就好像生活在记忆中。

不久前，听说他得了肝病。通过一次电话，他声音低哑，说是英文书也看不进了。

祝这位自称"十不老人"的老友精神振奋、身体健康！

1998.12.05—06

全能体育记者冯小秀

亚运会又举行了。我不禁想起二十多年前逝世的体育记者冯小秀。他是个被人们称为全能体育记者的人。这倒不是吹捧，他真是全能。从三大球到三小球，从举重、游泳、体操、拳击、田径、武术到后来登上体育版的各种棋类比赛，他都报道得有声有色，给人一种现场感。那年代没什么电视直播，当年的许多球迷就把小秀的报道、评论视为权威。小秀也结交了不少体育界朋友。

冯小秀根本没有什么学历。小时候，他家居香港，常钻到球场去玩。后来又跟一个体育记者转来转去，再后来就进了一家报馆当练习生，那时最多十五岁。以后调任体育记者。搬到上海后，他一直当体育记者，直到病逝。作为体育记者，他不仅全能，而且"全始全终"。

小秀是个勤奋的人，学习勤奋，工作勤奋，我觉得他对体育活动有一种"悟性"，一看就懂。

小秀的全能也是逼出来的，当时除个别报社外，都没有专业体育记者，连老牌的申报也没有，如果不全能，就没法吃这碗饭。另外，那时也没有多少体育活动，否则分身乏术。

解放初有张《亦报》，讨论改版，要出个体育版，找不到人。我告诉他们可以找冯小秀，但不知他家住哪里？我说我找得到，第二天我就在南京路上把他找到。那时他已没有工作，只能逛南京路。在《亦报》，他既采访体育新闻，又编体育版。后来《亦报》并入《新民晚报》，他就专任体育记者了。那时候体育活动也不很多，记不清哪一年，中国的乒乓球走向世界，他描绘的乒乓赛有声有色。他写徐寅生迎战日本选手的几大板，就如现场直播一样。写李富荣的跺脚，就好像听见乒乓声音似的。

我是个懒散的人，有时疲惫不堪，就偷闲溜出去喝一杯咖啡，有时会在那小店中遇到他。某次他低沉地对我说，不发给他记者证，只好到观众席上看球，再写报道。我弄不清怎么回事，以后也听说过类似的情况，那是全国性大赛，有很重要的人物出席。小秀没拿到记者证，我问过知情人，也说不出所以然，只说不是本单位发的。我想，这大约就是所谓政审问题。政审世界各国都有，但范围大小不同，标准也不一样。外国记者要否政审我不知道，我只知道小秀没有参加过任何政治组织。对于政治他没有半点悟性，而且胆子极小。

也就因为这种不明不白的情况，"文革"开始后，小秀进了"牛棚"。大家去"干校"之前，他跟另外一些同事被宣布"四个面向"，这创造性的名词年轻读者大约莫名其妙，我也懒得解释，直白就是小秀下放到工厂，干什么我也不知道。不久以后，听说他得了癌症。我托人带我到他家去看他。他一人躺在阁楼的床上，说不出的凄凉。我想不出什么安慰他的话，他也没说什么，满脸郁闷。他病逝的时候，也没人通知我。很久以后，有朋友告诉我小秀下放的工厂很好，在他病危时，宣布为他"脱帽"，这又引起我的多事。我从未听说过谁给小秀"戴帽"，脱什么"帽"呢？于是我又向有关的朋友，如领导、管人事的、知情的打听，都不知道小秀戴过什么"帽子"。只是小秀自己交代过他有个长辈亲戚是"特"字号人物，如此而已。自己交代的清清楚楚的历史，东传西传，就会传成冯小秀是历史反革命，擦亮眼睛的人也就另眼相看。小秀下放工厂的时候，还是"四人帮"统辖年代，档案已弄得乌七八糟，谁知道领导一切的工宣队在下放小秀的时候，介绍信上是怎么写的。最后演出一场为没有"帽子"的人"脱帽"的闹剧。那家工厂当然是好心。

我又想起1980年代初，曾彦修写的一本小册子《审干杂谈》，怪事多得很，不去说它了。现在我们纪念十一届三中全会二十周年，今后什么都会按照"实事求是"的精神办理。

据一位朋友的文章说"小秀十周年忌辰，上海市体委和《新民晚报》为他举行了一个纪念会。"现在全国的体育记者至少要以千计了，不知是否还知道这位建国以来体育报道的开拓者？

1998.12.24

钱锺书先生与晚报

　　1933年，我开始读中学。国文老师要我课余到他宿舍去谈天。我就读的那个学校，教师和学生都住在学校里，学生宿舍六人一间，教师宿舍两人一间。我到老师宿舍的时候，两位老师都在。另一位就是钱锺书先生，他在大学部教英文，刚从清华毕业，在作去牛津大学的准备，我称他钱老师。钱老师是大学部钱基博老先生的公子，我的老师是钱老先生的学生，大约也是刚毕业的。两位老师相处很好，互相说笑，也跟我说笑。我的老师说，钱老师博学多才，古今中外无所不通，懂英文还懂法文。钱老师也很喜欢闲谈。这时我知道他号默存，别号中书君，而且一直记住了。他们跟我说些什么已记不清了。肯定有些话，那时我是不懂的。由于钱老师的博学，成为我的第一个崇拜的偶像。一个人竟会有这样大的学问。

　　许多年后，开明书店出了本《写在人生边上》，作者就是钱锺书，我立即买来看了，很是喜欢。稍后又买了本《谈艺录》，我基础太差，看不大懂。（1980年代《谈艺录》出补订本，蒙钱先生惠赠一册，也未认真阅读，真是有愧。）

　　粉碎"四人帮"后，我在一个单位工作，跟冒效鲁先生的女公子同事，闲谈时提到钱锺书。她说他们两家很熟。刚巧我要去北京出差。她说可以去拜望一下钱先生，我说虽想拜望一下，但隔了这么多年，钱先生肯定不记得我了。她说让她父亲写封介绍信。就这样，我拿着这封信，莫名其妙地去拜望了一次钱先生，我没有什么事，也不知说什么话，只有少年时期的仰慕之心。正被各种来访者困扰的钱先生更莫名其妙，不知这个来访者要干什么。后来我跟钱先生谈到当年学校中的事，他也记起了，并告诉我，那位国文老师已过世。以后再去，他对我十分亲切。

《新民晚报》复刊后，我出差北京时去拜望钱先生就名正言顺了，而且钱先生已记得当年情况。我也恢复称他钱老师。可是请这样一位大学者为晚报写什么呢？我倒是希望杨绛先生写点随笔小品。

建立联系，我请报社赠送一份晚报给钱先生。过了一阵，钱先生陆续寄了几首诗来，声明却酬，我想这是情义稿，钱先生是很重视情义的，后来还寄来一篇看电视剧《西游记》的观感，这说明钱先生还是看看晚报的，知道需要什么样稿件。可能他从未写过这种短文。起初每年年初，钱先生还来函，表示对赠报的感谢。杨先生也写过一封，还代她的邻居感谢。两位老人，对这种小事也很认真。

钱先生八十寿辰时，方成画了一幅祝寿漫画我想登点祝寿文字，钱先生坚嘱勿登。并说"至恳至嘱"，（四字旁还加圆圈）否则"非我徒也"。甘于寂寞的钱先生是不喜欢这类热闹的。

我去京多次拜望钱先生，实是种因于少年时期的崇敬之情，去了以后又不免惶恐，不知跟这位大学者说什么好。钱先生总找点话头，互谈片刻。1990年代初我去京，又去拜望，恰逢杨先生也在客厅，她也坐下来了。在两位大学者之间，我更难启齿，想谈谈《干校六记》《堂吉诃德》，又怕出错，还是杨先生说了点什么。两位老人都十分平易。

临别，两位老人送到门口，我很感不安。慌慌张张也不知说了请留步没有。刚刚走出门，两位老人又打开门，弯弯腰，说了句什么，完全出我意外，也没听清楚，赶忙还礼，匆匆下楼，也不懂这是什么礼仪，心想对老人太打扰了。以后就未再去，再后钱老师住进了医院。

现在钱先生走了。钱先生的著作将永存人间，钱锺书的名字将永活人间！

1998.12.26

赏读笔记

从《名门闺秀》说开去

1983 年底在《夜光杯》连载的李君维小说《芳草无情》已经由天津百花文艺出版社出版。内容作了很大的修改，小说的名称也改为《名门闺秀》。

《芳草无情》忽而成为《名门闺秀》，这道理我还没来得及细细捉摸，它所描绘的还是一幅三十年代的风情画，当然是上层社会了，名门嘛。可是在那变幻莫测的年代，上层社会生活中，也透露不少人间辛酸。

作者四十年代就写过大量的短篇小说，但可能没读过小说原理，不懂得为什么写小说。只是在生活中看到不少故事，编写成文，就叫它小说了。自己写得有趣，朋友看看也有趣，另外也还有点读者。说实话，一点不是战斗的篇章。但故事确实来自生活，不是瞎吹出来的。

小说中多人情冷暖、世事变迁，以及衣着打扮等。那些人物都是作者见过，或是听长辈讲过的。当时所谓上层社会的生活就是如此，有的兴旺，有的衰落，有的走红，有的倒运，也有的走上革命的征途。应该说也是生活中的一个横剖面。

上层社会中的人，在风云变幻中，有一些先后摆脱小姐少爷的生活，成了真正的革命者。解放初，作者也告别了上海的洋房生活到首都破旧的四合院中去革命了。只是自甘平淡，年过花甲，还是以爬格子为乐。

《名门闺秀》中写到圣诞舞会。从抗战胜利到解放前这类活动在上海的上层社会中倒是十分风行的。楼下客厅的腰门拉开，两间打通，就是宽敞的舞池了。作者是很熟悉这种生活的，而且是主办的能手，热情、好客、周到。我几乎每年必去，但每次都兴味索然。舞会上要摸彩，那

"彩"就是各人带去的礼物。全部编好号码，开彩时大家抽签。有一年，我摸到的竟是自己带去的礼物。忽感到也许是圣诞老人对我这冷漠的人的惩罚。夜半，夹着"礼物"——自己给自己的"礼物"，一路走回家去，也不知走了多少时候。在热闹节日里，夜街上有男男女女戴着彩色纸帽在寻乐，我却有一种说不出的孤寂感觉。

印象比较深的是1948年圣诞节的一次舞会。在大家表演的时候，一位长者说：新近有人从外地带来一种乡间舞蹈，他边跳边唱。上海一解放，我才知道那叫秧歌舞，还懂得这也叫一种地下活动，内心充满了激动和敬意。

不料，在那颠倒的年代里，忽然有人来外调，说那是黑会，还有什么反革命活动。真是吓死人。当然，这情节《名门闺秀》中是不会写的，那里面写的是富有人情味的曲折情节。它使你感到舒坦，而不是恶心和恐怖。

这也算新书介绍吧？却不知书店里是不是有这小说卖。根据版权页所载，已经出版大半年了。

1988.01.31

致翻译家董乐山

乐山：

《译余废墨》从篇幅上说，小小的开本，两百来页，大约算不上鸿篇巨著。如果用一个我还不大懂得的名词来说：可能"内涵"十分深刻，或是丰富，或是什么，我也说不准。如果当年老师出题，用这两个字造句，我肯定得零分。

怎么写了这样一段真正的"废墨"呢。因为我老伴很快把这书看完，她是从来不搞什么翻译的，不知怎么发生了兴趣，而且说："他怎么写得这样辛酸、凄凉？"真使我吃惊。我还没拜读，只是翻了一下目录，我看那些题目多属翻译心得之类，如夹带私货，也不过是讲几句怪话吧。怎么说得上辛酸、凄凉？一定是领会了尊作的"内涵"。后读亦代先生的序，也有"心里感到凄楚"的话，那是指一两篇文章。可能对大作的"内涵"尚未吃透（不知造句是否又错，也不知是否得罪亦代先生。不过他大约不会怪罪，老师可能要打板子）。

《译余废墨》我也读完了，但花了两三个月的时间，都是睡前躺在床上读的。而且读读停停，停停读读。对"知名度"甚高的阁下，真是大不敬。不过我是学习巴金老人要说真话的教导，从实招来。自从他提出这点以后，我才知道说真话确实不易；听到的虽然不全是假话，半真半假的可不少。也许不应要求太高，金无足赤嘛！理应掺点什么。不过我是不想再说假话了。

尊作以"废墨"为书名似有假话之嫌？也许你要辩之为谦词。前辈作家就出过以《废邮存底》为名的书。我看也不好。我不给你加什么帽子，我觉得尊作的书名有点像书末所附小说的主人公傅正业教授的遭遇，世界忽然颠颠倒倒了。"正业"教授生活在颠倒的世界中；堂堂正正的文章冠以"废墨"的恶谥，不是同样令人糊涂吗？

你那种"随手拾来"的文风，使我想起许多往事。因为从中学算起，我们相识已有半个世纪，共同点太多。副刊的篇幅，不容我瞎扯。你说1945 年日本投降后第一次译斯坦贝克的《珍珠》，我也在那时候第一次译了萨洛扬的《人间喜剧》，在一个报上连载，给我老师骂了一顿，说是原作的韵味，一点也没有了。我可真的脸红啦。从此也就真的放弃了翻译行当，另谋生路。革命的洪流后来又把你冲回老路。

不知是什么"流"或"浪"，或是"污泥浊水"也一度把我冲上翻译这个"革命战线"。那是在那个"副"什么大人物自我爆炸的时刻，干校的工宣队说要成立翻译连，根据"无产阶级司令部"的指示，要把非洲各国的历史全部翻译过来。说我英文很好，要我参加。在那不说假话就可能被揪斗，甚至掉脑袋的年头，我倒说了句真话，我说解放以来我没看过一页英美出版的报刊书籍，二十多年，我的英文全忘了。他严肃地说，要为什么革命路线服务云云。跟着就递给我一本有两块砖头厚的书，我默默地接过来，书名是非洲一个国家的名称。我可以坦率地告诉你，当时我连这是哪个国家的历史都不知道。你想，我们念的那些英文书，怎会有现在的非洲国名？而且我一向奉公守法，从来不偷听敌台，连这几个英文字怎样念也不知道。不过那是相互欺骗的年头，这位头头大人也不一定弄得清是什么国家。书名只要翻翻字典就知道了。

这闹剧折腾了好几年，才告闭幕。也有一点收获，我在这段时间，认识了一位我敬爱的老人，结交了几位翻译家朋友。

其佩　1988.1

1988.02.03

与开垒谈《巴金传》

开垒：

我知道你在写《巴金传》，已经很迟了。大约你已去过成都、北京等地收集过资料。说不定草稿已写了许多。我对你说我认识一位老先生，当年《家》在报上连载的时候，他参与那一版的编务，你竟不辞辛劳，专程前去拜访。可见你态度的认真。

像我们这样年纪的人，大半辈子以笔耕为生的，少年时代大约没有谁不读过巴金的作品，没有谁不受到鼓舞。"文革"前刀斧手舞起棍子向他迎头打去的时候，不能不令人惊异，但也只能沉默。狂涛恶浪卷来时，老人头上的"罪名"已该"万死"了。区区我辈，更不敢置一词，自身也已不保了。

现在我们进入安定团结的升平世界，老人自己发表了许多文章，出了不少书，你也可以为他写传了。我不知道应该如何来评价中国的传记文学，听说有的写得很动人。有的就缺少稳定性，评价与史实都在不断变更。我读中学时，老师很推崇《维多利亚女王传》，要我们课外阅读，我看了也不甚了了。卞之琳先生在商务出过译本，我买来，可也没看。前两年搬家理书，竟然还在，我舍不得丢弃，仍保存着。

写传记当然要收集史料、访问有关人员、阅读有关书刊。你长期与巴金同志交往，过去也写过多篇访问记，很有基础，是合宜写传的人选，相信你的妙笔，必将绘出逼真的肖像。

我有一个看法供你参考。我与老人有些往来远比你迟，但我一直觉得对他相当了解。他是最坦率的作家，永远把火热的心献给读者，不断地解剖自己，我是从他的作品中了解他的。他没有半点虚假，坦率地告诉读者他的经历、他的感受、他的痛苦、他不能不拿起笔来控诉。他控诉封建家庭的专横残暴，他控诉社会的不公正，他要人们挺起胸膛去反抗、去斗争。为建立一个公道的社会而斗争。他也说过他的爱、他的追求、他的梦想。现在已有许多人证，说读了巴金的作品走上革命的道路，奔赴延安。

我的看法是写《巴金传》要更认真地阅读巴金的作品，从他写的大量序、跋、后记等等，你可以看到老人的心：痛苦的心、希望的心、斗争的心。更好地了解他为什么永远不肯放下手中的笔——除了他给人绑住手脚、无法动弹的那些年月。他永远关心我们的国家和人民的命运。

当然你一定熟读了他的作品，我的意思是，还可以多钻研；与其他资料对照，相互比较；写出他那颗火热的心，堂堂正正炎黄子孙的心。

《随想录》中有许多好的传记材料，他个人的悲惨经历，他对友人的真挚的热情，他对夫人、家属的爱恋，他对读者的关怀和奉献。

《随想录》是控诉书，是真话集。有的地方似乎还有点象忏悔录，一再说欠了读者的债，"过去说空话太多"，"后来又说了许多假话"。读《随想录》时，我们也已进入老年，我有时几乎无法抑止自己的激动，内心十分痛苦。自己空话、假话真不知说了多少。在一些年头，空话越空声音越响亮，就像敲火油桶。凭我的一点常识，也能判断根本是虚假的事，却仍高唱好得很，好得很！我只归罪于客观，缺乏起码的反省。似乎也没脸红。当然比自吹"一贯正确"，要稍好一分。我并无对比之意。只是觉得作为巴金的一个长期读者，几乎没有学到什么。

我的话虽是真话，也近乎于空话。祝你写的《巴金传》大获成功！

其佩　1987 岁末

1988.02.14

季琳先生，祝您健笔长寿

季琳先生：

久疏问安，深以为念。近读大作《龙年谈龙》，真是绝妙文章。知识之博，剖析之深，似不多见。应景文章原有多种多样，并非"×年谈×"一个模式，不少应景文章曾经是属于"十分必要的"。您不会忘记。

龙为何物，动物学家、考古学家，似未发表过论文；有一种考古学家视为至宝的"恐龙"，非其族类。龙的尊容不知是否应以北京城的九龙壁为典范，或更有"逼真"的肖像，恕弟学浅，不得而知。

近年流传的有所谓"龙的传人"，开头我也没闹明白，正如青年朋友常开导我的名言，曰"拎不清"，这种批评我常常乐于接受。大约是一个歌子吧，意为海峡两岸都是炎黄子孙，一家人，应该团结统一。那就好得很了。

单位里有些新婚的女青年，去年初都怀孕了，有的希望胎儿能拖到戊辰年降生，那就肖龙了。虽有点违反科学规律，平民百姓对龙的喜爱由此可见。她们生长在新社会，只知龙是吉祥象征，不知道龙的神圣不可触怒。孩子大约还是喜欢小白兔，对龙并无什么印象。看动画片、美术片，还可能把它归于"坏人"一伙。

尊作中列举龙的种种，或种种的龙，我最早知道的大约是"龙颜大怒"，那是读小学时在旧小说中看到的。幼小的心灵中，确实有点害怕，冒犯龙颜可是不得了的事，要推出午门斩首，甚至满门抄斩。诸事都要小心，不可触动龙怒。

年纪稍长，多懂了一点人事，虽还不懂得皇帝是地主阶级的头子的科学道理，却也知道了所谓龙颜大怒不过是专制魔王的暴虐而已。"洋龙"或外国皇帝也有给百姓杀头的。就不那么害怕，而是诅咒与愤怒了。

解放后流传最广的是叶公好龙的故事。读中学时，老师也说过，没甚在意。等到这个故事为人熟知以后，有时我也"拎不清"，不知是指什么人或事，谁害了叶公好龙的毛病。

我感慨更深的倒是您那篇不大有人提到的《启示录》，您的那种"真情实意"，您那种"老姑奶奶回娘家"的"依依之情"。深深打动了我的心。

我们一些朋友都把您当作老报人，虽然您早年曾在电影厂工作过，但我们却是十几岁就在您编的副刊上投稿，受到您的指引，把您当作新闻界前辈。不少人后来进了新闻单位，也有的成了专业作家。而您似乎与新闻界分道扬镳了。

最初我弄不明白，您怎么离开了新闻界，因为解放前您还在编《周报》。不过解放初大名就以民主人士的身份三天两头见报，我想这是应有的变化吧。说实话，很长一段时间我不知道您当的是什么"官"，或者叫哪一级的干部。

您的心情我理解而且同情，但您离开报界也未始不是幸事。老报人留下来的也有不少未展所长。

一点读后感，满纸荒唐言，时近戊辰，您已达耄耋之年，衷心祝您健笔长寿。我的几位朋友都为您祝福！

其佩　1988.1 月底

1988.02.19

有感于出版文集

乐山：

你说笔耕一生，右手中指的第一个关节上还写出了老茧，只出薄薄的一本《译余废墨》，颇感"遗憾"。这话可有点片面性了。你没提已经等身的译作，抄抄书名也有一大串。"快走完人生的最后一站"，已可自豪了。你无愧于生命，没有浪掷时光。

我右手中指也有老茧，笔尖下泻出的字数是你的十分之一，何止百万，什么集子也出不成，从中学投稿起我写的都是十足废话，无法成书。一位老友最近来信说，有人劝他把文章收集一下，出本集子，他把一堆剪报复印出来，自己看了一遍，说是只有两篇，勉强可算文章，无法成"集"。这也是一种文章千古事，得失寸心知吧。

有的文章可以成书，有的却无法成书．有人喜欢出集子，有人不喜欢出集子。情况是多种多样的，不能一概而论。

当年鲁迅先生每到年底像别人结账一样，把一年中写的文章，剪剪贴贴，整理成一本本集子。零散的文章编成一集，成了攻击力更强的大炮。

近些年，巴金老人以他火热的心，写出一篇篇《随想录》。大致上每年出一本集子，五本如愿出齐，读后无不感到激动。

有的却没有集子，如钱锺书先生学富五百车（不知通否？总觉得五车太少，或该说五万车），难道写不出第二本《围城》，写不出第二本《写在人生边上》？我不是说钱先生，我是说我们看不到原应该留在人间的集子。钱先生不是"不留一字在人间"的人。有《谈艺录》在，有《管锥篇》在，它们留存人间之久，要超过许许多多的集子，也要超过莎士比亚的杰作和我们唐宋八大家的篇章。但原应该有的集子，人间却看不到了。难道真的此曲只应天上有？

你重译了《西行漫记》，哈里森·索尔兹伯里写的《长征——前所未闻的故事》，也已译成中文，都是好书，但都是外国人写的。重庆《新民报》在1940年代出版过一本《延安一月》，先是在报上连载，后来出书。解放后我没看到过重印单行本。不知是作者不想出，还是没有出版社愿意出。我看到好几本外国优秀新闻写作选的译本，这是开放后的大好事。但是我国新闻界的优秀作品似应受到更多的重视。我认为深入地研究斯诺与索尔兹伯里以及我国范长江等老一辈记者怎样从新闻的角度，从不同的政治态度来写当年中国共产党人的战斗，可以成为一篇新闻学的博士论文。我不知道说得是不是对，他们的共同特点都是冷静观察，客观描述。没有自我膨胀的主观宣传。有人确实太习惯于自说自话，而且自信心特强，认为他说了，所有的人也都信服了。至少，有时、有人如此。我并不是一棍子打死。

对于滥出集子或出集子成癖，也不要一概否定吧。人各有志。有的喜欢自卖自夸，有的总感自惭形秽。即使读者宽容，时光也将作出公正的裁判。你说是不是？什么什么热，很快就会冷却。冷了几十年的绝版书却成了热气腾腾的馒头。历史无情，不是个人好恶能定的。

其佩　88年1月底

1988.02.25

回顾与展望

家壁先生：

前几年在一次校友会上，猛然发现您竟是我的老学长，真没想到。不过您还是老一辈。您已经大学毕业了，我才考进中学部。当年我们那个附中是颇有名声的，大学部好像也有几位名教授。

我知道您，还是从您主编《良友》文学丛书开始。那正是我进中学的一年，虽然也看过北新书局、泰东书局等出版的书，比较看得多的还是《良友》文学丛书，装帧印刷都惹人喜爱，有几位作家的作品我特别爱读。因为阅读这套丛书，也增长了我的见识，看到一些我不知道或从未读过的作家的作品。丛书的内容面广多样，各种流派和风格的作品都有一些，又以进步作家的作品为主。这套丛书不是单一的，倒有点像解放后所说的"百花齐放"的味道。胜利后，您又编了《晨光》文学丛书，我也买过两本，但那时为养家活口奔波，不大有余力看书了。

这几年我想的是，您大学刚毕业，就能编出那样丰富多彩、质量颇高的丛书，当然与个人的才能有关，也与经验有关。因为您在大学期间就半工半读。但是仅此而已吗？现在我们每年毕业的文科大学生总以万计吧？他们是不都能施展自己的才能呢？还是只能捧着铁饭碗消磨时光呢？还是没一个有才能、有经验的呢？恐怕不能这样说。我说不出其中的道理，只是想了以后感到困惑，得不到答案。

再说到您自己，从《良友》文学丛书开始到《晨光》文学丛书结束（我弄不清是哪一年结束的），这之间您还主编了《中国新文学大系》和其他一些丛书，以及佳作选等等。前后十多年吧，做了不少事，编了许多书。这以后呢？您编了些什么呢？您在干什么呢？也许我孤陋寡闻不知道。几经变迁，我连您先后在什么出版社工作也弄不清。我几乎听不大到您的名字。反正您也有一只铁饭碗，每月有工资，也许还是我们这个低工资国家中的高工资。但您的才能呢？您的经验呢？更好地发挥了吗？还是消失到时光的大海中，还是无从发挥？我也没有答案。

这一切都过去了。现在的青年人怎样发挥他们的才能、智慧呢？让青年为国家和个人去自我奋斗好，还是稳拿铁饭碗好？当然这是两方面的事，个人的一面和社会的一面。似乎并不很明朗。答案我也说不清。但好像已经引起了重视，开始解决这方面的问题。

解放后，出版事业确实大大发展了，是解放前无法相比的。出版社之多，书籍品种之多，发行之广，几乎是过去梦想不到的。但总觉得欠缺点什么。也有不少丛书、文集，却是断断续续，或是有头无尾。读者并不知道这些书到底怎样出下去。说是百花齐放，一些过去很有质量或特色的作品，长期不予重印。

三中全会以后，有了很大的变化，各种各样的书都出版了。也出了一些很好的丛书和文集，出了不少质量高的书。但也有新的问题，还出了一些很坏的书，出版周期很长，从发稿到出售，平均总要两年吧？质量较好的书，往往印数不多；再版则是遥遥无期，看到广告或消息却买不到书，外地出的书更难买。据说书的印数掌握在书店营业员手中。卖书跟卖其他商品到底不同，有些书应该随时都可买到，不是三五天中抢购完了算数（我没有调查，姑妄举例，鲁迅的《呐喊》《彷徨》是不能买到）。这是出版者和书店都容易理解的道理。

我看到您的一本集子《回顾与展望》，似乎回顾多于展望，是不再展望一下，使得作者、读者、出版社、印刷厂、书店都能各得其所，道路畅通一点。

其佩　1988.4

1988.09.10

爬格子的穷光蛋

冬心兄：

蒙赠尊译《新格拉布街》总有一年多了，适时才看了一下，印数似不甚多，不知是否已绝版了。这个书名虽不吸引人，读几十页小说可就放不下来了。乔治·吉辛的写实主义手法，给人留下活生生的各种嘴脸。这本小说对 19 世纪英国文人的穷愁潦倒；生活重担与艺术创作的矛盾；市侩文人和正派作家的矛盾，所作的描绘和分析，都震撼人心。

乔治·吉辛的名字和小说，对中国读者可能比较陌生，虽然在英国也许是家喻户晓的作品。说到英国小说家，在我国最知名的大约只有狄更斯了，或是哈代等。

从前我也只知道吉辛是小品文家，好像在大学读英国散文选时，老师教过他的作品。还有郁达夫的文章中常提到他。不过他谈的是《亨利·越科洛福特的手记》（现译：《亨利·赖伊克罗夫特私人信集》），据《吉辛评传》考证，此书原名《一个退休中的作家》。达夫先生大约嫌原书名累赘；就改为《草堂杂记》。我不知道这本小品集当年是否译成中文，但这本书的译名却流传甚广。

湖南的一家出版社出的散文译丛，就收了这本小品集，译名是《四季随笔》，因为原书中就说明是按照写作季节把小品分成"春夏秋冬"四季。译者是郑翼棠。

据叶灵凤的《读书随笔》，台湾曾有翻印本，却把译者的名字删去，使人无法知道究竟是谁的译笔。我也弄不清是否就是上述那个开本。

你在译后记中，对吉辛的生平和《新格拉布街》有完整的介绍，你当然是深深喜欢这本书才译出来的。说不定你对书中的各种人物都抱有或多或少的同情，因为他们的行径都妥当时社会的影响。我猜想中国文人读读这本小说会有很多感慨的。

我很佩服你翻译俄文小说和英文小说同样流畅顺口。你对书的译名很认真，说是一定要译成《新格拉布街》，而不能译成《新寒士街》，当然言之成理。尽管在今天的英文中"格拉布街"的含义已是"穷文人"的总称，这有个历史变化的过程。

现在正统的、严肃的翻译家对书名都采用直译的方法，这也是合乎信、达、雅的基本原则。当代翻译家和林纾不同了。他老先生的间接翻译法，虽然文字优美，但把《堂吉诃德》译成《魔侠传》，虽然好懂，但对这位骑士先生的理解，难免导入歧途。

我把这封信的题目拟为《爬格子的穷光蛋》，不过是跟你开开玩笑，一点没有反对你的神圣原则的意思。

我赞成多介绍各国的正统文学；也不反对翻译当代的流行作品，但这有个选择的问题。对书名也应抱严肃的态度。书摊上有些书的译名，我很不以为然。为什么要改成那类刺激感官的字眼呢？介绍外国作品也有个责任感的回想。

电影和电视也是艺术，但它们却有个娱乐性问题。外国电影电视的译名，似可不必太直了。解放前搞外国电影译名的先生，是有点才华的。他们大约懂得外文，又熟悉中国诗词。《魂断蓝桥》实在比原名《滑铁卢桥》更能传神，还有《翠堤春晓》等，都起得好。就连那种百分之百的消遣片，他们也不过采用《出水芙蓉》之类的字眼。在到处都展示"三点式"的八十年代，这种电影也没甚号召力了。

这封信扯得太开，有点像乱弹琴。

其佩　88.9

1988.11.05

人啊，人！

晓江兄：

同住一个城市却久疏往来，一是懒，二是行路难。生活在世界闻名的大都市，想拜望一位老友，却像远渡重洋般的麻烦。只能怪我住得太偏远。

你的精力常令我钦佩，总揽一个单位的全局，亲自看稿、编辑，还写了那么多的文章。我却很少阅读文艺评论一类的作品，真是失敬。

最近阅读尊著《缪斯的眼睛》，读了若干。有一篇是《注视当代人寻找自己的骚动》。首先是这题目就使我"骚动"；其次听说这篇文章也引起一点"骚动"，但内情我却不知道。

你注意到"全社会的反思在深入"，"热点与焦点似乎是关于人的本质、人的位置、人的价值等一类问题的研究与探讨"。我觉得你的观察是有道理的。我立即想到一本小说的名字。

我很欣赏报上的一句话"作用被过于夸大了的中国文艺，正力求回到它自己原来的位置。"祝愿它能回到合宜的位置。很长一段时间把文艺的反作用夸张到骇人的高度，破坏力达到顶峰，好像原子弹、氢弹一样，可以毁掉一切。稍有头脑的人，是无法信服的。

至于人的位置，人的价值呢？从理论上说，在革命胜利以后，应该更高吧？据你引用的马克思的话，叫实现"人的复归"。实际上，却不能不令人迷惘。对于"人的价值、尊严、本质、位置……"，或是贬低，或是蔑视，或是颠例。这情况在十年浩劫中充分暴露无遗。这并非是一场"突然袭击"。不论是人本身，或是文艺作品对这个问题进行探讨，就很容易理解了。正如你所说，"人的自我意识的觉醒，首先表现在要求把人真正当作人"。

我本来也很糊涂，我想人，这里指的是个人，应该尽量缩小，个人原是渺小的，应该融合在众人之中。但不论怎样渺小，首先他还是人；即使有"小人国"，那里的居民也是人，而不是"工具"，不是由别人摆弄的车马炮。

我想这就是你说的"骚动"，这"骚动"的由来是一些似人非人的"造反派"挑起的。现在的"骚动"却不是"造反"；不过是寻求"人的复归"，"还我人来"而已。每个人都应有自己的价值与尊严。

对于个人努力、个人奋斗，我们很长一段时期不予提倡，甚至贬低。其实没有个人的努力，哪儿来集体的成就？没有个人的尊严，哪有群体的荣誉？群体中的个人，和孤岛上的鲁滨逊是不同的，他的努力是为群体创造成绩。他的尊严构成群体的尊严。在群体生活中应该多多发挥个人的作用，重视个人的尊严。否则群体也会缺乏凝聚力。

常听到一些答记者问，把个人成就全归功于集体，这种套话至少一半是假话，还是应该谈谈个人。我并不否定谦逊的美德，我更相信每个人都有不同的个性，没有个人的奋斗，是不会取得任何成绩的。

言多必失，就此带住。

其佩　88.11

1988.11.19

巴金书简

济生兄：

《雪泥集》（巴金书简）的广告刊出时，我碰巧遇到巴老，问他是不又出了本新书。他说是别人出的。后来我去书店问，说是书没有到。这些年我已很少逛书店，以后也就忘了。这已是一年多前的事了。

不久前读到老人给张兆和先生的信，悼念沈从文先生，我的心多日不能平静。很长一个时期，我们社会对从文先生是不公正的，他是位有独特风格的优秀作家。但沈先生却能面对逆境，认真工作，在小说以外，作出新的贡献。巴老的信流露了真挚的友谊和深深的爱。虽然只有几百字，我想他也许不是一口气能写完的。他的颤抖的手，或许不听使唤。

我又想起了《雪泥集》，就向资料室借来。一册薄薄的书，一位青年朋友帮我找了半天，我不能不感谢他。因为我把书名忘了，只说"巴金书简"。

对于杨苡先生，我几乎一无所知，但我一个晚上就把这本书读完了。后面 30 封信所说的事，有一些我也是知道的。前面 30 封信的心情，我也大半能理解。杨先生的年纪大约与我相似。

在 1930 年代，有相当数量的青少年，从巴金的小说中得到鼓舞和力量，他们要反抗那个不公正的社会，要战斗，追求一个公平合理的、民主自由的社会。有的参加了革命，有的奔赴延安，有的到处寻求正义。各个人的具体情况不同，每个人有自己的生活。

书中收的第一封信是 1939 年 1 月 12 日写的，不过杨苡先生早在"一二·九"时就与巴金先生通信了。那时她是个学生，想冲破封建家庭的桎梏，投入抗日救亡的洪流。所以她特别想像觉慧一样能够冲破她的"金丝笼"，但很难。于是求教于巴金先生，就这样开始了通信吧？

60封信从1930年代末起到1980年代中叶止，起初或许只是一个陌生的读者，后来成了亲密的朋友。在这漫长的四十多年中，巴金书简的笔调都是一贯的：热情、亲切、关怀，就像他的其他作品一样，使人看到他的火热的心。看到他对青年、朋友的鼓舞：多读点书，认真地译点书，切实地写点什么，总要干点工作。没有一点教训的话，没有一分大作家的架子。有的只是热情的友谊。巴金爱他的读者，爱他的朋友，从不计较对方的身份地位。他也宣扬这种爱。或许这就是他所宣扬，也为我们所信奉的人道主义。多少受过外国文学和中国文学熏陶的人，都推崇人道主义；其中有许多却沦为"以阶级斗争为纲"的牺牲品。这类话我也不想多说了。

这60封信中，有提到老兄的地方，这是我读后想把感想告诉你的原因。

60封信，经历过抗战时期、解放战争时期和建国以后，可以看出不同时期的特点。使我不胜感慨的是，竟是1970年代所写的若干信，调子最为低沉、压抑。历史的发展多么迂回曲折。有些信已类似平安家书，小心翼翼了。

这种压抑感，在我第一次去拜望巴老时就感觉到了。宽大的房子，却令人感到沉闷。那时客厅里放着一张大床，使人本能地感到这里缺乏一位女主人。

（二楼是封着的）虽有两位妹妹的关怀，总缺少一点什么。老人的心，好像很沉很沉。这时期老人写信的具名是"尧棠"，这是我陌生的名字，"芾甘"我倒是知道的。

浩劫虽然长达十年，其实也不过是一瞬。以后，老人写了一大部《随想录》，这是另一种书简：《告世人书》。现在他很少写了，但他还在工作，还在说："只有国家的进一步民主化，文艺才能进一步繁荣。"

其佩 88.11

（附记:《巴金书简》不止一种，本信所谈仅限《雪泥集》。）

1988.12.10

想起了《西风》

嘉德先生：

上海出版的综合性翻译杂志《世界之窗》最近名列十佳刊物的金榜，它已跨进第十个年头。据我所知，这本杂志先后有两位主编，都是您的高足，听过您的课。这本杂志创刊之初，人们就想起了《西风》，尽管时隔30来年，《西风》已很难找到，它在有些人的脑子中还留有印象。

《西风月刊》与西风社于1949年4月，上海解放前夕，由您和嘉音决定自动停办。这是你们根据当时的形势决定的。你们没有去港台，尽管你们有条件；而是把刊物停掉，留下来迎接解放，因为你们渴望有一个新生的祖国。

我想当年你们的决定是正确的，当时的国际环境和国内政策，都使《西风》无法继续办下去。但世界在变动，历史在进展，一股不可阻挡的力量在推动人类社会，我国的国内和国际形势都发生了当初谁也无法料到的变化。国际间的对抗转换为对话；再也没有谁说"一边倒"了。中美在建立友好的关系；中苏关系从同盟到恶化，又重新建立新的关系，但谁都可以看出不会再有"一边倒"了。国内形势极尽曲折变幻之能事，但改革开放的政策提出已有十年。脱胎于《西风》的《世界之窗》，得以出版，并且得到赞美。（"脱胎"云云只是我的看法，并不一定符合创办人的本意。）

向前看是必要的，但也不应忘记过去，免得重蹈覆辙。我往往讲些旧话，觉得比当年看得清楚些。

《西风》创刊于1936年9月，你们昆仲二位自办杂志、图书和发行。记得你们当时提出的宗旨是"译述西洋杂志精华，介绍欧美人生社会"。

我看这话对《世界之窗》一类的综合性翻译刊物也适用，当然也可改头换面，使用一些"新潮"语言。后来还出过介绍国际政治方面译稿的《西风副刊》（现在也有这类翻译刊物），以及《西书精华》（季刊），主要摘译当代西方重要文学作品和畅销书（现在也有这类刊物）。

我的印象西风社的编辑，似乎只有你们二位，你只能算半个，再加几个工作人员，就办了这许多事。这在现在似乎是不可想象的。还有一位名誉顾问林语堂，我想他只是挂名性质，《西风》创刊不久就携眷赴美定居。我也弄不清，你们是同乡关系还是亲友关系。现在对他的评价也在变化。

太平洋战争爆发后，日军进驻"租界"，曾经查抄《西风》社，运去不少书，《西风》等当然被迫停刊了。大约是1942年，嘉音偕夫人离沪去桂林、重庆主持《西风》社，在桂林出版了几期《西风副刊》，在重庆出版了《西风》；还与一些进步刊物共同签名反对国民党的图书检查。我不想给《西风》加什么桂冠，说它是战斗性的刊物。但它是一本严肃正派的刊物，遭受过日寇的迫害，参与过争取民主的斗争。胜利后继续在沪出版，但解放前夕，它只能停刊。这就是历史。

回头再看看，说《西风》和它的编者、译者"崇美"，是不公正的，它只是客观地介绍一些知识。至于一些欧美留学生寄回来的一些通讯，也是揭露西方社会丑恶方面多于盲目赞扬，这是有书可查的。

您已是白发苍苍的老教授，无意于为《西风》树碑立传，也无需如此，它不过是历史大海中的一滴微珠。只是想到今天《世界之窗》之获得殊荣，回忆当年《西风》和一些朋友所受的批判，以及热情善良的嘉音之冤案与冤死，我不禁感慨万端！不想评说《西风》的什么功过了。

祝您愉快健康！

其佩　88.10

1988.12.17

与鼎山谈《春月》

鼎山：

包柏漪的《春月》中译本出版发行了。说来有点特别，我还是从华盛顿传来的信息中，知道这条新闻的。发行的第一天，大使夫妇双双到北京王府井新华书店与读者见面、签名，这是属于外交上的友好活动了。不过近年中国作家也有到书店卖书签名的活动，增强写书人与读书人之间的亲切感；对于特别喜爱某位作者或喜爱藏书的人，也是个好机会。

前两年我倒在一个社交场合，遇到过包柏漪女士，而且作了一次短暂的谈话。那时她随丈夫来华不久，香港报纸刊登了不少介绍她的文章，大陆报刊也登过一点。我们所谈都是关于她所写的书。她写了不少的小说，多是以中国为背景。《春月》特别畅销，不知可否说是哄动美国。据说现在已有二十几种译本，当时就有许多种文字的译本了。她对于中文译本十分重视，译者是她自己选定的。过去她曾多次来华，也有一些中国人访美与她相识，她结识了不少中国的知识分子朋友，她处于有利的地位。那时已有好几个地方，在着手翻译《春月》，也许还发表过摘译。言谈中，她颇不以然。我想这是由于她珍爱自己的作品，深怕译得面目全非。她只承认自己亲自选定的译者，可能还劝说其他的人不要翻译。这只是我的猜想。我总的印象是，她对自己作品的中译文非常认真。

包柏漪对中国有相当深的了解，是个平易坦率的人；她当面对我指出，我说话的语气不必那样客气。我脑子中则是对外国人谈话，要特别注重礼仪。平日我们在朋友中谈话随便惯了。想到礼仪，可能有些拘束。

我想你要比包柏漪更了解中国，你在旧中国比她生活得久，你回国遇到的知识分子很多，旧雨新知，都有许多话可说。不过在我们看来，不论你或包柏漪女士，你们的思维与看问题的方式都是美国式的，这就和我们存在差异。所以你们也只能属于"外国人看中国"；无论成败是非，感受都一样。正如有些中国人到国外所看到的常常是你们无动于衷的事物。有些专家、学者对西方了解得较深，也只能是一种外国人的眼光，与本国人不同。

包柏漪与她的丈夫洛德大使在美国当然是"中国通"了。洛德是在中美断交很久后，第一批随基辛格来华的人，是位颇有才智的外交家。后来进行了中美上海公报草案谈判，关于台湾问题的提法争执不下，一度陷入僵局。据说就是洛德创作了一句名言："美国认识到，在台湾海峡两边所有中国人都认为只有一个中国，台湾是中国的一部分"，道路立刻畅通。我不知这是外交家的机智还是文人的才华。

包柏漪是把《春月》作为中国近代史来写的，希望外国人了解中国。她取得了成功。不过我听你说："作为中国人来看，这本书也没多大意思。"（大概如此吧，我没有听清楚。）别人说你抱的是"学院派书评家"的观点。我想《春月》在美国也属于流行小说。对于一本非常畅销的书，你发表自己的独立见解，传播媒介也不掩饰，这是一种值得羡慕的风尚。我跟你所谈的，仅此一点而已。我十分厌恶千篇一律的恭维与异口同声的批判。人的感觉总是不同的，对于一部作品，一件事，一盆菜，一件衣服……各人观点、感受不一，为什么非得一律不可呢？

关于《春月》我没有发言权，我没看过。我一直不习惯看外国人写中国的小说。从前赛珍珠写的书，我一本也不看。这可能是偏见。何况包柏漪与赛珍珠是不相同的。那我只能遗憾了。希望《春月》在中国也会畅销。

其佩　89.1

1989.02.04

走在人生边上

晓塘兄：

不知什么缘由，你突然向我借《管锥篇》。对你我并无吝惜之意。可是这书怎能借来看呢？它不是一两月就能读完的。你如着了迷，三五年也许不还我，那可要我上门讨了。按照我从前读大学的经验，如读这门课，6个学分也不够的。

我可以告诉你一个消息，舒展选编了一部《钱锺书论学文选》，共6大卷，由"花城"出版，年内出齐。听说前两卷已定稿。这类学术著作年内果真能出齐，也是出版社的光荣。这书分类编成，分成专题专条，便于翻检，有如工具书。有机会你自己去预订吧。

读《管锥篇》之前，最好先读一下《谈艺录》，可领略一二钱先生治学之道。但由于个人的秘密，这书我也不能借你。你是写小说的，《围城》肯定读过了。我找了两本钱先生几十年前写的薄薄的书给你：《写在人生边上》和《人·兽·鬼》。这两本书几年前虽然重印过，我肯定你没看到。这类书在书店太难买了，也许营业员连书名也没听说。

你读过的小说、散文要比我多得多。但你却被我借给你的这两本书俘虏了，你说"看得着迷了"。虽然我没弄清你迷上什么。你说你更喜欢《人·兽·鬼》，这也许是因为你写小说的缘故，但没看过这般剖析人世的小说。当年我更喜欢《写在人生边上》，那时我进大学不久，正梦想有朝一日在人生大道上迅跑。不料在人生边上，有如此灿烂的智慧珍宝；那时作者年纪也很轻，却像看透人间百态的智叟。你也说"从中感到智者的风范和品味"。"品味"两个字真是好极了，正好用到这书上，因为我们无力议论评说，内心却能品味到无穷的滋味。不是"味道好极了"的速溶咖啡，而是煮上好咖啡散发出的香气。或如饮喜爱的名茶，沁人心脾。

你对《走在人生边上》也有很深的体会，你说"钱先生不教我们如何做人，却说人是怎么一回事"。我想作者是很厌恶说教的。但他生活在书城中，却面对人世百态，有所爱，有所憎，更有所思，乃有所写。

你特别喜欢《魔鬼夜访》，说是"以诡黠而又豁达的笑意画出人鬼共存的世界"。"人鬼共存"不假，但这个"魔鬼"是可爱的，他通晓人间的奸诈和邪恶，才与我们的主人对话得那样融洽、欢快。

今天看到你的来信，我又重读了一下，在对话的结尾突然看到下面的话，魔鬼说："像我这样有声望的人，不会没有应酬，今天就是吃了饭来。在这个年头儿，不愁没有人请你吃饭，只是人不让你用本领来换饭吃。"作者不是预言家，我却想到今天社会上，用公款请吃的耗费，竟是以"亿"来计算了。逍遥自得，酒足饭饱的大有人在。可能"魔鬼"也欲无言了。至于"用本领换饭吃"，似乎还是一道没有解开的难题。"魔鬼"说"这是一种苦闷"。而在《吃饭》一文中，作者揭开了吃饭的假象，吃饭仅是"名义"，"事实上只是吃菜"。

书中充满机智的语言，就连我们常说的"快乐""快活"字眼，好像很少想过它是那么短暂，很"快"就会逝去。正如你所说"背负沉重的青天，脚踩泥泞的土地，能这般笑对人生，真是令人敬仰的境界"。

我说不出你这种小说家由阅读与思考而来的妙语，只觉得你正在大道上迅跑，而我则是"走在人生边上"。熙熙攘攘的大道太挤太闹了，无力拚搏。在边上走走还能勉强向前。尽管听不清大道上喧嚷什么，也可得到一点安静。而且不会踩到别人的脚，也可慎防别人踩自己的脚。这只是最低级的动物自卫本能。

其佩　89.1

1989.03.04

也说《洗澡》

君维：

读大作《看〈洗澡〉》，有不少相似的感想，只是我觉得你不一定辨认得出《围城》中的人物。他们已被杨先生捏进鼻子、耳朵，嘴脸变了。可能"尾巴"相差不多。但你能辨认出哪根"尾巴"是谁的吗？"围城"中的先生们如果进入新社会，也非得"洗澡"不可，否则他们无法涤荡灵魂，升入天堂。尽管到了"史无前例"的日子，个个还是要下地狱。

在"洗澡"的年代，人们比较单纯，认为只要狗血喷头般痛骂自己一番，尾巴就会掉下来。殊不知并非如此。还得"夹着尾巴"过日子。稍有疏忽，都有给人揪出来示众的危险。《洗澡》中的几位老先生和胡风大概没关系。1957年能个个逃过吗？肯定有人跌跤子。余楠倒最可能滑过去，但到了"文革"年代，他头上的帽子可够瞧啦。不过我觉得这个人物在"牛棚"里也会施展他的本领打小报告的。

按照习惯的说法，在几位"老先生"中，余楠算是反面人物，许彦成则是正面人物。你非议余楠"拈花惹草"，可是在书的开头，胡小姐已不告而别，飞往巴黎。这段孽缘也就结束了。

许彦成与姚宓的罗曼史却是步步发展，一直到尾声，姚宓送许彦成出门，还留下两道细泪；门关上以后，彦成又走回来想说什么。小说是结束了。他们的关系是"止乎礼"。可是以后呢？怎么办？许彦成曾经脱口而出："美满的婚姻是很少的，也许竟是没有的。"在小说中姚宓并没有构成时下所说的"第三者"；作者也没让许彦成"暴露私情"。但以后他们两人是幸福还是痛苦？杨绛先生住笔了，把这一切留给了读者。不幸的家庭各有各的不幸。你还记得"被围困的城堡"吗?

我读《洗澡》,常不自禁推算几位"老先生"以后的命运。小说的好处是各个人物都写得非常活,非常真实,很有个性。情节一步跟着一步发展。它真实地记下了我们经历过的一段历史,而不是唱空洞的赞歌。

说到人物,就看看那个出场不算太多的施妮娜吧,她在"老先生"一伙中,却又在"老先生"之外。因为她去过苏联,参加过"南下工作",又到过"土改工作队"。她是先知先觉,语重心长地告诫人们"首先是把屁股挪过来"。到图书室借书,她要借司汤达的《红与黑》。讨论会上一位先生说他研究法国戏剧,她很博学地提醒别人,巴尔扎克写过《人间喜剧》。在"洗澡"的时候,她也登场,作者一笔带过,我想那内容总和作报告差不多吧。

《洗澡》是三部曲,每部篇名用的是《诗经》或《楚辞》中的话,我很难说透彻。少时读《诗经》只记得"窈窕淑女,君子好逑",其实也不甚了了,大家都仅十四五岁。

第一部就是交代一些人物的来历和背景,我嘀咕杨绛为什么要把姜敏说成上海分配来的大学生?北京没有现成的吗?找一个天津的也行嘛。第二部写文学研究社建成以后,开展工作的情况。人物的性格、特征都进一步显现出来了,旧知识分子也就显得满身泥垢。这样就进入第三部的"洗澡"阶段,非洗不行。这污垢不是皮肤上的,是灵魂上的。"洗澡"的效果,就看不大清了。正如浴室大汤中清浊难辨。

《洗澡》中的人物全是捏造,或是"复合体",对我们来说,却比较容易分清鼻子、眼睛,有点似曾相识。

他们比我们大不了多少,大家都经过类似的"运动"的磨练,就像《干校六记》所记的许多"盛况",我们很容易理解一样。这与我们读《围城》时候不同,因为我们没有与书中人物接触的幸运。《洗澡》是小说,"纯属虚构",但"人物和情节却据实捏塑",作者虽然"郑重声明",也难保没有人拍案而起，"对号入座"。

是不是有一天需要钱锺书先生写一篇《记杨绛与〈洗澡〉》呢?

其佩　89.3

1989.04.01

贺《连载小说》

阿章兄：

《连载小说》已经出版了 20 期，你们辛勤耕耘多年，是值得庆贺的。虽然你们只是默默地工作，并没举行名称美妙的什么会。我看时弊之一，是切切实实干的人少了些；以各种浮夸的方式庆功邀赏、自我吹嘘的人多了些。你说是不？我在有一期上看到贵刊一些编辑人员的照片，似乎没有几位。恐怕有些还是创办以后陆续增添的吧？

你劫后归来，就投入连载小说的编辑和撰写之中，后来创办了《连载小说》，现在又开了"分号"：《海派文学》。你是一心一意投入你们称之为"大众文学"的工作中了。这本是文艺园地的一株花，而且你们一本初衷，既重视趣味，又不降低格调。共同的理想把你们绑在一起，去实现你们的美梦。祝你们更上一层楼。

现在习惯把文学分成两类，一种是严肃的、经典的或高级的；另一种则是通俗的、流行的或大众的。这种分类在我国可能还是近十年的事吧？过去则是革命的或反动的；红色的或黄色的等等。那时候搞创作，可不免要做恶梦啊！不过恶梦也会把人捆绑在一起，有多少忘不了的往事！

解放前的文坛上则是分为新文学和鸳鸯蝴蝶派文学两大类。后者一般是贬义词，所以近年有人要把张恨水从中拯救出来，大约是归入新文学吧？但当年的新文学又有多种多样，"普罗"的，三角恋爱的，以及纯文学的等等。这笔账也真说不清。

不知现在的分类是否与国外的影响有关。因为不论叫通俗小说、流行小说或大众文学，在英文里都是同一个字。国外的畅销小说，多为通俗小说；正统的、严谨的文学作品，也是曲高和寡；但它们经得起时间的考验。所谓畅销书，也是短命书，起哄一阵而已。

社会总在变化，就拿连载小说而论，你们不仅办了刊物；它在全国各种报纸上也遍地开花。过去除了《新民晚报》等少数报纸外，很少看到省市级报纸刊登的，它是被看不起的，不入流的。甚至还要挨骂、挨批。

曾经被视为最有效的教育工具——电影，现在也倡导娱乐性了。是不是可以说，通俗小说或大众文学总要有点消遣性，给人一点乐趣，也了解一些社会风情。我觉得你们重视反映上海风情，这就构成一种特色。因为大众文学，不是精心塑造人物，而是偏重展示社会众生相。

所谓鸳鸯蝴蝶派文学少不了卿卿我我，只是写得俗气；不论哪一类新文学，也都有爱情的情节，因为小说中必有人物，有人物就得有男有女，就会产生爱情。不过爱情不等于色情，不是刺激读者感官的冲动；这是通俗文学应引以为戒的。

文学中"性"的描写是很难论断的。《十日谈》和《查泰莱夫人的情人》都曾遭过禁售的命运，现在正统的文学史家都公认它们是严谨的高级文学作品。据说当代西方的高级文学作品，对性的描写也抱开放态度，但并不是宣扬淫秽。界限是有的。根据国情，求得通俗文学的发展，在这方面还是审慎为好。可惜有的刊物却要以这类货色来增加销数，那是不足取的。你们当然并不如此，而是抱一种严肃的态度。

最近看过电视《那五》，原作者邓友梅是位正统的、严肃的作家。我觉得这类电视，倒是极好的通俗作品。不过它属"京味"，不是"海派"。提供你们参考，也希望我的话没有得罪邓友梅先生，我根本没读过那小说，我指的是电视。听说电视与小说有差异。不过我想邓先生也不见得贬低大众文学。

其佩　89.3

1989.04.08

谈电视剧《家·春·秋》

济生兄:

电视连续剧《家·春·秋》,上海电视台先后播出了两次,中央电视台也播放过一次。大约还有别的地方台也播过吧? 看来很受观众的欢迎,是一部颇为成功的电视剧。

我是在上海台第一次播放时看的。编导等大约费了不少苦心,演员都很认真,背景也有很浓的四川味。虽然我每次都看了,说实话,没留下太深的印象。现在只记得《家》的结尾,觉慧出走了;《春》的结尾两位少女乘上一艘小船,黯然逃跑,给我一种凄凉的感觉;《秋》的结尾,觉新自杀了,这是原著没有的。

我对《激流》的记忆,还是从读原著而来。初看《家》的时候,只有十几岁,那时离"五四"也不过十多年,作者当然是继承了"五四"新文学的革命传统。

一个对世事所知不多的少年,读了《家》,热血沸腾,充满愤怒——对封建专制家长制的愤怒,也充满了仰慕——对觉慧勇敢反抗的仰慕。心中很不平静,因为当时生活在一个极端不公正的社会中。看完电视剧《激流》,却没引起我多少感情上的波动,似乎只看了一个大家庭分崩离析的故事。也许因为自己老朽了,感情反应迟钝。

电视剧对原作来说是一种再创造。《家》曾经搬上舞台,也曾经搬上银幕,编导演者也都很努力。但全都难以充分再现原作者在书中所表达的激情与控诉。当然再创造者有权按照自己的意图改编作品。

作者对自己的创作说过这样一段话"自从我执笔以来就没有停止过对

我的敌人的攻击。我的敌人是什么？一切旧的传统观念，一切阻止社会进化和人性发展的不合理的制度，一切摧残爱的势力，它们都是我的最大的敌人。"作者还说他向一个垂死的制度叫出了"我控诉"。写完了《家》《春》《秋》，他才"完全摆脱了过去黑暗时代的阴影"。

《家》《春》《秋》是《激流》三部曲，电视剧的片头上，也有《激流》的字样。作者在《总序》中说，他所描绘的是爱与恨、欢乐与受苦所组织成的生活的奔腾激流是如何地在动荡。

作者写过谈《家》《春》《秋》的文章。在谈《家》的时候说："我始终记住：青春是美丽的东西。"在谈《春》的时候，重提写书时的老话"春天是我们的"。在写《秋》的序言时，他请读者记住琴的话："并没有一个永久的秋天。秋天过了，春天就会来的。"

作者在1930年代，以1920年代为背景，写完了《激流》三部曲，是鼓舞青年人的斗志，向旧社会、旧制度、旧传统冲击。这是两代人的斗争，新与旧的斗争。"虽然小说中有那么多的阴暗的场面和惨痛的牺牲，但是年轻人终于得到了胜利。旧的、老的死亡了，新的、年轻的在生长、发展、逐渐成熟。"

我想斗胆向你这位电视剧的顾问之一提出，电视剧在反映这种情绪、心态方面是不是有较大的缺欠。当然我并不是说要加一个"光明的尾巴"。

我还想到改编《激流》是不是一定要按着《家》《春》《秋》的次序？人物是不是可以打乱？是不是一定要觉慧在开头就出走？可不可让他再回到高家，或是成都，到了"秋"的季节还继续在战斗？我觉得年轻人的力量可以强些，多几分昂扬的气氛，少一点旧式家庭的纠葛，少一点压抑感。这样也许有背原著的情节，但却符合原著的本意。

其佩　89.4

1989.05.06

多彩的《外国故事》

溶兄：

一位青年朋友对我说《外国故事》蛮好看的，我也找来翻翻。这本双月刊已经出到总 20 期，办了三年多啦。时光催人老，刊物却是编得相当成熟了。可惜还没有走红。

你对我说要办一本故事性的翻译刊物，好像还是不太久的事，台历却已换了三回。我这个人十分主观，听到故事，看到你，总以为是本儿童刊物。后来刊物出来，请原谅，我也没认真研究。我的思想真是僵化透顶，好像你与儿童文学永远粘在一起，分不开似的。

后来我也看过几回，觉得不大像儿童读物，却没想到你办的并非儿童刊物，而是给成人看的。当然也可以办得老少咸宜。

这回我受了青年朋友的启发，算是比较认真地读了一下。果然不假，蛮好看的。

我没看过克里斯蒂的小说，根据她的作品编的影视却看了一些。大侦探波洛出场的戏，我都看得懂；但是马普尔小姐为主的电视，我总看得糊里糊涂，夹缠不清。糊涂警官和聪明的老姑娘就像捉迷藏一般。也许这与我看电视的态度不端正有关，多是半醒半睡，并不十分在意。

《外国故事》这期登的马普尔小姐探案《乡村谋杀案》，读过觉得十分清晰明白，没有一点夹缠。花十来分钟读下小说，比费一个多小时看电视，要有趣得多。

我读过的土耳其作家的作品极少，这期你们刊了一篇《一件丢脸的事》，说是"这篇讽刺小说宜看不宜讲"。实在是篇绝妙文章，对封建专制统治者的嘲讽，令人捧腹，尽管有些不雅，"不宜讲"，却不失为阅读佳作。

几个真真假假的日本社会奇闻:《日本摩登奇谈》，则是有趣的谈助资料，也是我国读者容易理解的。

读了一半《山间幸遇》，我就有点毛骨悚然，因为栏目已标明是"外国聊斋"，我感到那孩子是个鬼，但我猜不到结局。

《外国故事》使我度过了一个凉爽的夏夜，我真为它的默默无名叫冤。这是一本雅俗共赏的刊物，谁买一本来看看都不会上当。可能有的人跟我一样主观，认为这是本儿童读物。也可能因为刊物的封面过于文雅，与书亭中的花花绿绿、刺人感官的封面不同。但刊物毕竟应以内容取胜。

我想建议你们加一栏"真实的故事"，刊登各行各业名人的轶事，当然也可登凡人小事，只要真实感人。

其佩

1989.08.12

从《凯旋门》说开去

朱老：

拜读大作《从影视剧〈凯旋门〉谈起》，也使我想起许多往事。四十多年前我也是尊译的读者；而且这译本仍放在我书架的里层，厚厚的一本有 800 多页，但已黄迹斑斑，如再阅读一遍，可能就成为碎片了。恰如您所说，当年我着迷的正是雷马克阐述的哲理。故事情节也十分动人，但我已记不大清；那曲折的故事或许是雷马克的另一部作品《流亡曲》，有点罗曼蒂克。对这本散发出一股股霉味的书，我也不想重读了。

大作中介绍了 1940 代这部名著拍成电影的情况。不过那晚您看的影视剧《凯旋门》，是后来拍摄的，并非一回事。您说在文末说明了这一点，刊出时却不见了，您很担心读者误会。我和您一样是个投稿者，不懂哪个环节发生差错，或叫失误——现在很难避免的一种情况。不过您的责任心强，总觉欠了读者一点什么。我就在这里为您说明一句。咱们如此这般私下串通，向读者打个招呼，也算把这公案了啦。

我又想到巴金主编的"译文丛书"，我觉得这套丛书在当时爱好文学的青年中影响较大，似乎抗战以前就出版了。较早介绍的是屠格涅夫的作品：《罗亭》《父与子》等，那是民族危亡的年代，需要的是斗争，是行动，是实践，像罗亭那样性格的人就成了"反面教员"："说话是巨人，行动是矮子"，副刊文章中似常引以为喻。就等于现在所说的：只讲空话，不干实事。

这套丛书当年我倒陆续买了不少，它似乎是颇有计划的介绍外国名家的作品，一个个。屠格涅夫、雷马克就是两例，还有福楼拜等。可惜数十年下来，多拖散了。有朋友借去的，有孩子拖掉的，也有给孩子的朋友拿去的。夹在《凯旋门》左右的仍有几本，如巴金译的《狱中二十年》（薇娜·妃格念尔）、汝龙译的《亚玛》（库普林）等。另有一种"文化生活丛刊"，似也是翻译丛刊。另有三本《西窗小书》，不知是不专收卞之琳的译作，我就闹不清了。

我又想到：解放后文学翻译作品的出版大大增强了。译者队伍与编辑力量更是大有发展。这种出版名著译丛的传统也发扬光大。

前些时读报，看到译文出版社编的几套很好的翻译丛书：《外国文学名著丛书》和《外国文艺丛书》等，竟变成了冷背货，像学术性专著一样，很少人问津，印数奇少，使我十分不解。我不大相信，现在文化水平会如此低下，外国文学名著竟没有一点吸引力？不论是过去的或当代的外国名著竟没人要看。是不与宣传介绍有关？或者是不应多登点广告？这我可不敢说了。扯了半个世纪的外国文学译作的出版发行，也该打住了。

其佩

1989.08.26

广 告

云兄：

你抱怨说，受不了电视中广告噪音的干扰。这我可想不出为你解除烦恼的办法，你闭目养神就是了；或是还得把耳朵堵住？

我不知道中国什么年代开始有广告，考古学家则在希腊的一座废墟中掘出 3000 年前的广告。广告的正式出现则在 15 世纪中叶以后，欧洲开始有了活版印刷。工业革命以后，它逐渐发展；第一次大战后，随着推销学的进展，它也打进无线电广播中；第二次大战以后，又冲进荧光屏内，也就是你听到的噪声。

现在电台或电视台播放的连续剧，又称肥皂剧，它就是起源于广告。美国在 150 年前，有两个制造肥皂和蜡烛的人创办了一家公司，后来生意兴隆，成了一家销售各种日用品的大公司。这家公司于 1930 年代在电台播送肥皂剧节目，到 1950 年代又进入了电视。你看的那些外国电视连续剧，有的就属于肥皂剧。这样，"广告"不仅给你带来噪音，也给你带来娱乐。

商学院的学生会告诉你广告是一种信息，只是传递这种信息是要付费的。在有的国家里，人的生活像是在广告的海洋中浮游，你躲也躲不掉。报刊、电台、电视无不有广告包围你，走出门，迎头会看到各种路牌广告、霓虹灯广告、车辆上的流动广告；信箱中也塞满了广告。到超级市场购物，手推车上有广告，电话亭当然也不例外。

美国是广告王国，每年花在广告上的费用超过 1200 亿美元，比全世界广告费的一半还要多。那里不仅工商业登广告，竞选总统也登广告，招募志愿兵也登广告。用各种巧言妙语征求你投他一票，或是去当大兵。《纽约时报》载文说："在美国文化中，已没有一个角落可以躲避广告的噪声。"

美国广告公司近万家，从业人员 10 万多，总部多设在纽约。著名的麦迪逊大街，也就是广告大街。广告公司聘请的制作广告的行家，包括艺术家、作家、电视导演等。当然还少不了模特儿。

据内行分析，制作广告，一要研究对象，二要考虑目标，三是精选内容。简言之，应该生动活泼，短小精悍，妙语惊人。这一点或许可供我国制作广告者参考。外商广告似较多推敲。如许多年前，一种手表，有什么"誉满全球""领导世界新潮流"；后来的一种饮料则称"味道好极了"；最近一种灭虫药，大叫"死光光"，都成了孩子玩笑的口头禅。

其实我国过去有些广告用语也深入人心，如一种牙刷，号称"一毛不拔"。某家皮鞋则是"皮张之厚无以复加"。虽然我不知道皮鞋优劣是否以皮张厚薄为准，但作为广告，却是深入人心。

其佩

1989.09.02

拟《作文描写词典》

小红：

你可给我出了一道难题。我不知道现在有没有《作文描写词典》一类的工具书，无从向你介绍；如果有的话，也不想介绍。我比你小得多的时候，也就是读小学的时候，就在报上看到这类书的广告。后来进了初中，对老师说了，他告诉我不要买，还叫我多念念《古文观止》。我不知道要你念什么，碰巧我手头放了本朋友还来的书，想给你拟几个条目，也算交卷。

论睡眠

睡眠这东西脾气怪得很，不要它，它偏会来，请它，哄它，千方百计勾引它，它拿身分躲得影子都不见。

状海港西菜馆佳肴

上来的汤是凉的，冰淇淋倒是热的；鱼像海军陆战队，已登陆了好几天；肉像潜水艇士兵，会长时期伏在水里；除醋以外，面包、牛油、红酒无一不酸。

记甲板妙景

方鸿渐正抽着烟，鲍小姐向他伸手，他掏出香烟匣来给她一支，鲍小姐衔在嘴里，他指在打火匣上作势要为她点烟，她忽然把嘴迎上去，把衔的烟头凑在他抽的烟头上一吸，那支烟点着了，鲍小姐得意地吐口烟出来。

随手摘了三条，不知是否合乎词典的规格；但肯定对你作文没用。作文要靠自己观察、思考、阅读，绝不能抄别人的议论或描写，那样肯定不伦不类。

　　我有个刚读小学一年级的第三代，暑期作业也有作文。她总吵着要妈妈带她到外面去，看到什么就记下什么，算是作文。她很喜欢外婆养的一盆红海棠。一天下午把盆花放在她的小书桌上，左看右看，还向外婆提了几个问题。这样也作了一篇百余字的文章。这孩子倒懂得一点作文之道。

　　与其找什么作文描写词典之类，还是多读些书吧。我抄的那几段摘自钱锺书的《围城》。不知你看过没有？

　　钱先生是中外闻名的大学者。1940 年代写过散文、短篇小说和长篇《围城》。我只见到过三本集子。《围城》原来在一本文艺刊物上连载，1947 年在上海出过单行本，三年印了三版，轰动当时文坛，因为这是一部具有独特风格的小说。老作家柯灵赞誉钱锺书的作品是"枝繁叶茂的智慧树"，指出它的特点是："玉想琼思，宏观博识，妙喻珠联，警句泉涌，谐谑天生，涉笔成趣。"不过《围城》后来长期没有重印。一直到 1980 年底才再新印行。前数月报上介绍钱先生的简历，说是以《围城》名噪文坛，我就不知是指哪个年代的事了。30 年的空白，大约是历史的误会吧。

　　上海文艺出版社出版的《文艺鉴赏大成》，在小说部分，收现代名作 30 部，《围城》也在其内（多为故事梗概）。

　　我抄别人的妙语佳句来哄你，不外劝你多读点书，自己多体验生活，观察人事，别乞灵于描写词典之类。

其佩

1989.09.08

迷路的领域

慈兄：

《外国文艺》已经出了 11 年，我每次拿到手总是先欣赏一下封二、封三、封四上刊载的美术作品、它们的风格多是那样怪异，人物多是十分夸张或畸形，线条图案又都是奇特、不规则的。

这几年你们又先后出了两本《现代派美术作品集》。说实话，我也没闹清是从《外国文艺》所刊作品中精选的，还是另选的。

画集与《外国文艺》一样，都刊有何振志学长的大作，这些古怪的作品，到她笔下则是娓娓道来，奥妙无穷。她是行家，写过《艺术——迷人的领域》。我的欣赏它们，倒像是踏进迷路的领域，少说也有八成，我看不懂是什么意思，也就走不出来了。这话难免引起旁人的讥笑，你大约还能谅解。我们希望理解一样东西，因为我们根本不解。

我看惯了齐白石的画，那虾子好像活蹦活跳；徐悲鸿的马，四蹄飞奔，令你一惊，赶快让路。就是《最后的微笑》，你瞧着她，可真迷人啊！

外国的现代派美术则不同，它与我们看到的真的人和物，有很大的差异。我查了一下百科全书，它告诉我这样一些特点：

现代美术具有 20 世纪特点，它可以包括 18 世纪末以来的先锋派等，也可指 19 世纪中叶后印象主义画家等。这些画家都追求内在自我表现和非传统的表现形式。也就是主张在形式上进行根本革新，对传统持反对态度。一些流派反复实验了能够表现新观点的艺术形式和处理手法。力求表现 20 世纪生活中的深刻变化。

这倒有点改革派的味道了。我这句话当然是胡扯。我们看过一些美人鱼的画，上身都是一个美丽少女的形象，后面拖了一根鱼尾。现代派画家的作品恰巧相反。一只硕大的鱼头，后面是一双修长美丽的腿。题目也是与众不同。

我已老朽，面皮也厚了，不怕难为情。少年时三两人逛马路看异性；大家都看她们的面孔漂亮不漂亮。唯独有一位朋友，专向下看，他要看对方的腿漂亮不漂亮。这与我们的老话"评头品足"也不一样。这位朋友，胜利后就去了异国，入了外籍，也已久无联系。或许也成了现代派画家吧。

我不是宣扬现代派美术作品的神妙，我很同意沈柔坚同志说的话，这些作品可以"提供作为研究分析的资料"，"对我们开阔视野，增进信息量，知己知彼是有意义的。"我们礼赞汹涌澎湃的黄河长江，我们也欣赏苏州的小桥流水。中外古今的多样性，构成喧闹的争鸣美景。我想应有这点雅量。

其佩

1989.09.24

诗人的诗

天兄：

大约一年多前，我写了封信：《诗人唐大郎》。遇到一位老朋友，他笑我竟没引用一首大郎的诗，这位朋友工于诗词，却忘了我是门外汉。

最近看了一套《骆驼丛书》，其中黄裳写的《负暄录》，则使我惶恐之至。我那封信是写给黄裳的，因为大郎生前多次跟我说起裳兄。这集子里有一篇《诗人——读闲居集》，对大郎诗谈得很深刻，我的信则是浮光掠影。我深惭自己读书不多，孤陋寡闻，也深感黄裳的宽宏，没有揭穿我的信不过是拾他四年前文章的余沫。

我又翻了一下这位亡友的诗集。黄裳文中说大郎的"诗与注是不能分割开来的。他的注有时比诗写得还好。这些随手写下的诗注有时就是很好的杂文"。

大郎的散文也写得好，文笔亲切，妙语横生，没有一句假话。当然他主要以诗名。我特别喜欢他的诗注，在一次通信中，那时我们虽常见面，也常通信。我说我特别喜欢他的"诗尾巴"，我不用诗注，而以"尾巴"代之，自以为合乎他的风格了。他大约还嫌不够味，干脆称之为"屁股"，乃有诗一首："昨天有客吾家过，忽然道出诗屁股，名字听来第一回，为之眉色皆飞舞。一些字句读不通，看了屁股方清楚。吾诗尚嫌不通俗，古人之诗如何读？老妪都解白香山，何曾句句皆相熟？有些诗章用典多，更加教人眉头蹙。屁股最好自家写，假手后人唯恐假。'锦瑟无端五十弦'，论争费却许多话。要知是实还是虚，起之玉溪于地下。"

在这首诗的"尾巴"上，也写了几句，这里只引一句："它一不像山歌，二不像顺口溜，三也不像七古。但尽管三不像，它终更不像从前上海滩上瘪三唱的小热昏吧。"

我想诗中阐述了他的见解；注中有所讥讽，但我也不便妄自猜测。这也使我想到黄裳文中引的《改行》一诗中，最后一句："糟踏人才如此样，热他娘格大头昏。"什么俚语、粗话，大郎都能写进诗中，而且浑成自然，读来令人赞绝。

大郎行文惯于直写，初写"交代"也是如此，遭到臭骂，后写《吹〈牛〉毛》记其事："为'牛'身上任吹毛，不想'横行'反而糟。从我满头喷狗血，罪名新列一条条。"真是充满机智与嘲弄。

最后再抄《种牵牛花》一首，结束本信：

"牵牛往事触心头，曾被叭儿当我'牛'，牵到东来西也去，叭儿至竟未封侯。"注曰："往时曾经当过'牛'的朋友，读之应深同此感。"

其佩

1989.11.04

"扫黄"与出好书

孙兄：

解放后我国出版事业起了很大的变化，一片繁荣景象。只是由于"左"的影响，也有一些很好的书不能重印，不能翻译。到了灾难的年头，则是没有书可读了。几乎看什么书，都有点闭门读禁书的味道。

十一届三中全会以后，再次出现了新的出版繁荣，出书的面广了，一些外国名著也可销几十万册。我弄不清从什么时候开始，逐渐朝"黄"的方向发展，最后几乎占有了多数的书亭等地，清一色的封面女郎，刺激感官的书名与介绍，令许多人感慨不已。应该说这是出版界的不幸或耻辱。

最近以来，开展了较为切实的扫黄工作，初见成效；还待深入下去，这很必要。出版"黄书"，根子已经很深，不是一阵风就能吹干净的。当然这里也有个政策界限问题。凡事都不宜过头。

对于出版工作则不是"扫"的问题，而是怎样多出好书，特别是适合青少年读的书。一般说来，青少年都有求知欲，同时他们也希望读书是一种美的享受。这里有一个引导问题。书评工作应该大力提倡，发行渠道是否能更畅通？

你们专门从事翻译作品的出版，而且得到好评。我觉得你们出版的《青年世界文学名著丛书》，就很有意义。

翻译作品比创作小说难读，没有养成阅读习惯的人往往读不下去。有些翻译作品附一张书中重要人物的卡片，这对读者读下去很有帮助。缩写本更有助于读者阅读。这在国外是很普遍的。我对名著缩写没有研究，我也不大相信缩写能代替原著，除非原著冗文废话太多。但我相信缩写本能起一种普及作用，诱发读者阅读原著的兴趣。它适合文化水平不高的人阅读，特别是年轻读者。

你们全套丛书暂定 60 种，分辑出版，每辑 10 种。我看到的第一辑，是《法国文学专辑》。不知以后都是各国专辑，还是怎样？选六国并不太难，也不失为一种方法。但多少有点单一。好处是使读者对某一国文学作品有较全面的了解。

我想出版到一定辑数以后，你们可以从中再选出若干名著，并增加一些，编一二辑特辑，包括国外的各种有代表性的名著。不知尊见如何？

我的意思是我们要切切实实地做好扫黄工作，我们更要多出版一些适合群众阅读的好书。这类文学作品，不仅要内容健康，技巧优秀，译文也应使读者读得下去。贵社在这方面一向做得不错。

这信是一则广告，希望《青年世界文学名著》畅销。

其佩

1989.11.18

巴金老人的心

申兄：

感谢你的盛情，让我读到大作《病中巴金》，使我了解老人许多近况，还有他的心态与心思。你说老人"那颗长久燃烧着的心依旧随着时代的脉搏在跳动，忧思着国家的前途，民族的命运。"一点不假，老人的心是不能安静下来的。这是他 60 年创作生涯的动力，遗憾的是，现在他的手已不大顺从心的驱使。

远在 1931 年，老人就说过："我的心好像受到了鞭打……我的手也不能制止地迅速在纸上移动。"解放前老人写的书都是控诉，控诉旧的传统观念，控诉不合理的制度，控诉封建家长专制摧残了爱。老人还说他的"爱憎必须倾吐，因此不能不多写。"

正是这样的心情，老人倾吐了成百万成百万的字；它们鼓舞了无数读者的心，跟着老人的心跳动，燃烧，战斗。也常常痛苦。

巴金老人的伟大艺术成就，是用自己赤诚的心换来的，他毫无掩饰地打开自己的心扉，让读者看到他的心——猛烈跳动的、火热火热的心。读他的书就像看到他的心。

他的老友柯灵说得最透彻了："在巴金同志作品中经常出现的一句话，是'交出了自己的心'，并认为这是研究巴金的'一把开启暗锁的钥匙'。"

老人在《随想录》中答复读者怎样写作时说："把心交给读者。"并说他最初拿起笔，是这样想的，五十多后还是这样想。他并不是为了做作家才拿起笔写小说的。

一个无名的小人物，向巴金展示自己是他的忠诚的读者，受到了他那

颗赤诚的心感染，去爱，去恨，也会得到老人的拥抱。这是作者和读者的
"心心相印"。我说句没有调查研究的话：这样的作家好像并不太多。

读《随想录》，对老人的心看得更透彻了，他不仅打开了自己的心，
而且用刀子解剖自己的心。静夜读来，很难克制自己的泪水，他对自己那
样严格、真诚。有的话他是可以不说的，没有谁会怪他。他并没手软，他
真的拿刀刺进自己的心窝，排出脓血。

我是个小人物，没有干过多少事，然而我也无法不反省，莫再"人云
亦云"，用自己的眼去看，用自己的脑去想。因为"分是非、辨真假，都
必须先从自己做起。"

我们都该像巴老一样：忧思国家的前途，民族的命运。对祖国，我们
抱有无尽的爱，无限的忠诚。我们中华民族终将屹立天下，笔直笔直地站
着。但我们都得努力。

我觉得老兄是否可编一本《怀念集》，以《怀念萧珊》带头，再加上
老人怀念故友的所有文章。如无不敬，以《小狗包弟》结尾。读者可透彻
地看到老人赤诚的心。虽然也难免催人泪下。60 年，老人一直"交出了自
己的心"。

请你代我向巴老转告柯灵同志的话：

祝巴老不老！

其佩

1989.12.22

《情义无价》观后

看完了 36 集电视连续剧《情义无价》，我想到了"法律无情"。不能说这是一部宣扬法制的电视剧。我看得不很完整，整个故事还能拼凑得起来。电视剧从头到尾，都有一个"法"字，在施展影响。

干了坏事，犯了罪，终将受到法律的制裁。这在电视剧结尾，表现得更明显了。即使事情没有败露，也逃不过良心的谴责，只有自首，才能赎罪，才能心安。事隔 12 年之后，钟迪和韦康都先后从监狱中出来，他们都蹲了相当长时期的监狱。这时他们好像得到了新生。虽然钟迪失去了记忆，但他也不再有烦恼的过去和忧愁的未来。"冷面杀手"韦康面露笑容归来。而他也即将订婚，礼服在手，情人在怀，不需要再多的表演。

正如片名所点明的，电视剧主要表现情义无价。"情"和"义"常有矛盾与冲突，两者纠缠、变幻，故事也就弯弯曲曲地铺开，吸引住观众。

按照《辞源》的解释，"情义"的意义是"人情"与"礼义"。电视剧的"情义"，则着重在"感情"与"忠义"。两种说法并没有多大的出入。按照电视剧的剧情，"义"大于"情"，两者不可兼，舍"情"而取"义"，这个"义"带有很强烈的忠的味道。做为主人公的一家就是姓钟，这不是偶然，而是编导有意的安排。

这是台湾电视剧，它所谓忠是很狭隘的，最大的忠是对钟家名声的忠。此外还有情人的忠，朋友的忠，两代人的忠等等。另外人是有感情的，男女之情、母女之情等。这个"情"与"义"碰撞的时候，编导无计可施，只好来一个生离死别。这就是为什么，芸芸中途离开，去了美国，解脱了凯强感情上的枷锁。凯悦最后为歹徒所害，让韦康放手去完成自己

"情义"的使命。类似的情况，不能都用"生离死别"法来摆脱，就留下了一些不尽合理的漏洞。

话又要说回来，电视剧也涉及到个人与社会的关系。钟迪是绝对忠于钟家的利益，在危难的时刻，他与黑社会头子挂上了钩，背弃了对社会的责任。韦康是绝对忠于钟迪个人，他犯了杀人罪，尽管杀的是黑社会人物，也违反了社会的准则。他们的忠义都只能受到法律的裁决。在宣扬情义之余，编导还描绘了一个无情无义的人——陈荣，在剧中很长一段情节中，他都是以绝对忠于钟迪的形象出现的。到结局，彻底曝光，他却是制造整个悲剧的罪魁祸首。

这是一个虚幻的、编造出来的故事，它或许多少反映了台湾某一阶层人的生活，离我们是太远太远了。如果你看过几集《渴望》，就像是从梦幻中回到了现实。

1991.01.05

小议《渴望》

看了 12 集《渴望》。这部轰动北京城的电视连续剧，是很值得一看的。上海播放得晚，落在外地喝采声后面。实际上，我只看了 10 集。头两集播放的时间太迟，我没信心看完 50 集，打算放弃。但又有点舍不得，在放 3、4 集的时候还是看了。以后播放的时间也提前。漏了 2 集，总有点影响。

不知可不可以说，这 12 集是故事的序幕，或是第一部分。人物的位置都摆正了。刘慧芳已经和王沪生结婚。王沪生从前的女友肖竹心去了福建。王沪生的姐姐王亚茹到河南去寻找她的丈夫罗冈和他们的女儿罗丹。宋大成割断了跟刘慧芳的情丝，就将跟徐月娟结婚。悲欢离合的好戏留在后头。

12 集的大背景是阴暗的"文革"岁月。故事是写的那颠颠倒倒年头的两户人家。一家知识分子家庭，一家工人家庭。连续剧没有正面描述当时大吵大闹的"革命"场面。但在两家人的生活中，深刻地反映了当时的特征，学者的遭受隔离审查，知识分子的逃亡，追踪通缉，扫地出门，砸碎唱片等等。导演还不断拍摄墙壁上的画像，反映当时的风尚。此外，多次播放了半导体中的节目。都一再提醒人们不要忘了那个大背景。

北京观众爱看这部连续剧，可能是由于它强烈的京味儿。那味儿可够浓的了。这使我们看到，不仅《四世同堂》的年月，反映出京味儿。就是解放后，"文革"时期也可表现出强烈的京味。这种地方色彩，使本地人着迷，也令外地人神往。还有就是那浓郁的生活气息。人物的描绘相当真实。

不说别的，就如刘母这个人，她的言谈心态，活像北京的普通老大娘，演得很好。我觉得，她的小女儿小燕子，也演得活像，看了十分有趣。

说到生活，个别的情节似乎不十分可信，或者说不大合理。罗冈从干校回到北京，他的身份是"逃犯"。当他离去时，把女儿也抱走了。这动作令人费解。他怎么抱着一个新生的婴儿逃亡呢？为什么不把孩子留给母亲？也许这是描绘一种特殊的心态，让亚茹彻底忘掉过去。这显然是不可能的。至于后来，这丢失的孩子，又给小燕子抱回家。只能说是无巧不成书了。完全是戏剧偶然性的安排。

议论得比较多的，还是亚茹去到办公室找宋大成谈话的一场戏。亚茹的身份是"反革命"家属，宋大成是个工人干部。在当时的政治气氛下，这个"反革命"家属会到办公室去找工人干部谈话，劝他放弃所爱，成全自己弟弟的婚事？多少令人难以置信。这不是王亚茹有没有勇气的问题，实际上她根本无法抬起头来。

当然，情节上可能存在的疏漏，并不会影响一部优秀电视连续剧的价值。

1991.01.12

名人书信

《名人书信故事》上下两千多年，读来令人眼花缭乱，心潮起伏。它有帝王的征战书，哥伦布发现新大陆史，达·芬奇的自荐信，拿破仑的艳史与情书。也有彭加勒和居里夫人推荐年轻的爱因斯坦任教授和托马斯·曼控诉希特勒的罪行。

这是一部选集，刊有五十来封名人书信，经过选择、编辑、汇集，说明一些显要人物的特性，重大事件的经过，以及历史上影响深远的思潮。

每封信前冠有一篇传记形式的小序，介绍有关写信人与受信者某些包涵特殊意义与戏剧色彩的事实，概括当时的历史背景和通信动机，每封信后都附有一篇结尾语，说明通信的后果或影响。

第一批书信，写于公元前三百多年，是亚历山大大帝和大流士皇帝为了争霸世界而互递挑战书，是世界历史中的重要篇章。

大流士致亚历山大的信中，自称"天帝授我统治世界大权，万能之主赐我四极土地。"这封诏书"发自万王之王的首都"。诏书痛斥亚历山大的野心，予以严厉警告，而且嬉笑怒骂，恩威并施，说是"我赐你满满一箱黄金和一匹驴能驮的芝麻，用这两样东西让你略微知道我是多么富强。我再赐你一根鞭和一只球：球适合于你这年龄的小子戏耍；鞭可以用来惩戒你。"

亚历山大决不示弱，回信说："我已决定和你在战场上相遇，要向你的国土进军"。并赐给大流士一瓶芥末，"这样你就可以领略一下我的胜利带给你的苦味。"

对于大流士信中所说的四样礼物，亚历山大针锋相对："这一切代表好运，是吉祥预兆。鞭预示我将成为你的处罚者，成为你的主宰，你的导师，你的指挥。球表示世界各地和整个寰宇都将置于我的统治之下。那箱黄金是你的部份国帑，说明你的财富不久即将转移归我。至于那些芝麻……在所有粮食中是最无害的，也是最不难吃下的。"

古代帝王的武功与文才于此可见一斑，他们对杀戮与诡辩，同样精通。

《故事》中的最后两封信，都是写于20世纪30年代，而且都是针对纳粹的，一封《致×先生的公开信》，是福伊希特万格质询强占他住宅的纳粹党人。福是著名小说家，也是全才作家。他说希特勒所著14万言的《我的奋斗》，在德国语法上犯了14万个错。当时访美讲学，纳粹当局没收了他的住宅，并分配给"国社党"的一名大员。他写了这封公开信，提出抗议。

另一封是托马斯·曼流亡瑞士时写的。纳粹当局剥夺了他的国籍，波恩大学取消了他的名誉博士学位。他写信给文学院院长控诉希特勒当局的罪行。

按：《名人书信故事》，人民日报出版社出版，叶冬心选译。

1991.01.19

读《外国故事》

我常读《外国故事》，挺喜欢的。这是一本双月刊，去年底出到 30 期，已经有五年了。这是一个朋友编的，他总寄给我。书到手我总翻翻。开头他是一期期寄的，后来也许为了省事，半年寄三本来。对我都是一样，不过是消磨一两个夜晚，还是三五个夜晚的差别。来了就看一下，不来也不想它，所以也不知它的社会效应怎样。

白看书，又吹嘘一下，难免有做广告之嫌。不过你如果有以看书消磨时光的习惯，倒是不会上当的。它确实很好看，花样也不少。

有影视故事、幽默故事、文学故事、外国聊斋，以及侦探故事、间谍故事等等，道道地地的故事，没有冒牌货。我想它主要是供人消闲解闷的，谈不上什么深刻的含义，却又都是健康的，不会使你皱眉或发火。

有一栏名为"叫人想不到的故事"，选材十分风趣。有一期刊载一篇题为《搭顺风车的人》的故事，说的是一个人在路边搭车，上车后教唆车主开快车，实在太快了，警察追了上来。违章超速当然要上法庭罚款，意想不到的是这个搭车的人是妙手神偷，但他不愿人家称他为扒手，其名不雅，自称为"手指巧匠"，跟金匠、银匠并驾齐驱。一路上他把车主裤子上的皮带、腕上的手表都扒了下来。车主正惊讶，这个"手指巧匠"却从口袋里一样接一样掏东西：车主的驾驶执照、钥匙、钞票、硬币、日记、铅笔、打火机以及给他妻子去修理的蓝宝石古老戒指等。更意想不到的，他还掏出了警察口袋里的两个本子，上面记着他们两人的姓名和地址。他们再也不用上法庭了，实在很妙。但你可不能说这是一篇礼赞扒手的故事，不是的。

每期我先看的是侦探故事。虽然我早已不搜罗侦探小说了，但遇到手边有这类书，却总要翻一下。从前习惯看的是福尔摩斯和克里斯蒂写的小说等。《外国故事》介绍了许多其他名家的短篇。

比如英国名家切斯特顿写的侦探小说，他塑造布朗神父和他的朋友弗兰博，就像福尔摩斯和华生一样。小说都不长，《外国故事》刊过两篇，一篇名《看不见的凶手》，另一篇是《神秘的庄园》，都是属于"布朗神父系列探案"。

切斯特顿的写法构思很别致。案情一步接着一步展开，谜团越滚越浓；紧随着却破案了，不是草草了事，而是水到渠成，十分巧妙。

另外还有许多欧美探案名篇，如埃德加·华莱士、贝勒马尔等的作品。

1991.01.26

文心雕虫

柯灵同志为他新出的集子，题了一个谦逊的书名：《文心雕虫》。原本打算题为《偶语》的，联想到"偶语弃市"，又忍痛放弃了。一个书名也大费周章，说明作者行文处世的认真。柯灵精雕细刻的文笔，很引起读者的注意，他真是一字一句都经过推敲，当然更重要的还是内容，他的真知灼见，并非"小伎"。

书中的《文苑絮语》和《续编》，以及《红楼偶语》等，对文学都有不少精辟的见解，从 1960 年代初到 1980 年代初，作者的看法是一致的。

《文心雕虫》还收了多篇为别人集子写的序言。柯灵同志的序言很有特色，决非敷衍之作，而是认真阅读原作后写出的，使读者和原作者都有所得。听说他为《中国新文学大系》最后十年写的序言，费时达三个月之久。因为他读了 1000 多万字的原著后才动笔的。

《文心雕虫》包括作者近五六年的作品，不过早在 1986 年底，柯灵同志就说："我必须着手写向往了很久的长篇小说：《上海一百年》，放弃别的写作。"事实是他放弃不了，各种各样的任务，逼着他写，受委屈的还是《上海一百年》，迟迟无法动笔。

柯灵说："上海养育了我将近一轮甲子，我为它消磨了自己的青春和壮年，它一直在召唤我。"他对上海是有很深的感情的。我总觉得"孤岛文学"，多少在文学史上占有一席、半席之地，是跟柯灵同志的努力分不开的。我们不应该割断历史，至于地域的歧视，可不应该。历史最终必将还自己公正的面貌，不容抹煞。

《上海一百年》是一个不短的历史画面，它从鸦片战争开始，直写到解放前夕，反映了旧中国近代的面貌。这是历史背景，真实的背景。但它是小说，人物都是虚构的。全书分成 5 部。第一部题为《十里洋场》，读者将会看到荒凉的上海怎样变成繁华的洋场，租界的形成与扩展。当年形形色色人物的诸种表演。实在是一部有趣更有意义的小说。

我不知道小说正文是否动笔；我知道在百忙中，作者并没有真的放弃这项工作。他不断地边收集材料，边思索构思，已经写出了提纲。如果他能不受各种打杂工作的干扰，那就肯定可以动笔了：一部、两部，直至写完五部。当然这是一项相当艰巨的工程。

柯灵曾为"巴金 60 年文学创作生涯展""夏衍文学创作生涯 60 年展"写过生动感人的开幕词。现在我们又迎来了柯灵 60 年文学创作生涯纪念，谨祝老作家健康长寿，实现自己的宏愿。

1991.02.02

杂谈《大饭店》

万兄：

前蒙赠尊译《大饭店》已是近十年前的事了。那时阿瑟·黑利的作品在国内很走红，几部作品都有了译本；虽然到了 1970 年代末，作者已经退休了。不知尊译印了几版？

黑利只能算是通俗小说作家，不过他确实有些写实主义手法。对描述的人物、环境有较深的了解，并作了一些调查研究，或是"深入生活"。他的作品并不是向壁虚构。所以读黑利的小说，可以多几分对美国社会的了解。他描绘的有几个人物，也给人栩栩如生的感觉。如你在译后记所说，对美国社会形形色色的弊端和痼疾，也有所揭露。

到了 1980 年代末、1990 年代初，根据《大饭店》改编的电视剧也在我国荧光屏上露面了。收视率甚高，超过了小说译本畅销的程度，因为人们都在谈论它。虽然我的对比，没有什么科学根据。

这期间我去了一次外地，好多集没有看到。我有个行家朋友倒是每集都看了。我们都对这种改编不大理解。除了片名之外，几乎和原著没有什么关系。原著是以一家大饭店的经营管理，透过各种人物，反映它的兴衰荣辱。

电视剧《大饭店》则是一段段小故事，地点不同、人物不同，主题也不同。不知是不是大饭店的豪华背景和一个个极富人情味的故事吸引了观众。我怀疑，它是不是反映了美国大饭店的真相？美国大饭店果真如此慷慨大方吗？当然，我没有发言权。

大饭店当然是以营利为目的的。它不是乐善好施的慈善机关。现在放了十来集，已有一半是描述老板、经理的慷慨大方，周济各种"不幸的"人。有遭火灾的人，也有妓女一类人物。这种菩萨心肠，是不是美国大饭店经营管理之道？

我不知大饭店究竟是以高房租和好服务来取得利润，还是以免费救济来取得好名声？这种乐善好施，能为大饭店招徕更多的顾客吗？我回答不出，但我看了总有一种虚假感。黑利的小说也不是这样写的。

把文学作品改编为电影和电视，实在是很不容易的事。国外的改编，往往对原著有很大变动。当然像狄更斯的小说改成电影，还是相当忠于原著的，它的成功在于导演和演员的才华。

我国也有些文学作品，改编成电影和电视，成功的似不多，因为我们从银幕或荧光屏上得不到读原著那样的感受，因此也难免失望。老舍的《四世同堂》改的电视剧比较成功。也许因为作者是一位大众文学家。像《大饭店》的改编法或是一个新路。但原作者也许会说，除了题目相同以外，跟他的作品完全无关。

其佩

1990.02.03

柯灵论钱锺书

陈先生：

听说柯灵先生最近谢绝一切杂事，专心创作《上海百年史》了，真是可喜。只是我们一时恐读不到他那或犀利或亲切的美妙文章，不免是憾事。我当然理解他的心愿，可能这是很久前就立下的宿愿，祝他如愿。

在随意浏览中，却看到两本刊物先后转载了他论钱锺书的文章。一篇是《钱锺书研究》转载的《促膝闲话锺书君》，当初我在《读书》月刊上读过。题目应该是"中书君"，柯灵决不会笔误。《读书》的封面要目也是印的"中书君"，不知文内怎样改了。我更奇怪的是《钱锺书研究》转载时，竟也没有改正。另一篇是《随笔》最近转载的《钱锺书创作浅谈》，前两年我在《柯灵散文选》中读过。前一篇偏重谈钱先生的人品，后一篇偏重文品。这回又都重读了一遍，觉得都写得公允又深刻。

不论从柯灵的眼力与才识，或是他跟钱先生的交谊，确是评论钱锺书的最佳人选。深知其人，熟读其书。当然在权威性上不如杨绛。

现在钱先生的声望如云烂星辉，像我这样的人，谈论他也许有贴金之嫌。但我对钱先生的仰慕，早在他刚刚离开大学的时候，那时他并非名人。后来又是他的散文、小说的"如醉如痴"的读者。在脑子中总留一点少年情怀。

最近我看到了一本第五次印刷的《围城》，可算畅销了。研究者考证，这与当年《文艺复兴》的连载稿或"晨光"的丛书版，有了不少的增删。我们普通读者当然不会察觉这点。

我和一些朋友从前多次谈过，像《围城》这样优秀的作品何以长期石沉大海。我们不是圈内人，无法知悉内情。最近才知道有人认为它是"地地道道的爱情小说"。还算幸运，没更拔高一步，那可要扫而除之了。

文物还要出土，《围城》岂能深埋？不仅重印，而且接连不断重印。《围城》所写的人情世态，所反映的正是那个社会。正如柯灵所说的，这部小说"有社会的广度，也有历史的深度"。人物和爱情都有那个时代、那个社会的特征。作者讽刺书中的人物，正是嘲弄那个可悲的社会。有人说它是《儒林外史》，但与吴敬梓写的社会不同。《围城》鞭挞了那个造成那种类型高知的社会。八九十年代的"洋举人"不会有那种故事。杨绛写《洗澡》，有人说是《围城》的续篇，也有人说是《儒林外史》，但《洗澡》也是一个时期的社会缩影，它与《围城》所反映的背景不同。不过它们又都是小说，不能用历史教科书的标准来要求。附带说一句，《干校六记》不是更直率地反映了当时社会的一角或基调吗？尽管是"哀而不伤，怨而不怒"。我总觉得是一种控诉。

柯灵说得对极了，钱锺书"决不是两耳不闻窗外事"的人，杨绛亦然。他们有自己的爱和憎。凭着他们的智慧与观察，对社会的真相有极强的洞察力。在创作上他们只能从他们熟悉的角度，熟悉的人物，来描绘不同时期社会的风情。

真希望柯灵抽暇写一篇《钱锺书与杨绛》。

其佩

1990.02.24

贺《英汉大词典》

谷兄：

我还是买了《英汉大词典》上卷，我不爱买分卷出版的书，但你们却是一炮打响，真是应了那句戏言："半部'论语'打天下"。现在这半部词典好像不大容易买到了。我那个单位资料室订了一部，至今未拿到书。我在香港一本刊物上看到内地版畅销书广告，《英汉大词典》上卷，赫然名列榜首。

贵主编真够辛劳了，不仅发白，而且疯脱。你们编辑部，我有多位旧友，虽无深交。那位体弱瘦小的吴莹女士，从前我常跟她开孩子般的玩笑，这回肩负了重任，干了大量工作。还有我敬重的何教授、江教授、薛教授等，都是有真才实学的长者，他们都是务实派，似乎只知道默默工作。姚奔兄更令我挂念，听说他身患重病，仍坚持工作。我不知这位诗人，老年怎样把精力无保留地献给词典工作。

我没有资格为你们排功臣榜，只是记起几位相识的朋友。你们编辑部的实干精神，是值得大大发扬的。现在也在大力提倡多干实事，没有谁再听那种说了等于不说的空话了。你们苦干多年，上卷已经放在读者面前。下卷将于明年年底出版，祝你们不要遇到意外风波。

我觉得你们不仅收的词多，释义明确，体例也很好，查起来方便。也许我是个懒人，不大愿意查那种把复合词堆在一块的词典。我觉得辞典应该让读者一翻就查到，而不是要耐着性子去找。

英汉词典中收进地名、人名、缩写等是很有用处的，国外出版的词典多是如此。过去我们出版的词典，有的忽略了这点。不久前一位朋友告诉我一个"笑话"。他负责审校一本译稿,看到这样一句话:"非贵族出身的地主、民主党人罗斯福",他想来想去读不懂。后来忽然开了窍,他领悟到这位译者不知道罗斯福的名字,他用的字典又无人名,于是"富兰克林"就变成"非贵族出身的地主"了。我的浅薄只知道富兰克林是人名,不知小写还有这个意思。这是一件真事,不是我编的。

《英汉大词典》不仅大学英语教师、翻译工作者必备;我建议工商企业负责人也应在案头放一部。现在的商品偏爱那种残留着殖民地文化色彩的名称,我常感不快和可笑。我第一次听到人们在谈论"克力架"实在听不懂是什么东西,绝对没有想到竟是饼干的香港译音。我诚恳奉劝大陆的工商企业,特别是国有企业,不要摆弄这种噱头。"奶油梳打饼干"虽然也有译音在内,但总能使人懂得是个什么东西。如果我说"克力架"就是"比斯基斯"。我看没谁能懂。

你们这批"苦行僧"取得真经的日子不远了。在这里向你们敬礼!

1990.03.03

巴金的《怀念集》

申兄：

去年底拜读大作，写了一封关于巴金老人的信。其实我的意思很简单，不过表示一点对老人挂念的心意。因为话不多，信末就加了一段劝你编一本《怀念集》的话。实在是蛇足。

我从开始自己买书起，就陆续购买巴金的作品。"文革"前，我买齐十四卷《巴金文集》，这是很不容易的，而且平安渡过劫难，完好无损。粉碎"四人帮"后，老人新出、重出的书，我好像都有。谁知不然。前些日子宁夏人民出版社寄赠给我一本巴金的《怀念集》增订本。原来，早在1982年老人自己就编了《怀念集》，我不知哪年出版的，去年增订再版，又增加了《怀念从文》等近十篇文章，大约很完整了。从1932年写的纪念大哥到1988年底的作品。我虽感到寡闻的惭愧，也感到得书的喜悦。更愿意推荐给读者。或许由于《新民晚报》销路较广，远在宁夏，也有人看到。宁夏出版的书，不知上海能否买到？何况它的印数又是那样少！不能不令人惋惜和悲叹。

集子中每篇文章都燃烧着老人火热的心，真是充满至诚的怀念，读了无法不感动。巴金在《序》中说："我在这本怀念的书记录下来的——我的经历、我的回忆、我的感激、我的自责、我的爱憎、我的复杂的思想感情以及我的曲折的人生道路。"全书共43篇，还有序和代跋，外加附录3篇。

大部分文章最初发表的时候，我都读过。

我初读《怀念金仲华同志》一文，很有一点同感。当年我确实想不通他为什么要死，或是根本没想到他会死，尽管那时谁死了一类的消息，已算不上什么新闻。他是那样平易近人、亲切和蔼，而且是"一直是靠拢党，紧跟党的。"这篇文章写于1978年，是我看到的第一篇悼念金仲华同志的文章，读过心中很难过一阵时候。像我这样年纪的人，还是在读初中的时候，就对国际问题开始注视，有所了解。应该说是金仲华同志的教导。

另一篇是《怀念烈文》，也引起我的一些感想。因为我一直想不通黎烈文怎么会成为"反动文人"？我是在读《中流》和鲁迅的文章中知道他的，在我幼小的心灵中他的形象很高大。那时有些像我这样的少年，崇拜作家、崇拜编辑；也有的崇拜美国明星，或是著名运动员。黎烈文在我心中是个铁铮铮的汉子，实际上他不过是个文弱书生。巴金写的可能是第一篇为黎烈文平反的文章。

1949年的时候，我已快到而立之年，我清楚地知道留在美国、香港、台湾等地的人，有多种多样情况，并不都是"反动"。那时的舆论，似乎就是留在那里的没有好人。我自己的意见当然不敢讲出来。十多年后，"海外关系"，几乎成了"敌特"的代名词。我看巴老写这文时，心情特别沉重。

再次写信给你，就算对前信的更正；并谢谢不相识的赠书同志。

其佩

1990.03.17

爱情故事

慧兄：

书架弄得十分零乱，下午想理一下，但又无从下手，理不出头绪。却翻到了《爱情故事》，译者是两人，那名字我可从未见到过。扉页上写着"译者"赠，似乎是你的笔迹，时隔两年，我就记不清了。大约是你跟"荣哥儿"或"田螺姑娘"合译的吧？

这书旁边还放了一本《美国小说两篇》，是"四人帮"时期出版的，译者的名字是用几个人的名字凑起来的。我断定新版只能是你们两个人合译的。你们一贯翻译正统的、文学性强的作品；到了译这种通俗小说，你们连"藏头露尾"的署名法，也干脆抛弃，索性采用谁也猜不出的笔名。

《爱情故事》印数不算少，读者多不多，我没调查；这电影前两年放过，看的人可不少，那故事许多人都知道。

这书的第一个版本，1970年代初期赶译出来，是在尼克松初次访华的时候，说是这位美国总统赞扬这部小说。当年炙手可热的"写作班"，大约得到这个信息，下令"翻译连"赶译的。当时你们一定挑灯夜战，不暇推敲。这回重译，改动不小。我没再看，只是翻了几页对了一下。

像《爱情故事》这种书不是百看不厌的，正如你们在《重译后记》中所说，这是平淡无奇的爱情故事，很难标新立异。但当年它却哄动美国，上至总统下至平民百姓争相阅读，长期列在《纽约时报》的畅销书单上。

我想，这也不足为奇。人们看小说一般有两种原因，一是欣赏文学艺术；二是消遣，或是消磨时光。恐怕还是由于后者的原因占多数。所以畅销的作品，也以通俗小说为多。没有谁正襟危坐阅读小说。

《爱情故事》恐怕就是以它特有的悲欢离合赢得读者的欢迎。虽然爱与死也是一些严肃作品的主题。

这回我只读了你们写的《重译后记》，我看只是对作者和作品作了简单的介绍，虽然也含蓄地流露出点滴观点。我还翻了一下前一个版本的"大批判"序言，那题目就是一项大帽子:《一份向垄断资产阶级投降的号召书》。这种文章是"以阶级斗争为纲"的怒目金刚洞察出来的。它只能吓人一跳。闲来找本小说消遣一下的人，无法理解这个平淡的故事中包含如此"深刻的"含意。我看很难有读者响应这份"号召书"。为男女主人公一洒同情泪倒是可能的。明明是讲一个爱情故事，怎么竟成了向垄断资产阶级的"投降故事"呢?

爱情可能有投降的成份:男的向女的投降，女的向男的投降，最后双方相互投降，合二而一，这是甜情蜜意的事，没有你死我活的斗争。

愿这类"大批判"文章绝迹，也愿有人为这类"大批判"文章编个选集，遗臭后世。

其佩

1990.04.21

《围城》改编电视剧

枚屋：

　　最近我读了金克木写的一篇文章：《看〈昨夜的月亮〉随想》，很想介绍给你这位当年的"张爱玲迷"。也许你也看到。这是一篇很好的文章，它不是评述张爱玲的《金锁记》，而是议论小说改编电视剧的。很有启发，发人深思。

　　我看过不多几部由小说改编的电视剧，多感失望。因为我是属于那种看过小说的观众层次，我在读小说时的冲动，它们给我的喜怒哀乐；在荧光屏上都消失了，都成为淡淡的影子，也没给我新的感受。尽管有的电视片后来成为获奖作品。

　　前些时看到《围城》要改编为电视剧，我是一则以喜，一则以惧。喜的是《围城》越来越受到人们的关注，将为更多的人所了解；惧的是这样一部优美作品，完全是靠小说的语言和技巧写成的，机智讽刺，又是妙语如珠，妙喻成串。书中的若干人物形象跃然纸上，如见其人，如闻其声，却又都是看不见的。怎么能变成荧光屏上的形象呢？

　　前两天读到两位编导拜访钱锺书和杨绛先生的文章，有点恍然。剧本已经写好，大约正在筹拍吧？

　　钱先生是同意那两位艺术家改编《围城》的，但他是小说《围城》的作者，电视剧《围城》则是另一码事了。他慨然让出"主权"，同意改编，却又多少有点爱莫能助。把小说语言变成电视形象是一种新的创造。这该由电视剧编导来完成，小说作者无能为力。读过小说的观众，也许希望它能原模原样地把小说搬到荧光屏上，但这多半不可能。我想看电视的时候，最好把小说忘掉。至少要用两种尺来衡量。翻译作品要能传神已很不易。何况两种不同的媒体。我们应记住看的是电视，不是读小说。导演也应着重制作电视，不是"翻译"小说。

小说要有小说的风格，电视要有电视的特点，表现的方式是截然不同的。可能因为这个缘故，钱先生对电视剧《围城》，再三强调导演至上、导演主创一类的意见。媒体决定主旨，导演是电视剧的主要创造者。小说《围城》已存在了几十年啦，这是钱锺书写的；现在要把它改编成电视，可就要瞧导演的啦。钱锺书赋予小说《围城》以特色和风格；电视《围城》的风格应该有导演的印记，表现出导演的风格。这就是我从钱先生谈话和金克木文章中偷来的观点。

听说《围城》1980年复出后，已印7版，但它主要是为知识分子所激赏的。我知道一位大学生，在学校中连续读过十遍。它的主要内涵是："围在城里的想逃出来，城外的人想冲进去。对婚姻也罢，职业也罢。人生的愿望大都如此。"（杨绛语）我看这样的内涵，很难为《昨夜星辰》观众所理解。有的电视剧也套用这几句话，多少有点生硬。它究竟能普及到什么程度？还是只能是奢侈的"时髦"货？就像《管锥篇》很不容易普及，只适宜于供有志者研究。当然我不是说《围城》深不可测，但它确实包含一种哲理。怎样用电视手法来反映呢？

《谈艺录》说："花红初无几日，月满不得连宵"；金克木说"明天的月亮是圆是缺，这是艺术家的事。"我祝电视剧《围城》就像八月十五的月亮，高悬天空，皎洁明亮，令人神往。

再会！

其佩

1990.04.28

《世界之窗》十年

荻兄：

《世界之窗》已跨过了十个年头，你这位当年的创办者之一，现在好像变成了"遥控者"，我打电话到办公室总找不到你。

《世界之窗》当然是改革开放的产物，创办之初，谁的心目中也没有一个明确的概念。尽管出版社颇有胆识，编辑似乎心中无数。几个人各有想法，却不见得很一致，也没什么交流，那是摸索的阶段，我觉得多少有点沉闷。其实编辑刊物，只适合一二人负责，这样才能显出风格、个性。但我们现在办事，总想先铺开一个摊子，事情反而难办。

经过十年的摸索，似乎已有了一个路子。因为是一个摊子，你们也吃了一些苦头。我说，这叫自找苦吃。我看《世界之窗》有点像通俗性、社会性的翻译刊物；这就与那些偏重国际时事的翻译杂志，有了分工。

我算不上一个认真的读者，每期到手翻一翻，好像看到一个花花世界。这至少说明，你们的刊物编得相当热闹。我不知道，你们每期的栏目都是固定的，还是穿插的，我没对照研究过。

我总觉得还可多样些。如《国际刑警》和《情报与间谍》就不妨轮流刊出，这类东西太多了。又如《艺坛》，既介绍了莫斯科大剧院芭蕾舞团，又刊登了列宁格勒芭蕾舞学校，就显得单一。似可换一篇法国的杂耍或日本的剧院之类。

我还觉得你们可以增加一个心理修养的栏目。我觉得有些人总有那么点心理不平衡，缺乏自我控制的力量。心理治疗其实是门科学，不仅对个人修养有益，也有助于理解别人。世界上有许多学者研究这方面的问题，也常有通俗文章。

《书摘》是很好的，也可以用简短的文字，介绍一些国外的畅销书，了解一下外国人的阅读兴趣。国外报纸常有书评版、畅销书目，这方面的材料也许并不太难找。

你们已经打破了纯翻译的框框，刊登一些外国人对中国的印象。我觉得你们似乎也可以刊登一些中国人看世界的文章。遍布五大洲六大洋的中国人是怎样生活的，他们对所在国的印象，他们自己生活的甘苦。不知稿源是否容易组织。

介绍国外情况，客观全面是很必要的。我们也许吃了不少片面的苦头。有一个时候，我们宣传哪个国家像是天堂，生活富裕得不得了，不多时又变成苦难的地狱连什么吃的东西都买不着了。很可能都不全对。

很希望通过《世界之窗》的介绍，对国外的民情风俗有较深一层的理解。祝《世界之窗》在第二个十年更多姿多彩。

其佩

1990.05.05

喜见《巴金译文选集》

申兄：

拿着香港三联书店新出的《巴金译文选集》，我一本本地翻着。我也说不上为什么，我只是把这套十本薄薄的小书从书匣中抽出来，一本本地欣赏，除了偶尔在什么地方看两行，我并不在读，我也没有急切要读的愿望，但我止不住我的手，一本本地翻着，大约这就叫"爱不释手"吧。

咖啡色的书套，配上黑底花纹的书脊，正面印着椭圆形的书名，也说不上什么耀眼的豪华，它那沉静朴素美，使我着迷；正文的版式，疏朗清晰，也别有情趣。一本本翻过去，好像发散出阵阵书香。

这套选集对我并不陌生，几十年前我就买过，读过若干本，有几本至今还未散失。除了少数几本以外，大约很久很久没有重印了。

我记得《夜未央》，还是我读初中时看过的。我记不清怎么知道这本书的，那时却觉得非找来读一下不可。书店买不到，图书馆借不到，我——一个十三四岁的孩子，跑了许多旧书摊，终于给我淘到了，高兴极了。读后，也激动极了。可惜再后来，也就模模糊糊，书也不知给谁借走了。不知以后"文生"是否印过？

《巴金译文选集》是一套十本，但每本前面都印着相同的《〈巴金译文选集〉序》。虽说只是翻翻，我却把这序读了两遍。有些话很使我激动。老人说："我写作只是为了战斗，当初我向一切腐朽、落后的东西进攻，跟封建、专制、压迫、迷信战斗……我用自己的武器，也用拣来的别人的武器战斗了一生。"

老人不仅用自己的创作，也用自己的译文打动读者的心。作为一个小小的读者，我的心常常感应到这种战斗，对腐朽、落后、封建、专制的东西，有一种强烈的憎恨。

正是这种战斗，在那动乱的岁月给老人带来无休无止的灾难。但这也恰恰说明，那些暴虐者正是代表了那股被战斗的势力，他们就是那股恶势力的化身，妖魔鬼怪的幽灵。灾难给老人带来更大的战果，向恶势力进行了更猛烈地进攻，这就是150篇《随想录》——一部闪烁着战斗光辉，将会传下去的好书。

台湾和大陆都将出版这套选集，这在出版界是罕见的盛况，也反映了当前形势的特点。原来我听说这套选集的香港版去年底就要出的，结果是今年初出版。不知台湾版是否已经出版，没法得到信息。大陆版显然还没有出。出版界经过清理整顿，各种严肃的书一定会出得又快又好吧？

附带还要向你检讨一下关于《怀念集》的事。《随想录》中就刊有这集子的序。我这人真是太糊涂荒唐了。你太宽容了，怎么不指出呢？

其佩

1990.05.26

人在旅途

小慧：

我是读了你的文章，才看《人在旅途》的；这部电视剧，家人虽有看的，我却多半坐在另一间房子中。大作却使我有点着迷，你对黄自勤的赞美，引起我的好奇，想看看这个人物。只是也没有看全。后来，戏铺得很开，随着几条线发展，黄自勤虽然当上了苔梨园大酒店的总经理，他的戏并不太多。只是到最后，康莉已要和一个美籍华人订婚了，黄自勤才向她求爱。康莉离开了那个即将订婚的人，与黄自勤结成伴侣。十足的戏剧性。不知是否合乎你的胃口？

另一个一直在旅途奔波的倩云，回到新加坡向杜嘉南表示愿意与他偕老；嘉南告诉她，已与晓恬订婚。倩云黯然离去，又踏上旅途，飞机起飞了。这是结尾，也是片头每次出现的那架飞机。自始至终，人生不过是不停奔波的旅途。

这两幕戏是有对照性的：一个废弃了将成的婚约，与内心爱慕的男人结婚。一个信守已定的婚约，婉拒了仰慕过的女人。我想这都是东方式的恋爱伦理道德观。表面上相反，骨子里却是一致的。但也都是做戏。

我想这是一部用东方观点宣扬伦理道德的戏：善恶到头终有报、有情人终成眷属。但也有相反的场面，倩云的遭遇便是。她还要在人生旅途上奔波，寻找新的终点站，也许永远奔波下去。人生这般不停的奔波，或许正是导演主旨所在。

导演确实在表达人生旅途的奔波，其中有喜怒哀乐、甜酸苦辣。而人生是不平衡的、难测的，各色人等都跟各自的命运搏斗，有得有失。朱承和女儿命运坎坷，黄自勤与康莉结局美满。一帆风顺，却是人生少有的事。

《人在旅途》与《大饭店》似乎有点相似，因为《人在旅途》的媒介苔梨园，也是一家大酒店。但正如有人指出，两者是完全不同的。

《大饭店》描绘的就是发生在一家大饭店内的悲欢离合，大饭店是舞台中心。所有的戏都在大饭店内展开。它所宣扬的是西方伦理道德，但爱情好像不是主线。它根本是一段一段的，连接不起来。道德观却是相通的。

至于苔梨园大酒店，不过是《人在旅途》的背景，它连歇脚的地方也不是，但每个人都与它有点牵丝瓜葛；关键是旅途——人生的旅途。虽也是一段段：却是相互连接的。每个人都在自己的路上走着，停不下来。饮食男女，生老病死，创业安家，倾轧争夺，变幻多端，而这就是人生。大家只有奔波，少有欢聚一堂。因为人生必须奔波，旅途无休无止，歇下来戏就完了。未来的变化是在又踏上旅途的倩云身上。

你看是不如此？

其佩

1990.06.15

《乱世佳人》全译本

廷兄：

　　由老兄领衔翻译的《乱世佳人》全译本出版了，是一本比砖头还厚的书。拿到书很感兴趣，因为它引起我对年轻日子的美好回忆。原书我在大学翻读过。电影放映时的哄动效应，记忆犹存。当年兴奋的劲头早已趋向平淡，看到这本书的新译本感到很快慰。

　　《乱世佳人》至今在美国仍是畅销书，而作者早在 1940 年代末就因车祸丧生，终年未满半百；今年是她诞生 90 周年。她写的这本唯一的小说，却畅销半个世纪以上。电影与录相带现在还是人们喜爱的对象。

　　1940 年代初傅东华译过这书，译名《飘》。是龙门书局出的；粉碎"四人帮"后也重印过，都很畅销。傅先生中英文均佳，他与林琴南不同，是直接从英文原书译的，不过他多少也把原书与书名中国化了，虽非改译，删节处也不少。这回却是全译本。

　　这本描写美国南方农奴主的好日子"随风而去"的历史小说，内容是真实的，作者没有颠倒史实。至于她站在什么立场，那是她个人的观点。小说的情节吸引人。不知是否可以说，它鼓舞人们顽强求生存的意志。不过我可不是站在农奴主的立场。至于爱情描写当然动人，却没有黄色。男女主人公的性格，有的奇特，有的正常。一位性格幽默的评论家说斯佳丽是男人化的女人；阿希礼是女人化的男人。巴特勒当然是男子汉，玫兰妮则是贤淑女子。小说中的 4 个主要人物，都有鲜明的个性。

　　一本小说的畅销决不是偶然，《乱世佳人》销路历久不衰，说明它经得起时间考验。虽然如此，《乱世佳人》还只能算是通俗小说，不是经典作品。如要好听，是不可以给它戴上一顶"经典通俗小说"的桂冠。这有点信口雌黄了。

所以我认为你们对这部通俗小说，采用电影片名《乱世佳人》作书名，也并无不可。我颇佩服解放前翻译外国电影片名的行家，他们确有神来之笔，所用的译名既贴切剧情，又很吸引人。如把书名直译为《随风而去》，中国读者很难理解，销数也就可能"随风而去"了。

我稍翻了一下译本，觉得你们翻译的态度是很认真的，就像翻译经典作品一样认真，这从大量注释可以看出来。九位译者合译，译笔难免有些差异。但每位译者都是负责的。

译者的名字多很陌生，我怀疑他们是翻译名家的化名。在一本通俗小说的译本上，他们不愿露出真容。我倒认为他们以庐山真面目出现，对出版界可起一种扶正祛邪的作用。近些年，有大量庸俗、低级的外国通俗小说占领了出版舞台，译文又是粗制滥造，错误百出。优秀的翻译通俗小说的出版，就是一项切实的移风易俗的工作。翻译名家理应挺身而出，捍卫"信、达、雅"。

其佩

1990.06.30

《乱世佳人》以外

廷兄：

《乱世佳人》全译本的出版，曾开过座谈会，专家、学者发表了一些意见，很热闹一阵。"译文"是以出版正统文学、社会科学书籍为主的，但也翻译出版了一些通俗读物和期刊，我觉得这个方针是很好的，因为读者是多层次的；出版社有责任满足各种文化程度读者的需要。选题当然应该认真些，就如我的一位朋友所说，要出好书。

我在报上看到座谈会的发言摘要，由外国通俗小说，谈到中国通俗小说。这方面的情况我不清楚。现在确有一些人致力于这项工作，成立了专门学术机构，探讨通俗小说问题。这是符合百花齐放精神的。

中国通俗小说有很长的传统。五四以后，张恨水就是知名的一位。他的《啼笑因缘》当年流传很广，一般市民中读者甚众，还拍过电影，编成评弹等。四五年前，就听说有位西德的汉学家专门研究他的作品。现在国内好像也成立了专门研究张恨水的团体，不知情况如何？秦瘦鸥的《秋海棠》当年也有过较广的影响，曾经改编为话剧。

我不清楚的是近十多年来，我们有些什么影响较广的通俗文学作品，想来总有的，我孤陋寡闻罢了。前几年，在一般读者中有哄动效应的通俗文学，似多为港台作品，经常看到有人在读琼瑶、金庸的小说；甚至在大学生中，看这类作品的也不少。

通俗文学是应该繁荣的，也可以繁荣。严肃文学当然更应繁荣，不过读者的胃口是多样的。我们要出版一些适合一般人看的通俗小说，消遣也好，欣赏也罢，庞大的读者群有这种需要。作家和出版社有责任满足他们的愿望。

通俗文学以传奇故事、纪实小说为主，应该也有一定的艺术性。大概故事情节和人物性格是很重要的。对于严肃文学和通俗文学的分界，我也说不清，你大约是完全明白的。据说美国三大通俗小说是《汤姆叔叔的小屋》《小妇人》和《乱世佳人》。前两本书，我小时候都读过。总觉得跟我们说的通俗小说《啼笑因缘》和什么演义之类是不一样的。

《乱世佳人》可供有志写作和研究通俗文学的人借鉴。据说米切尔初写这书时正居家养病，她写作只是为了消遣解闷，写着玩的。不料一开头就不可收拾，一泻千里，满腔激情如怒潮奔腾，写成1000多页的巨著。它的获得好评，并获普立策奖，也不外是情节动人，人物勾画栩栩如生。

美国有《乱世佳人》博物馆，收藏许多种版本和作者遗物等。希望你们的全译本也能被博物馆收藏。

其佩

1990.07.08

聊以消暑

今兄：

酷暑逼人，大家都在哇哇叫，老人尤甚，睡不好，食不下。日报、晚报都拿高温做头条文章，似不多见。报上刊出如此持续高温，为一百几十年所无，又说并非如此。天气预报经常是一个有争议的问题。这大约是科学测温与人体自我感觉的矛盾吧。

你倒好，炎热天读纪晓岚的《滦阳消夏录》，不知是否感到凉意？我对鬼狐故事，不知何以不感兴趣。至今一部《聊斋志异》也没读全。

《阅微草堂笔记》小时翻过，当然也没读全。我父亲不是书生，家中没甚么藏书，那时我看的多是一折八扣的书，品种多极了，版本自然是糟透的。好在一也不懂，二也没谈什么。

我的老师推荐过这类笔记小说，大约因为文字尚佳，那时我们初中就读古文。纪昀算得上是大学人吧？类似百科全书的总编辑，博古通今。近顷对他的评价似不佳，封建伦理道德的卫道士。

鲁迅在《中国小说史略》中，对纪晓岚的《阅微草堂笔记》倒有一些肯定，把它归于《清之拟晋唐小说及其支流》篇中，位于《聊斋志异》之后，说是"纪昀更追踪晋宋志怪为书：《阅微草堂笔记》五种"。他说"纪昀本长文笔，多见秘书，又襟怀夷旷……隽思妙语，时足解颐；间杂考辨，亦有灼见。"鲁迅还指出："《阅微》又过偏于论议。盖不要仅为小说，更欲有益人心……"。

这就跟你谈《阅微》聊以消暑之余，而有所得有关了。他的议论打动了你，所以你很欣赏书中的对联："事能知足心常惬，人到无求品自高"。

鲁迅说他主张"处事贵宽，论人欲恕"；这是谈他对人际关系的看法，跟他的自我要求是一脉相通的。

你是一位淡泊的老人，阅尽人事，欣赏这样的对联很容易理解。青年人对事业的"知足""无求"，那就有点不求上进了。不过我想对联是对名利观说的。"争名于朝，争利于市"指的是旧社会的事，虽然新社会也很难彻底铲除旧社会的余毒。一阔脸就变，财大气粗的架势，我们还是可以看到的。

对己对人。纪晓岚有的话，还是未可厚非的，而且也不容易做到。俗语"知足常乐"，"无求"也是相似境界；但环顾四周，你会感到难唉！难唉！攀比之风，是很不容易刹住的，怎样能做到"知足"和"无求"呢。何况人人都有本难念的经。只有像你这样的老人，才会把它当做座右铭。笔耕 50 余载，你是可以无所求了。

至于人际关系，那更复杂得多，连领导人也在倡导新风气。我在《人民日报》海外版上看到一篇转载的文章，有一句对人际关系不满的顺口溜："1950 年代人帮人，1960 年代人斗人，1980 年代个人顾个人。"我则是采取旁观的态度，在大千世界中，有人的表演堪称绝妙，实在不想卷进去，只好"顾个人"了。

其佩　7.20

1990.07.28

从《公关小姐》说开去

小陈：

你说很喜爱看电视剧《公关小姐》，看到报刊上有些批评的意见，问我有什么看法。这可不好回答。因为我没看这部电视剧，无从说起。

对一部戏有不同的意见，比一片叫好声。要合理些。这是我的看法。报上有关《公关小姐》的文章，我倒看过一些。赞扬的，不外是喜爱看这类情节剧，听说收看率还是比较高的。批评的，多半着眼在"公关"问题上。"公关"就是公共关系，它是一个专门的学科；在工作上，它担负一种特殊的职能。"公关"和"小姐"倒没有太大的关系，这可能是持不同意见者的出发点。

"公共关系"一词在解放后，还是实行改革开放后"引进"的。它的历史要长远得多，至少有 100 多年了。解放前，圣约翰大学新闻系的学生，都要选修"公共关系"课程。有些洋化的工厂，也设有公共关系部门；当然在旧中国，这个学科和行业并未流行。

所谓公共关系，是着重对公众的理解，加强沟通，为个人、机构、团体，取得公众的善意和好感。专家们有各式各样的定义。这里抄一段英国公共关系协会下的定义给你："公共关系是为建立和维持一个组织与其公众之间的相互理解而付出的一种有目的、有计划的持续努力。"它的职能是估价公众态度，使一个机构的政策和公众利益一致。

美国波士顿大学，首先在 1947 年设立公共关系学院。1980 年代初，美国已有 18000 学生学习公共关系专业。有 4000 学生获得公共关系硕士学位。国家教委 1988 年决定，把公共关系作为一门课程，正式列入高校的专业中。现在，我国已有不少高等院校，开设了这个科目。公共关系学科包括内容很广，有大众传播学、信息学、调查研究、广告学、职业道德、礼貌礼仪、演讲学、谈判术等等。

早在 1920 年代，美英政府机构都聘请专业人员，负责公关宣传。二次大战期间，美英政府都设有公共关系局，战后更大大发展，几乎所有政府机构都建立了公共关系班子；美国议员，都有新闻秘书负责这项工作。更重要的是，它从官方走向民间，公共关系被认为是企业管理不可缺少的工具。

谈了这些，你也许可以理解，为什么有些人对《公关小姐》有意见了。电视剧重视故事性、情节性，对公共关系这门学科和职能却忽略了。我看到一位从事这方面专业的经理，就对它颇有意见，这是可以理解的。不过，如果我们把电视剧作为一位公关小姐的故事，也许可以凑合。不过它对公共关系，理解得不全面，制造了误解。

其佩　8.2

1990.08.11

天下风云一报人

枚屋：

上海酷热高温，听说北京还风凉，你可有福了。别的还好，看书就要脑子发胀，只好看点轻松的书。近日读了一本《天下风云一报人——索尔兹伯里采访回忆录》。书名是译者改的。原名《变革的时代》。从作者的经历，确实可看到一点天下风云的变幻。

索尔兹伯里早年任合众社和《纽约时报》的驻莫斯科记者，有点名声。过去我们从《参考消息》上，也可看到他的电讯。他可能信奉客观报道，有些美国人说他是"布尔什维克"，苏联人骂他是"美国间谍"。《天下风云》写的是他从莫斯科调回《纽约时报》本部以后的事。但也可看出他对斯大林统治颇有微词。

索从莫斯科调回《纽约时报》，在本市版任记者，好像只采访上面派定的专题，写过《纽约市的垃圾》一类稿件。他的文笔极活，从这段描述中，可以了解到《纽约时报》的机构、组织人事、工作方法等。也可了解到上层是怎样控制报纸的。

肯尼迪被刺那年，他正任国内部主编，这是 1963 年 11 月的事。他不在达拉斯。消息传来他正在纽约一家餐厅吃饭。书中把当时的紧张气氛，错综复杂的因素，写得颇感染人。

书中除肯尼迪外，还写了好几位美国总统：约翰逊、尼克松、里根等。

约翰逊当政时期正是美国最动乱的时候，索尔兹伯里到了河内，报道了美军对北越的狂轰滥炸。这使约翰逊大为恼火，索对约翰逊也无好感。说他"一朝得志，便集人性的嫉妒、贪婪、野心、狡诈、奸邪于一身"。

这位《长征——前所未闻的故事》的作者，对新中国还是比较友好的。他解放后第一次到中国是 1972 年。他把这一章题为《东方奇缘》，写的是他和中国的因缘。早在 1920 年代末，他就对中国感兴趣。斯诺是他的好友，他读过《西行漫记》，知道中国红军的长征，后来长征的故事，成为他"生活中的一件大事"。

1949 年，他就试图了解新中国；1960 年代他从锡金出发，绕着中国边界旅行一周。进入新中国，又是多年以后的事了。

索写周总理那章的标题是《智勇双全周恩来》，写尼克松的标题则是《莫测高深的尼克松》。由此也可看出他的态度。他还访问过宋庆龄、邓小平等。书中各章颇有一些珍闻秘史。

本书译笔流畅，读起来一点不吃力，但也有常识性错误，把上海的国际饭店，译成"公园饭店"，可能是译者都居北方，对上海不了解。索也夹缠，说国际饭店后改名"和平饭店"，真是张冠李戴。

其佩　8.5

1990.08.18

了解"老外"

信兄：

由你建议出版的《外国人丛书》，我看到了三本：《美国人》《法国人》和《德国人》。早几年，还看到《日本人》，是老资格外交家、美国驻日大使赖肖尔著的。我在书店看到过一眼；过了时去买，已没有了。我有的三部书，印数也都不大，每种2000到3000册吧？读者是很不容易买到的。印数少，定价必然高，形成一种恶性循环。

这些书的原著者虽然都是专家学者，在国外却是畅销书，适合一般读者了解情况、增长知识阅读，并非供专门研究的作品。它们属于通俗读物，不是学术专著；未能广泛发行，不免是件憾事。

对于"老外"，应该说我们所知不多；看到的多属表面现象，对于一个国家人民的共性和特点，都缺乏较多的、深入一点的了解。

我们自从打破闭关锁国、推行改革开放政策以来，跟外国人的交往日益增多；但我们对于外国和外国人的认识和理解，是不也随之增多呢？我没资格回答，只好存疑。

关于法国人，我们到底有多少认识？街上看到的是棍子式的法国面包，还有几家以法国西菜号召的餐馆。"典型的法国人到底是什么模样？他们的思想感情、言语举止、生活方式，有哪些特点？"今天的法国人"怎样看待人生、恋爱、婚姻、家庭、事业文化教育以及宗教信仰诸类问题？"《法国人》一书就像一面多棱镜，为我们折射出五光十色的画面，为我们刻划出法兰西民族的特点。读了本书我们好像看到了活的法国人。

《美国人》则是三卷本的巨著，它以历史资料和生动文笔，"描述了一幅两百年来美国历史、政治、经济、文化以及社会的今昔变迁"。

有些章节的题目就很吸引人："无法无天的执法官和正直可敬的亡命徒""开发联邦商品：离婚和赌博""大街的没落""墙壁变成窗户"等等。它告诉读者：美国石油是怎样发现的，著名百货公司是怎样发家的，圣诞节怎样成为最大的消费节日，甚至还有口语怎样打破了文法学家的清规戒律。

《德国人》可能更引起人们的注意，因为两个德国终将实现统一。这书像是一本旅游指南，"介绍了德国的民族、宗教、货币、妇女、大学生、军人、文学与社会等等"，读来趣味盎然，如临其境。

尽管各书的作者有他们自己的立场观点，但对我们了解"老外"，确实很有帮助。你作了一个很好的倡议。希望它们都能畅销。

其佩

1990.08.25

《豪门秘史》以外

寂兄：

久疏音信，只听说你搬出阁楼后，已两次乔迁。现住高楼上，可惜我不知是几楼几室。大作倒读到一些，最近的一篇，就是报上连载的《豪门秘史》。

这是有关哈同的故事。这个英籍犹太人，近十年来也算热门的题目，确也值得写一写；他的发家史，可以作专门研究，让人们知道什么叫帝国主义，什么叫租界。你是行家，搜集了大量资料，应该是很有权威性的。

哈同是典型的外国冒险家，当年他是到上海这个乐园淘金的。这些外国冒险家，仰仗帝国主义的势力，来上海淘金，可算得其所哉。这与今日竞相去国"扒分"的，可大不相同。比较起来，"扒分"者是很艰辛的。归来以后，好像口袋也装得满满的，他们在国外却永远成不了豪门巨富。哈同当年在上海的权势，炙手可热。

哈同的一切，也随着帝国主义势力在中国完蛋而消失了。那富丽而又衰败的花园早已无影无踪，尸骨全无。当年他从国外进口红木，在南京路外滩附近铺设的马路，也已没有了。

你还记得从前的有轨电车吗？那是租界时代铺设的。从外滩到静安寺应是直线的，如现在的20路电车。但当年的有轨电车，到现在的石门二路就转弯，改在北京路上行驶。这就是绕过哈同花园，免得有轨电车的吵杂声，惊扰了园中人的好梦。你看哈同的气焰有多盛！

哈同1930年代初去世后，已陆续有人揭开他那神秘的面纱。可能格调不高。孤岛时期，朱石麟还拍过一部以哈同为背景的电影，可惜我将片名忘了。

我看到的有关哈同的材料，以李恩绩的《爱俪园梦影录》，写得最为生动翔实。他是园中人，尽管是微不足道的，但所写的却都是他的所见所闻。当然在文坛上，几乎没有谁听到过李的名字。

《梦影录》得以流传，是柯灵先生的功劳。抗日战争时期，柯灵主编过上海唯一的民间刊物《万象》。他从旧稿中发现李恩绩住在爱俪园中，就建议他就地取材，写些有关文章。这就是后来在《万象》上刊出的长篇掌故《爱俪园——海上的迷宫》。连载不到一年，作者就搁笔了。这是迫于生计，无可奈何的事。

六七年之后，柯灵接到李恩绩从绍兴寄来的《爱俪园梦影录》，与《迷宫》不同，是另起炉灶重写的。不过这书当时是无法出版的。柯灵是个有心人、热心人，他当编辑的年代，一贯认真处理投稿者的原稿。这部稿子，他保存了30年，终于1984年，由三联书店出版。此前还在香港《文汇报》的周刊《百花》上连载过。有关哈同和哈同花园的第一手材料，现在可能所存不多了。这书也就显得特别珍贵。

其佩

1990.09.01

看武侠小说

今兄：

酷暑接到大札，说是近几个月一直在收听电台播出的《白眉大侠徐良》，很少间断，颇感兴趣。你说小时熟读《三侠五义》《小五义》《续小五义》，对一些大侠钦佩已久。你认为小说神话最有趣，明明知道"众侠力破七星楼""群贼大闹开封府"是假的，只要不逼着你去相信它们是真的，兴之所至地听下去，就满意了。任何小说，都是虚构性作品。虚构得有趣，有些读者就很高兴了。对消遣性作品，大约也只有这样一点要求。

《三侠五义》类的小说，总是半个多世纪前使我们着迷的。鲁迅在《中国小说史略》中，也给这类作品一席之地，称之为"侠义小说及公案"，还说这类作品"大自在揄扬勇侠，赞美粗豪，然又必不背于忠义"。

说来也巧，今夏我也看了几部武侠小说，一是因为天气太热，找不到书看；二是受几位青年朋友的怂恿，劝我看一下。我看书很杂，也很不用心，什么书都看的，只是武侠小说可很久很久不看了。

新派的武侠小说跟《三侠五义》或《江湖奇侠传》一类的作品已有很大不同。作者有较丰富的文史知识，文字也写得颇干净。它是现代通俗小说的一个支流；不像过去所说的新小说、旧小说那样，有强烈的反差。因为它们都重视人物性格的刻画。情节曲折生动、跌宕起伏，能吸引人读下去。

武侠小说有相当多的篇幅是打斗，我不感兴趣。我觉得都相当程式化，就像电视剧或电影的武打场面，由人设计那么几套路子，看过两部，就会感到大致雷同；即使在同一部书中，前后武打，也常常是同一个套套。它们多着眼于内力。还常常有个什么"秘籍"传授高强武艺。

我感兴趣的是人物性格的塑造，不过他们也都是相当单纯的，还未脱掉鲁迅所说的"勇侠""粗豪"和"忠义"。有的书对爱情的描绘已近于刻骨铭心的忠贞。

不过武侠小说，说到底只是消遣性作品，这样说似没有贬低的意思。任何一种艺术形式，如果能给读者或观众，以娱乐消遣，也是完成了一种功能，这也并不容易，我们常看到一些索然无味的作品，那就叫失败。一个作品能使人看得津津有味，或是在高温或无聊的辰光，能供人消磨时光，也未始不可算是一种成功。

我有位青年朋友，分析研究武侠小说，著书立说，也是各有所爱，在看书之类上，是不必强求一律的。

其佩

1990.09.15

绅士淑女图

东方兄：

最近看到《中国现代文学史参考资料》收辑的海派小说专辑一套十本，作者和书名多还有点印象。它们都是三四十年代在上海出版的；作者"都以上海人的眼光和心态写上海滩的形形色色"。是由上海书店出版的。这家书店在影印各种资料方面，确实是很有心的。在文学方面，它影印了各种流派，但长期被忽视的名家的作品。海派文学是属于通俗小说性质的，作者在文坛上多算不上名家，但这种"渗透着洋场气息和浓郁的上海风味"的故事，在当时和以后都有一定影响。

我想到前几年陆续出版的《上海抗战时期文学丛书》。好像出了四五辑，作者多是名家，作品多有那个时代的光影，属于严肃文学一类。但是由外地出版社出版，大约是由于发行的原因，虽没有出齐，却似乎出不下去了。这是很可惜的。就是这类作品，在极"左"路线下，也是不许出版的。现在有了出版的条件，却出不齐。这就有个出版社的眼光和魄力问题。当然我也不想抹煞经济原因。

出版海派小说更要有些魄力，这些作品在文坛上评价不高，但它们也是一种客观存在，有自己的影响。近几年，在几位热心者的鼓吹倡导下，海派小说算是站住脚了，而且没有受到歧视。只有各种流派、风格的作品，都有生存的权利，才说得上百花齐放。既叫百花，就得争奇斗艳，有雅有俗，各得其所。

写了这么些空话，是因为我在海派小说专辑中，看到尊作《绅士淑女图》。说实话，尽管这些小说当年曾跟我有点因缘，我可一点印象也没有了。所以又翻阅了几篇。它们反映的是一种消逝的生活，存有那个时期的生活遗迹。

现在流行不少洋化的字眼，绅士淑女之类的话，却已不再用了。那种风度大约也不再重现。穿几百元一双的鞋，打上百元一条领带的人，你靠近一些，就可听到他们是满口粗话。至于在家里举办舞会，从前虽也不多，现在可更少更少了。

我读了集子中的一篇《忏情》，这是反映那物价飞涨、一个职员的家庭关系。用现在的话，就是和第三者的关系。这类故事在当时算不上新奇，现在却不可能像老样子那样重现了。

小说有很多对白，而对白都是上海话，别有情趣，你可能是别出心裁，很用了一番心思。我却像看到了当年小市民的家庭生活和男女之间的种种。你所反映的生活，已成了过去，而大作却流传下来。这一点使我高兴，这信就算是祝贺吧！

其佩

1990.09.22

《旧梦》重温

维兄：

"夏衍文学创作生涯六十年展览会"最近在上海举行。像我们这样年纪的人，知道夏衍的名字，多半是在他写《包身工》的时候，这也是 50 多年前的事了。这篇文章大约是中国最早的正规报告文学，刊登在《光明》杂志上，很引起一点轰动效应。除了《光明》以外，当时还有几本著名的文学刊物，如《中流》《文丛》《作家》等；在北方有《文学季刊》，搬到上海后，就易名《文学月刊》了。记忆夹缠，我说的也许不准。另外还有一些左翼作家办的文学杂志，往往出一二期就被迫停刊了。

1930 年代的这些文艺刊物的风格，在解放后都得到发扬，如《人民文学》《上海文艺》(《上海文学》)及各省出版的文艺月刊和大型文学刊物《收获》。到了动乱年代，都"荣获""三十年代文艺黑线"的"罪名"统统夭折了。直到粉碎"四人帮"、十一届三中全会以后，又都苏醒。像《文学季刊》那样的大型文学刊物，除了《收获》复刊外，还有许多新的发展。

写了几句就扯远了，有点怀旧的味道。我想跟你说的是柯灵同志在这个展览会上作的开幕词，这是一篇富有深情的讲话，不是一篇应景文章。它使我回忆起在 1930 年代，一个少年的心灵中，对文坛论战的困惑。

柯灵说：当年"左翼文化运动的功过得失，有待于实事求是的科学总结。谁也不能否认它们在历史进程中巨大的推动力，也不能无视它们已经产生和可能还将发生的消极影响力。"

柯灵同志很推崇夏公写的《懒寻旧梦录》，并建议没有读过的人找来读一读。这书我几年前是看过的，这回又找出翻了一下，看的限于有关"左联"的一些篇章。

近十年有关"左联"的文章，已发表了不少。我所看到仅是《新文学史料》所载。这本刊物很重视收集这方面的资料，几乎所有的权威人士、有关人物都有回忆录发表。是不是已有人写出或将写出"科学总结"，我孤陋寡闻就不知道了。

《懒寻旧梦录》中所记夏衍这个时期的活动，给我的印象，他是位职业革命家、而不是职业作家。他参与了当时文化界的地下领导工作。当年的文化界、文艺界的工作，他是直接参与的，所记是第一手材料。关于"两个口号"的争论，他就说得比较明白，那是地下时期，隔阂与误会造成的。当然文学史家还可以根据多方面的资料，进行"科学总结"。关于所谓"四条汉子"，他也有婉转的说明。

使我惊异的是他在记述 1930 年代文化界各种大事之际，笔头一转，替"反动文人"曹聚仁平反。我只知道曹聚仁的名字，并没读过他的作品，也没有什么好恶。但对夏公这种实事求是的精神和勇气，我是感动的。

其佩

1990.10.27

读《海上乱弹》

晓江兄：

你信奉"几分耕耘，几分收获"，鄙视五花八门的秘诀，这是有道理的。而你正是勤劳耕耘，取得丰收的人。我对你印象最深的，是你从团校调到报社的时候。我不知那时你是否信心十足，但我看到你虚心探索的神情。你不自满，埋头学习。你说你研读林放的杂文，吸取教益，这是真话，我看到的，当时你也跟我说过。正是这股劲头，在"文革"前，你的文章已满天飞了。后来你成为名家，大名可以列入什么名人词典中，我倒是没有什么印象了。

这是我拜读你第七个集子《海上乱弹》引起的一点回忆。我与青年交往有限，很少见到像你这样切切实实，一步一个脚印，向前迈去的人。也许是人的"聪明"还是什么，似乎总喜欢走捷径；耍花巧，舞弄一番花拳绣腿，也挤入名人之列。

我觉得菡子同志对你的文章有透彻的了解，公允的评价。她写这篇《序》是很认真的，不是应景。她说尊文"言之有理，说得恳切"。又说"读曾培的文章，能懂。并感觉得到他的激情。""无事不深思、无时不探索"。

我想这就是你为人作文的特点吧。你重视逻辑思维，重视说理，所以读尊文，总使人想一想。你的文章，意思总说得很明白。没想到在"浩劫"的岁月中，竟也受大字报的围攻。我跟多数人不同，对那些铺天盖地的大字报，基本上是不看的。因为我很早就感到它们都是谎言的堆砌。对于"羊棚"，我也一无所知，我仅知道"牛棚"，后来我发现蹲过"羊棚"

的人多气乎乎的，甚至超过我的"牛友"。读了你写的《跋》，才知道"羊棚"与"牛棚"也不过是五十步与百步而已。那种生气也可理解了。

你说的"空孕"，我已没有印象，对这题目我也不懂。这回看了《海上乱弹》，读到《少一点"空孕"》，才算明白。又感慨于这现象隔了那么多年仍未消失。我认识几位名人，他们最怕的是应酬。可是有人给硬推着，硬牵着应酬。当然也有精于花拳绣腿的人喜欢这一套。你是有理由呼吁"踏踏实实下点苦功为好，不要华而不实，脆而不坚"。你在这本文集中第一篇文章《想起华威先生》，说的也是这个问题。虽然对象不同，意思则一样。你一贯提倡切切实实做点事，不要闭着眼睛说空话。

现在社会上提倡干实事，老百姓也欢迎实事。我们吃空话的亏，够深够深了，真应该老老实实的接受教训。有时想到那些喊得震天响的话，心里真不是滋味。巴金老人以巨大的毅力写了150篇《随想录》，他只是苦口婆心地劝告人们：说真话。

其佩

1990.11.10

讲点租界史

纯兄：

在报上看到一篇题为《匡正时弊话世风》的访问记，是一位老杂文家的一席谈。他感慨良多，但首先反对的是洋奴思想，他说"崇洋思想滋长着社会风气"。这话不假。

改革开放政策把封闭几十年的大门打开，洋的东西一涌而入，这是合乎情理的；国际贸易本来就是有来有往的。但崇洋思想、洋奴思想则是另一回事，这是沉滓泛起；在我们这种久居上海的老年人看来，某些人的行径，甚至有几分于今为烈的味道。前几年一些人士戴太阳眼镜，把外国商标仍原封不动地贴在镜片上，真是见所未见。报刊上对这种现象也嘲弄过一番，但并未能动摇部分人的洋奴思想，他们已是洋迷心窍，需要拯救灵魂了。

这需要用教育的方法来解决，长期的、多方面的、正反的教育。近些年我们重视爱国主义教育，还得持之以恒，再加把劲，多一些方法。杂文家提出 个论点："反面教材的教育不应被忽视"。找也赞成。我们讲辩证法，事物都有正反两面。

了解国情，就得了解鸦片战争以后，中国长期遭受的屈辱史。了解上海，也该知道一些上海的租界史。旧上海号称十里洋场，可见洋气十足。洋奴也由此而生，洋奴思想随之蔓延。时至今日，沉滓竟然泛起。

上海的租界始于 1845 年。英法美租界强建于 1854 年。帝国主义者开始在租界内设巡捕，征税收，成立工部局，对中国居民行使司法权等，实行殖民主义统治。租界也就成了洋大人的天下。

最早的租界占地不过 800 多亩。我们于 1930 年代刚上中学的时候，只知道愚园路是越界筑路。其实越界的历史早得多。开始于太平军进军上海期间。现在的闹市中心南京西路，旧名静安寺路，就是 1862 年越界筑成的。后又向两侧扩展，修筑爱文义路（北京西路）、派克路（黄河路）、马霍路（黄陂北路）等。南侧的跑马厅也是这时期兴建的。原先曾在河南路、浙江路建过两个跑马场。派克路的名字，就是来自英国领事馆的一个小小侵略分子，因为他对越界筑路"有功"。

讲一点租界史，让人们知道往日的屈辱，能够增强人民今天的振奋精神。也许能使少数以崇洋为荣的人，有几分羞耻心。

上海市地方志办公室在整理上海史料方面，默默地做了不少有益的工作。不知是否打算写些上海租界史一类的小册子，不妨顺笔扫一下洋奴气。画家们也可画点讽刺画，如《洋奴群像》《西崽百态》之类。

中国人是有民族自尊心的，应该把少数人的洋奴气搞得臭不可闻。

其佩

1990.11.17

《陈虞孙杂文随笔选》读后

镗兄：

蒙赠《陈虞孙杂文随笔选》，谢谢。许多年来你深受陈虞老的教益，深感老人对后辈的亲切关怀。现在他在病中，你又代他赠书了。

解放初期，我与陈虞老小有接触，也觉得他为人平易；初次见面觉得他有点严肃，谈话中却常夹几句笑话。粉碎"四人帮"后，随朋友往访，他心情大好，笑口常开。也许因为有朋友在场，也许由于他更多了几分老人的天真。现在听说他住院多时，不知是否好转？他差不多是世纪同龄人了。

陈虞孙同志写杂文、随笔的历史很久，是前辈。好像他写文章用化名的时间较久，只是在十一届三中全会以后，多署本名。

我印象较深的是"文革"前一二年，他化名在《新民晚报》副刊《繁花》上写过一篇《钟馗捉鬼》，绝妙。是谈文风的，反对长而空的文章。不料风暴一起，恶浪滚滚，这篇文章成了罪恶滔天的"大毒草"。这是那时的风尚，什么作品在一夜之间都会成为"大毒草"。自此以后，我对于"文字灾"，对于"欲加之罪，何患无辞"，也有了深一层的认识。甚至连"四"字也不能有什么微词。因为"宝书"恰是四卷。如果说有"四"样坏东西，就是反对"宝书"了。狂热和迷信使人陷入愚昧与无知的泥潭。

《陈虞孙杂文随笔选》都是短文章，似乎有相当多篇是在复刊初期的《夜光杯》上发表的。

也有些文章谈到文风，有几篇是专谈短文的，如《读短文选编有感》，就建议选编一些历代短文，供今人参阅。

陈虞老并不是把长文一律打倒，也不是说短文都好，他在《韩愈的一篇短文》中，就点破这位唐代大家所写的两百字的铭文，空洞无物，如同肥皂泡。

更有趣的是他为了反对皮不着肉的感言文章，干脆抄了一篇也只有两百字左右的《爱因斯坦:〈对一群儿童的讲话〉》，作为儿童节感言。当然这是属于老人的幽默，不能照搬的。

选集所收文章，谈论的面相当广，有游记，有文史;有忆旧，有谈今。给我印象深的是谈知识分子问题，可能因为作者也是此中人，深知知识分子命运的多乖。《帽子的折腾》《陈毅同志的警语》等，都是专门谈这方面问题的;写作时还是 1980 年代初期，距十一届三中全会不过数年，"内乱遗毒远未肃清，党的尊重知识、尊重文化、尊重知识分子的政策还遇到阻力。"现在又七八年过去了，情况也有变化。

祝陈虞老早日康复。

其佩

1990.12.15

一个被遗弃的人的遭遇

枚兄：

电视连续剧《围城》我是看的，你没说错。我想千千万万小说《围城》的读者，这两星期都会坐在电视机旁观看这部连续剧。我也同意你的看法："黄蜀芹拍得很好。这部小说连我们这样的人也不一定看得懂，而黄能把一部学者小说，变成一部大众欣赏的电视，很不容易了。"这大约是家学渊源，将门虎女吧。我还想附带说一句，参加拍片的所有的人，都是很认真的。

看完了，我想到的还是小说。这部充满妙语、典故和富有幽默而又机智语言的作品，催着我们读下去，不暇稍作停留，品味一番。这就很难充分领会它的深刻含意。四十余年中，读过几遍，只记得故事的表层。

首先想到的还是小说主人公方鸿渐。不知是命运的捉弄，还是作者的安排，我感到他是一个被遗弃的人。男人遗弃女人，女人也照样遗弃男人。朋友之间也有人背信弃义。

方鸿渐在回国的船上，就有了风流韵事，给鲍小姐勾引上了。可是船到香港，鲍小姐对他冷漠无情，急切投向半秃顶的黑胖子怀里，不屑回头看一眼，任他"凭栏发呆"。不是一出场，戏还未演，就被遗弃了吗？

接着上场的是苏小姐和唐小姐。方鸿渐对活泼可爱的唐小姐是倾倒的，结局是不欢的。唐小姐听信了表姐苏小姐的话，拒绝了方鸿渐，遗弃了他，跟着父亲到重庆去了。

那末还有苏小姐呢？是方鸿渐拒绝她的爱的。苏小姐是个够厉害的人。她转眼就变成了曹太太，这报复来得真快。更不要忘了，后来在香港的重逢。苏小姐对方先生和方太太的傲慢无礼，你能说得清是谁遗弃谁吗？苏小姐像没事人儿似的，高傲地去了，而方鸿渐呢？"郁勃得心情像关在黑屋里的野兽，把墙壁狠命地撞、抓、打，但找不着出路。"他是为今昔大不同的变化而伤心，也是发泄被遗弃的悲哀。苏小姐不会有这种悲哀，只有胜利者的傲慢。

最后，他的太太孙柔嘉不告而别，拎着一只箱子走了。这个唯一跟他缔结良缘的女人，也名正言顺地遗弃了他，留给他的只有祖传老钟的"当、当"声。

在职业上，他的丈人婉转地辞退了他，丢掉了在小银行的差事，连丈人家也无法再住下去了。后来到三闾大学，混了一年，也被解聘了。在职业上，方鸿渐也成了被遗弃的人。

方鸿渐的出路在哪里呢？去重庆吗？去得成去不成，很难分晓。就是到了重庆，赵辛楣是否会变卦，也把他遗弃呢？在重庆跟唐晓芙重逢吗？她已变成了某太太，一个新生儿的妈妈。

方鸿渐注定被遗弃的命。我的话，近乎胡诌，就算怪论吧。情场也罢，谋生也罢；逃出来，冲进去；冲出来，逃进去，方鸿渐都是个孤寂的失败者。

其佩

1990.12.22

岁末琐语

梅兄：

1990 年代第一年又快过去了。年终总结，个人有些什么收获呢？实在谈不上。写了几十封信，自己都不想再看一遍。读了几本书，都是随手翻翻，杂乱得很。老人的生命，剩余无多，留下的只有回忆。

近日看到《张学良访谈录》，是他接受日本 N.H.K. 电视台访问的谈话，一下子把我带回少年时代。这位九十岁的老人，多少年来第一次开口，他是把往事讲给日本青年人听的。他的主旨是说"我是中国人"。他谈得好。

当年我们虽是孩子，但已经知道这位少帅的不抵抗政策是奉蒋介石之命的，对于"西安事变"是很赞赏的。后来的团结抗日，是很得人心的。那已经是"一二·九"后一年的事了。抗日救亡的呼声，响遍祖国大地。"西安事变"是有历史意义的，张学良是个历史性人物。史学家会有所评说。

不久前重看了小说《围城》，因为报上说电视剧已经拍好了，就找出来翻了一遍。这小说写的是抗日战争时期的事，对一群国外归来的留学生进行了嘲讽。看到张学良说："我是中国人"，我却联想到这本小说。这联想是没头没脑跳出来的，没有逻辑性可言。

最近还重看了巴金老人的《随想录》，这是一本我常常翻翻的书。这本书，倒有"我是中国人"的呼声。也许我说得不准。《随想录》谈解放后许多事，主要的是谈"文革"中的一些事。作者充满了对祖国的爱。

读了《张学良访谈录》，看到"我是中国人"的话，又联想到新近重读的两本书，也许是老人思想的跑马，你觉得跟不上吧？这并不是逻辑性的思维。

知识分子对祖国的爱具有普遍性，他们的命运是和祖国紧密相联的。从抗战前夕，到抗日战争；经过解放战争，又到新中国成立，大家关心的都是中国的独立与繁荣富强。这是一条很长的路，也是不平坦的路；而我们已从少年到老年。张学良更已九十岁了。

两岸尚待统一，张学良还在对岸；祖国可发生了很大的变化，知识分子经受了考验。他们的"我是中国人"的心是坚强的。

读今年最后一期《新文学史料》，看到两篇文章，一篇是谈俞平伯的，一篇是谈胡风的，都是他们家人写的，他们的遭遇是很惨的，胡风更甚。胡风解脱后，一度发疯，读之令人心碎。这是震动五十年代初期的两件公案。两位在"文革"中历尽磨难，最后还是得到了公正的评价。历史会记住他们。

其佩

1990.12.29

访德随笔

送行的先生与来接的女士

　　6月3日中午联邦德国大使馆参赞陆伯赫博士和他的同僚，为我们四个应邀去西德进行考察旅行并去西柏林参加地平线文化节的人饯行。席上交给我们一份活动日程表，还有一本像小册子般的机票簿。

　　下午七时我们到达首都机场，大使馆的一位先生已经等候在那里，说是要亲眼看我们上飞机，他才放心。他一个窗口一个窗口协助我们办手续，还陪我们到汉莎航空公司窗口，帮我们交运行李。特别关照，行李要运到汉堡，而不是运到法兰克福，这样就减少了我们转运行李的麻烦。这趟班机的终点站是法兰克福。这点窍门我们倒是真的不知道。汉莎公司的工作人员似乎也没闹清，弄错了标签，这位先生也纠正了。真是个细心认真的人。

　　碰巧联邦德国大使也乘这趟班机回国，他也为我们作了介绍。当时正是我国总理访问联邦德国的前夕。但我没问大使先生是回国公干还是回去度假。前几天总理从成都飞回首都的时候，我在电视上看到大使先生也在机场迎候，他已回任了。

　　到了最后验查护照的地方，大使馆的先生必须止步了，我们道了再见。偶然之间，我发现大使先生排在我的后面，我请他站到前面，他说不行，我们是他们邀请的客人，理应站在前面，我心想，在北京，大使先生应是客人，但也没说。只说了一句感谢大使馆先生协助的话，他说听了我的赞扬十分高兴。似乎我们都在搬弄"外交辞令"了。验查护照的工作很快进行完毕，猛回头看到那位大使馆的先生还站在远处，望着我们向班机走去，还向我们招手，我立即回手招呼。他果然要亲眼看我们走上飞机。

他确实给我一种认真负责的印象，并不是干一件例行公事。

汉莎班机下午八时半飞离首都机场，中途在卡拉奇稍停加油，并有一些当地人上机更换物品并做清洁工作。于当地时间上午七时一刻到达法兰克福。由于时差的关系，实际已飞行了十六七小时啦。

按着活动日程表，说是有"国际交流处"的人在机场接我们，但我们不知是谁。随着旅客下机向出口走去，没走多久，一位年轻的金发女士迎面走来。她用一种洋腔较重的普通话问："哪一位是马先生？"她是在找我们的领队马达同志。虽说是有大群大群的旅客，寻找四个中国人还不是太难的事。第一次相逢，她就给我们一种友好的印象。在整个旅程中，我们都学着她的腔调称呼"马先生"，在异国他乡，这种小小玩笑，也给大家带来了几分乐趣。

金发女士的德文卡片上印着：

巴巴拉·施密特，

汉学家。

1985.06.30

关于施密特女士

巴巴拉·施密特女士是海得堡大学的教师，教中国历史；又是学生，她在读硕士学位。她还是法兰克福"国际交流处"的雇员，但只有有工作的时候，才有工资。这一回，她就是受命接待我们四人。等我们回国以后，她的银行户头上会增加一笔收入。

法兰克福机场相遇以后，我们住宿、吃饭、访问、旅行等等，都由她带领，安排得妥妥贴贴。她曾在上海一所大学工作学习过一年多。今年26岁。不知谁问她，她自己回答的。我说："问西方女性的年龄不是不礼貌吗？"她说："没关系，我是青年人。对年纪大的人，最好不要问。"一次在百货公司化妆品柜前，又有人问："你们买化妆品开销很大吧？"她说："哪里，我们三姊妹一年只用一瓶香水。"她特别强调"一年"两字，还笑笑说，"年纪越大，用在化妆品上的钱越多。我们年纪轻啊"。惹得大家都笑了。同志们对她印象都很好，一位女同志说："施密特有东方女性的温柔。"后来我们离法兰克福回国，在机场告别时，我们的女同志上前与她拥抱道别，施密特的眼圈中闪烁一片惜别之情。

施密特姊妹三人住在海得堡，还有一位朋友同住，共有五间房子。相处较熟以后，她很想邀我们去她家访问，可惜日程上没有，我们都无法安排。

施密特为人坦率，告诉我们，她父母已经离婚。两人都再婚，但又已离婚，现在分住在离海得堡不远的地方。她们姊妹还常去拜望父母。施密特很喜欢外婆，却不喜欢祖母。因为她小时候，祖母常对她说妈妈的坏话，在她幼小的心灵上，留下很深的创伤。

有一天中午，我与她闲谈，她说过大约是西德年轻女性的想法。她说，她们不愿意像母亲辈那样，依靠丈夫生活，她们希望自己能够独立，所以她们很重视学习，要有一技之长。在海得堡大学，她主要是完成自己的学业，在学校教中国历史课，在"国际交流处"兼职，都是完成学业的手段。所以她自称是学生。

她还说：她们这一代人，看到父母辈的婚姻生活，有许多并不幸福，所以她们不愿轻率结婚。首先她似乎认为学习占第一位。其次她认为，如果不想生孩子，不一定结婚。她说，她们认为同居并不存在什么道德问题，这是一个试验的机会。双方合意，又想生孩子，过几年就可以结婚。不合意，分手也很方便，不会横生枝节，有许多麻烦事。她说得很平易。我想，这是战后西方青年男女思想变化的结果。她说，不合意的婚姻不如离婚的好。我说，中国夫妻有裂痕，总有人出来调停，希望不要破裂，离婚是万不得已的事。在道德伦理问题上，不同的社会有不同的观点。

1985.07.01

研究"五讲四美"的博士

　　这次去西德，三进三出欧洲空中交通枢纽法兰克福。一来一去，这里是必经之地。第二回，是从汉堡回此，参观歌德故居；然后乘火车，顺着莱茵河前往波恩，沿途欣赏河畔的美丽风光。

　　第二次到法兰克福是一天的下午六点多钟，我们正在旅馆大厅填写旅客登记表，因为是外文的，大家不免议论几句。背后忽然有一位男子用相当流畅的汉语，告诉我们应该怎样填法。心想不愧是家著名的国际旅馆，竟有会说中国话的工作人员。马上又觉得不对，敏感的同伴已经察觉了秘密：他是施密特女士的朋友。

　　他用中文写下自己的名字：恩勒特博士，海得堡大学中文系。我没问是不是教授，确实是一位汉学家，对当前中国的情况十分熟悉。我们一起去吃饭，谈笑甚欢，晚饭一直吃到十一点钟，是整个出访期间，吃得时间最长的一次。大家感到应该让他与施密特女士单独谈谈，才宣告退席的。他是来看望施密特女士的吧？可也确实向我们表达了友好的欢迎情谊。他从海得堡驾车来，约需一个多小时。公路上的车速常在130公里以上。

　　恩勒特的博士论文题目是：《历史上妇女的地位》，他是汉学家，探讨的中心大约是中国妇女。他曾多次来中国，有一次还作为施密特总理访华的随员。

　　西方老一代的汉学家研究的多是古典作品，海得堡大学中文系现在还教授《庄子》，在书店里我看到好几本探讨《老子》的作品。这回遇到的几位年轻的汉学家，注意的多是当前中国的现实问题。也可以说他们更重视政治动向与发展。他们与记者不同，主要从中国报刊、书籍上寻找研究的课题。生活在不同的社会制度中，站在不同的立场上，看法与理解的差异，是无可避免的。但我觉得他们的态度是严肃认真的。

恩勒特博士对我们提出的爱国主义口号，就有很大的兴趣，认为是"文革"以后的一种变化。他用极有自信的口吻，阐述了他的观点。我们都以礼貌的态度谛听，没有表示同意，也没有争论。一定程度的沉默，可以较准确地了解对方的观点。人与人相处，首先要了解。

我问他现在研究什么问题，他给我写了几个题目，第一个就是《五讲四美》。这是大大出乎我的意外的。他当然不会研究要大家都会说的十个字。恐怕是研究：为什么提出这样的口号，要达到什么目的，现在的情况如何等等。我在书店还看到一本论述中国军队力量的书，封面设计上有三个中国字："全无敌"。这三个字，大约不是书的主题。但封面采用的复印原字，说明作者与封面设计者确实了解一些中国情况。我在联邦德国碰到的汉学家，与过去有些不着边际的"中国通"，有明显的不同。

1985.07.04

再记恩勒特博士

第二次遇到恩勒特博士，是我们飞回法兰克福换机回国的时候。我们在这国土上，只有最后两小时的停留了。

下机后领好行李出来，恩勒特已等在那里。这个机场之大，孤陋寡闻的我，是无法比较也无法形容的。我只是奇怪，三进三出怎么都没一点差错。我们先请他把施密特女士的行李，送到汽车上去。他推起行李车，似乎在跳欢乐的舞步，可见内心的喜悦。这回我可以较有把握地说：他是来接施密特女士的，也是来为我们送行的。

他回来后帮我们办好托运行李回国的手续，领了登机证，就去机场餐厅吃晚饭。因为时间关系，饭吃得比较匆忙——也有个把钟头，话倒说了不少。我们与施密特女士已经很熟了，跟恩勒特博士也有了点旧友重逢的样子。双方似乎都无拘无束。

这次谈话，讲中国的比较多，谈联邦德国的比较少。他对我们未能去海得堡访问也表示遗憾，说是我们应该提出，与一般的德国人应有较多接触的机会，多了解 些西德人民的生活。我们告诉他，这次是应邀参加西柏林的"地平线文化节"的，只是顺道访问联邦德国。施密特说如果她当总理，再请我们来（这是说笑话，施密特女士与西德前总理同姓）。恩勒特说，她不是想当总理，她要当女王。大家大笑。恩勒特说的是中文，施密特女士没有听清楚，问我他说什么，我给翻译了。她举起手要打恩勒特，博上立刻举起双手投降，并说："现在不要打，现在不要打！"我看恩勒特不过是 30 几岁吧。施密特女士说，她一点儿不想当总理，倒希望能当上一名教授。

施密特女士说，她在中国的时候，有许多人问过她，看了足球比赛的电视转播后，本国足球队输了，是不大家都把电视机摔掉。她说她很奇怪，为什么有这么多人提出这个问题，她在西德从未听说过，也没有看到过这种事。我也不知怎么回答好。

思勒特博士很兴奋地说：来法兰克福之前，刚看了香港转寄来的《三月风》。我不知他看到的是哪一期，但他特意告诉我们这件事，是不无原因的。这个刊物，在国内不算特别流行吧。

关于两国留学生在对方领取奖学金的情况，恩勒特有点激动地发表了一通意见。我不知这是不是西德人的性格，他们是直话直说，并不转弯抹角。

告别时，我们希望有机会在中国重逢。

隔一天在香港电视新闻上播放：法兰克福机场被炸。算了一下，他们两位早已平安回到海得堡了。

1985.07.05

"每周工作八天"的人

德新社的总社设在汉堡，而不是设在波恩；它的摄影发稿总部设在法兰克福，而不是在汉堡。因为汉堡传送新闻的条件，优于波恩；法兰克福是西欧空中交通枢纽，把一般图片运交各地，比汉堡更快速。西方通讯社总是把时效性放在第一位。

我们去访问德新社的时间是上午十一时半，它的总编辑请我们吃中饭，我们离开的时间是下午二时。两个多钟头里，总编辑向我们介绍了情况、回答了我们的问题，看了一张德新社工作情况的影片、参观了大编辑室、看了一下资料库。吃饭的时间为一小时，这是我在联邦德国吃到的最合口味的一顿饭。整个活动十分紧凑，使我时刻感到一种记者工作的速度感。连从这间房子走到另一间，步伐也特别快速。除了最后分手的时候，说了几句客套外，似乎没有一句多余的话。

德新社总编辑告诉我们：这家通讯社建于 1949 年，由 190 个新闻单位组成，现为世界第五大通讯社。在联邦德国有 40 多个分社、记者站，在世界各国有 70 多个，国内有 750 多工作人员，国外有 360 多记者。与我国新华社有一些协作关系，也有记者派在北京。

发稿全部电传、改稿也是用计算机，全部工作实行自动化、电脑化。记者发回的稿子，可以直接传到有关部门的编辑台子上。处理定稿后，立即可以发出。

通讯社的目标是全力为订户服务，发稿的范围尽可能广泛，让订户感到有很大的选择性。一般每天发稿 500 条，采用率大约为 20%。

总编辑对我们提出的任何问题，都直接坦率的回答，因为他与我们讲英文，很容易感到这一点。

我们问到德新社工作人员的工资情况，他说新录用的大学毕业的记者、编辑月薪 2800 马克，老资格的记者、编辑为 4800 马克。他说的可能是名义工资，要扣掉所得税、保险金等。据我们粗浅的印象，大学毕业生每月实际收入约为 1800—2000 马克。他们都有年资工资，升迁也较快。当然也会失业。

关于记者、编辑、技术人员的工作情况，他说实行三班制，每周工作五天，记者编辑每周工作的时间约为 37—40 小时。

我们问：总编辑每周工作几天？

他说：每周工作 8 天。还说，你们当中也有总编辑，这是一个规律。他讲幽默话，也有点严肃劲。他每天工作 12 小时，中午在社内吃饭，归家虽然很迟，仍与家人共进很迟的"晚"餐。

1985.07.11

续记德新社总编辑

　　我们与德新社总编辑谈到一点联邦德国与汉堡的社会情况。我们问到汉堡的失业问题如何？

　　他告诉我们，近年汉堡的造船业与钢铁业都不甚景气，所以失业人数有所增加。就我所见，西方的失业多半由于工业生产的减产和自动化程度增高造成的。而第三产业却呈现兴旺发达的样子。但每一个单位的工作人员并不很多，而是每个工作人员都很忙累。

　　整个接待过程中，都只是总编辑一个人，没有什么人来打扰。在他办公室中谈话的时候，先后接进来两次电话，都是关于纳粹战犯"死亡天使"约瑟夫·门格尔的。正是这天传来信息，说是在巴西某地公墓埋葬的一具尸体，就是这个通缉多年的杀人魔王，他已死了六年了。消息传来当然是扑朔迷离。对于德新社来说，这当然是件大新闻，总编辑必须亲自过问。他一再向我们道歉，还是亲自处理这条消息，并显得有点心神紧张。

　　在参观资料库的时候，总编辑告诉我们，计算机中藏有7000个中国党政军名人的名单。我们请他查一下有没有"上海市长"，他说没有把握，不知道是不是有市长的名单。这时正是中午，不知是不是有什么人去吃饭，那个房间中的人没有查到。我们回到总编辑办公室刚刚坐下，资料库的人却把资料送来了。是北京市长与上海市长，姓名都用汉语拼音，我们一看就懂，两位市长都正确无误。下面各有二三行德文，我们也没再问。

　　德新社食堂是自助餐厅。但有个小餐厅，专供招待客人用，平时总编辑也在自助餐厅用膳。

　　走进餐厅，刀叉都布置得整整齐齐。总编辑自己到冰箱中为我们找饮料，问我们要喝点什么，一瓶瓶为我们拿出来。在西方，这是一次很正式的宴请了。总编辑说，请我们尝一尝北海的鱼。

好像有两位轮流上菜的服务员，其中一位兴致很高，轻轻地哼着小调，表示她十分高兴吧，却一点不打扰客人。

席间，我们继续未完的谈话。在祝酒的时候，总编辑向我们提出一个问题，说是听说中国人在祝贺的时候，习惯用"万岁"这个字眼，是不是如此？我想这或许是一种婉转地提问吧？我告诉他，从前中国人习惯祝贺小孩子"长命百岁"，在人民的日常生活中从来不用"万岁"的。在政治生活中，现在也不用了。

总编辑说：对谁都不用了吗？

我说：是的。

1985.07.12

亚洲研究所今昔

一位读者要求我再谈一点汉堡亚洲研究会的情况。首先，我想把这个单位的译名改为"亚洲研究所"，这样也许比较容易理解它的性质。其次我要说的，我们这种走马看花似的访问，只能说一点表面上的印象，谈不上多少了解。

亚洲研究所建于1956年，是西德联邦议院与外交部联合倡仪的，按照民法组成一个基金会管理。第一任所长费希尔，曾任外交官。

这个研究所设在汉堡，与汉堡大学有密切关系。汉堡大学研究亚洲问题，素有传统，它的汉学系也很有名，在资料与研究人员方面都可得到不少方便。其次，汉堡是西德研究社会科学的中心。

亚洲研究所研究的地区，从印度、斯里兰卡等到中国、日本、澳大利亚和南太平洋地区，重点是当代的政治、经济和社会情况。它与西德和国外研究亚洲问题的机构也有联系。这个所目前集中力量研究中华人民共和国的情况。这一特点使这个研究所在西德，甚至欧洲，具有某种程度的特殊地位。

亚洲研究所与西德外交部和驻外使馆保持密切的联系，有助于研究工作的开展。

正式研究员只有10余人，1982年为11人，现在应有所增加，但不会太多。另外资助所外学者数人进行专题研究。其中当然以研究当前中国情况的人占多数。

研究员除进行专题研究外，还发表演讲，参加讨论会，有的定期在大学讲课，有的应邀在电台和电视台发表谈话。

亚洲研究所出版三种定期刊物。一是《中国时事》月刊，二是关于朝鲜民主主义人民共和国的季刊，三是日本政治经济年鉴。另外还不定期发表论文与书籍。

亚洲研究所图书馆搜集的全部是与研究课题有关的图书，现有 4 万多部，平均每年增加 2500 册左右。其中 30%，是亚洲各国的原著。订阅了500 种报刊，其中 50 种是亚洲各国出版的。一九四五年以后出版的，有关亚洲问题的书籍，这个所里几乎都有。在此之前的资料，可以从汉堡大学的藏书中找到。这个所只买新书刊。其中 40% 是有关中国的，20% 是有关日本的。藏书有两种目录，一种是按作者编目，另一种按国家与题目编目。

据说，图书馆中藏有 1913 年以来，中国政府发表的公告，人民日报的全部索引，各种有关中国的年鉴，远自 1912 年。还有微缩资料，包括中国各地报纸的剪报，多达三四百万条。据说它有 1948 年以来的人民日报微缩本，以及 1929 年到终刊止的大公报微缩资料。还有英国广播电台等收听我国地方电台的资料。

1985.07.13

东道主的宴请

联邦德国政府新闻情报局是我们的东道主。我们去波恩就是应邀参加他们安排的活动和宴会。但我们回国的航机是经香港的。到波恩后，主人又安排我们去杜塞尔多夫的英国领事馆办理过境签证。汽车清早七点半从旅馆出发，在高速公路上以每小时140多公里的速度急驶，来回也要3小时。原来计划办签证的时间是半小时。这样十一时可以到新闻情报局看一部影片并进行座谈。不料，办签证足足费了3小时。陪同的女士急得十分烦躁。回到波恩已经下午一时半了。这样就无法去新闻情报局，汽车直开举行宴会的新闻俱乐部。

一进门，新闻情报局亚洲处的负责人比雷尔先生就下来迎接，刚要上楼，国际交流处的摄影记者又请我们到大门口合影留念。

再上楼，宴席早已摆好。有好几位等在那里。原定的宴会时间是十二时半，大家已等了一个多钟头。真是抱歉。但该怨谁呢？

主人仅比雷尔先生一人。其余几位都是陪客，有外交部的政治参赞先生、驻华大使馆的前文化参赞铁女士，特里尔大学的汉学教授乔伟先生和一位新华社驻波恩的记者。

饮料斟好，第一道菜上来，主人举杯祝贺，并致贺词。他说的是中文，手上拿了两小张写好的底稿（我估计是他自己写的），满脸笑容，说了三四分钟欢迎的话。在西德，我发现那些处理与中国事务有关的人都在学习中文，既学习看中文，也学习讲中文。这种钻研业务、学习外文的精神，令人深思。我们也由马达同志代表，致了简短的答词。

稍稍谈了几句以后，忽然把话题集中到汉字上来。比雷尔先生说，有的汉字实在太难写了，比如"养痈遗患"的"痈"字。他说的当然是繁体字，大约还是从古汉语学来的吧。有的同志解释说，我们已经推行简化汉字，现在这个字很好写了："病"字头加个"用"字。繁体字确实难写，有的同志写了一下，还不大有把握，汉学专家乔伟教授，拿起笔来说：大概应该这样写吧："癰"。真是够费劲的，要教授、专家出马了。乔伟教授对我们十分亲切友好，颇多关照。虽然是西德籍，也还是炎黄子孙。

铁女士忽然发言，说她不赞成简化汉字，她太老了，学不会，记不住。而且没有用，香港、台湾的刊物都用繁体字，日本等国用的汉字，也是繁体字，国外出版的中文报刊都是繁体字。简化反而造成麻烦。铁女士是个十分风趣的人物，大约曾在西德驻华大使馆工作多年，说在北京她要求别人称呼她"老铁"，而且一定要称"老铁"。席上也要求我们称她"老铁"，说了不少风趣话。

简化汉字对国内当然有很大好处，在国外也确实还难推广，所以《人民日报》海外版也是采用繁体字，这是明智的，符合实事求是的精神。我觉得高中、大学的某些教科书以及有些书籍，可否附几页简化汉字与繁体字对照表，有许多好处。简化汉字大约不等于消灭繁体字。对照表，对国内外读者都会有所帮助。

1985.07.16

谈餐馆

联邦德国大中城市中，餐馆是很多的，我没有什么数字，这个结论来自实践。除了在旅馆吃早餐外，午、晚餐都在外面餐馆吃，似乎到处都有吃饭的地方，吃的人也不挤，一般说来是五成到八成座。而且中午十二时以后，可以吃饭的时间很长，下午两点钟或是晚上八九点钟，照样可以吃到饭。绝对用不着担心，吃了一半，会有人来扫地，或把凳子搬到台子上，准备打烊。那类事，似乎是不可思议的。

国外的西餐与国内的很不相同。国内的西餐是中国化了的，它要适应中国人的口味，否则就不会有人吃。其次用料也不一样，蔬菜与国内的不同。除了番茄、黄瓜、洋葱外，有些蔬菜是外国的特产，国内没有。

国内有一道西菜叫"沙拉"，就是把蛋黄捣碎拌熟的洋山芋丁。"沙拉"是译音，但原意是各种生的蔬菜拼在一起的凉菜。国外的"沙拉"就是一碟生菜，有两三种或四五种不同的生菜，没有蛋黄拌熟洋山芋丁。当然我们吃的这种"沙拉"也会有来历的，我在西德没吃过。

在汉堡住过儿大，回来后朋友开玩笑说，吃了不少汉堡牛排吧。这事我倒问过，因为在汉堡吃的牛排都是一块块的，没有牛肉饼。当地人对这种菜名也只是耸耸肩膀，认为怪事。汉堡牛排的发源地是美国，想出这个菜名的当然是当年开设饭馆的德国移民。但牛肉饼确实并非汉堡的特色菜。正如 1930 年代国外中国饭馆风行的"炒杂碎"，并非中国名菜。今日，汉堡牛排已是美国快餐店的王牌了。汉堡人对它只好耸耸肩膀。

在波罗的海畔的卢卑克，有家历史悠久的饭馆名为"船员之家"，是几百年前船员聚会的地方，现在成为这座旅游城的特色饭店，就餐者极多，室内暗淡，每张餐桌上都放两根蜡烛。我们去的时候，只有临窗明亮处还有两张空桌，服务员首先送来的也是两盏蜡烛。这家饭店以鱼闻名。据说这里的鱼是从波罗的海游入河中后捕捉的，特别鲜美。

德国菜，也就是牛肉、猪肉、鱼和鸡四大类。各餐馆，每一类都有七八种或十来个名堂。

与中国菜最大的不同，是味道并不烧进菜里去，我们吃起来，鸡、鱼、肉本身的味道都是淡的。但份量很大，一般饭量的人很难吃完，主菜旁边，总有些蔬菜，有生、有熟，也有我们熟悉的炸洋山芋条或青豆之类。

他们首先要的是饮料，或是各种葡萄酒，或是可口可乐，桔子汁之类。但他们称为甜葡萄酒，我们喝起来是酸的。每餐不一定喝汤，如果要汤，也是小小的一碗，不论甚么名目，基本是清汤。也不一定吃甜食。据我们看，能把那盆菜吃掉，胃口就不错了。

1985.07.20

西德的外国餐馆

联邦德国的城市中，有许多其他国家风味的餐馆。比如汉堡，不仅有欧洲国家的餐馆，还有泰国、朝鲜的餐馆。

我们去过的有：中国餐馆、意大利餐馆和美式快餐店。也许这是三种最多的外国餐馆。

我们到汉堡的第二天晚上，当地主人就为我们在一家中国餐馆订了座。餐馆的名字叫亚洲饭店，是一家著名的饭店。从国内去的人，多到这里就餐。店主人对我们说，不久前有一位中国部长先生来过，几天后还有一个代表团要来。听他说的姓名，都与我们所知的相同。

店主人兼厨师，是扬州人，五十多岁，"三把刀"出身，自幼学徒，后来到香港谋生。1960 年代来西德，现在全家都在饭馆工作，一位女儿在大学读书，这晚也帮工上菜。

据这位店东说，汉堡有两百家中国餐馆，大约是夸张了一点。当地人对我们说，可能有一百余家。我们在联邦德国和西柏林期间，去过六七家中国餐馆。归纳一下，大约有这样几个印象：

一、大多是从香港搬来的，多数是全家在饭馆工作。

二、饭馆的布置是"古色古香"的中国式，如嫌太雅，也可说是"猎奇式"，或称为"乱七八糟式"。家家都布置着福禄寿三星的瓷像，多有一尺余高。屋顶上悬着大大小小的油纸雨伞，大的可遮四五人；或是各式各样扇子，或是灯笼，或是中国式的什么。墙上挂的是不知出自什么人手笔的书画。但必须说明，都极整洁，没有一点灰尘。

三、菜单名目多在百种左右，与国内差不多；菜肴的味道则是欧化了的，与我们在上海吃到的不一样，有些原料也不同。根本不讲究刀功，肉丝与筷子差不多粗，比起大块牛排来，筷子粗也足够称"丝"了。

四、除冷盘外，上菜先上一小碗汤。如果要四五个菜，多数饭馆都是一次端上来，但全是热的。上菜与上饮料和汤之间要隔一段时间，客人不会有小菜蜂拥而至的感觉。菜一起来，可能是分吃或合吃的关系，上完菜以后，每家餐馆的服务员都说一声"慢慢吃，"就再也不来打扰了。

五、客人多是西方人，中国人或东方人甚少。用刀叉或筷子由客人自定。

六、中国饭馆的价格比本地菜馆便宜一些，多数菜的价格不到20马克。中国餐馆与本地餐馆一样整洁、清静。

我们到过的中国餐馆，店东与服务员多数是年轻人，二三十岁。厨师的年纪较大，有位湖南厨师六十出头了，漂泊海外大半生，仍是孑然一身，颇为思恋故土，很想过一两年后回归家乡，又说现在风情大变了。我们第二次去的时候，他加炒一个菜送给我们。

联邦德国与西柏林都有不少意大利饭馆。我们去过一家大众化的典型意大利饭馆，主要是卖意大利馅饼，也译皮札饼。别的客人多数也吃这个菜。

称为馅饼是不够准确的。因为并不是馅。这种饼大小不一，主人为我们要的可能是大的一种，有大的圆盘子那样大。底部的面饼约有半寸厚，上面涂一层干酪，再加上肉类，以及一朵朵小花似的绿色蔬菜。大约是烤出来的。外加一大盘生菜。看看倒也新鲜有趣。但没有谁吃完半个。然后就是冰淇淋，这也是意大利饭馆的特色，是店里自己制的。

另外还去过一家高级的意大利饭馆，地方并不很大，价格却相当昂贵。屋顶有许多架子，放着大量瓶酒，看上去都像陈年名酒似的。点菜之前，侍者推出一辆小车，上面放满洗干净的整条的生鱼，和一块块的各种生的肉类。不知是证明店里食品质量很高呢，还是供客人点菜参考。侍者向我们介绍了一道菜，说是不久前有一位中国贵宾很赞赏这个菜。拿上来的是两块小牛排，旁边放着一摊面——与中国的小阔面一样的面，质量高些，不是通心粉。味道确实十分可口。

我们还要了个奶油草莓，侍者推了车子到我们餐桌前现做，把很大的草莓切成三四小块，一只只放好，再加上奶油。在德国餐馆，有的菜还用小车推到客人面前现烧，不知何意，我也没有打听。

至于美式饭店，就是快餐店了。不论麦克唐纳或金柏格在西德都有不少联号，有的城市还有好几家。

这种快餐店的特点是价钱便宜，简单方便。先要自己拿个盘子去买，吃完后再把盘子送到一个地方去。我们只去吃过一次，是个周末的下午，也是最挤的一次。排队的人不少，而且没有空座位。这种快餐店有个特点是禁止吸烟。其他饭店都可抽烟，服务较好的饭店，烟缸中只要有两个烟头，立刻为你换一个干净的上来。

快餐店吃的东西很简单，一是汉堡包，就是一个大的圆面包，当中夹一块汉堡牛排和一些生菜，一袋炸洋山芋条，还有一杯饮料。大约一共只要十个马克。

快餐店的客人中有不少是美国的旅游者，青年男女，也还有妈妈带着一个孩子来的，大约是让孩子尝尝新鲜吧。在其他饭店，还没遇到过小孩子。

1985.07.22—23

博物馆和其他

在法兰克福参观了歌德故居，不知这房子几经重修，想来它还保持当年的某些风貌吧。现在这里已经是个名胜，有成批的旅游者前来瞻仰参观。好像并没有专门的讲解员。

故居反映歌德的生活面较为广阔，重点似在帮助参观者了解这位伟大作家的生平，并不在于讴歌和礼赞。

后来到卢卑克，又去参观了托马斯·曼的纪念馆，据说是他祖母的住房，参观的人似乎少一些。我特别感到兴趣的是，有一间房子里陈列了《布登勃洛克一家》的建筑和内部布置，别有趣味，好像把读者带进小说描绘的世界中。

这类纪念馆布置得很有条理，一间房子一个主题，如果是个文学研究者或爱好者，又懂得德文，真可留连一两天。我们只是匆匆参观一下，但也留下美好的印象。国内现在也有一些古今作家的纪念馆，实在是很有意义的。我在两地参观时，都突然想到巴金同志倡议的现代中国文学馆，不知进展得怎样了。

在卢卑克，我们还参观过一所艺术博物馆。联邦德国大城市都很重视博物馆，都有一定的规模，负责者往往是有博士学位的专家。那天，主人带我们参观的那部份，是说明中国文化对西德的影响。据说中国文化在十六七世纪以后，是通过英国与荷兰的传播流入德国的。我们看到的七八个房间，主要是陈列家具与各种房间装饰。这些制品不是欧洲式样，而是与中国的影响有关。我在这方面的知识十分贫乏，看到一些桌椅的式样、造型，似乎与我国明朝的设计，有不少类似处。有些墙纸的装饰，有明显的中国影响，如图案中的八哥。

汉堡有一个很大的艺术、手工艺博物馆，我们去的时候正辟出一角，布置中国的明清画展，由我国辽宁省的几位同志负责。这个馆的负责人十分重视这次画展，送给我们请柬，邀我们第二天傍晚去参加开幕式。

开幕式的气氛很热烈，但又很随便，参加者站在走廊上、楼梯上，汉堡州的州长与我国驻汉堡总领事王延义同志都参加了。陪同者告诉我们，这次画展规格很高，州长一般不参加这类活动。讲话后，大家就进入大厅参观，观众似乎十分有兴趣。大约都是汉学家及与中国有关的人士，有许多好奇而无请柬者，立在大门外。会场外走廊上，出售有关中国绘画的书，要二十多马克一本，也不断有人来买。在国外看到别人珍视我们的文化，真是别有一番高兴在心头。

1985.08.12

看歌剧

到汉堡的第二天晚上，主人就邀我们到国家歌剧院去看歌剧。

歌剧在德国有悠久的传统，汉堡的歌剧历史有 300 多年了。汉堡最大的歌剧院于二次大战中化为废墟，国家歌剧院是 1950 年代中期重建的。有一千五六百个座位。

歌剧院的大门门口并不特别显眼，一进门却给人一种宏伟、宽敞、优雅的感觉。休息大厅和走廊、楼梯都使人感到舒畅适意，没有人挤人、透不过气来的感觉。我没有细数，一层层有好多层高，每层都有宽敞的大厅和走廊，有好几个柜台，出售饮料、酒类和小吃等。

底层的大厅特别宽敞，除了卖喝的、吃的以外，还有出售歌剧及音乐书籍的专柜，并有各种音乐唱片和磁带，对观众十分方便。有一些沙发长椅，分散各处，但坐的人并不多。欧美人的习惯似乎偏于站立，他们一手端着杯子，站着品味，或是几人各持一杯，相互交谈，或是一人站着观看四周光景。

观众的服装十分整齐，男的西装领带，女的长裙、项圈、耳环。这种情况在街头是不多见的。在街上男子穿整套西服的并不多。观众以中老年人为多，也有一些青年男女，他们穿得也随便些。

几百人聚在各个大厅、走廊上，没有刺耳的嘈杂声，因为人们谈话的声音都比较轻，买什么都排队依次前进，地上又都铺着地毯，这就没有各种大喊大叫的大合奏了。

剧院内的座位，除底层外，有如一层层花瓣伸向舞台。楼上的座位一块块分开，一层层上去，初次去的人，找座位可不容易，我们有陪同，上了几层楼很容易地找到进口。剧院的座位并不特别宽敞，但每一个花瓣"包厢"，大约容不了百人。我是外行，不懂歌剧院的座位何以如此设计，是为了观剧的方便，或是显示建筑的美，或是便利观众进出，都说不上。

这晚演出的是瓦格纳的名剧《飞行的荷兰人》，演员是很出名的，我是第一次看歌剧，除了开了一下眼界，也说不出什么。演出时剧场十分安静，没有任何人吃东西。不但歌剧院如此，在其他剧场，我也没有看到任何人吃东西。每次鼓掌，观众情绪都十分热烈，演员要一次、二次、三次……地谢幕。

我们座位的票价是 70 马克（一马克现合人民币一元左右），在联邦德国也该算是贵的了。但歌剧院的开支很大，主要还是靠政府资助津贴，其数目达一半以上。

1985.09.22

牛年·白蛇传·黄土地

离开西柏林已三个月了。那里闪烁着光和影的夜景，艺术和友谊的对话，西方人对东方文明艺术的探索，还不时在脑中飘浮。

出租汽车从西柏林机场驶向旅馆的途中，不断看到"地平线85"的宣传画和招贴，右下角是一头牛——中国画法的牛，据招贴画的设计者说，是按照一扇中国古式屏风上的牛描绘的。

这就是西柏林举行的世界文化节，今年已经是第三届了。过去我们却从未听说过，只能怪自己对世界文化活动的无知了。这个文化节始创于1979年，每三年举行一次。前两次是介绍拉丁美洲和非洲的，这次是介绍远东地区的。

西柏林市长艾伯尔德·蒂波根先生把这种文化交流称为"对话"，巧妙而有深意。欧洲人把地平线的视野大大扩展了，文化的瑰宝并非仅限于欧罗巴，但他们对欧洲以外的文化知之不多，现在感到需要了解。介绍这些异域的文化，就是地平线文化节的宗旨。

参加这次文化节的，除中国之外，还有日本、泰国、印尼、南朝鲜等国家和地区。文化节的秘书长希荣格为了落实中国参加的节目，六次访问中国，到过许多城市，亲自挑选、洽谈剧种、剧团。

这次文化节的全部活动包括六个项目：音乐、戏剧、电影、文学、专题讨论和展览，日期是6月7日至30日。7日开幕式，首演成都川剧团的《白蛇传》，轰动全场，观众掌声之热烈、演员谢幕次数之多，据当地报纸评论："这种热情的场面，是剧场里罕见的。"文化节的压轴戏是我国江苏省昆剧院的演出，剧目有《牡丹亭》《朱买臣休妻》等。

我们到西柏林的时候，开幕式已过，离开时，文化节尚未结束，两大精彩演出都无法亲眼看到。在与希荣格先生谈话时，他对自己挑来的节目赞不绝口。尽管存在语言障碍，他说欧洲观众能够分辨京剧、川剧与昆曲的区别。他还说，过去太封闭了，今后要打开眼界。中国有成百上千的剧种、剧团呢。我说你都要请到西柏林吗？他哈哈笑了。这位三十七岁的秘书长，十分活跃，我们每参加一次活动，他都会露一下面，招呼一下，接着就去忙别的了。

文化节中放映 18 部中国影片，类似回顾展，所选的影片不知代表选片人的趣味还是希望引起西方观众的兴趣，还是怎样。其中有四十年代柏摄的《马路天使》《十字街头》《乌鸦与麻雀》等，多数是 1980 年代拍摄的，如《巴山夜雨》《城南旧事》《骆驼祥子》《阿 Q 正传》《喜盈门》等。我问过几位西柏林朋友，他们都说最喜欢《如意》。引起我的兴趣的是《黄土地》，因为回沪后才知道这部影片，又听说这叫"探索片"。一个夜晚，我在闷热的上海影院中（冷气机坏了），从头至尾看完。现在干脆把这部影片的名字写入本文的题目，算作纪念吧。

1985.09.25

海外知音

在国内观看外国艺术家的表演，总有一种对异域文化新奇的感情。而在国外欣赏中国艺术家的表演，也有一种新奇感。新奇在与众多的异邦人坐在一起欣赏自己的乡音。这就无法抑制内心的激动，乡音啊，乡土啊，祖国的声音！

我在西柏林观赏过两次中国艺术家的表演。

一次是听中央音乐学院民族乐队的演奏。演员几乎全是青年，他们把中国古老乐器奏出的古老乐曲，带给洋溢 1980 年代西方社会繁华的西柏林的听众，深深地震动了他们的心。最后如果不再来一个几乎无法终场，听众硬是不肯离去。

西柏林人有悠久的爱恋音乐的传统。艺术家们演奏的，有一种三千年前的吹奏乐器——埙，西欧的观众从来没听到过，就是国内听到的人也不多。可是这个小小泥罐式的东西，吹奏出的曲调，被人们称为"妙极了"。

潺潺流水般的筝独奏《渔歌唱晚》，如泣如诉的二胡独奏《汉宫秋月》，还有琵琶和其他演器演奏，无不赢得热烈的掌声。

尽管是在一个小小的音乐厅演奏，观众的热情却代表了千千万万的人对中国民族乐器的爱好。后来在平日卡拉扬指挥演奏的大音乐厅举行了一次亚洲各国音乐家的综合演出场。我们年轻的民族演奏家也参加了几个节目。比较之下，使我们对自己的民族音乐感到骄傲。

第二次看的是陕西木偶剧团演出的《孙悟空三借芭蕉扇》。木偶剧是中外都有的，故事则完全不同，演出的方法也不一样，观众则有很大的相似处——大都是家长带着孩子们来。

小观众相当多。演出开始后，台下却很安静，几乎没有什么声音，我想这与家庭教育可能很有关系。只有两回听到孩子的哭声，陪同的朋友说，可能是受到台上演出的惊吓，不习惯中国式的古老脸谱。

演出之前，先用德语介绍一下故事内容。陪同的两位朋友，一位说她读过《西游记》，完全可以理解；另一位说，她是靠演出前的口头介绍才能看懂的。如果说每个观众都能看懂，那是有点夸大了。因为除了木偶表演外，夹杂了相当多的唱腔。中外神怪故事的情节有很大的差异。观众的情绪确实相当热烈。也许他们也从异邦文化的新奇中，得到若干满足吧。

剧终人不散，一再谢幕后，演员们高举手中的木偶，走下台来，绕场一周，欢乐达到了高潮。我们的艺术使者带回了友好的情谊。

1985.09.27

说说出租汽车

在西柏林一周，每天要坐几次出租汽车，好像总是很方便，没有遇到什么麻烦。出租汽车的数目并不一定很多，许多人自己都有车；但我没作过调查，所说的都是直觉印象。

一般乘出租汽车，多是打个电话，大约五分钟左右车子就会开来。也可以向驶过的出租汽车招手，但车子不一定停下来，因为司机常有任务在身，正去接别的乘客。有些地区的空地上，有类似出租汽车站的地方，有一些出租汽车停着，只要走到那里，就可坐到车子。有的马路旁也停着出租汽车，那是规定可以停出租汽车的地方，划有特殊标志，长度大致可停三辆出租汽车。还有一种类似公共汽车站的地方，有明显标志，站在那里，驶过的出租汽车就会驶来接待。

在飞机场乘车特别方便，走出机场肯定可以找到车子。这与出租汽车公司和司机的生意经有关系，安排得妥贴；也许还与空中交通频繁有关，不断地有飞机起飞或降落，司机不会在机场空等几个钟头。

只有一次，打了叫车电话：约五分钟车子还没来，恰巧有空的出租汽车驶来，我们说叫那车吧，陪同说，不行，我们已打过电话。又等五分钟，车子还没来。陪同说：我们走吧，不到十分钟就到了目的地。司机与叫车乘客之间大约也有一种默契，双方都要遵守。出租汽车价格都有规定，按里程收费，没有发生过任何争执，似乎也付一点小费，其数甚微，都是一马克以下的零头。

乘出租汽车有过一次奇遇：那是晚上十时左右，驶到一条比较黯淡的街上，突然砰地一响，震了一下，车子停下来。我们下车一看，车头外壳散掉了，车头灯玻璃粉碎。我们问什么事，陪同说不知道，她也不问什么，只说膝盖碰疼了，付过车费后说，我们再叫一辆。司机是女的，很懊丧的样子，街道四角都有些人站在那里谈话，没有一个人过来看一下。刚巧有辆出租汽车驶来，我们乘了上去。回头只见那位女司机，一人默默地把破碎的汽车推向人行道。心里挺纳闷，只觉得这是发生在陌生地方的一件奇事，却没有任何人对它有点好奇心。

这使我想起在法兰克福的一件事，清晨我们要乘火车去波恩。火车站就在旅馆对面，因为有行李，也是乘出租汽车的。到那里才知道，我们的火车票，是乘飞机场车站的另一列火车，我们弄错了；必须赶到机场车站，那可很远了，时间只有二十来分钟。急急乘上两辆出租汽车，急驶而去，陪同坐在前车，中途车辆堵塞，前车司机跳下来，对后车司机说了两句什么，又奔上前车，车动了，简直是飞驰。到了机场车站，两车停在乘客进口旁，立即有人走来干涉，因为不可停车，我们直奔进去，把麻烦留给司机，距开车仅两分钟。陪同说：两位司机帮了我们大忙，不然就麻烦了。我心里却在想司机遇到的麻烦，不知解决了没有。

1985.10.10

看迪斯科

有天中午，大家闲谈到哪里去看看的时候，陪同的女士用试探的口气说：想不想去看看迪斯科？不同的习俗，不同的文化，她的试探是真心的、好意的。她当然知道，我们是不会跳迪斯科的。但她也确实无法判断，我们这些人是不是把看看迪斯科，也视作异端。

我说：好嘛。我也是真心实意的，希望见识一下。在国内听到过关于迪斯科的不同说法，也在电影、电视上看到那种扭来扭去的舞蹈。但从没有面对面看过人们跳迪斯科。

我们是在一个周末晚上去的，相当晚了，大约是西方人开始夜生活的时间，夜晚的西柏林，商店橱窗发出明亮奇异的光彩。闹市商店都是大玻璃橱窗，人行道明亮如昼。而商店在下午五时左右就打烊了，汽车东转西拐，开了二十来分钟才到目的地。

进门买票十分拥挤，卖票处就在进口旁，通道很狭。人们排队买票，挨次进场收票的时候，服务员在人们的手背上盖一个蓝色的印记。我们感到十分奇怪。陪同女士说，盖了图章以后，等会儿出去再进来，就用不着重新买票了。

舞池里有一百多男女在跳，各跳各的，有的面对面，多数人似乎自管自。真有点满坑满谷。舞池一侧靠进门处墙壁，中间只留一个狭窄的，通向出口的通道。大半个圆圈，散放着一些小圆台，并不很多，地方也不很宽敞。我们一直穿过人群，绕到最里面的尽头，有四五个台子，都坐满了人。旁边站的是人，地上坐的也是人。几乎全是青年男女，也有中年，却没有看到老人，也很少人像我们这样西装领带。大家穿着很随便，就像在街上看到的那样。我们在办公处遇到的先生，几乎全是穿西装打领带。

我们挤在人群中观看，并没有乐队是放录音或唱片吧，声音很响，但没到刺耳的程度，我站没多久，旁边桌子上的一对青年男女站起来，请我们坐。我说站着可以，不必客气。青年说，我们就要下去跳了。但直到我们离场，两人还站在那里"观舞"。偶尔那位男青年到桌子上来拿一根香烟。

每曲放完，舞池中的人很少上来，多是接着跳下去。因为外行，说不上什么。只能说，我没看到过于奇形怪状的扭动。也有少数人有点古怪。似乎迪斯科只是一种娱乐吧。陪同的两位女士先后下去跳了几只曲子，那位二十多岁的姑娘，跳完上来，手臂上渗出不少汗珠，又有点像健身操了。

这个舞厅是一个美国籍的什么古怪教派的头头开的，职工都是这个教派的信徒，没有工资，头头负责他们的食宿，再发一点零用钱。似乎又是一桩怪事。

1985.10.19

世界之窗

日本女性

小榕：

一转眼你去日本已快一年了。不知语言学得怎样？打工还顺心吗？你是立志读点书的，这很好。我觉得既然到了异邦，也该了解一些当地的民情风俗、社会问题等。我不知道你对于日本女性是否有些了解？我不是说用女孩子的眼光去看她们的服装发式，而是说她们的社会地位、政治态度等。

我突然向你提出这个问题，是有感于日本自民党最近在参议院选举中的惨败。自民党独霸日本政坛30多年；近几年却有点走下坡路。里库路特丑闻弄得它狼狈不堪。左挑右拣，选中了"干净的"宇野宗佑，不料又被揭出桃色丑闻，他跟艺妓的秘史，充斥日本报刊，导致参议院改选的惨败和宇野的引咎辞职。一下子，还找不到继任人选

自民党的这次失败是和日本女选民的投票大有关系的。桃色事件当然招来妇女的反感；再加上不久前开征的消费税，大大得罪了日本妇女。日本家庭开支的钱包，大多掌握在妇女手中，开支增加，给她们增添了愤慨。这都表现在选举的结果上。

社会党的参院女候选人这次也沾了光；有22个妇女入选参议院，其中有11个是社会党候选人。社会党的领导人土井多贺子风头更健，她行程18000公里，作了90次演说。一跃而为世界政坛的新星。当然短时期内她还不能步撒切尔夫人的后尘，社会党也不会跃为日本第一大党。日本财团、工商界还是支持自民党的。土井多贺子未婚，没有家庭也成为攻击的话题。但从这次选举中，也显示了日本妇女的影响与力量。

长期以来，日本是个男性统治的社会，妇女在家庭中的职责是照料丈夫，养儿育女。那里也没爆发过女权运动。只是在战后，日本妇女的态度和地位才逐渐有所变化，她们开始把照料家庭和从事职业结合起来，也开始争取男女同工同酬。

日本女性寻求新的生活方式，从事多种多样的职业，到研究院和国外深造。男女之间的障碍，开始突破。不再像战前那样，仅仅扮演妻子和母亲的角色；踏进了社会大舞台。现在日本已有 6 万多女工程师，10 年前仅 1 万多人。女记者、女科学家、女医生的数目也在增加。

多数日本妇女还是从事低微的工作，女企业家、女经理是很少的，男女的工资也不平等。她们多在公司担任沏茶倒水，送送文件之类的差事。

不过事情在起变化。你处于极好的观察与研究的地位。

其佩

1989.08.05

再说日本女性

小榕：

上回跟你胡扯了一通日本女性，多少有点信口雌黄。对于日本女性的认识我只来自书刊，或从影视上看到一些形象。

许多年前看过一部日本电影《望乡》，我对那位女记者深入挖掘题材，千方百计寻找线索的精神，不能不感到敬佩。

近几年又看过一部很长的电视连续剧《阿信》。这部电视剧曾经哄动日本。阿信的奋斗史是很感人的，她自己也不无骄傲地回首往事。

在实际的日本生活中，女记者为数不多，成功的女企业家更少。据我看到的一份材料，在日本大公司担任经理层的女性，到 1987 年只占 1%。

多数的日本职业妇女只是处于仆役地位。去年调查过 1000 家公司，担任部门领导的妇女仅有 150 人。事实上，日本大公司雇佣女职员还是为时不久的事。

那些有雄心的日本妇女，在大公司中也遇到新的难题。比如说从女子大学毕业的研究生，有的收入还不如男女同校的著名大学毕业的女生。另外，他们的男同事对这些学有专长的女性，也会像对下人一样。不过有的女经理也有类似的抱怨，她们也感到一般女职员过于低声下气，助长了那些男职员的大男子气。

日本妇女经常受到传统观念的压制。日本公司对女职员的任用采取双轨制。一种是雇佣有专业能力的女性；一种是雇佣所谓"普通妇女"。她们只求做些倒倒茶水之类的工作，同时寻找一个丈夫，到了 25 岁就辞职不干了。过了 25 岁生日的女雇员，就被谑称为"圣诞蛋糕"——也就是老姑娘。

　　日本大企业中老一代的男经理，对女雇员多抱这种态度。所以有些能干的日本女性，也不想进入这类企业。相反的，她们却受到在日本的外商的青睐。美国的投资银行就雇佣许多有才干的日本女性。美国广告公司也很欣赏日本妇女的本领。一位外国企业家说："日本妇女是极宝贵的人力资源。她们的能力与男子相同，而且更能吃苦。"

　　日本妇女本身也不断向社会冲击，她们甚至打入待遇好的体力工作，如重工业和建筑工地。一位妇女还当上船长。她说唯一的遗憾是男船员更衣时，她只好孤零零一人站在门外。

　　事实上如何充分利用妇女劳力，是当前日本首要问题之一。日本人口老化情况比其他工业化国家都快。6000万日本妇女是潜力所在，也是日本想取得第二次经济繁荣的希望所在。

其佩

1989.08.19

飞往火星

航天飞行现在已成为平常的事了，《封神榜》式的神话，多成现实。"坐地日行八万里，巡天遥看一千河"。人类已经登上了月球，未来的情人或不会把星星摘下来，说不定哪一天新婚夫妇可以到哪个星星上去度蜜月。

在电视上，我们常看到宇航员在宇宙舱中的活动；也看到他们走出宇宙舱，在太空中游逛。他们的活动是那样轻飘，也好似身不由己。

事实上，航天飞行是十分艰难的；不仅科技上尖端复杂，宇航员的训练、装备也很艰巨。

宇航事业的发展，倒真的使人感到"天下真小"。这个词是开放后传进来的，其实它的含义倒更接近我们习惯用的"人生何处不相逢"。我是说宇航的突飞猛进，使天下变小了，抬头仰望，不再是可望不可及的了。

宇宙航行的下一个目标是载人飞往火星，这可是一次漫长的旅行——据估计十足要三年时间。试想十几小时功夫你就可从上海飞到旧金山或法兰克福。真是多么遥远啊！速度又比飞机快得多。

在这样漫长的时间内，太空船要装载食物和用品，还有饮水以及维持宇航员生命不可缺少的氧，都怎样装载呢？

宇航员要排泄大小便，宇航船后面却无法拖一个化粪桶；新鲜空气又无法吹进来，消除宇航员吐出的二氧化碳。我们在荧光屏上看到的只是轻松如意的一面，无法了解实际困难。美国有两所大学的专家正集中精力研究超长程宇航的生态学问题。

约翰逊教授说："我认为不解决这些问题，就无法进行超长程的宇宙飞行。这是十分棘手的问题，我们相信可以解决，但并不想许愿、预言。"

也许可以在月球上建立一个基地，但怎样在那儿维持人的生命呢？

专家们集中精力研究怎样在宇宙种植作物，为宇航员提供食物，以及吸除二氧化碳、放出氧的问题。而问题成堆。在引力等于零的情况下如何使作物生长，在完全污染的环境中，如何帮助作物防疫，以及如何处理热源等。实验室中试种过小麦、蔬菜、大豆和稻米等，也研制"生菜机器"，试种生菜、番茄等。

一切都还在试验阶段。地球已污染得不像样了；在那些环境全部污染的星球上，如何替农作物防疫呢？

实在是难题重重。但人类最终还是将征服宇宙。

飞往火星，也许是下个世纪的事吧？

1990.03.31

日本的少年问题

海兄：

前信与你探讨从社会学角度研究单亲家庭问题。碰巧最近看到一份材料，日本从社会学角度研究少年儿童问题。不是单亲家庭，而是双亲家庭。

西方社会遍布吸毒、凶杀案件，日本人本来还有点自豪，他们那里的离婚率和犯罪率，相对较低。但专家们研究发现，少年逃学、少年暴行等在日本正不断上升，成为严重的社会问题。

这种现象既发生在家庭中——日本传统的家庭联系已瓦解；也发生在学校中，严峻的纪律和考试的压力侵犯了孩子的权利。

在战后 45 年中，日本家庭经历了巨大的变化。亲密的、紧紧相关的大家庭，已为一般只有两个孩子的小家庭所代替。

东京大都会儿童指导中心的负责人说：有些现代家庭失去了传统的家庭支持，难免狼狈，往往不能适应这种变化。

许多专家认为，终日辛勤工作的日本父亲不在家中，是问题的关键。

日本男子在家庭中的作用日渐削弱，经常在外，使得孩子失去了父亲，妻子失去了丈夫，造成家庭失调。学者星野为此写了一本专著：《背叛社会的孩子们》。

丈夫日夜在外工作，进行事务交际，只得由妻子集中全部精力和情爱在孩子身上。而孩子又不断地在沉重功课的高压下，周末和晚上还要上补习学校，这就逼使他们苦闷和反叛。

最温和的反叛方式就是逃学。据日本官方统计，在过去 10 年中，逃学孩子的数目增加 4 倍，达到 42000 名。在有的家庭中，心怀不满的孩子还打父母，主要是打妈妈。

警察当局把不法的孩子称为亡命徒。他们在商店里偷东西、殴斗、吸胶毒。情况在蔓延，残暴程度也升格。1988 年举报的少年犯罪案例，就比上一年增加四分之三。

家庭问题的另一个侧面则是虐待孩子，如不闻不问、遗弃、毒打等。

日本政府当局把少年问题归咎于教育制度。国外常说日本的经济成功，缘于教育制度好。但日本家长、教育家和孩子们却对严峻冷酷的日本教育制度普遍不满。

再次写信给你，不过举个国外的例子，并无新意。我还是认为家庭、婚姻、少年儿童教育，值得从社会学的角度深入探讨。

其佩

1990.06.02

日本妇女的婚姻观

有人求婚，对多数妇女来说，总是值得庆贺的喜事。可是今天的日本妇女，有的却不以为然。29 岁的斋藤真佐子，就不喜欢他的男朋友向她求婚。真佐子跟妹妹住在东京中心区，是一位颇有成就的时装设计师。像越来越多的她的同代人那样，她们喜欢过一种独身生活。她说："一旦结婚，我就无法工作。我不想给婚姻捆住。我宁可每星期跟他见一两次面。"

在日本，妇女对婚姻态度的这种变化是一种革命性的转变。日本的规范也是男大当婚，女大当嫁。过去认为 25 岁的女子尚未结婚，就像"圣诞蛋糕"——不新鲜了。现在有本畅销书，名为《我永远不会染上结婚综合症》，在电视台、报纸和杂志上，引起广泛的争议。

日本现在已有 250 万单身男子找不到对象。其中有些是农民。他们每年到东京来一次，驾着他们的拖拉机，在街上行驶求婚。

据统计，现在日本妇女的平均结婚年龄是 25.8 岁，东京是 26.7 岁。1975 年的平均婚龄是 24.7 岁。这种趋势表明，日本妇女对她们传统扮演的角色，已感到厌倦了。妇女的观点改变了，而日本男子却仍希望讨一个妻子为他们照管家庭，温顺驯从。

日本妇女真正要的是什么呢？她们要工作，并且有时间参加社交活动。她们要求自己的丈夫是完美无缺的。最近对"办公室女士"进行了一次调查，有百分之九十多的女子希望未来的丈夫具有"三高"——高个子、高学历、高收入。她们不了解十全十美是不可能的，结果只好独身。一个 33 岁的男子也说了气话："我宁可跟一只猫住在一起，也不要女人。"

日本妇女认为，关键问题是日本男子患了严重的"妈妈情结"。他们自己没有脊梁骨，不能自立，不能自主。依附妻子，如同要妈妈照顾孩子一样。她们不愿意干。

就是急于结婚的日本女子，要找寻合适对象也很困难。所以日本的婚姻介绍所，像雨后春笋般发展起来。他们组织各种活动，让男女相识。有一家最大的介绍所一年组织了250次活动。有晚宴、网球赛，甚至海外旅游。去年，他们带了35位妇女到纽约，跟日本驻美商人中的未婚男子会面。

日本老板认为结婚的雇员更可靠，所以大公司也乐于玉成其事。如三菱和三井公司都设有婚姻咨询和介绍部门。有的公司还为海员雇员提供旅费，回国与可能的对象会面。只是诸种方法，也许无法打动日本妇女的心。一位34岁的职业妇女说："现在我工作，自己养活自己，谁也不会背后说闲话。"她已不想充当一个丈夫的妈妈了。

1991.02.16

日本人的两地分居

日本也有职工与家属分居两地的问题。据劳动省的调查，约有 50 万人，属于所谓"外地办事处的单身汉"。他们都是薪水阶层，多为中层行政人员，由公司调往外地分广、分号工作，并不携带家属。

尽管受到舆论指责，以及员工与家属的抱怨，这种特殊的"单身汉"，每年仍在以百分之十的比率增加，尤以青年员工为多。

举例来说，日本航空公司札幌分公司，有一位行政经理甲先生。每月只有一个周末，可以从札幌飞回东京家里，叙一下天伦之乐。在这户人家，爸爸下班回家，就成了一月一次的大事了。他星期五晚上和星期六，在家中与妻子和两个女儿团圆，星期天与朋友玩一下高尔夫球，就飞回札幌。

甲先生说：一个丈夫和父亲，单身住在离家 800 公里的地方，每月只能回家探望一次，真是反常。

事物有时又是矛盾的。一位社会评论家，写过一本关于调职外地员工的妻子的书的人说："不少家庭的人说，这种按连不断的小别，改进了家庭生活，也促使夫妻双方谈话时更为认真。"这也可能因为夫妻生活在一处时，日子过得太单调平淡了。

日本这种夫妻分居两地的情况，倒不是工商企业造成的。日本大多数公司，在调动职工去外地工作时，都允许选择单独前往或携家眷同往。按照调查所得材料，有三分之一到一半的员工，愿意充当"外地办事处的单身汉"，把家属留在东京家里。

绝大多数的日本公司，总部都设在东京，因为这里是政治、金融和文化中心。日本公司在全国和世界各地，多设有分厂或各地办事处。

对多数以薪水为生的职员来说，从总部调往外地分公司，是他们事业的重要一步，意味着以后的升迁。

日本银行札幌分行有一名行政人员乙先生说："在调来之前，我以为妻子、孩子会跟我同来。但大家商谈以后，觉得还是我一个人来好。我们在东京有座房子，我们不想卖掉。我的孩子担心，离开东京就无法考进优秀的中学了。大家认为，还是我单独来干三年才是上策。"

这位乙先生的情况，很有代表性。据劳动省的调查，这些人情愿到外地当单身汉，85% 的人，主要是因为孩子的教育问题。其次，约有 40%，是不愿放弃在东京的房子。

在日本，从小学进中学、考大学，竞争都很激烈，而且所进学校的好坏，关系到以后一生的成败。大家都认为东京的学校，远远超过外地。

1991.05.04

漫谈法国人打老婆

海兄：

你对中国的家庭妇女问题，深有研究，恼人的好像多是第三者插足、大龄找对象难的苦恼之类。不知你是否也注意到西方的家庭问题。

对于中外的家庭婚姻，我都不甚了然。只是最近看到一个材料，说是法国人打老婆的多，颇感意外。法兰西好像多的是多情种子，男欢女爱，十分罗曼蒂克；岂知这种野蛮的遗风仍相当盛行。而且这是法国官方公布的材料。

你总知道法国十九世纪的名作家，写过《三剑客》等书的大仲马吧？他把法国妇女比作牛排，那意思是说，敲打越多，吃口越嫩。

法国女权部门的一名负责人上月说：如果一个男子在街上打狗，会有人向动物保护协会指控。但是一个男人在街上打老婆，谁都不闻不问。

根据法国官方上月公布的材料，在法国至少有 200 万妇女，在家中挨过丈夫的打。法国政府决心揭露这项不幸的丑闻。他们要把这个隐瞒了许多代的丑事，暴露在光天化日之下。

法国一面纪念人权宣言二百周年，另一面妇女却低男子一等。岂非讽刺？有关方面努力重建妇女的尊严。

法国官方公布的材料是根据警方和妇女庇护所提供的，许多挨打的老婆向他们申诉或要求庇护。不论富裕的或贫困的家庭，妇女都有遭丈夫殴打的，只是基于家丑不可外扬的观念，忍而不发罢了。

一名 25 岁的法国妇女，两年来不断挨酗酒丈夫的打，最后决心离去。她说，"在法国我们不谈论自己的婚后生活。""你不能信任你的朋友，你的邻居，或是任何其他人。"

不过法国法律也有欠完善的地方，并无处理有关家庭内使用暴力的条文。毒打妻子的恶丈夫只有造成流血事件才会被控，而且需要妻子本人提出诉讼。政府还须立法，遭受丈夫毒打的妻子，有权住在自己的家中。不少妻子挨打后起诉，往往只得流浪在外。

法国妇女在家中挨丈夫打，虽然由来已久，不过女权运动者认为，随着新一代妇女就业日多，取得经济独立，情况会逐渐改变。

另一名负责妇女庇护工作的人说，她每年要庇护四千多挨打的妻子，在庇护她们之前，首先帮助她们树立自我尊严的形象，她们要理解自己是个自由的人，身心都属于自己。

海兄，这材料是不有点像海外奇谈？不知你是否收到类似信件，或接触到这方面的材料？

其佩

1989.12.02

替巴黎圣母院美容

巴黎圣母院大教堂的许多精雕细刻的哥特式小尖塔和滴水嘴，已经损坏了。石栏杆也摇摇欲坠，只好用网袋兜牢，以防掉到街上，砸碎行人的脑袋。正面外侧的石细工，长期遭受酸雨和巴黎气候的侵蚀，逐渐剥落。这座大教堂于公元 1359 年建成，是石灰石结构，并不坚固。过去一世纪遭受的损坏，比建成后 500 年的损坏还要厉害。每年有 1100 万游客，免费来此参观，大教堂内部的损坏，也就不言而喻了。

巴黎圣母院大教堂迫切需要修复，来一番整容。按照现在的修建计划，需要 10 年时间，耗资 2 亿法郎，也就是 2000 万美元。这是有史以来，最彻底的修建工程，由法国历史纪念馆总建筑师伯纳特·方克尼主其事。

上次大修是 1844 年的事。当时路易士·费力浦国王下令第一流建筑师、哥特式建筑爱好者维莱特·勒达克负责，修复法国大革命期间不慎造成的损坏。

勒达兑在西侧止面，添加了许多雕像，还增加不少富有中世纪情调的装饰品，如为人们熟悉的、位于大教堂石头阳台上，俯览全市的石头怪兽。勒达克以他独具的浪漫蒂克想象力，准备恢复全部具有纯正中世纪特色的东西。他拆掉了庄严的、18 世纪巴罗克式的唱诗班高坛，只剩下牧师席位、大理石地板和三座雕像。但他铸成一个大错，他没有用中世纪建筑工人使用的多孔的灰浆来涂封新砌的石灰石砖块，而是用了水泥。这样雨水浸在石块上，流不下来了。天长日久，石灰石砖块中积聚大量盐份沉淀，腐蚀砖块连接处，站在地面上就清楚可见。

法国 86 座大教堂，大多数受到鸽粪与雨水混合物的侵蚀，造成损坏。在这一点上，巴黎圣母院倒可庆幸。8 年前，一对猎鹰飞来，在中央尖塔上筑巢而居，所有的鸽子都给吓跑了。到后来，猎鹰只有靠当地的麻雀为生。圣母院大教堂还有一个好消息，勒达克当年修建的铅皮屋顶依然完好。

另一方面，大教堂内部的石细工，受到每年涌来的 1100 万游客蒸发的汗水的侵蚀，已遭损坏。伯纳特·万克尼指出，从长远观点看来，这种情况应该改变。他说："必须采取一些办法，来控制潮涌而来参观的人流，使人们能够更好地欣赏和理解。现在许多人只是像羊群一样地闲逛。人们到处抽烟，衣着随便，就像在火车站挤来挤去一样。要知道，巴黎圣母院是一个宗教场所，在这里，宗教感情是至关重要的。"

1991.03.09

丈夫与孩子

这是西方作者研究西方家庭得出的结论，不知对中国家庭是否有参考价值？

美国加州国际大学两位教授在一本专著中说：妻子对丈夫的友情越深，他和她们的婚姻越美满。

一位妻子下班回家，发现她丈夫没将垃圾桶放回原处，怒气冲冲。隔一会儿，她最要好的女友来电，尽管她对这位知己心存芥蒂，却笑容满面地交谈起来了。对女友，这位妻子是宽宏大量的；对丈夫，她却不肯原谅。

这种态度，不公平也不聪明。一位丈夫得不到妻子的友谊，也就是失去了礼仪、体恤和谅解。一位婚姻问题专家说："妇女常有一个最好的朋友，而男人最亲密的朋友，往往是自己的妻子，这说明，在婚姻中，男人比女人更需要对方的友情。"

真正的友谊的基础是对他人幸福的关心，以及表达爱心和欣赏的能力。社交技巧和良好礼仪，如耐心地听对方讲话，不随意打断，也是重要的。一位临床心理学家说："人们喜欢别人使自己感觉良好，讲究礼仪就能做到这点。"

女人对丈夫往往比对朋友挑剔得多，这就存在一种危机。应该多一些谅解，做到这点，需要锻炼，就象练习游泳一样。开始的时候，也许会感到这种谅解是假情假意。习惯成自然，日子稍久，你会变成一个能谅解、好相处的人。

友谊的含义是尊重。尊重彼此的分歧，彼此的理想，彼此的尊严和弱点。你深深地爱你的丈夫，但不一定是他最好的朋友，仅有爱情是不够的。爱情是必要的，但友谊能使爱情升华为终生伴侣，造成美满姻缘。

跟孩子谈话的方法，也是一些家庭问题专家探讨的课题。要孩子听话，切忌长篇大论的说教，也不要发火。一位母亲说，与别的成人相处，我们都能控制自己的感情，我们也不要把自己的怒火发泄在自己孩子身上。

当孩子说什么的时候。你要耐心地听，让孩子把话说完，不要粗鲁地打断他。这样双方才能合理地交谈。

要选择合适的交谈时间，有的家庭，有意识地安排在晚饭桌上，让孩子谈谈这天的事情和想法。

聪明的父母在跟孩子谈话的时候，常让孩子感到父母的爱心。

最佳父母不仅懂得坚持一些原则问题，尽管孩子不同意；更懂得在某些家庭问题上，征求孩子们的意见，重视他们的意见。

1991.03.16

美军谈战地生活

海湾战争结束，美军开始返国。到了家乡，他们有说不完的战地故事。外国报刊多有记载。

他们谈论行军和掘壕，谈论前线的苍蝇和跳蚤，谈论粗劣的食物和各种谣言，谈论玩笑和领养的野狗，谈论是否收到家人的来信。

在前线不仅有男人，还有不少女兵。战场上已经电脑化了，使用的是新武器和新装备，战术发生了历史性的变化。

他们有一些过去士兵没经历过的奇异遭遇。

首先是沙子，地平线上一望无垠的沙子，往往是飞沙，里面有苍蝇，有跳蚤，有蝎子。沙子到处乱钻，飞进眼睛、耳朵、袖口、裤管、睡袋，甚至掉进食物和饮料中。

在满天飞沙的无聊日子中，他们会捉两只蝎子放在盒子中，看它们搏斗。

许多士兵抱怨没有酒喝，没有毒品，没有女人。

第82空降师，25岁的汤姆森中士说："就像生活在戒毒所中一样。"沙特阿拉伯的女人都用面纱遮住脸，找不到烈酒。他说："找不到酒，找不到女人，什么也没有。我晚上平常要喝两三瓶啤酒，到了周末，说不准醉倒在哪儿。突然全都没有了。"

没有一次战争像海湾战争这样，女兵担负如此多的工作。她们不需要打仗，但担负了重任。有的人死掉，有的人被俘。

美军在战场上，对异性的举止，要严格遵守纪律。医疗舰"默西号"上有一个叫赖利的呼吸道医生，结识了舰上的一名女厨，他们的行为必须受"禁止在公众场合表示情爱"条例的约束。他们不准相互拥抱,舰上有三对夫妇,也得分室而居。

有些美军说,他们对沙特人对待驻在海湾的美国女兵的态度很恼火。女兵琳达说,沙特人同意她进入一个空军基地的健身房,但必须走后门。

美军与多国部队的关系尚算友好。对沙特阿拉伯军人,要注意伊斯兰礼仪。法国兵特别喜欢交换食物。比如拿法军口粮中的沙丁鱼和其他美味,换美军手中的通心粉。当然,最后谁也不爱吃美军口粮了。

在海湾前线,美军最害怕的是伊拉克使用化学武器或神经毒气。常常手忙脚乱,最后总是一场虚惊。

地面战争未打响前,只是昼夜不停地训练和等待,真是难挨。有时士兵只好跑到沙地上来一场摔跤友谊赛。

霍伊特中士说:他等待了7个月,他的感觉是,"厌倦、惊恐和孤独"。

1991.03.23

揭开"黑洞"秘密

在利雅得，一般人称这里为"黑洞"。这是沙特阿拉伯皇家空军的一个庞大而又阴暗的地下室，海湾战争爆发前夕，移交给进驻的美国空军使用。这里是机密重地，就连持有绝密通行证的军官，也不得入内。巴斯特·格洛森准将，把这块地方分隔成许多迷宫般的小办公室。在里面筹划对伊拉克的空战。他是奉空军司令查尔斯·霍纳之命。

在一组房间中，军官们考虑怎样摧毁萨达姆·侯赛因的核子武器，怎样摧毁他的化学和生物武器工厂以及制造导弹的工厂。第二组房间里的人，集中精力研究怎样对付伊拉克的共和国卫队，消灭藏在伊科边境掩体中的大炮和坦克，第三组房间专门寻找科威特境内的轰炸目标。

格洛森从全美军队中，征调了搜索敌情的情报官员，能把军械调运前方的后勤人员，以及能够击中确定目标的人。每个人都宣誓保密。他们日日夜夜都跟电子计算机打交道，这是按着特殊系统操作的最精密的仪器，任何人都无法窃听。

自从去年8月以来，在焦躁漫长的7个月中，就是在"黑洞"这类地方，写下了海湾战争的秘史。只是在胜利以后，也就是现在，人们才开始了解其中的内情。布什总统和他的高级军事首脑和战地司令们对战事计划绝对保密，就连高级军官也不了解他们任务以外的全貌。他们在战场上取得了制空权，对新闻媒介他们也取得优势，严加控制，掩饰了他们的风险和错误，以及克服这些差错的成功办法。

翻阅一下没有发表的这场战争史，可有多少险阻、惊异啊。担负特种作战任务的间谍，夜间潜入伊拉克与科威特，在沙漠中刺探"飞毛腿"导弹的地点以及其他军事目标。他们甚至偷到高射炮阵地的电子部件，带回来给利雅得的专家研究。多国部队的空军司令部，研究了被击中的伊拉克化肥厂的爆炸物，得出结论说，萨达姆能生产核武器的日子，要比人们预料的早得多。

伊拉克"飞毛腿"导弹第一次击到特拉维夫的时候，空气非常紧张。以色列的喷气战斗机似乎就要腾空而起，立即进行报复。做好以色列的工作，让它不要卷入中东战争，是"沙漠风暴"开战以来最微妙、最难处理的工作。美国一度密切关注，认为伊拉克如向以色列使用化学武器，以色列可能用核武器回击。这一切终于没有发生。

1991.03.30

真相大白以后

　　海湾战争爆发以后，美军对新闻界的控制和检查是很紧的，严格的程度，超过了第二次世界大战的时候。

　　《华盛顿邮报》最近载文抱怨说，军方把新闻压下来，迟迟不发表，使公众无法及时了解情况，又无助于增加军事行动的安全。

　　该文还抱怨军方不准记者到战地自由采访，而是挑选若干记者编成小组共同采访。聚在沙特阿拉伯的 1600 名记者，只有 10% 的人有幸编入小组。结果许多优秀的记者只能在战后回头采访，到现在再报道当时战事的实况。

　　《纽约时报》更刊登了署名汤姆·威克的长文，批评五角大楼封锁新闻。

　　海湾战事结束后，美国空军才发表过去电视观众和报纸读者一无所知的新闻。原来当时大为轰动的激光制道的"灵巧炸弹"，只占美军投掷在伊拉克和科威特炸弹总数的 7%。

　　在战争中，电视观众只看到这种号称"百发百中"的"灵巧炸弹"，准确地落入伊拉克或科威特目标的烟囱中或门户内。实际情况是，在 43 天战争中，总共投下的 88500 吨炸弹，多达 70% 没有投中目标。

　　这就是五角大楼控制新闻造成的恶果。而美国新闻界和公众为这种新闻检查所蒙蔽了。

　　《纽约时报》的文章说，这不是说军事当局撒谎：他们说打赢了，战争确实取得胜利；也不是说他们任意歪曲事实，"灵巧炸弹"确实投中率很高，高达 90%。要害在于他们使用的蒙蔽手法，他们不准透露许多信息。美国人不知道 81980 吨没有制导装置的炸弹，命中率只有 25%。

《纽约时报》的文章还举了另一个例子。战争中大事吹嘘的"爱国者"导弹，现在也露了底，它只能摧毁"飞毛腿"导弹，却不能打中"飞毛腿"的弹头。

伊拉克对科威特的破坏，报道得太轻，有些暴行又言过其实。在战时，夸大战果或敌人的暴行，原是可以理解的。不过美国电视观众并不知道，他们所看到的电视画面虽是事实，但只是美国政府和军方愿意让他们看到的事实，有许多新闻他们是看不到的，包括美军阵亡的尸体，轰炸伊拉克城市造成非军事目标的损失。

《纽约时报》的文章最后说：美国报纸读者或电视观众读到、看到的战争新闻，不仅是受到控制的，而且是经过一番美化的。这就是说，在"沙漠风暴"中，严重违反美国宪法第一条修正条款，给战争新闻弄得轻飘飘的美国人民对此则毫无所知。

1991.04.06

拍下罪证的人

上月，美国洛杉矶警察毒打黑人青年罗德尼·金事件，引起全美强烈反应，连布什都出来说话，认为"这是令人厌恶的事"。

美国警察殴打平民原不是什么罕见的事。这回突然成了特大新闻，因为电视台播发了现场录像，警察暴力造成的惨状，引起公愤。

这个录像带的拍成，纯属偶然。洛杉矶居民乔治·霍利迪在熟睡中，给屋顶直升机的吵杂声闹醒了。他困惑不解，更为好奇心驱使，一手拿起刚花了1200美元买来的索尼摄影录像机对准窗外，他想拍下现场镜头，看看是怎么回事，于是立即揿下了开关。

这就摄下了后来电视台播放的录像带。霍利迪31岁，一下子成了名人。因为他把警察毒打驾驶汽车的罗德尼·金的真相录下来，而且交给洛杉矶的KTLA电视台播放。当然带来了麻烦。这可是他始料不及的。

不过他接到的恐吓信和恐吓电话，大骂他不该把录像公开的，只占少数。大多数人还是赞扬他的侠义行为。霍利迪可不喜欢这些，要跟他联系的人实在太多了。他只好拆掉电话线，偕他妻子，27岁的玛丽亚·尤金妮亚，离开洛杉矶到纽约去旅行了。他说，这样我们可以清静了，远离这一切。

霍利迪拍下这个爆炸性的丑闻，实出意外。他们夫妻两人都是滑雪迷。仅在几星期前，他们忽然产生一个念头，买架手提摄影录像机，把滑雪中的见闻拍下来。就这样，霍利迪买了一架他看到的最好的摄像机。

3月3日，星期天晚上，也就是黑人青年给警察毒打的那晚。这架录像机放在客厅电视机上面。半夜12点45分，霍利迪给直升机吵醒，他走过客厅，一把拿起录像机就对准室外拍摄了。他想这回可能有戏可拍了，实在不知道拍的是什么。

他看看镜头是不是对准，才发现罗德尼·金给毒打后疼得身体扭曲起来。同时，他也发现他不是唯一在场的证人，他听见邻居高呼"不要打""不要打"。

霍利迪第二天打开报纸，想看看详情，可是一个字也没有。事实是，电视台没有播放他的录像带之前，所有的报纸和其他传播媒介，都没有报道这事。

他们打电话问当地警察局，接线员回说不知道这事，口气粗暴，很快挂断了。这才促使霍利迪把录像带交给电视台。电视台在当天就播放了。后来有线电视网和美国几家全国性电视台也播放了。

洛杉矶电视台播放录像带后，当地的许多分台打电话给霍利迪，愿出100美元买录像带。他跟 KTLA 电视台联系，以 500 美元卖给这家电视台。

1991.04.13

小公国进退两难

安道尔——比利牛斯山畔的小公国，不知有多少人听到过她的名字？这个国家深深陷入失掉过去的烦恼中。许多安道尔人自怨自艾，他们发生了"性格认同危机"，现实与历史脱节，安道尔人不能辨认安道尔了。这是因为她的公民求富心切，变化太快，小公国失去了原来的面貌。安道尔的传统受到猛烈冲击。

现在安道尔人的生活跟德国人一样富裕，但他们传统的生活方式已一去不复返了。他们有一面国旗、一首国歌、一种护照、一个议会、两个国家元首，但他们却看不见昔日的安道尔。

一个写安道尔历史小说的作家安东尼·莫拉说"我们应该重新发现安道尔的谦恭与尊严，可是很少有人愿意作出必要的牺牲去拯救安道尔思想。"

导游仍滔滔不绝地对游客讲述：查理曼在9世纪把土地权赐给当地农民；这个小公国建于1278年；她一直有两个国家元首——法国的总统和西班牙乌尔格的大主教；以及这个小公国永远是中立国等。

安道尔居民看到的则是1960年代以来发生的各样剧变。她放弃了务农，改营商业、金融以及地产投机，向她的邻国——法国和西班牙，提供廉价商品和秘密银行账号。

安道尔过去排斥外国投资，一切行业都由本国人民自理。但是到了1980年代，旅游人数达到每年1000万人，防堤冲垮。她需要大量移民在这个国家的大路两旁，建造和经营超级市场、珠宝首饰店以及宾馆等。

现在安道尔人在自己的国家中变成了少数民族。这个小公国现有5

万居民，安道尔人连五分之一都不到。西班牙和葡萄牙移民仍源源而来。1950 年，这个国家仅有 7000 人，几乎全是安道尔人，1983 年也只有两万五千人，六七年后又翻了一番。

现在西欧又包围了这个国家。12 国欧洲共同体已决定 1992 年 12 月 31 日取消所有疆界，安道尔被迫跟进。实际上，西欧的影响已很明显。去年两个元首为安道尔制订第一部刑法，废除死刑；还计划制订第一部宪法。

因为共同体要求安道尔降低进口税，她只能开征营业税，弥补财政不足。她还担心国家的稳定，经不起一点风浪。一位官员说，"只要有一部拖拉机横在大路中央，就会造成全国交通瘫痪。"

社会习俗受到重大冲击。现在安道尔人仍只能在教堂结婚；离婚、堕胎、绝育都在禁止之列，这种状况，都无法再保持下去。

主要的难题仍是移民问题。如果限制移民，势必影响经济增长，但他们并不想这样做，结果是名义上限制移民，而非法入境者却如潮涌。

1991.04.27

巴塞罗那人的语言文字

1992 年奥运会，将在西班牙第二大城巴塞罗那举行。使用的官方正式语言，共有四种，英语、法语和西班牙语之外，还有加泰隆语。这是因为巴塞罗那位于加泰隆地区，当地人民顽强地坚持使用加泰隆语，而不说西班牙语。

在一个明朗的早晨，阳光穿过飞渡的云层，照射在巴塞罗那大教堂的广场，生气勃勃的一天开始了。年轻的妇女用花枝和红黄的加泰隆旗帜，装饰她们的摊位。一切整理就绪，就用加泰隆语叫卖她们的货物。

在大教堂中，传出朗读《圣经》的宏亮声调，使用的也是加泰隆语。

这只是在西班牙第二大城日常所见所闻的景象。只是说明这里的人坚持说加泰隆语，与西班牙的其他地方不同。尽管今日整个欧洲正逐渐地走向统一，这里的政治家还是醉心于保持这个地区的独立性。

最显著的一点，就是加泰隆人顽强地向西班牙语挑战。在 3600 万人口的西班牙，西班牙语占绝对统治地位。另外在拉美，还有 2 亿人使用西班牙语。

但在 10 年不到的时间中，加泰隆人已把西班牙语赶出公众生活圈子，把加泰隆语作为官方语言。小学和中学都用加泰隆语，若干电台、电视台和报纸，也使用加泰隆语。

全城的几千个路名牌，都从西班牙文改成加泰隆文，工程可谓浩大。电影和录相带都有加泰隆语配音。商店的招牌、指示牌等，当然也都用加泰隆文。

当地政治家说，他们这样做的目的，是表明加泰隆和西班牙是使用两种不同的语言，拥有两种不同的文化。

这是有历史原因的。远在 8 世纪的时候，整个伊里安半岛处于阿拉伯人统治之下的时候，加泰隆地区就是查理曼帝国的一部分，欧洲的一部分。

巴塞罗那有的是辉煌的文艺复兴时代的宫殿，阿拉贡和加泰隆王国的建筑。自 1212 年到 1716 年的官方文件，都是用拉丁文或加泰隆文书写的。只是 1716 年以后，加泰隆王归顺马德里以后，加泰隆语，才从官方文件中消失。而两种语文的纠葛，却是永无宁日。

语言学家说，现在法国南部、安道尔和意大利撒丁岛都有不少人使用加泰隆语，总数约有五六百万人。巴塞罗那的书店中，有不少加泰隆文的世界名著译本。

只是不少其他地区的西班牙人并不赞成这种语言分立的情况。而本地人则为加泰隆语呐喊，也取得成功。比如，欧洲共同体就承认加泰隆语为共同体的官方语言。这是唯一得到承认的少数民族语言。

1991.05.11

意大利的"金三角"

　　每年 1 月份，在意大利北部城市维琴察，举行一次金饰珠宝展销会。有 800 多家意大利珠宝金行展出令人目眩的产品。

　　你也许没听说过，意大利是全世界第一黄金珠宝首饰生产国。欧洲的 60% 的黄金珠宝首饰，全世界的五分之一，是意大利制造的。每年有 6300 家行号，把 350 吨黄金和不计其数的珠宝运到意大利，制成各种精致的首饰，再由 6 万名雇员，把这些珍宝销往全球各地。

　　除了少数几家大金行以外，这些精制首饰的金号规模都很小。许多世纪以来，这种金号银楼，遍布意大利各地。现在集中在三个城市：阿雷佐、维琴察和瓦伦扎，号称意大利的"金三角"。

　　这些地方的银行，买卖金条的生意十分兴隆。以色列的金刚钻商、印度的珠宝商，都到这里来做买卖。几百家安全运输行建立了严密的防盗系统。几千家批发商，把这些珍贵产品销往世界各地。多所高级珠宝手艺学校，培训了许多技师。

　　这个行业的产品虽然遍布全世界，"金三角"却是一些严格保密的、不与外界往来的金行。金匠工作的时候，谢绝参观，连姓名也不告诉外人。因为竞争十分激烈，偷盗设计的活动又很猖獗。

　　在"金三角"中，瓦伦扎的景象特别迷人。它制作的金饰只有阿雷佐的四分之一，但它的珠宝产品却震惊世界。这里的金匠分工极细。比如有一家金号，雇了 22 名金匠，分散在 7 个作坊中。一对父子只制金和钢的纽扣，供运动服上装和衬衫袖口装饰。另一名金匠，专做金盒子。瓦伦扎高级金行，同一式样的产品，很少制作一打以上，也许这就是物以稀为贵的原则吧。

意大利首饰设计家的灵感，有的来自大自然，有的来自艺术品，也有的取自各种设计书籍和时装杂志。设计者力求产品富有生气。新作品绘画以后，先制成蜡模型，然后制成银模型，再送到作坊中精工制造金首饰。

瓦伦扎的金品作坊充满神秘色彩，作坊窗上都由绿色百页窗遮起来，装的是防弹门。全城约有1200家金饰作坊。这些作坊平均每家约有5名金匠，制作出名闻世界的各种金饰珠宝。

"金三角"使用的金条原料，是从意大利银行购进的，而银行则是向瑞士采购的。瑞士提炼的黄金号称是最纯的。在制作金饰之前，在黄金中要加入其他金属，增强黄金的硬度和耐久性。纯金通称24K；含有75%黄金的合金，称为18K，以此类推。欧洲大陆流行18K黄金，英国通行9K和14K，美国多为14K，而亚洲人则偏爱18K和24K。

1991.05.18

世界各地的难民潮

全世界各地在同一时间内，有这样多的难民需要救济，是史无前例的。今日世界，可算上难民遍野了。

在伊拉克边境，有 150 万库尔德人嗷嗷待哺，这是海湾战争后新的动乱。在非洲，有近 3000 万人受到旱灾的折磨。在孟加拉，龙卷风袭击以后，灾民超过了 1000 万；几小时的旋风，夺去了 10 多万人的生命。在秘鲁，霍乱吞噬人的生命，而且危及整个拉丁美洲。

对这许多难民，却缺乏金钱、人力和同情，救济是很不够的。比较受人重视的，还是库尔德人的救济工作。对于非洲和孟加拉的灾民，救济工作就欠缺和缓慢。孟加拉当局在达卡宣布，要求 14 亿美元的国际援助，响应的有 33 个国家和国际组织，得款只有 2 亿多美元。非洲的灾民几乎没有什么人关心了。

不久前，伦敦举行了盛大的摇滚音乐会，有数十位世界闻名的歌星参加，为救济库尔德人筹款。但是没有谁为非洲或孟加拉国的难民歌唱。

数年前，埃塞俄比亚遭逢大旱的时候，有几十个国家，几百位名流，几百万普通老百姓捐款救济。今非昔比，为什么呢？救济工作者把这种现象称为"捐献疲劳"。年复一年的灾荒，人们对捐献厌倦了。他们看不到捐献产生的效果，同样的灾情，重复出现。

非洲的情况是很严重的——内战加上连续的干旱，再加上政策失误，今年有 20 多个国家需要紧急粮食救济。仅苏丹就有 770 万人——占总人口的三分之一，面临饥馑。埃塞俄比亚的全国存粮，只够吃 10 天左右。利比里亚、安哥拉、莫桑比克农业破坏都很严重。据联合国统计，总共缺粮 400 万公吨以上。

有人责怪传播媒介对难民遍地的世界惨剧宣传不够。事实上，仍有报刊在大声疾呼，荧光屏也出现饥荒的镜头，但鼓不起捐献热情。

这也因为各国还有具体问题。美国人现在把他们的同情，留给国内的无家可归者；西欧人关心东欧的情况。再加美国、欧洲经济情况又都不妙。英国人多在抱怨，慈善活动太多了。

其中还有政治原因。自从冷战结束后，非洲在超级大国的眼中，已失去了战略上的重要意义，救济的步子也就慢下来了。

当然救济难民的热心人士也还是有的，他们仍在奔走呼吁。英国的安妮公主最近就倡导英国人节省一顿饭钱，救济非洲灾民。美国也派遣了海军陆战队和直升机，到孟加拉去帮助运送急救物资。

1991.05.31

苏联新娘到英国

这是一个真实的故事。

伊恩迟到了。他驾着租来的汽车，从威尔士北部开到伦敦希思罗机场。他心想，自己照片上的样子还不错，但在实际生活中，却够糟的了。他是来接奥尔加的，她从苏联来，30 岁，是位工业化学师。在过去 7 个月中，奥尔加收到他的一些照片和 20 封信，这回要第一次见面了。她也迟到了。从莫斯科来的飞机，1 小时前就到达，她还没有露面。

伊恩 37 岁，手持鲜花。他爱她，希望她也能钟情他。媒人伦纳德·雅各有点不安地站在旁边。他说："但愿她长得还不错，如果她不行，'莫斯科联姻'也就完蛋了。"

当然，雅各并没什么可担心的，他手上已有 400 多张未来苏联新娘们的照片。9 个月前，他开办了这个特殊的婚姻介绍所。现在每星期，他还收到几十份申请单。她们之中，有教师、建筑师、医生、裁缝和工程师等。

雅各把未来的苏联新娘愿意嫁到外国，归因于经济原因，在苏联即使受过最好教育的人，也赚不到足够的钱过舒适的生活。

未来新娘年龄需在 23 岁到 40 岁之间，能说一点英语，容貌比较动人。女方如有一个以上的孩子，就自动淘汰。合格的申请者要付费 50 卢布（相当于苏联人的一个星期工资）。还要附两张照片存入"莫斯科联姻"登记册。

雅各把这本照相目录，题名为"开放女郎"。他还按着不同情况，把这些女士分类，每人都有一个编号。照片上打一个星的，表示可以得到她的地址；打两个星的，只有特殊类别的人，才可以跟她们通信。

翻查照相目录是免费的，如果要得到她们的地址，写信给她们，那可就要付费了。按着各人的身份，价格不等，从 247 美元到 757 美元。

雅各还用电话谈话的方式，弄清对方的意图。如果只是为了好玩来查阅照片的，他就谢绝。参加雅各的婚姻介绍所的，多数是英国人，也有美国人、加拿大人、香港人、肯尼亚人、比利时人和瑞士人等。雅各同意男方每次可跟 10 名苏联女士通信，一旦有中意的，雅各就建议男方去苏联相会。已有三对结了良缘。伊恩是第一个和他意中人在英国相会的。

奥尔加从希思罗机场出来时，她的儿子紧紧站在一旁。伊恩隔着行李车跟她拥抱。她说："谢谢你。"伊恩说："不用担心。"奥尔加无话可说。默默地喝完茶，他们驱车到威尔士北部。在三个月的签证期间，他们也许会结婚。

1991.06.08

美国中小城市面临难题

美国各城市和县都在削减公共服务的开支，这是因为经济衰退，州与联邦也减少了财政辅助。

削减情况十分普遍，因为市长们和其他负责人，都忙于平衡从7月1日开始的1992年财政年度预算。

檀香山削减了修筑道路的费用。加州的萨克拉门托新建的市图书馆，无法开馆。盐湖城没有钱兴建一个新区的救火会。休斯敦撤掉了111张为穷人开设的病床。布里奇波特准备从7月1日开始，停止清扫马路，今夏也无法在海滩提供救生员。

全美的城市专家和市长都说，从1930年代以来，还没有过这般财政紧张的现象，也没有过从联邦到纳税人对地方财政如此不予支持。一位市长认为，这是大萧条以后最严峻的时刻。

美国东北部和中西部的城市遭受的打击最为严重，因为不景气造成失业和工商业衰退，影响了税收。西部和南部城市经济情况较好，同时人口也增加，公共服务开支跟着增加，同样面临难题。

由于各城市纷纷提高税收和削减开支，经济学家担心可能妨碍经济复苏。研究者在全美进行调查，不论城市大小，兴旺还是衰退，管理好坏，大多采取削减预算，砍掉一些显而易见的公共服务项目。

公共服务减少，税收增加，使中产阶级纷纷离开中小城市，留下的人负担更重，麻烦更多。

公共图书馆的减少，是公共服务设置减少的一个标志。图书馆是美国人的日常生活的一个重要活动场所，现在都面临经费不足的问题。

长岛有一个县，计划让它的 12000 名雇员星期五休假，以减少开支。结果将是减少清扫马路、照顾老人、保护消费者利益等数百项服务活动。这样可以节省 450 万美元的经费，但这跟 6000 万财政赤字，相差太远了。

美国人口在 10 万以上的 425 个县，几乎全部在准备削减公共服务或增加税收，其至双管齐下。但是老百姓也有逃避纳税的办法。1989 年，各城市所收的税，人均要比 1978 年少 17%。

面对这种局势，市政当局伤透脑筋。洛杉矶市下一年度的财政赤字是一亿七千七百万美元。它刚刚用削减服务、减低员工工资的办法，弥补了本财政年度一亿二千六百万元的赤字。

警察缺额 445 人，准备不增补了。市长还打算削减图书馆开放时间，削减修理行道树，减少公园、公共娱乐场所的活动，以及增加有线电视的税收、提高水费等。

美国中小城市和各县的头头，可够苦的了。

1991.06.15

伦敦地铁乱糟糟

每个人都认为伦敦地铁乱糟糟，老迈残破——地铁乘客这样说，地铁员工这样说，地铁管理人员这样说。最近发表了一份报告，政府当局也这样说了。

伦敦地铁是世界大都市第一个兴建的地下交通系统。在它的黄金时代，公认为高效率典型，富有创造性的设计典范。

只是伦敦地铁的某些地段，已有近130年的历史；人们现在斥之为不可靠、不安全和不干净的地下铁道。近几年来，屡遭罢工、火灾和经常脱班的打击。它每天要运载250万乘客。

今日的伦敦地铁，是全世界最昂贵的地下交通之一。乘客上车，最少要付80便士（合1元4角美元）的车费。可是它的经营者伦敦地铁公司和政府当局一致认为还需要更多的钱。只是这笔钱究竟应由谁支付，却未能达成一致。

政府的"专利与合并委员会"认为，乘客应该多付一些车费，地铁方面应该提高效率。前述的报告中，提出的就是这个观点。

不过运输大臣罗杰·弗里曼却不以为然。他说：地铁车费再提高，乘客将承受不了。广大乘客是不会接受加价办法的。这是他对电视台记者发表的公开谈话。

伦敦地铁的发言人罗杰·希雷说：公司要求政府在今后5年中，补助50亿镑（合85亿美元）。因为地铁的票价收入刚够成本，如果要改善经营，提高效率，就非由政府资助不可。

伦敦地铁公司已经制订了一份改善地铁经营，提高效率的计划。问题是经费，是钱。地铁公司本身的钱不够，也不能要乘客付钱，他们认为政府应该担负更多的责任。

地铁公司的负责人认为，如果政府不快一点拿出钱来，伦敦地铁就要逐渐完蛋了。希雷说：1987 年地铁车站发生了一场大火，死了 31 人，政府似乎被安全问题迷住了心窍。去年在安全设施上花掉 1 亿镑（合 1 亿 7 千万美元）。其实有些昂贵的设施，完全是一种浪费。有些贵重的设备束之高阁，蛮好把钱花在更急需的地方。

希雷认为伦敦地铁的现状，跟英国在欧共体的地位是很不相称的，更危及伦敦作为世界大都会的声誉。他还说：总要有人拍板，作出决定。到了 1992 年，如果伦敦还要保持世界大都会的中心地位，它的交通系统必须跟上去。

1991.06.29

黑手党北进米兰

一名鞋商打新设的举报电话，说他受到威胁，有人造谣他是毒贩子。还有一个鞋店老板，也打电话说，他再也付不起保护费了，他在店门口挂了一个牌子："遭黑手党累，歇业。"

诸如此类受歹徒勒索和迫害的事，对意大利人来说，是稀松平常的。不过上述两件事的引人注目，因为它们不是发生在黑手党的老窠西西里，或是卡莫拉歹徒活跃的那不勒斯，而是发生在意大利北部工业地区的大都市米兰，这地方一直是歹徒魔手莫及的地方。

人们对这种事，看法不一，有人认为是那不勒斯、卡拉布里亚或是西西里的犯罪组织，把他们的黑手伸到米兰；另有人认为这是当地新生的犯罪团伙。

著名的对付黑手党的法官法尔康认为，黑手党已是祸及整个意大利的组织，他们在都灵早就建有分部。

许多侦查人员都认为，米兰的大量举报电话和许多没有破案的谋杀案，是南部歹徒向北方扩展势力的结果。

据国会的反黑手党委员会的报告，犯罪集团在米兰的地产界和金融业已获得强有力的立足点，他们收买经营不善的公司。黑手党还把米兰作为贩毒和捣卖军火的重要据点，还把米兰作为一个洗钱的基地。

黑手党组织严密，他们的誓言是保持沉默，就连专家也很难获知内情；但黑手党已渗透到米兰的城市生活中。

有个人报告说，他的商店给放火烧了，因为他拒付敲诈他的钱财。有几个店主都说他们受到骚扰，因为他们向批发商购货，没有到黑手党指定的地方进货。

全国店东公会的发言人说，举报电话是他们设立的，每天约可接到 20 个电话。获得情况后，他们安排一些处理的方法。

大公司也受到干扰，一个雨伞集团的董事会最近就忧心忡忡，他们担心新成员渗透进来，利用合法身份进行非法活动。

在都灵，一个轮胎工厂的 3 万只轮胎给烧掉了，因为没有缴勒索款。在米兰，一个建筑公司的老板被迫向一家所谓慈善团体捐款 1000 万美元。当然小企业受害更甚。

据店东公会的统计，在巴勒莫百分之六十的商店要付保护费，而在卡塔尼亚，多达百分之九十的商人要缴保护费。店东公会准备在意大利北部城市设立更多的举报电话。

1991.07.13

购物狂患者的悲歌

纽约有一对夫妇，两人合起来的年收入超过 35 万美元。

可是两人谁也无力控制自己的购货欲。

后来，某一天快到月底了。两人发现已经身无分文，信用卡都用到极限，支票簿也已透支。在这个月的最后几天，他们不知道从哪里弄钱来买吃的。

在这绝望的时刻，他们动用了最后一笔流动资产：他们在一次航空旅行中得来的旅游和旅馆大奖。这样这对夫妇就飞往夏威夷，住在一家已付过饭钱的旅馆中。狼狈地度过了这个月。

这个故事是在一个自助小组的会上透露的。参加小组的都是购物狂患者，这对夫妇也是其中的成员。

当然小组其他成员的经历，要比这对夫妇凄惨得多。也很少有谁在身无分文的情况下，有如此美妙的好运道。

在美国，购物狂患者不断增多，自助小组的成员仅是一部分。这些人到店里购物，跟他们买回的商品，并没有什么关系。他们并不是需要买某种商品。他们到商店去购物只是爱心和自我价值的保证，是逃避孤独、失望和焦虑的方法。

许多人到商店去都会偶然地糊里糊涂买回一点东西。但购物狂患者则是经常不断地到商店去买回一些不需要的东西。自助小组中的专家，就是对病情进行精细的诊断，分析某些心理因素，提出最有效的治疗方法。

据调查，患购物狂者和他们的收入多少并无关系。有的购物狂患者年收入不到 1 万美元，有的超过 30 万美元。他们一般把收入的百分之四十用到乱买东西上，一般人只占收入的 22%。

根据伊州大学传播学院副教授奥盖因博士和明州大学大众传播学院研究员费伯博士的调查，美国约有百分之六的人，是购物狂患者。

他们对购物狂下的定义是：尽管负债累累，却无法抑制连续不断的购物欲望。患这种毛病的，女人比男人多。参加自助小组的，女性占四分之三。患购物狂者的最明显标志，是他们买了许多并不需要的东西，甚至买来就藏起来。

费伯说：他们感兴趣的不是买来的东西，而是买东西的过程。你问他买来的东西中，哪样最有兴趣，他可能连一样也不记得。专家认为，有了购物狂，就象犯毒瘾一样。有时他们也会说，买的东西没用，但不买会伤害某人。所谓某人原来是营业员。

购物狂者常受一种幻觉支配。有的专家认为，这毛病在儿童时期就有根子。

1991.08.03

科威特二题

没有佣人活不下去

法蒂玛·拉巴赫是科威特的有两个孩子的妈妈，生活一团糟，过着"地狱般"的生活，就是因为她家里没有佣人。

科威特靠石油致富，有些人过起养尊处优的生活，把倒垃圾、做早饭一类事，看成肮脏的活儿，有损自尊心。

他们的日常生活都靠廉价的佣人伺候。这些佣人来自印度、斯里兰卡、菲律宾和孟加拉等国。伊拉克入侵后都回国了，到现在还很少人回来。

法蒂玛抱怨说："半夜里我要起床给孩子喂奶，几个月没睡好了。"

在科威特，即使是中等人家也至少有一个佣人。大量的家务劳动，如烧饭、打扫卫生，甚至照料婴儿，科威特妇女都不会干。

据当局估计，科威特原先有 25 万佣人，现在留下来的还不到 1 万。佣人问题已成了政治问题。7 月中旬，科议会讨论减低入境佣人的签证费，简化手续。政治家说，战争结束多月，有些科威特人还留在国外不愿回来，就是因为找不到佣人。

科威特佣人的工资甚低，而且常受主人欺凌，投诉无门。全国有 500 家公司从事介绍佣人的工作。目前最缺乏的是菲律宾佣人。马尼拉当局不愿意再让国民到科威特当佣人，因为她们常受到虐待。

原先在科威特帮佣的，以斯里兰卡人最多，约有 6 万人，现已开始回到科威特来。

博物馆的珍宝不见了

伊拉克从科威特国家博物馆掠去的艺术品和手工艺品，有许多没有归还。

博物馆的一名古物专家说："馆内收藏的全部邮票都不知去向，古代的钱币不见了，若干金器失踪了，许多珍宝不见了，大量珠宝失踪，有些古代文物也不知下落。这些宝物，伊拉克都没有交代。"有些名贵的绘画和雕刻都受到了损坏。

这个专家说，馆内收藏的伊斯兰艺术品，至少损失了 10 亿美元，其他损失也不会少于 10 亿美元。

科威特要求伊拉克归还全部失踪的宝藏。如果真的交还，以后陈放在哪里，还是一个问题。

博物馆的 5 座红砖大厦，有 4 座给伊拉克军队放火烧毁。天花板上倒挂着烧毁的管道，像是意大利通心粉，地上也满是灰烬。

当初人们看到伊拉克军队把这些宝藏细致地包扎好，抢运回国。其中有古代的可兰经、波斯地毯、陶器、印章等，甚至还有出土的头骨和骨骼。一些小东西都给伊拉克士兵顺手牵羊放进袋中了。

1991.09.07

夏威夷人难忘往事

今年 12 月 7 日是日军偷袭珍珠港 50 周年，夏威夷人将隆重纪念，美军幸存者将举行最后一次晚宴，地点在当地的希拉顿怀基岛旅馆。这是东京的一家日本大公司开设的。

这在夏威夷成了一个充满矛盾的事件。就在人们准备纪念这个不光彩日子的时候，日本人用日元在夏威夷完成了他们祖辈用炸弹未能完成的业迹。

原来抱有很高的希望，通过这次纪念活动，展开美日合作的新纪元，现在却担心结果将适得其反。

有些人要求日本为这次偷袭事件道歉。有的人担心这次纪念活动会加剧当地的反日情绪，在日本增强反美情绪。也有人担心这样一来，日本旅游者裹足不来，这本是夏威夷的一大经济支柱。

另有些人希望，过去的就让它过去吧，50 年的痛苦和仇恨，可以消解了。现在到了修好的时候。

美日官方对这个事件都不想纠缠。布什政府决定纪念珍珠港事件将不邀请外国客人，这就避开了要不要请日本客人的麻烦问题。日本政府则说，怎样纪念珍珠港事件是美国人的内政。

在半个世纪后纪念这个日子，美日经济已交织在一起了。也正是贸易和投资问题，两国的紧张关系也空前加剧。夏威夷是美日矛盾的焦点。

比如说，这次筹备者预备举行一次珍珠港纪念宴会，就无法找到一家跟日本没有瓜葛的饭店。在檀香山，任何一家能够举办这样规模宴会的宾馆，都是日本资本开设的。

随着纪念日逐渐到来,战争幸存者心中又呈现出昔日恐怖的景象:吓人的爆炸声和一具具烧焦的尸体。

半个世纪前那天早晨的突袭,造成 2403 名美国人丧生,21 艘军舰被炸沉或炸损,188 架战机被毁。正是这次突袭,把美国推向战争,在战争进行了 3 年 8 个月之后,美国在广岛和长崎投下两颗原子弹,很快,日本投降了。

当年海军陆战队的一名号手菲斯克,目睹一名日军驾驶员投弹以后,满脸笑容离去,现年 70 岁的这名士兵说,他一辈子也忘不了这张脸。这批幸存者的情绪没有改变。他们说:50 年前没请过他们来,现在也不请。

这种情绪跟夏威夷的政治和企业领袖的想法不同,他们要求结束痛苦的过去,开创合作的未来。

檀香山市长说,日本人应该先为珍珠港事件道歉,然后我们邀请他们。有些日本政治家说,美国人应为投掷原子弹道歉。

1991.09.21

美国社会多枪下鬼

美国 20 岁以下的青少年，死于枪杀的，要比因各种疾病而死的青少年总数还要多。黑人青少年被枪杀的要比白人青少年多 11 倍。这是根据美国官方的统计。

健康服务局官员路易士·沙利文，在一次演讲中透露了这些数字。他在演讲中把枪支问题跟种族和家庭破灭问题联系在一起。

他是 1 名黑人，3 个孩子的父亲，对这种现象深感震惊，他不无感喟地说：“人们也许不知道，谋害黑人男性青少年的主要杀手，正是男性黑人青少年。”

据这个机关近数年的调查研究：

从 1984 年到 1988 年，青少年因枪杀致死的人数增加 40%，黑人和白人青少年因枪杀而死的人数，也是第一次超过因所有自然原因而死的人数。

在 1988 年，15 岁到 19 岁的白人青少年，饮弹而死的比因病而死的多 11%，黑人青少年则多达 2.8 倍。

在 1988 年，15 岁到 19 岁青少年，被枪杀的共 1641 人，其中包括 955 名黑人男青少年，453 名白人男青少年，98 名女黑人青少年和 97 名女白人青少年。除了被枪杀的，再加上自杀和意外枪杀的共 3226 人。

15 岁到 34 岁死亡的人，因车祸而死的占三分之二，其次分别为枪杀和自杀。第四位原因才是疾病，如癌、白血病和心脏病等。但在同年龄的黑人中，被杀死的占第一位，其中 88% 是被枪杀。

沙利文说：“在美国大街上，每 100 小时中被谋杀的人，要比海湾战争

100 小时中战死的美军多 3 倍。"

这类情况，使得有些人大声疾呼控制枪支买卖。有的议员提出了法案。

沙利文把这种现象跟美国家庭情况联系起来。他说"过去几十年中，美国家庭的崩溃现象是史无前例的，可能在世界上也是独一无二的，在黑人社会中，这种情况更为明显。有 86% 的黑人孩子，在儿童时期总有一段时光跟单身母亲住在一起。"

专家研究，跟单身父母住在一起的孩子，心灵上受到创伤。与单身父母生活的孩子，贫困的比正常儿童多 5 倍，半途退学的多 2 倍。犯罪率也高，吸毒、酗酒的也增多。

枪杀在美国社会成了稀松平常的事，成了枪下鬼的美国青少年也越来越多。

1991.09.28

世界最高巨人的痛苦

"我不要再长高了，我不想死，请救救我吧！"这是世界第一巨人帕里马尔·钱德拉·巴曼发出的痛苦呼吁，他是孟加拉人，住在达卡。现年27岁，身高2.59米，是全世界最高的人。

据《吉尼斯世界之最大全》记载，现在仍然在世的巨人是住在纽约的巴基斯坦人阿拉姆·钱纳，他最近的身高是2.51米，《大全》所载的纪录是2.34米。这是因为他不断刷新自己的纪录。但新版的《大全》，阿拉姆肯定要被帕里马尔取代。

帕里马尔发出悲痛呼吁后，一个不愿发表名称的慈善团体，于9月21日，把这个贫困的巨人送到伦敦圣巴塞洛缪医院治疗，负担全部费用。

经过一星期的检查，得知帕里马尔的大脑垂体生了一个肿瘤。大脑垂体分泌促使身体长高的荷尔蒙。肿瘤迫使大脑垂体加速分泌，使得人体中促进体高增长的荷尔蒙越来越多。帕里马尔在9岁以前，身高一直正常，以后则身高飞长，每年要长高3英寸，体弱不支。

大脑垂体位于脑子的底部，是一个很小的东西，仅重半克。阿拉姆也患大脑垂体肿瘤造成的"巨人症"和肢端肥大症。不过他的整体健康情况好得多。已婚，有个1岁的儿子，生活正常，仅是房门、汽车和睡床产生麻烦。食量极大。

帕里马尔的情况恰恰相反，他食量很小，胃口很差，要吃大量食物维持自己的体力很困难，因此患了营养不良症。

负责给他看病的沃斯医生说："他体质太弱了，简直连手臂也举不起来。"

那么帕里马尔的病有希望治好吗？可能要动手术，截短他的身高。3年前，英国人莱昂内尔·布罗根，施行外科手术，把身高从 7 英尺 5 英寸减短到 6 英尺 3 英寸，医生截掉他 14 英寸腿骨。

多少有点讽刺意味的是，帕里马尔到英国治病的时候，英国刚刚成立了一个"高个子俱乐部"，这是一个自助团体。发起人菲尔·海因里斯，生理正常，穿的鞋要常人两倍大。他说长子常要给人嘲弄，往往怕难为情，性格内向。

世界各国的人长得最高的，是中非的卢旺达和布隆迪。平均男子身高 6 英尺 5 英寸，女人身高 5 英尺 10 英寸。

据《吉尼斯世界之最大全》记载，世界上有 10 个人身高在 8 英尺以上，但没有人活过 50 岁。

历史上最高的男子是美国伊利诺州的罗勃特·韦德洛，身高 2.72 米（8 英尺 11 英寸），只活了 22 岁，于 1940 年逝世。

历史上最高的女子是中国湖南的曾金莲，身高 2.48 米，于 1982 年逝世，年方 18 岁。

1991.10.19

苏联人奔往波兰打工

在波兰东部的一些工厂或工地上，最近增加了一些新型的工人。他们可靠、勤劳，只要当地一半的工资就肯干活。可是他们说的波兰话却是断断续续，很不流利的。他们的名字多是尼古拉、米哈伊尔、伊凡一类。他们是苏联人。

正如好多年来，波兰人奔往西欧和美国去找工作一样，这些苏联人赶到波兰来打工。在这里，他们可以找到每月工资相当苏联 8 个月工资的工作。有些人是合法入境的，但还有许多人拿的是旅游签证，随后就分散到波兰城乡，有活可干的地方。

一般说来，苏联国营企业效率不高，工人懒散，可是波兰雇主对这批苏联工人赞不绝口，说是好样的。而波兰工人继续流往西方，提供廉价劳动力。

一个开了两家化装品商店、正在盖私人住宅的拉比斯基说："他们的工资便宜得多，他们不要喝伏特加，他们干活用不到监督。"他的建筑工地上有两个尼古拉和一个伊凡，他们都是从乌克兰的桑博尔来的，这个城市距波兰边界 55 公里。

拉比斯基很满意地说："瞧，他们干得多利索，如果他们是波兰人，村子里有一半人要到这里来喝酒。"

对从苏联跑来打工的人，最大的诱惑是波兰货币兹罗提，在这里能够很容易地把它换成美元或其他西方货币。苏联人还可以用这些货币买到许多苏联紧缺的商品，从汽车到儿童服装，然后带回国内倒卖，可以赚很多钱。

这两个尼古拉和伊凡是很典型的苏联打工汉。他们是合法进入波兰的，由一家建筑公司聘请，利用业余时间为拉比斯基工作，每小时工资1万兹罗提，不到1美元，是波兰工人工资的一半。

他们每月的全部工资有140万兹罗提，合128美元，在黑市外汇市场上，可以换4000卢布，也就是苏联工人平均月工资的8倍。

这种现象反映了两国的经济情况。波兰官员说，究竟有多少苏联公民在波兰打工，他们并没有具体数字。他们只知道打工的人数不断增加，主要在建筑工地和私人工厂。今年已有400多万苏联人来波兰访问，有成千成万的人留下来。

热舒夫的交响乐队需要扩充，他们雇了14个小提琴手，全是苏联来的打工者，月薪140万兹罗提，这点钱，没一个波兰人肯干的。

波兰雇主很愿意雇佣苏联打工者，热舒夫的失业率已超过10%，波兰工人还是不愿意干一些又脏又累的活，从苏联来打工的人，却都乐此不疲。

1991.10.27

美国人谈穷

美国是个富裕的社会，美国人常夸耀他们的财富。美国人也不讳言穷，美国官方机构常调查社会的穷困情况。

据美国人口调查局最近公布的资料，去年美国的贫穷状况严重恶化，中等家庭的收入也下跌。这是美国经济衰退造成的恶果。

一所研究美国贫穷状况的专门机构负责人罗伯特·格林斯坦说："我担心贫穷状况恶化和中等人家收入减少的情况，在 1991 年会更为严重。失业上升率今年远比去年高，而当局又没有有力的政策来应付失业。"

经济学家布兰克向美国国会联合经济委员会指出：比起 70 年代，美国贫穷人口不断增加，主要因为低技术工人的实际工资不断下降。还有经济学家指出，是因为收入分配不均，政府福利减低，以及单亲家庭的户数增加。

美国人口调查局的调查，是根据调查 6 万户人家得出的结论。

1990 年，美国在贫穷线以下的人口，上升到占 13.5%，而 1989 年为 12.8%。

美国的所谓贫穷线是在 1960 年代制定的。它是根据一菜篮子各种食品的最低价格乘以 3 得出的。这是因为据调查，一般家庭的开支，吃占三分之一。贫穷线的数额，随家庭人口而异，也随通货膨胀比率调整。1990 年，美国单身汉的贫穷线是年收入 6652 美元以下。

全美国在贫穷线以下的人，去年从 3150 万增加到 3360 万人。在 1983 年，贫穷线的比率曾猛增到 15.2%，这是因为 1980 年代初通货膨胀和两次衰退造成的，以后逐年下降，去年又回升。

中等家庭的年收入，去年下降到 29943 美元，1989 年为 30468 美元。这是 1982 年以来，第一次下降。所谓中等家庭是指家庭一半人口收入较高，一半人口收入较低。1990 年，3 口之家的贫穷线，为 10419 美元。

美国去年失掉健康保险的占 14%。因为大多数个人健康保险来自就业，一旦失业也就失去了健康保险。

人口调查局的报告附有一个补充，就是如果把非现金收入计算在内，并把税款减掉，那末贫穷率约为 11%。

这个报告还谈到，美国 20% 的富裕家庭，占有社会全部现金收入的 46.6%，比 20 年前有所增加。60% 的中等收入家庭，占有全部现金收入的 49.5%，比 20 年前有所减少。而最底层人的现金收入只占 3.9%，也有所下降。

1991.11.09

美国中产阶级今不如昔

最近纽约股票暴跌。挣扎中的美国经济，迟迟不能从衰退中苏醒过来，中产阶级也怨声载道了。

戴维·斯普林斯 3 年前还是个心满意足的人：一个妻子两个孩子，在新罕布什尔州的曼彻斯特有座漂亮的房子，作为化学工程师，年收入 5 万美元。在 1988 年他突然被解雇了，因为国防费用削减。于是他改任顾问工程师，到了去年秋天，又完了。这是经济衰退的影响。现在斯普林斯靠福利救济过活，参加一项福利工作，每小时的工资是 5 美元。每天早晨起来，他都要咒骂布什政府和国会，都是些吃饭不管事的。

斯普林斯的情况绝非个别现象，许多美国人都忧心忡忡。他们每天都听到各种公司裁员的消息，老板们则在议论要降低年底加薪的幅度。中产阶级的人都在盘算，今年圣诞节到底有多少钱可供花费。孩子上大学的学费怎么办？家人患了大病，医药费如何筹措，等等。

这种焦虑的心情，大多数中产阶级都有，甚至包括那些有待遇优厚的工作，车库中放着 2 辆轿车的人，他们忧虑的是他们永远不会生活得像父辈那样好，而他们的孩子将来过得还要糟。

迈克·亨斯勒就是有这样想法的一个。他并不穷，也未失业，更不倒霉。17 年来，他一直保持固定的职业，在休斯敦一家化学工厂中担任机械安装工，年薪 3 万美元左右。他要支付有 3 个卧室的房子的押款，要支付他儿子在社区大学读书的学费。因为与妻子分居了，他不需要什么奢侈品。亨斯勒 48 岁，他的生活就是要使收支相抵。也就是马马虎虎过下去，没有旅游，存款有限，上下班乘摩托车。对未来，他并没什么信心，他说整个中产阶级都在过紧日子，他就是这样说的："我的生活不像父亲那样舒适，我想我的孩子的生活，也要不如我。"

成百万的美国人现在都有这种感觉。中下层的美国人，没有分享到1980年代兴旺时期的富裕生活，现在更像是跌进经济灾难的深渊。另有一些美国人，虽然有许多在过去10年中过得挺不错，也开始怀疑是否会一直那样美好。由于整个经济的下滑，广大的中产阶级，包括那些赚得相当高工资的人家，都在担心是否能一直付得出各种押款，付得出孩子读大学的学费，甚至将来能否有钱养老。

这种每况愈下的现实，在民意调查中充分显示出来，现在美国只有62%的人家，对当前的生活水平表示满意。这个比率是自1963年以来最低的。大多数高收入的美国人期望一年后，经济情况能够好转。但年收入在5万美元以下的人，相信会好转的人连一半都不到，仅在1年前，只有那些收入最低的人对未来才如此悲观。

1991.11.23

日本咖啡馆

日本人喝茶是很讲究的，有所谓茶道，更是一种隆重的礼仪。喝咖啡当然及不上的了。但也有特色，揉进了日本文化。

早在 1868 年，日本明治维新时期，随着日本的西方化，就引进了喝咖啡的风尚，当然是在大都市。东京的第一家咖啡馆，是 1887 年开设的，但没多久就关闭了。到了 1897 年，东京已有 143 家咖啡馆。它们既讲礼仪，也重视质量。

今天，在日本城乡，你都可以找到一家店铺，喝一杯上好的咖啡。东京高雅的咖啡店，每杯咖啡的售价，约为 2.70 到 3.50 美元；京都则要便宜一些。这代价不仅是咖啡，还包括精心制作咖啡，以及舒适的环境，你可以静坐一二小时，不论是惬意的休息或是谈生意，叙友情，绝不会受到打扰。

在六本木中心有家 Donpa 咖啡馆出售混合型的冰咖啡，采用荷兰式的冷水方法。如果要热饮，就放在微波炉中加热。如果要单一品种的咖啡，也可以随意点叫。每杯 3.80 美元。上午九时半前，每杯 2 美元。这种方式制作的咖啡真是美味，店里备有真正的浓奶油。

在东京市中心的新桥，有一家琥珀咖啡馆，专卖咖啡，别的什么都不卖，开设于 1948 年。内部装饰全是古典的日本情调和风味。除了各种单一型的咖啡以外，它还有各种"陈年咖啡"，是店里特别储藏的，10 年以上的大咖啡豆。每杯最低价 6.20 美元。

RiHaku 咖啡馆也有特殊的内外装饰，它不是位于人来人往的闹市区，只有知道这家咖啡店的人才能找到。在这里喝咖啡可真清静啦。一杯咖啡加一小块蛋糕或苹果攀，3.80 美元。京都的咖啡馆要比东京的更有日本文化特色，尽管开设了四五十年，始终保持老传统。

Shiguka 咖啡馆位于京都北野神社不远，开设于 1987 年，供应各种单一型的咖啡，有哥伦比亚的、爪哇的、危地马拉的、阿拉伯的等品种。店名的意思就是清静。你推开玻璃门进去，真像别有洞天。室内的深色木板，绿皮椅，罩着大玻璃的台子，艺术灯光，弓形的窗户，就像 50 年前的京都一样。

在京都城中心有一家 Inoda 咖啡馆，可以使你避开闹市的吵杂声和虚情假意的人群，享受一个恬静安逸的时刻。走进门市部、穿过长廊，从旋转门进入半圆形的咖啡厅，只见一排落地长窗，看到棕榈树的海洋，石板路两侧放着铁制的桌椅。正是喝咖啡的好地方。如果天气太冷、太热或太湿，那就可以坐到室内，有轻妙的音乐伴奏。每杯咖啡 2.70 美元，是东京的最低价了。

1991.11.30

美国家庭谁干家务

在美国家庭中，谁干家务呢？妻子？丈夫？还是孩子？大家都干，怎样分工呢？美国社会学者最近作过一次有趣的调查。

吃好晚饭，谁来洗盘子？这是个争论不休的老问题。有些孩子现在找到了一个秘密武器，只消说一声，要做家庭作业，往往就可脱逃了。

据最新调查，美国孩子现在干家务的要比过去少。特别是那些受过高等教育的父母，不大要求孩子干家务，他们认为做好功课，多学些知识，更为重要。

一个有3个孩子的妈妈费德曼太太说："如果学校里明天有测验，我决不会要任何一个孩子在厨房里干活。"

调查得出一个很有趣的结论：妈妈受的教育越高，她要孩子干的家务越少。教育程度高的家庭，丈夫干的家务比教育程度低的家庭多。

调查还证实，不论妻子是否工作，都承担家务的重任，一般而言，丈夫干的家务不到四分之一。总的趋势是，丈夫干家务比过去多。

布朗大学的社会学者弗朗西丝·弋德契特说：女人干大部家务是不用说的，不过男人干家务越来越多。使我大为惊异的是，孩子却逐渐退出家务活动。

芝加哥大学的社会学者琳达·韦特说：孩子们再不学干家务了。他们的父母认为，孩子们已给家庭作业和各种活动压得喘不过气了。上述两位学者合写过一本这方面的书，她们认为，受过高等教育的丈夫，承担了过去该由孩子干的家务。

她们还比较了两种类型的家庭情况，一种家庭是父母都受过研究院教育，另一种家庭，父母只有初中程度。前种类型家庭的孩子，要比后一种家庭孩子干的家务少三分之一。受过高等教育的丈夫，要比受教育不多的丈夫，多干 80% 的家务。

两位作者还在书中指出，受过高等教育的父母，认为孩子是参加工作的预备期，所以学习知识要比参加家务重要得多。

大体而言，美国孩子大约参加 15% 的家务劳动。只有妈妈的家庭比父母都全的家庭的孩子，要多干 2 倍的家务。黑人家庭孩子干家务要多得多。妻子在外工作时间长，赚钱多，丈夫干的家务也多些。

马里兰大学的社会学者约翰·罗宾逊得出的结论也是，美国丈夫干家务要比过去多。只有一个例外：洗熨衣服。这是他们的最后堡垒。

1991.12.07

德国禁止父母打骂子女

对于德国孩子来说，这个消息乍一听，真是梦想变成了现实。下一次，妈妈或爸爸，对家庭作业不满，对房间乱糟糟不满，唠叨不停，一个劲儿地责骂的时候，孩子们有了法宝，可以扭转局势，威胁父母去告他们。

最近，德国议会的儿童委员会提出了一项议案，禁止父母对孩子"打屁股、捆耳光、没有爱心、不断责骂，或用妖魔鬼怪恐吓孩子"。

德国是世界上出生率最低的国家，有时父母对待孩子过于冷酷严峻，冷漠无情。于是政府起而反击，制定政策，给社会增加一些对孩子的爱心。

政府在地铁站贴了大幅招贴画：画面是裸体男女拥抱在一起，眼神孤独凄凉，凝视着一行标语："一加一等于三。我们要生一个孩子。"

德国当局有很多鼓励生育的政策。政府对生孩子的父母，每月发520美元的奖金，连续18个月。明年1月，这项奖金将延长到发两年。生孩了以后，如父母要留在家中照顾新生儿，职位原可保持2年，现在延长到3年。

尽管如此，仍有60%的夫妇，生下1个孩子以后再也不生，或是照旧坚持不生孩子。这样低的出生率，必使德国人口逐渐减少，不可能平衡。

为了改变德国父母对待孩子的态度，政府用法律的办法来解决，不论打骂或是恐吓孩子，都将是犯法的行为。

议会立法要求父母正确对待子女，禁止打骂。公众的反应不一。《法兰克福汇报》在一篇社论中说：在德国每年有10万以上的儿童遭到虐待，但用法律来处理怎样教养孩子，并不解决问题。

不过德国习惯用法律来约束人们的行为，已有很长很深的传统，在西欧其他国家，也许会被认为侵犯隐私。

例如，德国人搬到新居，要向警察局报告。他们还要向当局报告信仰什么宗教。德国法律禁止对其他汽车驾驶人作愤怒的手势，禁止耻辱公职人员。

德国法律禁止周末下午在公共场地喧哗吵闹。这使家长无法在星期六下午让孩子到户外去玩。年初在沃尔芬比特尔，有几户居民联合起来控告某些父母，因为他们的孩子于星期六午后在当地操场上玩耍。理由是那段时间他们要保持安静。不过官司打下来，法院袒护了孩子们。

政府分析家和心理学家认为，尽管德国普遍富裕，政治进步，专业人员尽了最大的努力，而厌恶孩子的心态却在社会上生了根。这是人们对未来的担心。于是政府只能再求诸法律。

1991.12.14

书市冷暖

今年的法兰克福书展，气氛有了变化。这个世界最大的书展，向来以做大生意闻名，今年变得冷落，出版业有点萧条了。

美国和英国的经济衰退，苏联的变化以及海湾战争的余波，使得全世界的许多出版社显得不景气。大多数西方工业国家的出版社，今年印的新书有所减少，销数也普遍减低，竞争却更激烈，利润则摇晃不定了。

结果是 43 届法兰克福书展参展的新书，在品种和数量上都不如过去。洽谈中考虑的都是成本与开支一类问题，对订货迟疑不决。

因此有些出版社怀疑这样的书展现在还有没有必要，电传已给做生意带来革命性的变化，时代不同，做生意的方法也得改变了。

班达姆·道敦戴·德尔出版社国际部总裁戴维斯说："法兰克福书展的地位已经变了，过去出版社带了原稿来这里推销，现在这些工作都通过电话或电传来进行了。"他还举了个例子，比如海湾战争的联军总司令施瓦茨科夫的回忆录，国外版权过去都要到书展来解决，现在有了畅通的国际电话和电传，在 2 个星期中就全部解决。

法兰克福书展的形象有点暗淡，但参展的费用却急速增加。比如美国国内的出版社，到这里来占一个摊位，开支高达 50 万美元。当然这是包括往来机票、旅馆费、餐费和展出费。

在书展期间，法兰克福的旅馆和餐馆，平均要涨价 25%。戴维斯说，仅仅是书展摊位的电费，就要 35000 美元。

著名的兰德姆出版社负责人奥斯诺斯说："美国出版社开始感到，参加法兰克福书展是一种奢侈和豪举，费用太高了。我并不认为它过时了，我们总要到法兰克福来的，但必要性却大大不如以前了。"

美国代表团包括 673 个参展者，今年他们团结一致，反对迁动美国馆的展出地点。美国馆原来设在大厅，今年却被移到后面一个较小的厅中，与加拿大、日本和以色列的出版社为邻。

这次移动，并没有跟有关的出版社磋商，引起很大不满。有些出版社的主要负责人，愤而不来；有的出版社缩减了摊位的面积。

法兰克福书展的发言人说：现在有 91 个国家，8417 个单位参加展出，不能只照顾美国人。他们预备跟不满的美国出版社洽谈，消除误会。不过这也反映了世界出版业的衰退。

书展寄很大希望于东欧和苏联，由于形势的变化，有利于书籍的自由流通。

1991.11.02

日本人的"穷亲戚"

日本现在已经是世界上数一数二的富国了，财大气粗。可是在本世纪初期，日本的经济形势并不妙。许多日本人离乡背井到国外去打工，奔往拉美的最多。在国外这些人的情况大多也不佳，两三代人过下来，国籍也变了，现在又纷纷回到日本来打工。

今年6月，日本修改了移民法，准许祖籍日本、在国外长大的人，回到日本作暂时性工作停留。于是这类人纷纷回流，尤以从巴西来的人最多。这些"穷亲戚"不免低人三分，虽能赚到一点钱，但对他们来说，这个祖辈出生的国家也非乐土。

祖籍日本的巴西人，现在涌到日本的已达15万。在日本人看来，这些人面孔是日本人，一切举止谈话却完全是外国人。他们大声喧哗，见面相互大笑彼此拥抱，说的全是葡萄牙语。

回来打工的"穷亲戚"觉得日本人看不起他们，似乎把他们当作劣等民族。

日本出版了葡萄牙文的报纸、设立了说葡萄牙语的电台，除了报告新闻、播放巴西音乐以外，还向这些新来的"穷亲戚"提出各种建议和忠告。

这些新来者在事务所、工厂、建筑工地勤奋干活，日子过得还可以，一个月能赚2000美元，汇一半回巴西家中，自己多住在公司宿舍里。但精神上压力很大。他们说，在商店和饭馆受到歧视。他们举了一个例子，某天到百货公司去，就有店员手持扩音器广播：他们进来了，大家，提高警惕！

他们没有健康保险、福利奖金，万一发生工伤事故，也只能自己掏腰包。

一个人说：这里的日本人认为巴西人就像过去的印第安人那样，住在巴西的荒原上。有时觉得自己的根在这里，想学日语读日文。但有时又绝望透顶，只想离去。

日本富裕以后，许多年轻人都不想干脏活累活或危险的工作，因此许多单位感到劳力不足。许多亚洲人乘机赶来干活。而日本当局又怕外国人泛滥日本。因此他们今年想出个妙着，对这些穷亲戚开放。

这些"穷亲戚"来了，但并不自在。那些土生土长的日本人，一看到这些昔日的同胞，不用他们开口，从他们的衣着举止上，就看出他们是冒牌的，他们是巴西人。

当年这些"穷亲戚"的祖先漂洋过海到拉美去的时候，多在咖啡园和棉花地里干活，后来纷纷进了工厂，并且养儿育女定居下来。有的人兴旺发达，秘鲁总统藤森就是日本人的后代。但近一二十年，拉美经济不景气，许多人又回到日本"走亲戚"了。对他们来说，也算赚了一点钱，但也有不少苦恼。

1991.12.21

轰动美国的一场官司

威廉·肯尼迪·史密斯被控强奸案，已经审结，他被宣判无罪，但余波还在荡漾。强奸案在美国几乎算不上什么新闻，但这一起案件却轰动了美国数十家电视台现场转播。西棕榈滩肯尼迪参议员住宅周围，转播车的卫星天线密如蛛网。审讯这类案件，电视观众之多，这次创了空前纪录，观众以百万计。有线电视广播网转播了大量审讯现场，当然也插播了大量广告。美国有45个州的法院，允许现场转播审讯实况。

这个案件并没什么特别引人注意之处，仅是因为被告史密斯出身于美国数一数二的名门望族。他是已故总统约翰·肯尼迪、现任参议员爱德华·肯尼迪的外甥。

对于电视转播这类案件，在美国也有争议。连美国总统布什在审讯结案后，接受记者采访时，也表示不赞成这样做。他对上百万美国家庭收看这种"污秽和猥亵的东西"感到担忧。美国传媒中心的一个负责人说：这个国家的人好像染上了窥淫癖。把法院审讯当作洋相看，太贬低了司法的严肃性。

当然赞成转播的也大有人在，并把它说成法制教育。在审讯答问中，实在有太多的下流语言。

负责本案审讯的女法官玛丽·卢波小有名声，相当严厉。当史密斯绘声绘影地叙述完当场情况后，她质问说："难道你是个性爱机器吗？"她认为现场实况转播，对挑选陪审团和审讯并无什么影响。这回陪审团只用了77分钟，就裁定史密斯无罪，没有多少争议，也没有谁肯透露细节。强奸案是很难确定的，证据很难核实。在美国，"约会强奸"已是习以为常的事。

这次审讯，被告邀请了一些专家，包括刑事学家。他说检查原告的衣服没有发现破损、草痕和其他细小物质，无法证实原告当时曾经挣扎反抗。他还说肯尼迪住宅四周宽阔，在海滩或院子里谈话，夜深人静，屋内的人都能听到，但没有任何人听到原告喊叫。这样，原告所提证据都无法对证而被告说是双方同意，就有根有据了。

所以在判决史密斯无罪后，许多人认为今后强奸案，女方更难起诉。特别是女权主义者，对判决大为不满，认为以后妇女不敢举报强奸了。原告通过律师发表谈话说："我尽了一切努力使自己好受些。这是我唯一的选择。"

在美国打官司，律师很重要。史密斯有条件请最好的律师。没有谁肯透露花了多少律师费，估计在 25 万到 50 万美元之间。

史密斯 31 岁，刚从医学院毕业。官司结束，他要去任实习医生。

1991.12.28

伦敦行路难

"马路如虎口"，这话对今天伦敦的行人来说，还有实际意义。在交叉路口，常常可以看到惊险镜头。一群旅游者在繁忙的街道上过马路，他们朝左边望望，没看见车辆，满怀信心地走下人行道过马路，却几乎撞到从右边驶来的公共汽车。

外国旅游者对伦敦的交通规则是陌生的，他们过马路只能东张西望。多年前伦敦当局已在人行道上漆了标志，告诉行人过马路时"朝左看"或"朝右看"。

去年底，英国增拨 210 万美元开展交通安全运动，保护儿童过马路的安全。在拥挤不堪的伦敦马路交通中，遭殃的不仅是外国行人，更多的是学龄儿童。

根据英国政府的统计，世界上很少有其他城市像伦敦过马路这样危险。官方认为这是因为开车的人车速太快和漫不经心。

在英国，车祸死伤人数连年有所下降，因为大力宣传安全驾车，但对行人来说，特别是儿童过马路，仍然有很大的风险。

英国的车祸死亡中，每三个人就有一个人是给汽车压死的。法国、美国、意大利，车祸比率要高得多，但在七个车祸死亡中，只有一个是行人。

而且在英国意外事件死亡中，有三分之二涉及到学龄儿童。英国约有 750 万驾驶汽车的人在行车安全上，纪录并不坏。但行人和儿童遭受车祸的纪录，却是很高很高的。

一个专门调查英国社会和经济趋势的政策研究会发现，伦敦的家长担心孩子遭车祸，已经不准孩子单人过马路。

根据这个报告，据 1971 年的调查，英国 7 岁和 8 岁的学童，自己一人去上学的占 80%。而最近调查的结果，这个比例已经下降到 9%，主要是因为担心车祸。

英国政府已颁布新法令，严正警告粗枝大叶和危险的驾驶人，号召他们降低车速，救救孩子。交通安全专家估计，如果驾车人每小时减低车速15 公里，行人的安全情况则会大大增加，遇到车祸也不会丧命。

汽车协会的安全专家安德鲁·霍华德说，在停满车辆的街道上，开车急驶是最为危险的，因为驾车人看到的马路情况已经打了折扣。

最常见的情况是，汽车开到交叉路口，并不照顾行人，即使行人已走到路当中，他们也视而不见。

最近国外一张报纸谈到这个问题，标题赫然是"行人在英国性命交关"。

1992.01.11

欧洲的无家可归者

伦敦，尤斯吞火车站。严冬，午夜刚过。

一辆救世军的车子，停在人行道上。

一些衣衫褴褛的人——男人和女人，断断续续地走过来，他们冒着冬夜的寒冷，从铁路终点站的避风处走过来。

一共约有 30 个人，许多人身上裹着毯子。大多数都是年轻人，20 来岁。有几个人嘴里发出强烈的酒精味。

他们排成一行衣衫破烂的队伍，领取救济口粮——三明治、汤和热茶。有一个人，一个哑巴，走向救世军人员，张大眼睛，用手比划着，想告诉救世军一点什么。

他的蓄胡子的同伴走上来说，他的睡袋给偷掉了，能不能领一条毯子，度过冬夜。

救世军给了他毯子，还有一张便条，第二天他可以到仓库去领一个睡袋。柏林当局说，那里的年轻人，年老体弱者，精神病患者，酒鬼，移民——就是这些人组成了无家可归者的大军。你不仅可以在欧洲较小的城市看到，也遍布欧洲大城市：伦敦、巴黎、阿姆斯特丹、马德里和罗马。最大的变化是，其中年轻人的数目大大增加。

欧洲的无家可归者，比例还不像纽约、华盛顿和美国其他城市中那样大，但使人联想到狄更斯小说中的凄凉情景。成千成千的无家可归者，许多人有病，有些是移民，最多的是失业者又没一点希望找到工作。他们晚上睡在门廊下、公园中、地下停车库中，或是挤在避难所内。

欧洲的无家可归者究竟有多少，还难作出精确判断，而且说法不一。

无家可归者是因为东柏林房租暴涨，有些人失去住处。以后可以解决。

据救世军的估计，伦敦每晚总有 2000 来人，要在马路上过夜。这数字比政府发表的多一倍。在教会和慈善团体办的避难所过夜的约有 18000 人。

在巴黎，据救世军估计，有 15000 到 20000 个无家可归者，约为城市人口的 1%。

马德里人口 350 万人，无家可归者为 5 千到 1 万，绝大多数睡在马路上。

天主教慈善团体估计，罗马约有 6500 名露宿街头、无家可归的人。

无家可归者的增加是因为失业和低价房屋不足。专家认为这和家庭解体更有关系，教会和政府对穷人的帮助也减少了。

有关政府多在增拨社会福利开支，但无家可归者是否会绝迹呢？谁也不知。

1992.01.18

纽约家长教子自卫

多米尼克·马苏罗准许他的 13 岁的儿子，单独一人到隔一条街的商店去，同时告诫他，如果有陌生人走近他或者他意识到有其他危险的时候该怎么办。他的家住在纽约布朗克斯区东北部。

他告诉儿子在街上走路时怎样环顾左右，遇到麻烦时怎样奔跑。如果遇到大麻烦，赶快跑进一家商店去，同时呼喊爸爸或妈妈的名字。如果店东要你出去，你赶快抱住收银机，但千万不要用手去碰钱。你知道店东最关心的是什么？是他的钱，他会打电话叫警察，警察一会儿就来，而这也是你所需要的。

这位马苏罗先生是纽约市促进儿童安全组织的负责人，专门教导孩子自卫之道。

最近布朗克斯区的家长们纷纷寻求帮助，告诉孩子们遇到麻烦怎样自卫。这是因为近来纽约发生一连串可怕的案件，全城家长都在议论同一个问题：保护儿童安全的技巧。

布朗克斯区有一位母亲，不再给 10 岁的女儿买那种上面印着名字的运动衫，防止陌生人喊她的名字打招呼。

曼哈顿区有另一位母亲，告诉她 7 岁的女儿一个"口令"。如果她不能亲自到学校来接孩子放学，女儿只能跟说得出那个"口令"的人离开。

所有的父母都会担心孩子在外的安全，但在纽约，这却是每天都使家长担惊受怕的事。特别是最近以来发生了多起事件。

布朗克斯区还发生几起种族迫害的事件。先是几个白种青年，对一对黑人兄妹的孩子涂白鞋油，接着是一个 15 岁白人女孩在公共汽车站被黑人青年绑架强奸。还有一个 11 岁的男孩在上学路上给绑架和鸡奸。一件比一件厉害。

许多家长都注意到案发的时间。女孩是早晨 7 时给绑架的，男孩是早晨 8 点给绑架的，过去家长们多认为早晨是最安全的时刻。

纳克太太对她 15 岁的女儿和 12 岁的儿子说：出去时两人要在一起。永远不要跟陌生人谈话，在经常走过的路上，把自己的姓名告诉几个店东和看门人，让他们认识你。绝对不要带许多钱在身上。半路遇到强盗，他要钱就全都给他。

纳克太太是"安全网"的负责人。这个组织是曼哈顿区 23 所私立学校的家长联合组织的，是一个儿童安全委员会。多数学校都有家长巡逻组织。家长们穿着黄罩衣，手持移动电话或直通警察局的对讲电话，沿途巡逻监视，确保孩子上下学的安全。

1992.02.08

来自监狱的调查

美国司法部最近对监狱犯人进行了一次调查，得出如下结论：关在州监狱的少年犯，有一半以上的人，有近亲也在坐牢。关在地方监狱和州监狱的成年犯人，有三分之一以上的近亲在坐牢。

著名的犯罪学家认为，这项调查第一次显示，罪犯有近亲坐牢的情况甚为普遍。

有些犯罪学家认为，这项调查充分证明，犯罪有家族的根源，特别是暴力犯罪。

不过这项调查并没有回答长久争论不休的问题：一个人犯罪到底是环境的影响，还是受遗传因素的影响。

美国司法部属下的司法统计局负责犯罪和犯人情况的统计，并分类进行研究。

哈佛大学的心理学教授理查德·赫恩斯坦是研究犯罪原因的专家，他说：这些统计数字是"令人震惊的"。它们是最新的证明，"越是惯犯，越可能在他或她的近亲中找到其他罪犯"。

威斯康辛州大学的副教授特丽·莫菲特认为，这项调查与流行的观点矛盾，一般认为少年犯是跟他们同龄朋友学坏的。她说："少年犯是从自己家里学会犯罪的，这些孩子是在知道自己的父母或兄弟姊妹中有罪犯的情况下成长的。"她认为孩子在很小的时候就从自己家中了解犯罪。

她说："如果妈妈酗酒、嗜烟或服用毒品，孩子生下来以后，就开始熟悉不端的行为，这就会引导他成为少年犯。一个3岁的孩子不懂得纪律，一个7岁的孩子没人帮助他做好家庭作业，都说明他没有好的父母。"她又说："如果在 17 岁之前没有人教你怎样偷汽车，你不会学到怎样犯罪。"

最新的研究表明，学校中纪律松弛，课堂中成绩很糟，都是导致少年犯罪的明显征兆。

宾州大学的犯罪学和法律教授马文·沃尔夫冈对司法部公布的统计资料持保留态度。他说："我并不是否定这个统计，但是必须记住，绝大多数的少年犯来自低社会、经济背景的地区，来自贫穷的地区，不论有否血缘联系，总有许多人要进班房。"他还说："看来还是所住地区、周围邻居是比家庭更主要的导致犯罪的因素。"

司法部的调查材料表明，最严重的少年犯，家人近亲坐牢的比例最高，达 52%。其中有 25% 的人，父亲坐过牢或仍在坐牢，有 25% 的人兄弟姊妹中有人坐过牢，有 9% 的人母亲坐过牢，还有 13% 的人，有近亲坐过牢。

美国司法部的调查是从全美国 25000 重少年犯中，抽 2621 人，进行代表性调查的。

1992.02.15

日本政府与东京大学

日本首相宫泽喜一是东京大学 1941 年的毕业生，他的主要助手加藤先生是东大 1964 年的毕业生。有一天宫泽对他的助手说，日本政坛有件麻烦事，已经失去了控制。他说的是他们的母校。日本政府的权势人物，多是从这个学校毕业出来的。社会上早有一种说法：东京大学是"造就高级官僚的摇篮"。

宫泽对这种情况抱有一种忧虑。所以日本内阁最近通过一项决定，上层官吏的来源要多样化。在今后 5 年内，高级官吏来自东大的，不能超过50%。

宫泽喜一说："一个健全的社会要有多样的价值观。" 21 世纪亟需有创新精神的人，如果日本未来的领导人，都来自听同样的课、参加同样的考试、喝同样水的同一个大学，决非明智的办法。

日本内阁有些官员，对宫泽的决定并不以为然，至少背后颇有议论。首相府负责人事的田口，是东京大学 1980 年的毕业生。他说："谁能想象一个立志从政的青年会去报考早稻田大学呢？"早稻田是日本规模最大、最有名声的私立大学。田口认为那是"不可思议的"。

日本天皇明治于一个世纪之前，创办了东京帝国大学。从此这个大学，特别是它的法学院，就是培养政界高官和企业领导人的主要基地。正是东大的毕业生为日本经济腾飞立下功劳，为日本汽车和电脑集成块打入世界奠定策略。日本的外交政策、经济政策多是东大毕业生制订的。

日本大藏省不久前招考，经过激烈竞争，最后剩下 24 人，其中 22 人是东大毕业生。文部省、邮政省、通商省等，招考录取的东大毕业生都占

59% 以上。这些职位都是"肥缺"——迅速晋升的"快车道"。

根据政府档案，去年有 14836 名大学毕业生参加文官考试，录取 508 人，其中有一半多是东大学生。最后只有 310 人就职，其余的人都到工资优厚的工商企业任职了。

外务省一个年轻官员说："你进入一个部以后，人们首先要弄清你是不是东京大学毕业的。"如果你是其他大学来的，有些职位肯定没你的份。还有些人怀疑宫泽喜一是否真心如此，认为他是沽名钓誉，平息社会上对东大毕业生垄断政府各个肥缺的不满。

事实上，宫泽喜一不仅反对东京大学的垄断，他还反对东京人的垄断。因为东大的学生都是住在东京市区或近郊，多是东京人。来自北海道或冲绳岛的学生，是很少很少的。

1992.03.21

莫斯科人的心态

入晚，莫斯科上空的红星还在闪烁，只是已经黯淡无光。"金星"的霓虹灯却大放光明，全力推销韩国的磁带录像机和其他新玩意儿。

红色的标语已经看不见了，代之而起的是五光十色的广告牌。从机场到莫斯科市区的一个最好地段，就有"金星"百货公司的广告牌。

在机场，行李运输架旁有一家皇家赌场的广告，向游客招手，那是一个迷人的地方，具有沙皇时代的妖冶风光。

红场上的国家旅馆正在改建，新的经营者是奥地利的洛格纳。改建完成后将是一座只收硬通货的高级宾馆。

一个旧地重游的人，再来莫斯科，很容易发现在苏联解体后这里已经大变样了。当然也还有不变的东西：外国大使馆和外国企业门前的警察，大喊大叫的衣帽间女郎，奇特的、令陌生人无法找到的公寓门牌号码，等等。

莫斯科人的心态，显然有了极大的变化。泥足的巨人倒下了。一度争霸世界的超级大国突然变成饥饿的受援国，而且是接受过去敌对的西方的援助，所有的莫斯科人，不论他们抱什么政治态度或有什么样的经历，都无法不感到屈辱和困惑。人们无法不感到痛苦和空虚。国家民族的自豪感受到了沉重的打击，完全破碎了。

西方的企业不断扩大，还包括为它们服务的行业。

在这个城市里，过去西方的食品，只是由当地的西方居民携带进口的；现在市场上到处都可看到芬兰的、德国的、爱尔兰的、意大利的和瑞士的食品。当然都需要用硬通货购买。

对于今天的俄罗斯人来说，商店中可以碰到好机遇，也是感到屈辱的地方。现在西方的产品和包装总是惹人着迷。奢华的包装过去是这里的厂商不屑为之的。如今又是一番心态，不论任何产品，只要是西方的就是好的。

一位妇女说："如果我们买得到，从西方进口的白糖，也比俄罗斯的甜。"这话也许不无打趣之意。但也和"月亮也是外国的圆"同样奥妙。

这里面有悔恨和愤懑。有人询问一位妇女对这种只使用硬通货商场的观感，她回答说："在这里我好像看到一块牌子，上面写着'黑人不准入内'。当然这有点荒谬。但我们曾经是一个大国，现在给人家当成穷光蛋。"

同时有不少具有生意经眼光的人利用这种机遇，干得不错。他们在人行道上出售这些难得的商品和奢侈品。

1992.04.04

莫斯科的街头小贩

乌·科瓦连科是苏联航空公司的乘务员，站在莫斯科的可怕的卢比扬卡监狱的阴影中，叫卖新鲜的、15磅重的菠萝。这是他从班机飞非洲时带回来的。不到几分钟的功夫，一个人付了相当于他一个月工资的钱买去了。菠萝在莫斯科是珍稀的水果。

几步路以外，一个阿塞拜疆青年在帮一个顾客试穿皮茄克。几个俄罗斯老妈妈在兜卖洗发水。

一个政府机关的汽车司机在叫卖通心粉，货都放在这部公家汽车的行李箱中。几个醉醺醺的青年在售卖啤酒和伏特加，摊头是用倒过来的纸板箱搭的。

这就是莫斯科走向市场经济的街头小景。

近几个月来，莫斯科市中心成为了杂乱无章的街头市场。这种沿街叫卖按照原苏联的观点是"投机"，现在已被当局认为是合法交易。

莫斯科街头小贩越来越多，货架空空的国营商店更是门可罗雀。莫斯科最大的"儿童世界"商场附近，小贩成群结队。遍布街头的小贩什么都卖，从牙膏到各种杂货。

一个退休的、65岁的出租车女司机正在兜售女子服装，她说："干这种买卖可挺不光采，现在只能这样过活。340卢布的退休金怎么能活下去呢！"按照银行的官方汇率，这点钱可以兑3.40美元。

俄罗斯当局鼓励街头小贩，抵制国营流通系统的诸种弊端。

莫斯科和俄罗斯其他大城市小贩的兴起，据说是学习波兰的经验。现在波兰已限定小贩只能在指定的区域营业。"儿童世界"周围的小贩，原先主要是穷困的退休老人和家庭主妇，卖掉一点个人物品，去买食品。现在的街头小贩阵容庞大，他们有企业家和半职业的商人，获利甚丰。这因为多数人都无法靠一点菲薄的薪金过活。

开头提到的飞机乘务员科瓦连科，最近利用职务之便到了一次刚果，买了 10 只大菠萝，15 元美金。现在以 5 倍的价格出售，净赚 7500 卢布。西方人也许认为这点钱微不足道。而俄罗斯的月平均工资只有 1200 卢布。

当然大多数俄国人没有这样的出国机会。但他们也有其他方法搞到货源。比如附近就有一个工人在卖电动狗，后腿会站起来汪汪叫。这些货是俄罗斯北部一个军工厂生产的。这个厂改产后，生产玩具。一些有眼光的工人把产品全部买下来，运到莫斯科来出售。

在俄罗斯的有些省里，至今还是把街头小贩当作投机倒把处理。

1992.04.11

纽约的陋室生涯

　　纽约百老汇街 372 号，位于唐人街西侧，是家服装厂。三楼住家，一间间都隔成 8 英尺宽 10 英尺长的房间，没有窗户。从塞内加尔来的移民阿布杜拉耶·卡马拉就住在这里，算是有个家了。

　　他的邻居大都跟他相似，都是会动脑筋的非法移民，从中国来的，越南来的，墨西哥来的，等等。他们默默地生活在这 16 间小屋中。房子是非法搭建的，违反了建筑法规。

　　在狭狭的走廊上，有一个马桶间，没有浴室或厨房。空气中充满了灰尘和飞絮，是从楼下的服装厂飞上来的。厂里的工人多是从中国来的，从早到晚踏着缝纫机。

　　楼上的房客每月付 200 到 350 美元的房租，在纽约，算是便宜的了。

　　卡马拉是四年前搬进的，他说他很幸运找到这样的房子。曼哈顿的房租是很贵很贵的。

　　如今这四楼上的小屋已经成了瓦砾，因为在房东和房客争吵以后，执法人员把它拆除了。

　　以后有 8 家房客搬到了东 28 街的单间旅馆中，暂时得到栖居之地。在纽约，一个穷人要找到一处付得起房租的房子可是天大的难事。他们得不断地到处寻觅。

　　百老汇街 372 号的住房已经消失，但那里的房客在贫困生涯中结成了友谊。在纽约有成千成万的穷人挤在这种非法的、分隔出来的小屋中。

　　在竞争激烈的纽约，这些非法入境的移民找到一份工作，勉强生活下来。他们主要任务，是赡养家乡的妻子儿女，父母兄弟。

他们平日站在公路上卖花，在第五街卖手表，在郊区开无证出租车，因为一般出租车都不愿到那样偏远的地方接客。有的人在唐人街的中国餐馆中揩桌子，有的在凌晨2时送外卖食品给顾客。

这些人是从中国、多米尼加、哥伦比亚、海地、塞内加尔、墨西哥和世界许多其他地方来纽约淘金的。

到了夜晚，在繁华的纽约，他们十多个人挤在一些地区的地下室中，或是五六个人挤在另一些地区的小屋中。在唐人街，还有人在兵营式的鸽子笼中换班睡觉。

这些人都是1970年代以来，陆续通过地下移民网，非法进入美国的，住处一年比一年难找。很难判断究竟有多少这类穷人住在纽约。据有关方面和社会工作者估计，总数在6万以上。

许多这类陋室要比百老汇街372号的房子还差，连报火警的设备也没有，墙壁是用普通胶合板或网眼铁丝网隔的，而不是用石灰隔胶板。

卡马拉在房间中只有一席之地，每周付35美元。他来美10年，要养活在达卡的母亲和9个兄弟姐妹。最近4年来，他每小时的工资是4.25美元。

1992.04.18

美国人担心孩子受穷

这几年，美国中产阶级的生活过得并不怎样舒畅。他们明显地感到，眼下的生活没有他们的父辈在六七十年代那样惬意。使他们更为担心的是，他们清醒地预感到，他们孩子日后的生活，还要不及现在。这倒有点应了中国人从前说的老话：王小二过年，一年不如一年。

这样说并不是抱有任何偏见，更不是为了宣传。这个问题已是美国报刊的热门话题，也是一些研究机构注视的重点。他们并不忽略反面问题的研究，重视社会上的弊端和问题。

根据美国的"保卫儿童基金"的研究材料，有孩子的美国年轻人家庭的收入，明显地比上一代人的收入为少，儿童贫困率上升两倍。

这个机构发现，在过去20年中，这种类型家庭的收入，下降了32%，而儿童贫困率十十足足地达40%。

这种情况的产生，和家庭人口构成的变化有一定的关系，特别是这些年单亲家庭数目急剧增加。

不过，这份材料还说，即使家庭人口构成没有什么变化，也会有一半有孩子的青年人家庭，生活水平下降。这是因为工资降低，政府的福利津贴和失业补助减少。

这种发展趋势在年轻的黑人家庭、西班牙裔人家庭和受教育很少的人的家庭更为突出。同时，年轻的白人家庭和家长受过高中教育者的家庭，也感到收入下降和儿童贫困率上升。

保卫儿童基金会的分析员克里夫·约翰逊参与这项报告的写作。他说："这种趋势是相当广泛、普遍的，事实上影响到所有有孩子的年轻人家庭。"

　　基金会主席玛丽安·赖特·埃德尔曼说：这种情况预示要发生"更多的犯罪、更多的暴力、更多的少女怀孕、更多的种族冲突、更多的妒忌、更多的失望和更多的愤世嫉俗"。

　　这项研究报告是由专门调查研究儿童问题的保卫儿童基金会和东北大学的劳动市场研究中心共同拟定的，他们据以分析的材料是美国人口局的当前人口调查年度报告，收集了6万户家庭的典型资料。不论是年轻或年老有孩子的家庭，收入都有所下降，而以年轻人家庭更为显著。现在大约有一半美国儿童，出生在父亲或母亲年纪在30岁以下的家庭中。这项调查发现，这类家庭的收入下降了32.1%。也就是说从1973年的年收入27765美元，下降到1990年的年收入18844美元。均按1990年币值计算。

1992.04.25

男人打老婆和女人打老公

长期以来，夫妻打架，只听说妻子挨打受气，现在美国男子发出了呼吁，他们挨老婆打，要求伸张正义，要求受保护的权利。

越来越多的美国男人发出呼吁，要求人们改变观念，在家庭暴力事件中，"主犯"并不都是男人，暴虐的妻子也不少呢，这些挨打的丈夫要求帮助和庇护。

美国家庭权利联合会准备今年开办一个收容所，接纳挨打而逃出家门的男子。它的创建人乔治·吉利兰说："我们最近开始告诫男子汉'喂，你在家里挨耳光，或是拳打脚踢，遭受痛打，都是非法的行为'，我们主张男女平等。"

现在美国冒出保卫男子权利的运动，也是不为无因，而是根据最近多项调查得出的结论：妻子殴打丈夫和丈夫殴打老婆一样多。

这种观点也受到质疑，早在 1985 年就提出丈夫在家中挨打资料的学者也有疑问。新罕布什尔大学家庭问题研究所的默里·斯特劳斯教授说，男人总比女人高大有力，男人打老婆容易造成伤害。从政策观点来说，更应重视挨打的妻子，她们的创伤更多更重。他还说："我坚决反对在家庭中使用暴力。不过很重要的一点是，必须承认，在家庭，女人跟男人一样，也使用暴力。"

许多女权主义者当然为妇女辩护。一个机构的创建人埃伦·彭斯说："人们不应忽略现实，在家庭生活中，总是女人怕男人，没听说男人怕女人的。家庭暴力事件针对男人，并不是什么社会问题。"

在家庭中挨打的丈夫却是有苦说不出，得不到理解。他们抱怨说，在今天社会中，他们挨了老婆打，如果还手，那么就罪在丈夫了。但却没有任何人帮助他们，让妻子不再打人。人们更往往把妻子打丈夫当作一出喜剧。

斯特劳斯调查了600对男女，已婚的和同居的，问他们在双方发生冲突时，他们采用什么特殊手法来解决。

调查结果是女人挨耳光、脚踢、痛打或被刀子或枪威吓的，要比男人稍多一些。男人揍配偶，要比女人稍多一些。不论男女都一样，拔出刀子或手枪威胁对方。这项调查结果和10年前的一样，女人跟男人一样好斗。

不少人反对这个结论，认为现在是男人占优势的社会，女人总归吃亏。也有人现身说法，说是男人吃亏。一个先生说，他和妻子争吵，妻子说要叫警察，他也说叫警察，妻子在门口尖叫，"快把我送到挨打妻子收容所去。"这位先生却被警察送到监狱。他说："这个社会是欺侮男人的。"

一个收容所的人说，在这个所里，每20个男人中，总有两三个是被老婆打出来的。

1992.05.09

世界休假冠军

历时十来天，德国公共行业工人的罢工，终告结束。这是二次大战后，德国工人罢工时间最长、范围最广的。就连法兰克福机场也停闭了24小时。经济损失巨大。联邦铁道由于火车停驶，损失了1亿马克，约合6000万美元。邮件和垃圾都堆积如山，就更不必说了。

德国工人一向以工艺精确著称，其实他们生活的轻松、工资之高都是世界第一。有个口号是："德国——世界休假冠军"。

现在德国工人，平均每年有6周的假期——世界最长的，还有15天国定假日，这等于每年有2个月的有薪假期。

德国人轻视工作，有个口号是："干吗干活？领张工资单。"在德国达到工作年龄的，只有52%的人工作，在美国为63%。在德国读大学是很轻松的，学生都把时间拉长。大学读6年、8年，甚至12年的都有。因为政府发放补助金，等于不要利息。学生们乐得借补助金，在校园内过着轻松的生活，何必急急寻找职业。

"少干活，多拿钱。"德国人不仅夸耀他们是全球工作时间最短的国家，而且是世界上工资最高的国家。德国工人平均每小时拿到的工资和奖金合23.5美元，等于美国、日本和英国工人工资的一倍半。

德国人已习惯了这种优裕、闲逸的生活，但在这种生活的背后，隐藏着严苛的现实。戴姆勒—奔驰汽车公司董事长艾札德·路透就发出警告：这样高的工资、如此重的税率，很快地就会逼使公司到国外去生产汽车。目前这家公司看中两个国家：墨西哥和俄罗斯。

德国工业界和政府都担心繁荣的德国经济面临严峻的结构问题。生产力不断下降，工资则不断上升。有越来越多的德国大公司西门子、大众汽车公司、巴伐利亚公司等，都到国外设厂，雇佣外国工人，工资便宜得多。

德意志银行的首席经济学家诺勃特·华特说："按照美国标准，德国在去年夏天就进入经济衰退时期。"

德国工人听说美国工人假期很少，无不大吃一惊。德国工人不仅每年有 2 个月的假期，而且工作时期也短，平均每周只工作 29 个小时，比 1960 年代减少了四分之一。

另外，德国工人的病假也很多。平均达 4 周。行家分析，其中至少有三分之一是装病。

德国总理科尔年初说："德国工人也许比别国守纪律，但我们的情况是今不如昔，每况愈下！"

1992.05.16

日本幼儿的竞争

小江口像许多日本人一样，在生活的道路上迈进，总感到压力很重。一清早起来，他和同伴一样忙着整天的学习，每天晚上他还要特别补习3小时，回到家里在睡觉之前，又要做几小时的功课。

对一个11岁的孩子来说，负担实在太重太重了。

小江口的目标，是考进一所著名的私立初中。这是关系到他一生的大事，是他将来考进著名大学的关键一步。小小的年纪，已经考虑到未来的前途。

他说："我的目标是在一家有名的公司，找到一份美差。"

日本是世界上竞争最激烈的社会之一。竞争的起点越来越早。日本补习学校如雨后春笋般兴旺，就是帮助学生考进著名的学校和大学。

日本的补习学校像是一种影子学校，它是正规学校的补充。现在有的日本孩子，在两三岁时就上补习学校了。

日本补习学校的兴旺发达，被认为是日本繁荣发达的秘诀，一切成就都取决于学业的好坏。也有人批评这种现象，认为它坤葬了新一代人的童年。

东京大学的社会学教授天野说："补习学校对日本的教育制度和儿童都是有害的。孩子连一点自由的时间都没有，是有害的。小小的年纪就投入生存竞争的激烈行列中，是有害的。"

根据最近的调查，日木有440万学生在5万到6万补习学校中就读。这占小学生总数的18.6%，占高小学生的52.2%。去年日本花在补习学校的学费，高达109亿美元。

补习学校的创办人和教师认为，这类学校的受人欢迎，是因为它们办得好，创造了一个活泼有趣的学习环境，学生们乐于在里面学习。

一所招收两岁到三岁儿童的著名补习学校，把大多数学生都送进了著名的小学。如果这些学生考试成绩卓越，他们可以一直升到大学，不必通过入学考试。

补习学校的负责人说，他们并不是向学生填鸭灌输，他们教导孩子游戏和对学习发生兴趣。

在一个班级里，坐着8个3岁的孩子，老师拿起一些画片，有的画着风筝，有的画着龙，等等，要孩子们认。又拿出一些图案，有方的、三角的和圆的，问孩子是些什么形状。

有些妈妈坐在教室门外，焦急地等待放学。她们也无可奈何，只是希望在激烈竞争的社会中，孩子能够取胜。

1992.05.30

裁员——女士优先

日本经济也进入了衰退期，当头一棒首先打在日本妇女头上。争取男女工作平等的运动受到挫折。

许多日本老板准备缩减工资开支的时候，首先想到的就是减少女性雇员。这种趋势说明，尽管日本妇女的工作条件近年有所改善，一遇风吹雨打，经济形势恶化，首当其冲的还是妇女，她们仍然是二流雇员。

东京一个官方的劳动顾问说：大多数厂商认为女雇员不像男雇员那样重要，总是先裁减她们。试以近年遭遇麻烦的日本经纪业为例。它在日本投机经济时期大为繁荣，现在也是受打击最大的行业，必须裁员。大约在9个月的时间中，这个行业裁减了10%的雇员，约有16000人。而其中妇女占了四分之三。

日本传统倡导终身职业，裁员很有不便，难免非议。公司利用各种借口，进行自然淘汰。

野村证券公司是世界经纪业中最大的一家，计划再裁减2000人，约为全公司职员的六分之一。它的办法是免去妇女担任的文书型的工作。野村公司的发言人说，裁减女员工比较方便，她们在公司的时间不会太长，都干到结婚为止。

先向女职员开刀，也不算什么新鲜事。1973年石油危机期间，大批部分时间工作的女职员，都被裁减了。

丰田自动车公司计划下一年度削减23%的女职员。而男职员只减少10%。公司发言人说，在1989—1990年的黄金时期，增添了900名女职员，现在汽车业不景气，当然要削减些人员。日本银行业也要减少雇员，女的当然要比男的遭殃。由于顾客减少，主要由妇女担当的一些工作，也相应裁员。庆应大学的劳动经济专家佐野教授说：现在这种典型的衰退年头，妇女要找工作是很困难的。就是在我的讲习班上，女生要找职业也比男生麻烦得多。佐野还说：不仅仅是公司厂商的问题，整个日本社会，对待男女的态度就不一样。尽管日本政府在 1986 年就通过男女就业机会平等的法案，但只是一种表面文章，对歧视妇女的行为也没什么惩罚。男女平等，不过是口头禅。

1992.08.01

《戈培尔日记》的见证人

日前报载莫斯科档案馆，发现了尘封几十年的戈培尔的日记。这是一个特殊的档案馆，专门收藏前苏军从德国缴获的各种第三帝国档案。档案馆是由纳粹俘虏兵建造的。

对这件事特别起劲的是伦敦《星期日泰晤士报》，对日记大事渲染。多年前也是这张报纸，宣称发现希特勒的日记，不久即证明这部日记纯属伪造。紧接着英国著名小报《每日邮报》又以轰动手法在头版刊登戈培尔日记，宣称独家新闻，闹了一场双包案。

法国政府中的专家对日记抱怀疑态度，说是有待于进一步科学鉴定，来辨明真伪。

对于研究纳粹历史的学者来说，这部日记并没有什么稀罕，多年前就曾刊出过戈培尔的部分日记，购者寥寥。专家则很容易可以查到这些资料。

这部《戈培尔日记》的真实性没有什么问题。值得研究的倒是它到底有多大价值。当初戈培尔写这些日记的时候，就准备日后公开发表，宣扬纳粹的功绩。

戈培尔是希特勒最忠诚的吹鼓手，还在希特勒没上台前，就为他大造舆论。纳粹失败，希魔自杀，戈培尔亲自毒死 6 个孩子，夫妇双双自杀。

华盛顿邮报新闻社的记者最近在德国访问了理查德·奥托。这是一个 85 岁的老人。从 1941 年到 1945 年，奥托是戈培尔的速记员。日记就是戈培尔口述，由奥托速记后整理的。

1945 年，苏联红军攻近柏林的时候，是奥托协助，把这部日记的玻璃照相版埋在柏林城外的森林中。莫斯科档案馆收藏的就是这部玻璃照相版。日记都是奥托的笔迹。

奥托出生于德国西北部，1925 年移居柏林，担任报社和通讯社的速记员，1937 年参加纳粹党，不过据他说并无显要地位。但他的速记才能引起纳粹宣传部的重视，不时找他速记。

二次大战爆发后，戈培尔左右觉得他花费在记日记的时间太多，建议他用一个速记员。1941 年 7 月 9 日，奥托正式进入戈培尔办公室。此后，每天早晨速记戈培尔的日记，直到最后。

奥托说他的工作只是把戈培尔的话速记下来，从没有讨论过速记的内容，这多年也从没有跟戈培尔作过私人谈话。

1945 年初，纳粹德国崩溃在即，奥托负责监督把 17000 页打字纸的日记，翻成数百个玻璃照相版，然后由他和几个同事埋藏起来。

奥托后来逃往德国西部，50 年代初移往波恩，在议会中干起老本行，担任速记工作。

1992.08.08

开罗古老咖啡馆的变迁

开罗古老的飞沙威咖啡馆，四周墙壁积满了两百年的尘垢，屋顶的吊扇有气无力地转动着。几个顾客呼着水烟，围着多米诺骨牌牌桌，一面玩牌，一面呷着浓浓的土耳其咖啡。这种景象就像尼罗河一样古老，在开罗，少说也有 500 多年的历史了。只是今天这种景象已经一去不复返。长期统治埃及社会和政治生活的咖啡馆已经消亡。

陶菲克咖啡馆首建于 1945 年。往日，顾客每晚来此聆听著名歌唱家奥姆科骚姆的古典歌曲，是一部老式开盘式录音机播放的。但在 5 年前，录音机就停机不放了。现在传来的只是街上的各种刺耳的汽车声。

奥姆科骚姆的歌声消失，宣告一种生活方式的结束。开罗美国大学社会学教授米迪哈·萨夫提说：咖啡馆中科骚姆歌声的消失，是埃及社会转化的一个部分。现在没有谁有功夫坐几个钟头听科骚姆的歌唱，要做的事太多了，这是当前的生活方式。知识分子和政治家现在都躲到有空调的办公室和宾馆中，他们有什么事可以打电话和使用电传。

自 1772 年起家里就开咖啡馆的费沙威说：过去作家、诗人、歌唱家到咖啡馆来探讨问题，议论新出版的书或新上演的戏，现在只有寥寥几个人在谈刚刚赛过的足球。

诺贝尔文学奖获得者、埃及著名作家纳吉布·马夫兹在他的小说中，曾经生动地描绘过古老的咖啡馆的气息，并且说咖啡馆给他提供了不少写作的素材。

他写道：在还没有无线电和电视机的年代，人们都到咖啡馆中听故事，演奏者拨弄着美妙的乐器，讲述草莽英雄的事迹。今天人们都去看电视中的连续剧了。

一位精神病专家说：小时候常跟父亲上咖啡馆，他是一个小城的市长，要找他的都到咖啡馆来。现在开罗的街道太挤太闹，坐在咖啡馆中很不适意。

现在那些小咖啡馆，只有十来把旧椅子和几张铁制桌子，是给穷人消遣的地方，因为价钱便宜。一杯茶或咖啡只要 5 美分，一点水烟约合 30 美分。咖啡馆成了家中没有电话、甚至没有固定住所的人的去处。它成了穷人能享受的地方，能找到一点欢乐的地方。

1992.08.22

飓风横扫以后

安德鲁飓风突袭美国东海岸，横扫迈阿密，直奔路易斯安那州。所过之处，屋倒车翻，轮船登陆；巨树拔地而起，电杆横倒在地。尖端科技也抵御不了大自然的肆虐。损失惨重，高达百亿、二百亿、三百亿美元。

灾后，乘飞机在空中瞭望，只见小小的佛罗里达城，十室九塌，屋顶均已飞去。俯看下去，起居室历历在目，卧室景象也是一目了然。美丽的城市已被狂暴的自然彻底摧毁。

原来全都放在室内的衣物、玩具、电气用具等散乱地撒在草地上，旁边是倒地的大树和翻身的汽车。

据官方估计，90% 的房屋已无法居住，只留下很少的活动房屋。飓风从南面横扫过来，风速达到每小时 256 公里，无法抵御，伤痕遍地。居民们在瓦砾中寻找自己的家园。有经验的人说，这就像 1900 年那场大灾一样。看不到树木，找不到失踪的汽车活动房屋泊地。

一位年老的妇女庆幸自己在大灾中生还，但对打劫的人疑惑不解，这个小偷搬走了她的家具，还把她给孙儿们的礼物也拿走了。

两兄弟灾后在自己家的废墟中东寻西找，最后终于找到他们珍贵的东西——已故父亲的一幅照像。

在佛罗里达城和霍姆斯塔德，大多数独立住房都被飓风摧毁，不过许多屋架还屹立着。只是都已支离破碎。许多房子的屋顶削平，就像切去头的菠萝。

在霍姆斯塔德空军基地，飞机库都成了碎屑，比挨过炸弹还要惨，房屋也被毁，飞机头也给吹歪了。

城市中没有电力，没有自来水，也没有电话。

有些地方，孩子们砸开消防龙头，拎走一桶桶水，慢慢离开。

救援队队员们牵着嗅探犬，在废墟上来回搜索、幸好没有发现一具被压死的尸体。这是人们日夜担心受怕的事。

南卡罗来那州的查尔斯顿 1989 年遭受雨果飓风的袭击，深知飓风的可畏，派遣了一支警察部队支援霍姆斯塔德，当地警察劳累不堪，一天 24 小时值勤。灾后的救援工作，艰难又艰难。风灾之后，有些地区还受河水的困扰。而政府的救济却又姗姗来迟。

一位老太太说，她 4 岁的孙女目睹飓风的来袭，她画了一张飓风来了的图画，是一个一个大圆圈。

1992.09.05

美国总统天天过圣诞

《纽约时报》刊登一篇文章，标题是《你一旦当选总统，每天都像过圣诞》。这是因为西俗，圣诞节大家都赠送礼物，而美国总统，天天都会收到礼物。历届总统收到的礼物可都是不计其数，得有专室收藏。

美国总统的爱好各不相同。罗纳德·里根偏爱助听器，杰米·卡特钟情某种畅销的唱片，而布什喜欢的是洗发剂。

美国总统在任期间，从各国显贵和本国百姓中，收到各种各样的礼物。不过他们个人收下的只是一小部分，从一件 T 衫到庞大的模拟物。他们自己不留的，存放在白宫的礼物室中。

在竞选期间，礼物更像潮水般涌来，每到一处都有人送礼，白宫来信处代收礼物，并予登记。总统参加的活动越多，收到的礼物也越多。白宫副新闻秘书劳拉·梅利罗说，布什总统最珍爱的礼物是一位殉职警官的警徽，是警官父亲赠送的，布什把它放在自己办公桌的抽屉内。布什还珍藏一套梳发用具，是筹款委员会主席谈·罗斯顿可斯基送的。他还爱收藏运动器具，特别是渔具。

联邦法律禁止总统和总统夫人接受外国显贵赠送的价值 200 美元以上的礼品，除非他们愿意付钱。他们可以接受美国百姓赠送的礼品，不必付钱。不过价值 100 美元以上的礼品必须申报，并按章交纳所得税。

总统不保存的礼品，上交档案馆，专室陈放，公众和新闻记者都不得参观。最后，这些礼品将转往总统家乡的总统图书馆收藏。

里根在任职期间，每年都收到明尼阿波利斯一个单位赠送的助听器。他还喜欢收藏地毯、晶质玻璃器皿、皮带搭扣等。

布什收藏柏林墙的水泥块，放在白宫书房中，和两架袖珍电视机放在一起。

最近布什和他的夫人还收到一个和真狗一样大小的雕塑，这狗是布什夫人的宠物。白宫工作人员说：真是不可思议，妙极了。太逼真了。茸毛都像是真的。

在当前竞选中，每到一站都要收到一批礼品：新帽子、新T衫以及各种艺术品。

上次竞选中，民主党候选人杜卡基斯把收到的T衫还给赠送人，告诉他尺码不对。并说今天下午他想穿它，可惜太大了，有没有小号的？

当然礼品不仅是尺码不对，有的还十分低级、庸俗。福特博物馆中有只老鹰是用易拉罐拉环制的。工作人员感慨地说：我们国家的象征，沦为拉易拉罐了。

1992.10.17

生日与死期

生与死是一对矛盾，生日与死期会有什么关系呢？这就很少人会想到了。但这却是美国一些学者研究的课题。最近得到了一些成果。

据说，当生日快到的时候，妇女还可活些日子，男子则往往在生日还没到的时候死去。这是迄今全世界关于死亡的心理因素和死亡日期的规模最大的研究。

这项研究结果，基于 270 万自然死亡的人的情况。学者发现，妇女在生日后一周死去的，要比其他时期为多。而男人则以在生日前数天死去的为多。

这是对所谓"纪念日效应"，男女反应差异的第一个结论。"纪念日效应"是指对生日、假日或其他对本人有特殊意义的日子，所产生的行为变化。

圣地亚哥加州大学的社会学教授戴维·菲利普负责这项研究工作，他说：生日可能是"一条死亡线或生命线"。"生日是清点生命的日子。在一个重视成就的社会中，男人可能觉得自己一无所成，他们不想再盘点下去了。"

这项研究结果，刊登在美国心身医学学会最近一期的会刊《心身医学》上。文章说，妇女在生日后一周死去的，比预期的多百分之三。在生日前死去的要比预期的少一些。而男子则在生日前几天死去的最多。

这份刊物的主编、加州大学精神病学教授迪姆斯戴尔博士说，数十年来他们就注意到，像生日一类的日子，会对人产生正负不同的效应。

得克萨斯大学医学院詹金斯博士也在负责相似的研究，他认为这个结论"十分引人关注"。"但是人们不必担心，以为生日到了也就快死了，没有这回事。说不定被调查的人本来已患重病。"

菲利普也认为，只有生日快到的时候，一个人痛苦万分、疾病缠身或是老迈不堪，生日才是死亡线。对于一个欢欣鼓舞迎接生日到来的人，生日就是生命线了。

菲利普和他的两个学生用电脑调查了加州从 1969 年到 1990 年，成人死亡的情况，得出前述结论。他们剔除了因手术死亡的人，也没计算 2 月 29 日出生的人。

至于为什么男人在生日前死的多，女人在生日后死的多呢？菲利普说他也不清楚。不过他猜想这可能与人们回首往事有关。在美国这样重视个人成就的社会中，一个男人当生日将临时发现自己一无所成，能不懊丧吗？当董事长的人到底是少数。而女人则不会有这种想法，她们过生日更受到家人亲友的关注。

菲利普还研究了 390 个美国大有成就的男女，他们的死期多在生日以后，男女都一样。名人回顾往事，总是快慰的。

1992.11.07

妈妈死了　胎儿活着

玛丽安·普洛赫于 9 月初的一次车祸中，在德国丧命，时年 18 岁，已怀孕 12 周。

她的孩子预期在明年 3 月出生。

普洛赫小姐的尸体躺在德国南部厄兰根大学医院的特别监护病房，脑子已经死亡。护士每天 3 次为她擦洗身体；每隔 1 小时，从她喉咙中取出黏液。医用机械呜呜作响，维持她的心脏和肺部活动。一些管子把脂肪、蛋白、碳水化合物和维生素输入她的体内。

病床后面，一架录音机播放着莫扎特 G 小调交响乐。这是代替母亲的笑声、哭声和喃喃细语。

普洛赫小姐未婚先孕，人也死了。而体内的胎儿却还活着，正常地发育着。医院怎样办呢？这要由医生和律师组成的道德委员会来决定。他们查阅了德国有关的法律，禁止对尸体"滥施损害"。道德委员会认为并无抵触，他们是从医学道德的角度考虑，应该挽救胎儿的生命。

负责这项工作的约纳斯·史契勒医生问，把尸体作为胎儿的孵化器，是否对死者不敬呢？回答是不然。因为我们每个人都在母体中成长发育，我们的妈妈是同意这一点的。社会上则是议论纷纭，更成为新闻媒体的热门话题。除了各种意见外，还有耸人听闻的报道。大字标题问："是治疗还是疯狂的实验？"

有一家电视台打算购买胎儿的超声波摄影，找到许多律师查询法律依据。一位律师回答说："未出生的胎儿显然有权保护自己的形象。"

一些女权主义者、教会领袖和政客反对律师和医生的观点。医师们坚持，他们的目的仅是保护胎儿，并不是想打破科学的禁区。

胎儿从死去的母体中生存下来，在美国、英国和德国都有过先例。有的婴儿活了下来，有的死掉。但没有仅仅怀孕 12 周的例子。

这种胎儿能够活下来的可能性，只是一半。美国有一个最接近的例子，是母亲怀孕 15 周遇车祸死掉。婴儿生下来的时候，有糖尿病、肺尖和心脏不好。现在这个孩子 4 岁了，既健康又快乐。

一位专家说：关键在于生下来后的养育和护理。

普洛赫小姐的孩子如果生下来，归外公外婆抚养。他们本来主张把各种医疗器械都停掉，就此算了。但是医院道德委员会劝说他们保护这个还未出生的小生命，他们最后改变主意，表示同意。到婴儿降生为止，全部医药费用约合 7 万美元。医生对外公外婆说，这笔钱将由政府负担，他们用不着掏腰包。

1992.11.14

五千年前的冰人

人们通称他为"冰人"。可是经过科学家的鉴定，这具在意大利阿尔卑斯山的冰川中发现的"冰尸"，却是迄今为止，人们见到的最接近石器时期的人。

这个"冰人"大约生活在 5300 年以前。比埃及人在吉萨营造金字塔还早 1000 年以前，他就生活在地球上了。他要比耶稣早诞生 3000 多年。

旅行探险者当初发现这个"冰人"的时候，还看到他穿用的东西：衣服、武器和用具。后来又在 3200 米高的山脊上找到一顶皮帽子。这地方是意大利与奥地利之间的边界。

考古学家对发现这个"冰人"之所以欣喜若狂，因为不是在通常发现古尸的坟墓中，而是在山岭上，这个人当时旅居在那里。冰雪把他深深地埋藏起来，尸体和衣物都保存得很好。

这个"冰人"现存因斯勃鲁克大学医学院中，在天然冰冻中经历了 53 个世纪，现在连皮肤毛孔都清晰可见。在冰冻的、张开的眼睛中，可以看到他的眼球。他的各种物件，经过长期冰冻也都完好无损。这些东西有木制的、皮制的和草制的。还有食物和药品。这都是科学家最珍贵的研究资料，就像看到史前期人类的真实生活。

这个人是谁呢？他到高山上来干什么呢？

现在距离发现这个"冰人"已有一年光景。科学家们众说不一。有些科学家说他是牧人，有的说他是猎人。还有人说他是一个探矿者。也另有一家之言，说他是萨满教徒的精神领袖，到山顶上与上帝通话。

持宗教说的是维也纳大学的考古学家李普特教授，他也曾去探险过，发现了护身符一类萨满教的遗物，还有一柄铜斧。这是最古老的铜斧，人类使用金属萌芽时期的产物。他认为铜斧是显赫人物的象征，因为那时的铜器很软，没有什么实用价值。

另有多位专家不以为然，认为铜斧可以使用，也许可用来削弓，它也留有使用过的痕迹。

各种议论都有漏洞，也难以统一。比较多的人，最后认为他是个牧人，他是来寻找牧地的。或者还有另外几个牧人，赶了牲畜到山上来吃草。

学者们推测，这个牧人也许是倦极了，躺下休息，他是又饿又累，昏昏然的样子。天气突然发生剧变，大雪飘飘，他也许没有感觉，也许动不了。一夜之隔，他完全被大雪冰冻，保存在大自然的冰柜中。

科学家说那可能是秋末，风劲雪狂，他的整个身体和物件在十分短暂的时间中就掩没在冰天雪地中，历经 5300 年也没融化，最后为 20 世纪 90 年代的人发现。

1992.11.21

"四世同堂"的美国人

美国"四世同堂"的家庭越来越多了。过去的家庭多由两代或三代人构成。这是人口普查局最近公布的报告中透露的。它说明美国的老年人口有了显著增长。"四世同堂"云云只是借用一下,家中虽有四代人却很少"同堂",所以加了个引号。

一家四代人引发了若干新问题、新情况。这就是有更多的孩子,由老一辈的人照看,而60多岁的人,需要照料八九十岁的父母。

按照现在的趋势看,"四世同堂"的美国家庭必然日趋增多;孩子们不仅有祖父母,还会看到曾祖父母,至少能看到祖母。同时就有越来越多的人需要照看他们年迈体弱的长辈。

美国"四世同堂"家庭的增多,是因为65岁以上的老人大量、迅速增多。这是由于医学和公共卫生的进步,这部分老人比1980年代增加22%,大大超过美国全国人口增长的比例。

这种增长趋势还会继续下去。据统计,在今后50年里,美国人口中,65岁以上的人要超过20岁以下的人。现在老人的健康情况,倒不像人们想像的那样差。

据调查,没有住在养老院中的老人,65岁到74岁的,四分之三的人自称身体健康,75岁以上的,三分之二的人认为身体健康。

问题是80岁以上的人,健康问题较为严重。而这种年龄的老人增长最多,他们往往需要60来岁的子女照料。

据宾州大学一位女教授调查,在1940年的时候,有三分之一的50岁妇女,母亲还健在。到了1980年,这个比例已增加到三分之二。

社会学家指出，这样一来，压在中年妇女肩上的担子就够重了。她们既要照料家务、关心自己的事业，抚养未成年的孩子，还得照料上一代的老人。

职业妇女既要抚养孩子又要照料老人的毕竟是少数，问题是需要照料的老人在不断增多。85岁以上的老人在增多，而50岁到64岁的人，却没有成比例地增加，这就是困难。

扶养老人的责任主要还是落在开始进入老年的妇女身上，而这些妇女也是开始进入染病的年岁，如关节炎之类，这也更增加了她们的困难。

有位心理学家认为，扶养老人可以得到心理上的补偿，回报当年父母养育之恩，是一件很愉快的事。他的话还是全面的，他说："对许多人来说，并不是愉快的，但对另外许多人来说，这是快慰的。一方面是报答了父母花在自己身上的辛劳，一方面也显示了自己的能力，抵挡住压力。"

1992.11.28

重振香榭丽舍大街

香榭丽舍大街也许算得上全世界最著名的道路了。这条时髦的巴黎大街，是举行胜利大游行的场地，有各种俗艳的店铺和形形色色的犯罪。现在要重振雄风。巴黎市政当局为了实现这个计划，组建了一个"香榭丽舍使命"的组织。

人行道上已禁止停车，建立了地下停车场。过去停车的地方，将再种一排法国梧桐，不整齐的人行道将改建为划一的二米半宽。

改建的设计师说，将创建新的街头布置和路灯，露天咖啡馆必须备有红色或蓝色的凉篷。街头摊贩一律禁止，街头广告将严格控制。六处地方被列为历史纪念地，可能还要增加。这是一项需要几年才能完成的工程。

早在 1913 年就建立了保卫这条大街的机构，到了 1916 年，建立了第一个保护大街商店的机构。当时的报纸猛烈抨击"商业和大金融资本的专制"。

香榭丽舍大街始建于 1667 年，当时在这里种植长排榆树，辟建道路。到了 19 世纪后期，巴黎的富人逃避大城市的喧嚣，搬到这个人口稀少的西街，它成了时髦的住宅区。接着商业和服务业都兴旺起来。

第一次大战后这条大街已经成为宏伟辉煌的名胜了。一位作家写道：它是汽车业、时装业、大旅馆、豪华饭店、高级咖啡馆的王国。

到了二次大战以后，它逐渐衰微。许多名店消失了。陆续出现的是弹子馆、快餐店、纪念品零售商店等。住在这里的人已经寥若晨星。60% 的房地产为保险公司和银行所有。

到了 1970 年代，地铁公司开到这里，让那些住在贫困郊区、百无聊赖的青年人到这里来寻求好时光，有时还是斗殴场所。关于犯罪情况尚无正式统计，只是一位退休警察写了一本 339 页的回忆录，描述在这条大街上的冒险经历。

"香榭丽舍使命"的诞生，源于这条大街最著名的芳魁特饭店要改建为购物中心，受到了威胁。后经各方协商，把饭店留作历史名胜，虽然它的建筑毫无特色可言。

于是有关人士成立了复兴香榭丽舍大街的机构，拜访了巴黎市长。市长虽然同情却无经费，他要发展东部而不是西部。而机构的负责人说：香榭丽舍大街既不是在东部也不在西部，它是在中部。在全世界人的心中。

这些话不过是象征性的说法，没有什么实际的意义。重振香榭丽舍大街不再是商业目的，而是文化的目的，使这里有宽阔的步行区，布置许多名家的雕塑。

1993.01.02

今日美国修女

瑟尔·罗杰斯 50 岁的时候，卖掉了她在休斯敦的房子，处理掉全部家具，去当修女。玛丽·萨顿 39 岁，是底特律一家保险公司经理，为了彻底戒除酗酒的恶习，进了修道院。迪安娜·杰弗里斯结婚 8 年，终告离异，万念俱灰，归顺上帝，当了修女。

这几位女士的经历，反映了今日美国修女变化后的新貌。她们充当修女的誓言，跟第四世纪初创修道院的古老习俗一样，她们踏上修女的道路，却是大不相同。

在 30 年前，进入女修道院的，还多是中学毕业的女生，她们在天主教办的学校读书，受了老师的影响，决定献身上帝，充当修女。今天要当修女的妇女少得多了，而在当修女之前，她们经历过广阔的人生波澜。

许多人是专业人员。80% 的人有硕士学位。有些人有离婚、戒毒和养育儿女的经历。

今日美国修女致力于为她们的社区服务，她们外出工作就穿普通的日常服装，也有着牛仔裤的。她们当修女的目的，据说是按上帝的旨意，为他人服务。

当代的美国修女决不是温顺的，不少人还有点革命性，站在教会的对立面。许多人支持妇女担任圣职，认为修女应该在圣坛上有发言权。

今日修女认为，修道院内不像美国社会那样，多种族成份是不能容忍的。目前美国 99000 多名修女中，只有 500 名是黑人。

多数修道院现在并不欢迎年轻的女子进来，他们倒欢迎有一技之长的人来为教会服务。过去 25 年中，进来的修女，人数大为减少，年龄倒大大增加了。今天美国 99337 名修女的中位数年龄是 65 岁。在 1968 年的高峰时期，美国有 176341 名修女，中位数年龄是 45 岁。

修女的发展前途变得模糊，自从 1960 年代以来，梵蒂冈就鼓励一般信徒，参加更多的教会工作。

美国修女的生活仍一如往日，每晨从小小的房间起来，套上牛仔裤，去上神学课，晚上集体食用粗陋的食物。进修以外的时间，她们就去工作，利用她们的学识技能，到贫穷地区，到监狱，到艾滋病房，到儿童受虐待的家庭去工作。

修女最难适应的是排斥妇女担任圣职。一位修女说："我是一个女权主义者。我认为妇女在教会中应占有明确的地位。耶稣并不排斥妇女。排斥妇女不符合福音书的教导。"修道院的种族偏见也是她们不能容忍的。

美国修女正悄悄地进行变革。

1993.01.09

法国人的喜与忧

　　法国老百姓得到的各种福利津贴，要比绝大多数国家的都多。在法国每年至少有 5 个星期的合法休假，有的人还可得到 6 周或 7 周。到了 60 岁就可以退休。普遍享受医疗保健。法国的医疗保健可以支付到维希去进行矿泉医疗。法国的孩子也有各种福利。比如全班孩子连同教师都可享受到名胜地区进行 2 周滑雪，家长只要付 60 美元。孩子长大以后进大学，每年学费只有 285 美元（在美国是成千上万美元）。养了孩子，政府每个月都会邮汇一笔津贴。养 3 个孩子每月 263 美元，养 4 个孩子每月 418 美元，直到孩子成年为止。养了宝宝，妈妈有 4 个月产假，工资照付。送孩子到得到补助的托儿所，每天只需 2 美元。

　　周末如果要休假，有超现代化的高速火车，把人从巴黎送到大西洋畔波尔多葡萄园只需 3 小时，来回车资不过 90 美元。在职人员，到了圣诞节可以拿到第 13 个月的工资；到了夏日假期，又领到第 14 个月的工资。每天上下班的车票钱，一半由老板支付。如果失业了，政府出来救济，等于原来工资的 60%，可以长达 5 年之久。直到最后死亡，也有补助，平均丧葬补助金为 6250 美元。最近进行的一次民意调查，有 70% 的法国人认为"法国人的社会福利制度，是全世界最好的"。这都是法国总统密特朗的社会党，自 1981 年当政以来，为法国人赢得的好处。

　　但是，在最近的议会选举中，法国社会党却遭到了惨败。在议会的 577 个席位中，右翼反对党得到了 400 席以上。这是因为法国选民对糟得很的经济情况感到不满，而法国经济则是受到各式各样的社会福利拖累。

　　就拿医疗保险来说，职工本人要支付工资的 6%，而单位要补贴 20%。

在这种情况下，就是付最低工资，法国老板每年也要支付 20000 美元。

有个制衣老板说：雇 1 个法国工人的钱，可以雇 9 个摩洛哥人，25 个泰国人，65 个俄国人，70 个越南人。现在全法国的失业率已经高达 10.6%，而且还在继续上升。诺贝尔奖金获得者莫理斯·阿莱斯说："社会福利创造了失业。"

在社会党的统治下，法国社会福利资金，已从占平均工资总额的 11% 上升到 20%。但是社会还是不安定。法国人服用的镇静剂，在全世界遥遥领先。

在法国西海岸南特，渔民们为了阻止廉价海鲜进口，抗议游行数周，演变到骚乱，烧汽车、砸橱窗。在邦杜，农民们把成吨成吨的苹果扔在公路上，阻拦交通。在巴黎，运输工人全面怠工……

幸福的法国人，日子并不美好。

1993.03.27

考上东京大学

丰田菊子年轻的生命，有三分之一消耗在冲击考试鬼门关上，现在一步登天，闯过最后一关，踏上了天堂。

那天中午前，东京大学的校门刚刚打开，丰田身着藏青色、军服式的高中校服，跑过校园，直奔长廊。那里张贴着录取新生的名单，有3224名学生被幸运录取，可以踏进日本名望最隆的高等学府，也就是踏上等级森严的日本社会的高贵阶梯。丰田菊子的名字赫然写在榜上。

丰田前面还有一批跑得更快的人，已经聚在榜前，闹闹嚷嚷。有哭有笑，悲剧喜剧同时演出。在欢声如雷的一群中，发出了"万岁"的口号声。欢呼的人群挥舞着各自的校旗，高歌庆祝。中榜的学生神气十足，拥抱孩子的妈妈，显得更为高傲。一个泪流满面的父亲，正在打移动电话（大哥大）告诉家人，女儿名落孙山。

丰田菊子也是泪流满面——却是欢乐的笑。几个同学围住她，连说：菊子，恭喜恭喜！

日本这个拥挤不堪的岛国，没有能源，也很少矿产，却在战后创造了经济奇迹。她所依赖的唯一资源，就是人。正因为如此，她把教育视为最为重要的国家企业。像丰田菊子这样勤奋的学生，被看做日本最优秀的产品。读高中时期，每年寒暑假她都进补习学校补习。

日本青年高中毕业以后，常常再读一年或一年以上的补习学校，专门准备考大学。日本给这些还未考上大学的高中毕业生起了一个绰号，叫"浪人"。它的原意是指失去主家到处流浪的武士。这次考上东京大学的，"浪人"占38%。

日本家庭对子女考大学可说费尽心思。有些妈妈去读夜校，学习美国史或汉文，以便回家辅导孩子作升学准备。有的家长调到离优秀补习学校附近的公司去工作，便于子女上学。一旦考进东京大学，真是得到最大的回报，不负苦心了。

东京大学在日本可是最为显赫的，超过哈佛大学在美国的地位。考进东大在日本是爬到上层的第一步，关键的第一步，可以保证终生得到一份好职业。即使像现在日本经济萧条时期，东大毕业生还是很吃香。

对家长来说，东大不仅名望最高，也是学费最低廉的大学之一。一位站在校园旁的家长说：我儿子一定要进东大。他已经考取了早稻田大学和庆应大学（都是日本著名大学）。这次如果考不取，他就去当"浪人"，明年再考。

菊子不再有什么烦恼了，她考取了，因为她已经准备了很久很久。

1993.04.03

美国人看种族关系

马丁·路德·金被害 25 周年了。这位美国民权领袖为消灭种族歧视奋斗一生，现在种族问题在美国究竟如何呢？

有一半以上的美国黑人和白人回答说，今天的种族关系仍然糟得很，在经济问题上，黑人和白人之间还存在很深的鸿沟。少数民族的优先雇佣和提升问题，始终未能如愿。

这是《纽约时报》和哥伦比亚广播新闻举办的民意调查所得的结论，也为当前种族关系的现实所证实。

说到马丁·路德·金，人们都不禁联想到同姓的罗德尼·金。因为有千百万美国人看到黑人青年罗德尼·金被洛杉矶白人警察毒打的录像带。而在纪念民权领袖金，1968 年 4 月 4 日在孟菲斯被暗杀的日子，罗德尼·金案件，提供了阴暗的对照。

当前美国黑人的不公平状况，准确地反映了当年马丁·路德·金的看法：争取美国黑人在经济上、社会上的平等，远比过去要求南方释放黑奴来得复杂和艰难。

这些年美国经济的连续衰退，使得这个问题更为障碍重重。黑人与白人争抢已经不足的工作职位是难上加难，黑人社会中的吸毒和犯罪案件也是灾祸连连。

根据这次民意调查，只有 37% 的美国人，认为今天的种族关系是良好的。其中白人调查对象约占三分之一多些，黑人占四分之一多些。55% 的白人和 66% 的黑人，认为种族关系不好。约有一半多一点点的美国人，认为种族关系比 25 年前有所改善。

这次总共收到 1368 份调查答案，其中 1056 名是白人，229 名是黑人。抽样误差白人为 ±3%，黑人为 6%。另有 83 名为其他种族，未予统计。调查工作是在 3 月 28 日到 31 日进行的。

在有些问题上，白人与黑人的回答是截然不同的。比如问，在过去 25 年中黑人的地位有多少真正的改进。约有一半的白人回答说：很多。只有 29% 的黑人回答很多。多数黑人的回答是：有一些改进。在寻找工作问题上白人和黑人分歧最大。因为黑人在就业上长期受歧视，现在提出优先照顾黑人问题。白人多不赞成，黑人多赞成。

马里兰州的 47 岁的塞缪尔·勃特勒参加过当年马丁·路德·金领导的"向华盛顿进军"，最近丢掉了干了 13 年的职业，他说这正是种族歧视的恶果。不少事只是表面文章。最近他遇到好几个人，都是种族主义的受害者。

1993.04.24

萨拉热窝春景

春天姗姗地来到萨拉热窝，万象更新只是一种幻想。城市中的林荫大道已经消失，树木都砍掉当柴烧了。不过处处还可见到点点的绿色。萨拉热窝人在宅旁种植一点花草。一个新闻官员说，每天早晨 5 点钟他就起床，跑去看看是不长高了一点。

人行道上的咖啡馆还都在开业，不过都在背阴的一侧，防止狙击手的冷枪。人们的外表很好，瘦削、时髦。有些街区使人想到昔日的、平静的欧洲街道。

但是，萨拉热窝的苦难是无法掩饰的。这个波斯尼亚首府和 38 万人民已经坚持抵抗对方包围一年多了。拥挤的咖啡馆中没有什么食物，只有咖啡和当地生产的啤酒，有时也有点偷运进来的桃子白兰地。人们主要靠一些单调的救济品过活。因为吃不饱，都是瘦瘦的。一个商人说，在过去一年中，他的体重掉了 70 磅。

城市的大部分成了瓦砾堆。国家图书馆是上世纪末、本世纪初兴建的哈布斯堡王朝建筑，还耸立在那里，只是一个空壳，没有地板，没有屋顶，也没有窗户。城西南的奥林匹克村，是 1984 年冬运会所在地，已没有一所完整的建筑，地下室变成了避难所。北面一座小些的体育馆的更衣室，成了临时难民营，收容从临近乡村逃来的穆斯林。一座大的冰球馆已经倒塌，卡塔琳娜·维特，就是第一次在这里拿到花样滑冰金牌。

每个萨拉热窝人都记得战争爆发的日子——4 月 5 日，也都记得第一个牺牲者——苏阿达·迪尔比罗维克。她是外地来的一个女学生。在一次和平游行中，她单独一人上了桥，走向塞尔维亚军那边，被一枪打死。这座桥现在已改为苏阿达桥。

不远处一所医院改为伤病中心，这也许是世界上最忙的伤病医院，每天有 100 到 150 名受伤的无辜者，有好多孩子。医院主任说，好多孩子头部中枪，距狙击手不远，不能说这种枪击是意外事故。就在这时两枚炮弹击中市中心，没几分钟多辆救护车开来，共有 15 名受伤平民，其中 5 人是孩子。

在 X 光室，一个 5 岁的孩子痛得直哭，他的背上中了一片榴霰弹片。孩子的父母在一旁安慰他，吻他。父母在自己无法控制感情时，就掉转头去。他们已听到了医生的耳语，孩子的下半身可能瘫痪。走过的护士，拍拍孩子的头发，都不敢正视孩子的父母。

许多萨拉热窝人希望外国干预，轰炸城外的塞尔维亚炮兵阵地。他们知道会招来塞尔维亚的炮火报复，也无所谓。《解放报》仍在每天出版，副总编高尔多纳说，"我们每个人每分钟都可能在卧室中、浴室中或办公室中被炮火击中。"

1993.05.27

日本皇太子恋爱史

日本皇太子德仁（浩公）和小和田雅子将于 6 月 9 日结婚，这一天是日本的国定假日。婚礼仪式后，东京将举行盛大庆祝游行。接连举行三天宴会，邀请世界贵宾参加。这里介绍一下皇太子德仁的恋爱史。

先得从 1986 年 10 月的一天说起。小和田雅子刚刚通过进入外务省的考试。她应邀出席在皇宫举行的一次下午茶会。这次茶会是招待西班牙公主艾丽娜，主人就是现在的日皇明仁。

邀请的陪客都是有计划的，这种会见在日本称为"见合"，也就是希望通过会见，引出某种结果来。有点类似中国的相亲。男女通过第三者的介绍而结婚，在今天的日本还是很普通的事。现在日本男女通过媒人结合的，约占 13%。日皇夫妇也是如此。

介绍皇太子和小和田雅子相见的是当时外务省的一位权势人物。据了解那次共约请了 40 位女子，名单都给皇太子看过。小和田是最后加上去的。

小和田雅子那天穿了一身蓝色服装，引人注目。皇太子一见钟情——可惜是单方面的。

小和田完全无动于衷。她大半时间住在国外，先是随父亲住在莫斯科，后来又去了美国，在马萨诸塞州读的中学，之后进入哈佛大学，又进日本的东京大学，最后去英国牛津大学。她功课优异，通 5 国语言，可从没想过有朝一日当皇后。她的志愿是像父亲那样干外交工作。

80 年代日本经济已经腾飞，许多妇女参加工作，她们过着自由、舒适的单身生活，没有人愿意到皇宫中过一种禁闭式的、繁文缛节的生活。有的女子听说自己的名字列入宫内厅的皇太子择偶名单，就赶快找个合适对象，她们要过普通人的生活。

皇太子经常问及小和田，但周围照料皇太子的人反对。到 1987 年 4 月，皇宫的一位亲戚又安排一次见面。皇太子的兴趣更浓，小和田态度如故，不感兴趣。

1988 年 7 月，小和田去了牛津，两年后回来，致力于日美贸易谈判，为竹下登首相写过讲演稿，充当过渡边外相与贝克国务卿谈判的翻译。与皇太子却分别 5 年，没再见过面。

直到去年夏天，在东京的一位外交官家里悄悄安排两人见面，谈了一会儿。数周后两人又散步过一次，皇太子步步紧逼，开始进攻。小和田仍不愿意。

皇太子身边的人开始研究小和田为何不为所动。他们自然了解到小和田顾虑的是宫内生活。据说皇后美智子插了一手，她也是平民出身，有切身体会，告诉小和田时代不同了，宫内生活也不会老样子。小和田因而动摇。小和田的朋友则说，是因为她已经喜欢皇太子，所以改变了态度。

1992 年 12 月 12 日，小和田对皇太子说："我愿尽最大力量为殿下效劳！"下午消息传出，各大报竟出号外，电视上充满了小和田的倩影。

皇太子的追求史打上了句号。新婚之页就要揭开了。

1993.06.05

英国女王的一天

英国女王伊丽莎白二世近几年过得并不顺遂，一个女儿两个儿子的婚姻都起了风波。王室的豪侈、庞大开支，引起百姓的指责。1952 年 2 月 6 日，她突然登上王位，父亲在前一夜梦中逝去。她是继征服者威廉一世之后的第 42 代国王，在位之长已超过她父亲和祖父在位的年月。

伊丽莎白女王在白金汉宫的工作日，是从早晨 8 时开始的。这是她用早餐的时间，通常吃的是茶和涂桔子酱的烤面包。然后她翻阅几分钟的早报，听一下女王的风笛乐队主吹奏手的演奏，他准于 9 时整演奏。

10 时，伊丽莎白进入她的办公室处理公务，阅看红皮公文包内的文件，内有外交部的电报、内阁的文件、行政部门的备忘录。有的她签字，有的批几个字，有的仅写个名字缩写。

英国女王平均每天收到 300 封给她个人的来信，有的表示敬慕，有的谩骂，多数是寻求帮助。她把有的信批给有关部门协助。

女王一个人用午餐的时候，吃得很省，只是一片冷肉加点色拉。工作完毕后，她喜欢回到自己的私人住处休息，在电视机前用晚膳。有时她喝一点杜松子酒补剂。每星期二下午 6 时 30 分，是首相晋见的时候，没有第三者参加，不作任何记录。她早在 25 岁继位之初，就开始接待 77 岁的首相温斯顿·邱吉尔。从中学到不少政治知识和经验，这是世界上其他国家元首很难媲美的。她是唯一活着的知道过去 40 年中每项国家机密的英国人。

伊丽莎白跟她的唯一的女性揆首的关系是复杂而神秘的。没有任何人知道玛格丽特·撒切尔首相进宫 300 多次究竟说了些什么。许多人都无法想像这位铁女人会听从女王的话。

英国女王十分富有，据星期日泰晤士杂志最近估计，她的个人财富为7亿美元，不包括宫殿、城堡、珠宝等。据说女王拥有的股票就价值28亿美元。

英国政府供应王室6个住处，包括在伦敦市中心的白金汉宫。

宫内有600个房间，一大批工作人员。周末，女王到伦敦以西20英里的温莎堡休息。女王和她的家人的公务是访问医院、托儿所、学校、教堂等，出席电影首映式、盛大运动会、国际性的童子军大会和联邦会议等。

据去年的统计，王室在英国国内参加过3000多项活动，在海外参加了1250项。女王的活动都是事先制订的，预先安排好参加什么活动、与什么人会面，以及谈话的内容。

1993.06.12

附　录

附录一：早年援笔

得　失

"阿诺特的心碎了，"一个人告诉另一个人说，"他的儿子是一个饭桶，一个呆子。"

"你希望他怎么样呢？"另一个人回答说。"十年来阿诺特没在他儿子身上耗费过一分钟的心思。"

阿诺特自以为他是一个好父亲：他曾经和他的朋友说，为了妻子和孩子的幸福，他日以继夜地忙着生意。

事实上，他的生意支配了他，在他的生活中再也不能容纳别的什么了。结果他的儿子是一个呆子。

"你离开大学的时候，不是对于文学很有兴趣吗？"我问另一个说。

"唔，是的。"他忧悒地回答，"但，现在我得全把他们放弃。一个人做起生意以后，就再也没有余暇顾到其他的事了。"

"听说辛浦逊的夫人和他离婚了。"我听见别人在说；而他的朋友回道："是的，她每晚都要一个人空守在家里，大约是耐不了这种寂寞。你知道辛浦逊总是说生意第一的。"

在英国的一个小墓园中，石碑上刻着："彼得培根葬于此，降世为人，死时为杂货商。"

小心不要在你的墓碑上写着："降世为人，死时为商人。"生活缺少不少钱，可是别为了赚钱，就把人生中的一切都牺牲了。

除了职务和生意以外，请也想到一点别的，你的家庭、你的癖好，读点书或仅在星空下散散步，思索一番。

《健康家庭》 沈翊鸥 1944 年 [第 5 卷第 5 期]

旅 行

园子里阳光极好，草地上有一种不知名的黄色小花，是一个可爱的日子。朋友说，该有一次旅行。我无言。

江南春季苦短，今年更姗姗来迟；累于生活，春光原已蹉跎得太多了！虽想珍贵，你又怎样能握得住？人间原多无可奈何事，仅能听其自然而已。

习于说梦，而常迷失于梦中；一日和朋友说，乘七日七夜火车到遥远的地方去，那里有遍地的杏花。说穿了，上帝也不知道这一片土地在那里。只是我有个酷爱杏花的朋友吧了！

（而一个花市的盲者，他又怎么能知道杏花是红是白，紫或者绿呢？）

都市人的悲哀，是追逐风气，在风气中失掉了自己。没有个性，缺乏幻想。在模仿学样中打发了一生。旅行就是风气的一种。

春秋佳日，乡间田野是可爱的。无奈自然的美与都市人格格不入。都市人旅行仅因为旅行是季候中的一种点缀，一种必要的装潢。

对于自然缺乏热爱没有了解的都市人，能够欣赏自然吗？而美丽的自然原已为都市人糟蹋得太多了。

倦游归来，旅行人悲哀了。

花花草草，山山水水，在记忆中淡漠；忘不了的是车厢社会：生的挣扎，生的鞭策；不也都是仅仅风尘？一节车厢，两番滋味！

《社会时报》 沈翊鸥　1944.05.08

帆 影

睁开眼我感到一阵微寒，转一个身，手伏着床，我爬起来添条毯子：咦，我的床怎么了？手摸到的这样潮湿，我定睛查看，但什么也看不见，只是无边的黑暗？不过，我知道我已经不在床上了。

我手上仿佛沾着潮湿的沙土，头上似乎盖着夜的穹盖，然而我又看不到星星；隐约地传来了蟋蟀的鸣声，像是为我奏曲解闷，又像是对我嘲弄：你那里还有床，你那里还有屋宇，你那里还有家，你来到了这……

真的，我来到了什么地方呢？是人间还是……

我像是又听见了点什么，是的，它就在附近，一阵奔腾澎湃的声音。是海水吗？我是来到了海边吗？啊，我真快活得要跳起来了。

我悄悄地躺着，等待天明，我要看朝阳从海底下冒上来。

然而，没看见太阳升起，天却亮了。这也不是美丽的海边，却是一个荒凉可怕的孤岛。没有人家，没有树木，甚至也没有海鸟。一个与人间完全隔绝的地方。可怕的惊涛，骇人的怒浪，是唯一的伴侣。

我从兴奋的天堂，跌进失望的地狱。真的，我将怎样来接受这寂寞的日子呢？

我站在沙滩上，我的眼睛望着远方，我寻找一片帆影。

但，突然地冲过来一个巨浪，把我推进了海中去，我拼命地泅游，只是身不由已，仅有听凭海水的簸送，离岸越来越远了。

我想，完了；于是闭起眼睛，可是眼睛却睁开了。屋子黑沉沉的，外面有淅沥的雨声，人有点倦慵。

一九四二、五月初作

一九四四、五月改作

《社会时报》 沈翊鸥　1944.06.12

谈金色变！

在今日的投机市场中，金子已是时代的宠儿，但金子简直是发财捷径了。真是金子狂。不过人们虽把金子当做最宝贵的东西，事实上比金子昂贵的金属有好几十种呢。

普通我们都觉得金子是吃不得的，其实有几种食品就是金子化合物，此外，德国某地出产一种非常猛烈的酒，是用捣碎的金叶调制的。

大概有 99% 的人以为所谓金子一定是黄金的，事实上并不尽然。纯金有好几种颜色，有红的，有蓝的，有绿的，有咖啡色；金沙的颜色更多，而且还有黑的呢。

在地理名词中有两个"金山"一个是美国的旧金山，一个是澳大利亚的"新金山"。好莱坞曾以两个为背景拍过二部影片，它们都是淘金狂的人们创造出来的都市。然而上海做金子狂的人们，不过使大多数在水深火热中的人们，生活更苦而已。

《光化时报》 华成璐　1945.04.18

邹韬奋逝世五年祭

邹韬奋先生在 1944 年 7 月 24 日病逝于沦陷时期的上海的一个小医院里，今天正是他的逝世五周年纪念日。

先生名恩润，韬奋是他的笔名；生于 1895 年，祖籍江西余江，而生长于福州，1923 年入上海南洋公学学习电机工程，其后又转学入圣约翰大学习文科，毕业后进华洋纱布交易所任英文秘书，1925 年任中华职业教育社编辑，接编"生活"周刊则是从 1926 年开始的。

韬奋先生的一生，就是一部奋斗的历史，为了争取民族生存，争取民主自由，曾参加过救国联合会，民权保障同盟等团体。从事于救亡运动，因此而遭彼时的统治当局之忌，数次流亡海外，流亡的经历在他所作的"患难余生记"一书中，有着详尽的叙述。

韬奋先生死于脑癌症，病起于 1942 年八九月间，因为环境关系，没有能够立即治疗，到了 1943 年 2 月间病势较轻时，就动笔写他的最后一本书"患难余生记"，可惜仅写了五万字，就不能执笔了。

1944 年的春天，韬奋先生进入苏北解放区，旋因病势日趋严重，于是又秘密来沪就医，化了个名进了一家小医院，但医生对于脑癌根本无法对付，到了 6 月 8 日深夜，曾晕厥数分钟，7 月 21 日发高热，延至 24 日上午 7 时 20 分，终于停止了呼吸。

韬奋先生是对中国八年抗战影响最大的一位作家，他所办的"生活""大众生活""生活星期刊""抗战三日刊"以及"全民抗战"，销路都极广泛，"大众生活"呼吁团结救亡，每期销数达 20 万份，打破中国杂志界的纪录；这一位民主文化战士，受到全国人民广大的拥戴，也就由此可知。

　　在今天纪念韬奋先生，我们觉得首先应该做的一件实际工作，是编印"韬奋全集"，想来韬奋先生的友人们，一定会积极进行，为这位英勇的文化战士留下珍贵的文库，让千千万万人传诵的。

　　　　　　　　　　　　　　　　　《大报》　方晓蓝　　1949.7.24

村道上

（写于琪房内）

从叶家花园出来，到江湾镇上去。没一个人知道镇在哪儿，没一个人辨得出东南西北。迷茫中不知谁说了一句大约在那边。于是就向那边走过去了。

沿路有麦田，有闲花野草；有羊粪，有牛屎。而在金黄色的麦穗中，有一颗高高的树，有人说是棕榈，有人说是热带树，谁知道它到底是什么玩意儿。

我们——季候的寻找者，在乡间的道上排列着散兵线。十个，快乐的数目，谐和的数目，美和诗的数目，两只手上手指的数目，一小包香烟的数目，我们一群人的数目。

照相机的三角架，权充了手杖，没有弯钩，不能挂在臂上。石琪兄拉了我一把，说："徐慧棠怎么走在那么前头，把别人撇在后面。"我向他摇了摇自己的手杖。

"唉，春天！"沈寂兄在叹气，去杭州的人还没有回来。

一位小姐沿路采摘许多不知名的小花，黄的，青的，紫的，毛毛的。另一位小姐说，要一朵白的，且约定如果找到，明天送一大束花来。两人一路顾盼，这里却是一个不长白花的地方。

镇到了。"不小呢！"郭朋兄说。穿过小巷，有酒楼的市招，慧棠兄说："这是江湾最大的饭馆。"

离开了据说有十景的龙华。手里都没有桃花。我们又在回到都市，柏油路的尽头矗立着摩天的高楼。

闲散了一天，而结果仍只能回归到都市。这是一种无法摆脱的命运。

沿途荒凉，有残砖碎瓦，当年的遗痕。

大家默默地走着，郭朋兄在和一位小姐讲我们未完成的集体"杰作"——"天山之恋"，遥远的，渺茫的，罗曼蒂克的；年轻人的荒唐梦呵！

《春秋（上海 1943）》 沈翊鸥　1944 年［第 1 卷第 8 期］

聂耳先生悼歌

你，人民的号筒
唤起
"不愿做奴隶的人们"，
赶走日本强盗，
打瘫豪门王朝！

今天，广大的土地
已经解放，
纪念你，人民的号筒
我们誓把
自由的歌声唱遍全中国。

《大报》 方晓蓝　1949.7.17

附录二：书札选粹

巴金先生来信

毓刚同志：

信都收到。随想一二四上半寄上，请查收。

最近读到赵公*杂文多篇，很高兴。

董先生讲的长篇我只开了头，打算下半年续写下去，能否完成，无把握。

《随想录》第五集，今年一定要写完。

祝

好！

巴金（一九八五年二月）　八日

请代问候赵公。

*赵公，新民晚报社长赵超构，笔名林放。——编者

毓刚同志：

《再说端端》请不要转载了，因为端端不同意，文章在上海报上发表，大家注意她，她就难办了，一举一动，不知道怎样才好，第一篇文章已经引起了她的抗议。再说我女儿也不同意我的看法，她总以为自己正确。我不想为这事情引起争论。只好请你和超构同志（他大概去北京开会了）原谅了！

祝

好！

巴金（一九八五年）十月三日

毓刚同志：

信都收到，谢谢您寄来的剪报。我虽然写字困难，不得不暂时搁笔，但我对自己国家和人民的命运却不能不关心。即使"白吃干饭"，我还是要动脑筋，思考问题。倘使我能多活两年，可能还要写一本小书，对后代子孙再讲几句真话。作为一个中国人，我活着总得为国家、为社会、为人民做点事情，炎黄子孙不能靠互相欺骗说空话过日子。我也真想多听几句真话。

祝

好！

巴金（一九八七年） 八月廿日

我对"传记"毫无兴趣。过去我讲了那么多空话，今天正因为无法还清欠债，感到痛苦，哪里还好意思让人给我"树碑立传"？！只有自己最后的言行才能取信于读者。花言巧语不如沉默。 又及

毓刚同志：

信都收到。谢谢您告诉我那些事情，我应当写封较长的回信，我有不少的话想说，但是我没有条件从容地在书桌前坐一两个小时，写完一封不长的信，我的确是一个病废的人。我担心过一两年我也许会离不了轮椅，或者就躺在床上起不来。这不要紧，要紧的是搁笔。像我这样一个人，一旦放下笔，那就什么都完了。使我苦恼的就是这件事。为了安慰自己，我就这样决定，反正笔就在我手边，搁不搁笔我自己说了算。所以您那篇文章尽管写下去，不必征求我的同意。只要不说假话，我就拥护。倘使多说几句真话，那么子孙后代就会感激。写吧，给后人多留几句真话吧。我们都有责任。

　　祝

好！

巴金（一九八八年）　二月廿日

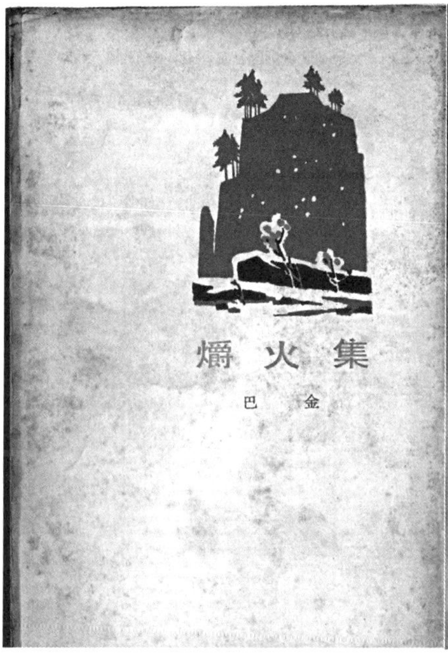

《爝火集》

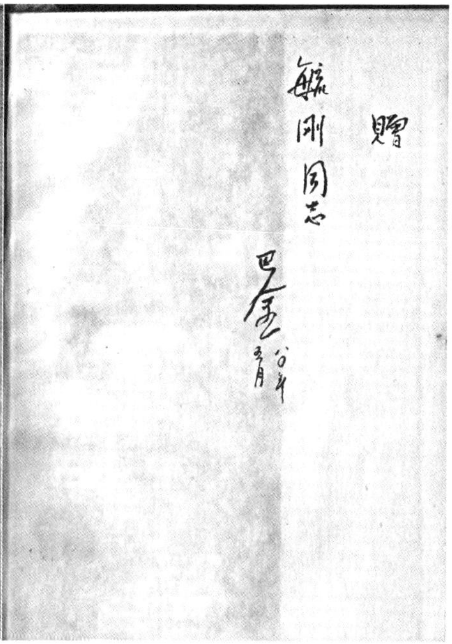

1980年5月的扉页照片

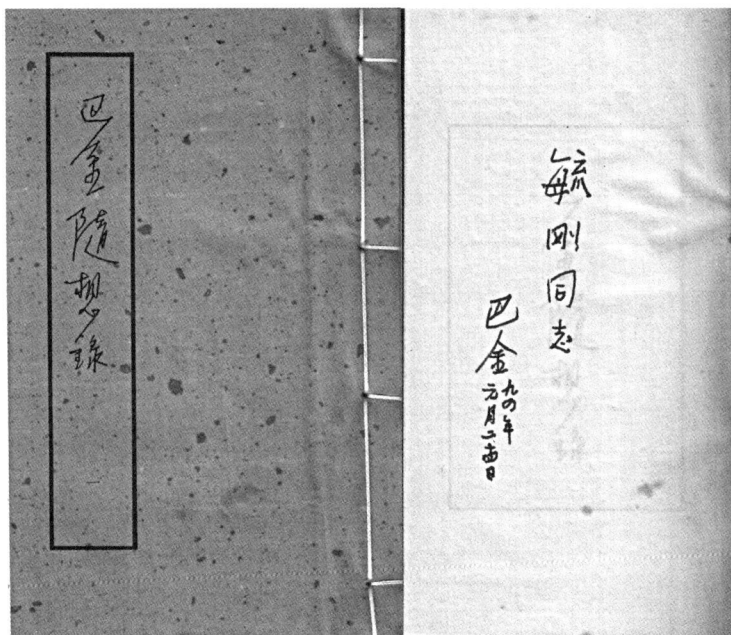

《巴金回忆录》　　　　　1994 年元月的扉页照片

钱锺书先生来信

毓刚贤弟文几：

得书并睹尊照，既喜且惊。初意弟必清癯，不料丰健如此，中年人不足过，可忻可慰。兄夫妇不爱摄影，远客相过，不得已合照，绝少夫妻二人之照。待他日有之，当奉寄也。严兄少年儒雅，绝无时下少年"报人"一点习气（兄处有不少不速而来"瓮中捉鳖"者），不愧弟之同仁也。兄不喜开会，近身体又不好，文代会遂请假。柯老*未知来否。渠较兄积极多矣。"长江后浪推前浪，尘世新人挤旧人"，事理之常，故老人以退隐为当耳。草复　即颂冬安。

锺书上

杨绛问候

十一月十四日

（此为 1988 年 11 月 14 日复信）

---

*柯老，指柯灵。——编者

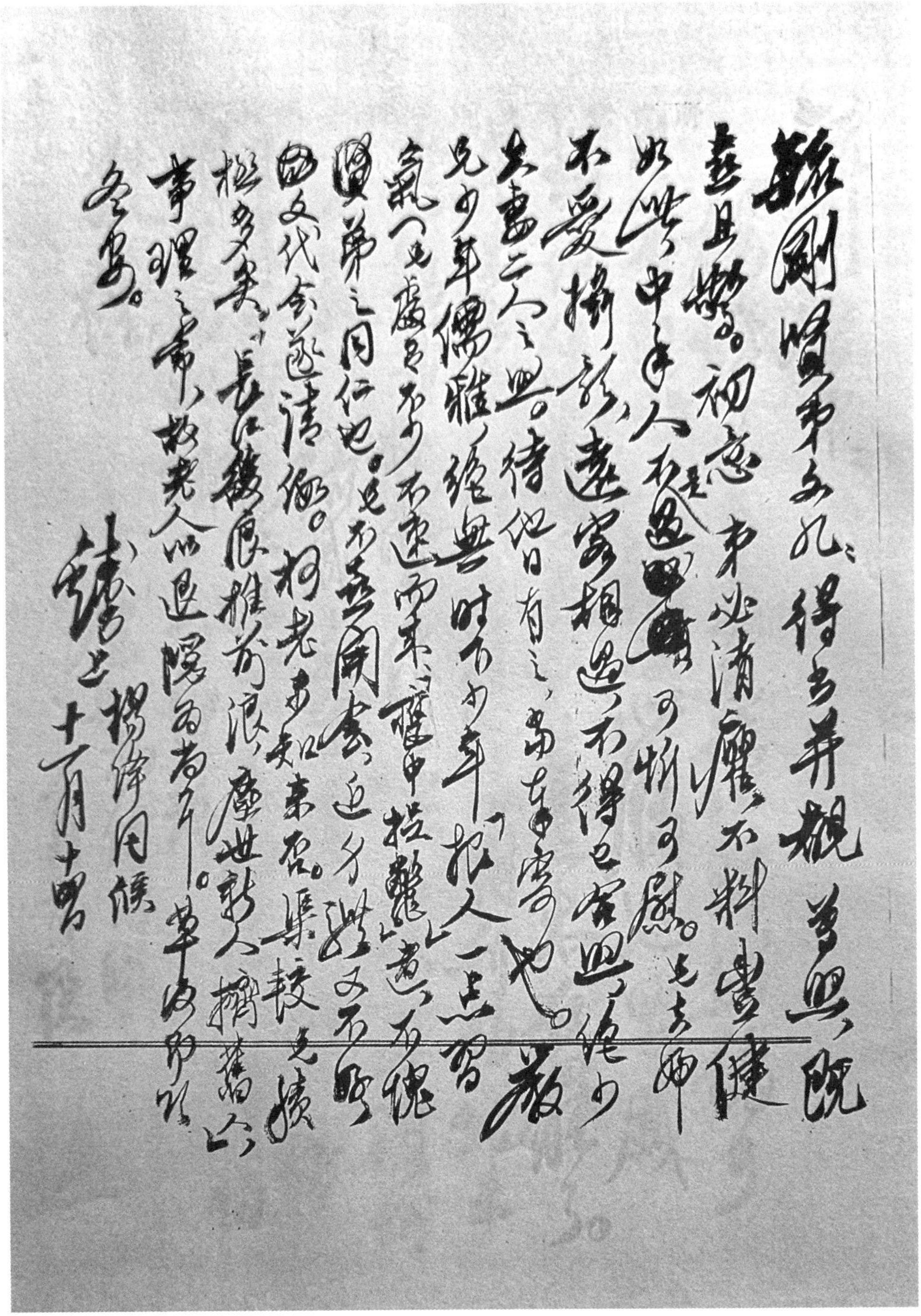

毓刚学弟：

　　杨绛出示来书，读到"约稿可真不易啊！"铁石心肠也要感动，何况我至多只是木石罢了。年来各地都有旧诗词刊物纷来索稿，我妆聋作哑。为你再破例一次罢！铸成＊先生曾在傅雷兄家一面，已是近四十年的旧事，怕相见不相识了。即致
敬礼！

锺书上

杨绛问候

三月二日复

　　　　　（此为 1991 年 3 月 2 日复信）

＊铸成，即徐铸成先生。——编者

中 国 社 会 科 学 院 文 学 研 究 所

航到学兄：

杨绛出版不来去读到「约稿了

先生与鸟啊！」铁在心肠也要感

劲归况我至多只是来在罗了。

年事五处都另旧诗词刊物纷来

索稿、我婉谢作哑。如你再碰何

一页罢！錡感先生曾在傅雷府

兄家一面，只这军束的旧事，怕

相见不相识了，即问

敬礼、

　　　　　錡杨绛同函

　　　　三月二百读

毓刚老弟：

　　得信感慰。"米翁"*文早在贵报上看到，既愧且好奇。今得来书，遂大快矣。适翁*与我早在傅怒安*客坐上订交，其为人鲠直，古道热肠，世所罕见。虽各人事忙，相见不多，乃承其不弃，列于交友之数，我之幸也。文中所引两诗，皆系旧传，我亦听过（字句偶有一二出入，口头文学之常事），适翁所言不误。何人所作，自惭荒陋，不能指出主名。但决非如"竟有人说"所云。此亦如适翁乡先辈徐文长之成为"箭垛式人物"，一切恶作剧，歪诗等等均嫁名于徐也。适翁处烦代我致敬。

　　愚夫妇皆衰朽愈甚。无病亦病，得过且过，如是而已。

即致

敬礼。

锺书上　三月二日

（此为 1992 年 3 月 2 日复信）

　　*注：米翁、适翁，即楼适夷先生。——编者

　　　　傅怒安，即傅雷先生。——编者

毓刚老中：

得信感慰。"米翁"文早在贵报上看到，既愧且好奇。今得来书，遂大快矣。通翁典型在传恩等诸老上订交，其为人硬直，古道热肠，世所罕见。虽合人事化，相见不多，乃永其不忘，列於交友之数，我之幸也。文中所引两事，皆像悉信，书亦熟通（字句偶有一二出入，口头文学之常情耳），通翁所言不误。何人所作，自觉荒唐不能指出主名。但究非中如"竟有人说"所云。如通翁乡先辈徐文长之成为"箭垛式人物"，一切要作剧、香诗等，均嫁名於徐也。通翁处烦代我致敬。

弟久病，衰朽益甚。无痛无痒，得过且过，如是而已。即致

敬礼。

　　　　　　　　　　　　　　弟书上　三月二日

杨绛先生来信

毓刚同志：

　　来函敬悉。《洗澡》刚出了香港版，手边只有样书二册。北京至早要年底才出书，说不定要迟至明年初。等书出版，当奉上一册请教。遵嘱打电话请沈君或张君来取，或迳邮寄上海。草此即颂

编安

杨绛
十二月十二日

锺书附笔问候

（此为 1988 年 12 月 12 日复信）

中国社会科学院外国文学研究所

毓刚同志:

　　来函敬悉。《洗澡》则出了香港版，手边祇有样书二册。北京至早要年底才出书，说不定要迟至明年初。古书出版，古奉上一册请教。烦达偁打电话请沈君或张君来取，或迳邮寄上海。　草此即颂

编安

　　　　　　　　　　　杨绛

　　　　　　　　　　　十二月十二日

钟书附笔问候

毓刚同志：

　　谢谢你连年赠阅晚报。我天天都看，只是看得不够仔细，你寄的这一篇我就没有注意，谢谢你又关心剪寄。有关南京电台将广播《围城》的那篇报道，我们都看到了。晚报办得很成功，很有趣味。我们不仅自己看，还借给别人看，我应该代表借看的两家都谢谢你。

　　承垂念我的健康，我感冒已愈，托福相安，甚感你记挂。

　　草草　即问

近安

杨绛

四月三日

锺书嘱笔问候

（此为 1991 年 4 月 3 日复信）

中国社会科学院文学研究所

毓则同志：

谢谢你连年赠阅晚报。我天天都看，只是看得不够仔细。你寄的这一篇我就没有注意，谢谢你又关心剪寄。有关南京电台将广播《围城》以那篇报道，我们都看到了。

晚报办得很成功，很有趣味，我们不仅自己看，还借给别人看，我应该代表借看的两家都谢谢你。

承垂念我的健康，我感到惭愧，祝福批也，惠我作记挂。

草此即问

近安

钟书临笔同候

杨绛
四月三日

王蘧常先生来信

毓刚弟

寄上诗二首，乞安排。兄虽已耄老，然文思不竭，可笑也。此问
近佳

蘧启 一月五日深夜

建平弟同此致候

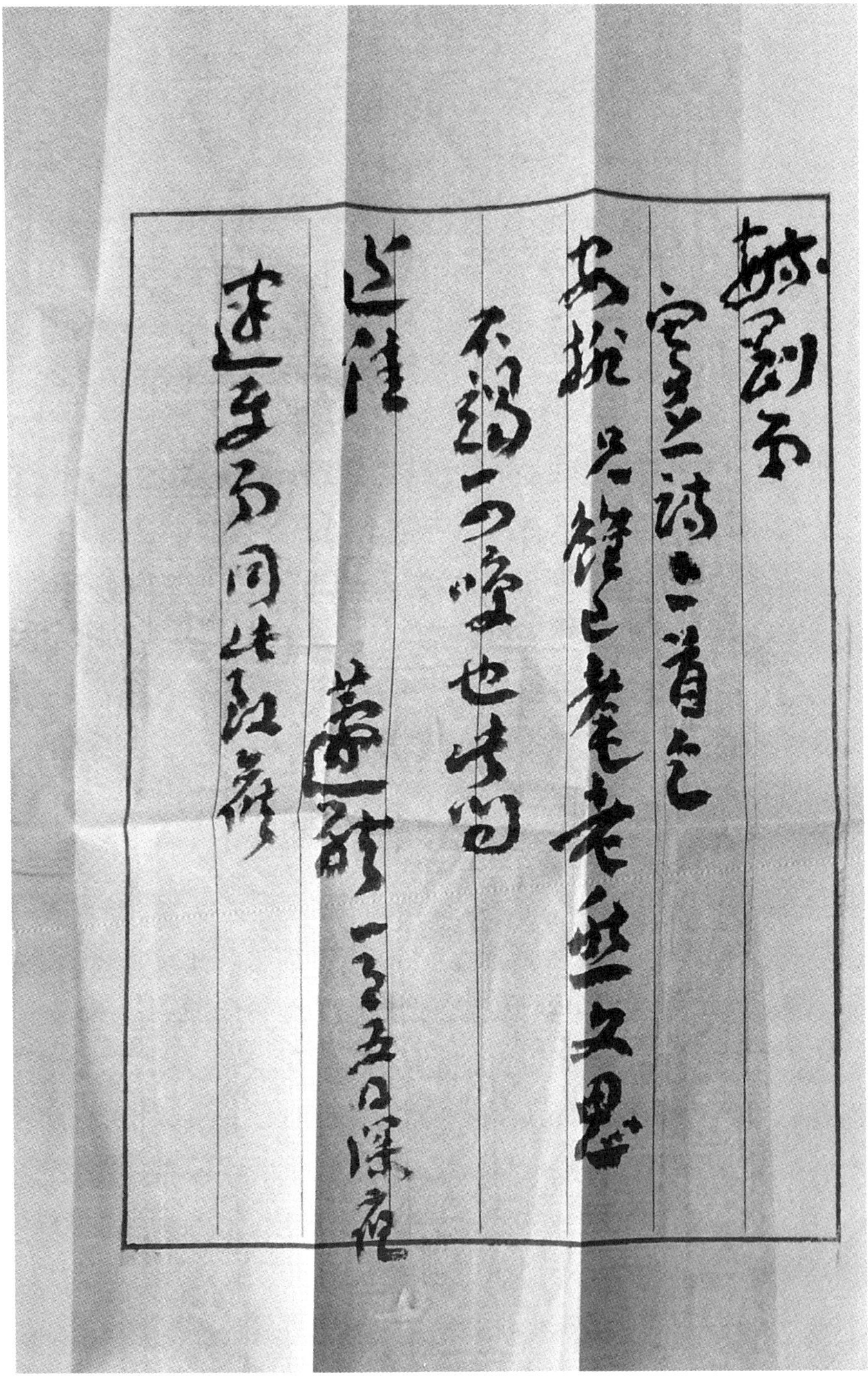

附录三：心香一瓣

沈先生，愿您不再寂寞

严建平

万万没想到，沈毓刚先生会突然离我们而去。

5月27日星期四，是晚报老领导回来探亲的日子。沈先生照例拄着拐杖，步履蹒跚地来到副刊部办公室。这天他的情绪特别好，谈笑风生，还与几位老朋友通了电话。我同他谈的最后一件事，是告诉他《夜光杯文粹》（四卷本）差不多编好了，其中收录了他的几篇文章，问他有什么意见。他说你选什么我都同意。

时近中午，饭菜与水果都已给他端来。但就在那一瞬间，他突然倒下了，再也没有醒来。在华东医院的抢救室，我们围在他的身边，望着心脏监视仪上的两条横线，握着他渐渐变凉的手，想到从此无见期，至哀无泪。

沈先生逝世的当天晚上，我接到董鼎山先生的电话，董先生说："这次从美国回来，就想会会老朋友，见一次少一次了。不想得此噩耗，感到有一块大石头向胸前撞来。"叹息之后，董先生又说："毓刚此次在报馆倒下，有这么多人送他，也算是有福了。如果在家中发病，该是多么寂寞。"董先生是在宽慰生者，但也道出了实情，沈先生晚年的寂寞，是我们时时为之牵挂的。

一个毕生从事新闻工作的人，突然退隐田园，其内心的寂寞，是可想而知的。何况沈先生只知办报，别无嗜好，那日子就更难熬了。幸好报社的后任领导体察老同志的心情，每周四接他们来报社，还为他们保留了一间办公室。可沈先生每次来，还是愿意到副刊部来坐坐，他要我在办公室为他留一张桌子。对"夜光杯"副刊，对我们这些他亲手带教出来的后辈，他怀有一种特殊的感情。

在这段日子里，我发现颇有大将风度的他，变得慈祥起来，以至我常常当着青年编辑的面同他开玩笑："看你现在这么和蔼可亲，当初对我们可严厉了。"他听了总是哈哈一笑："是这样吗？我可一点不记得了。"

是的，沈先生当初对我们非常严格。记得刚进报社那会，他规定我每星期写一篇周记，交给他批阅。有时下班时间未到，我们几个青年人溜出去打一会儿乒乓球，他也要在会上说老半天。但我真是感激他，正是他的严格，为我们以后的进步打下了基础。

就在他渐渐适应退休生活的时候，相濡以沫的老伴先他而去，这使他悲痛欲绝。他是一个要强的人，终于挺了过来。但内心的伤痛，是难以抚平的。记得有一年，他们几个老朋友在梅龙镇为柯灵先生祝寿，说好都带家属前往。沈先生来和我商量，要我陪他去，说顺便可组稿，我当然求之不得。那天的聚会很热闹，但一向健谈的沈先生却说话很少。

近三年来，沈先生又经受了脑梗、骨折这一连串的磨难，他变得更加衰弱了。除了每星期四到报社来一次外，已很难参加什么社会活动了，远在香港他最疼爱的小女儿，也无法前去看望。看到他这个样子，我们都感到很难过。

但沈先生没有被病痛和寂寞所压倒，他在不断地抗争。他会常常打电话给我，给报社其他熟悉的老朋友和小朋友，询问报社近况、社会动态乃至同仁的身体，而我每当遇到了高兴或不高兴的事，也总愿意给他打电话，他会用他的阅历和智慧给我以帮助。

尽管行走艰难，每逢星期四，他还是坚持到报社来看看。每次来，总事先关照我替他准备一些可看的书报杂志，让他带回家去享用。他经常看的杂志有《百年潮》《炎黄春秋》《随笔》等。就在前个星期四，我告诉他新买了几本书，有马识途写"文革"的《沧桑十年》，有罗瑞卿大将女儿写的《红色家族档案》，还有《郑超麟回忆录》，他表示出极大的兴趣，要我看完了就借给他。可惜，他再也没有时间读这些书了。

沈先生与寂寞抗争的另一个方法是重新拿起笔来，这一年，他用方晓蓝的笔名撰写文章，回忆朋友，感怀往事，字里行间洋溢着深沉的感情。我们惊异地发现，寂寞中的他，思维是那么清晰，他的精神不老。

我至今仍不愿相信沈先生已经离去，我好几次梦到他，朦胧中，仿佛还听到电话铃声，惊醒之后，四周一片寂静，再也无法入睡。

沈先生，您走了，您可以同久别的老伴重逢，您从此不会再感到寂寞。可是，没有了您，我们真的会感到寂寞的。

新民晚报 1999.06.03

送别毓刚

吴承惠

　　毓刚：1999 年 5 月 27 日，星期四，照例是你和几位退下来的老总每周一次到报社散心的日子。这一天我也到报社来的，但只在下面理发室"剃了个头"，就匆匆走了。因为董鼎山兄又从美国来沪了，我和沈寂约好，上午十点半到鼎山的住地碰头，然后一同出去找个小馆子吃碗面啊什么的，人不多，谈起来也比较自在。我们都想到了你，说要不要把你也约出来？再一想，考虑到你的腿脚不便，行走艰难，算了。鼎山打算晚上跟你通个电话，就这样听听声音，聊以互慰吧。

　　不想这天下午就传来你猝然离去的噩耗。也许，就在我们欢然小酌的时候，也是你在报馆倒地不起的时候。我们，尤其是我，怎么就没有一点"心灵感应"呢！

　　哦，想起来了。就在上一个星期四，5 月 20 日，我在报社跟你碰见过。我问你的身体如何？你回说："除了腿不好，别的都还可以。"说话的样子还很自信。我就暗忖：你老兄大概就是上海人所谓的"弯扁担"，反倒经得起压，吃得起分量。我觉得我也是。这不仅是指生理上的，还有心理上的。你在"文革"中一度受过一点委屈。我则是从 1957 年起连续二十多年的忍辱偷生。彼此都养成了一种韧性，一种耐力，如今再有什么不顺心，不如意的事情降临到头上，也不大在乎了。

　　可是韧性，耐力，总还有个极限。这个极限一到，不管你怎样小心，突然地就会出其不意地崩坍下来。

　　这几天我不知怎的，老是有些六神无主，恍恍惚惚的。想想今年是怎么啦，先是乐山的不幸（这个消息最早还是你告诉我的），再是舒諲的长辞；现在是你，走得如此仓促。你和我，除了是年轻时的朋友，还是几十年的同事。晚报复刊后，又在你的领导下，我负责了好些年"夜光杯"副刊的编辑工作。我们是双重的交情，我的悲怆是难以言喻的。

我向来有这样的看法：做朋友最好不要又做同事。因为做同事，就难免会有工作上的矛盾，从而影响了原来的感情。应该承认，你我都还在"当政"的那段时期，我们之间因某些见解的差异是有过龃龉的。多半又出于我这个人太好负气。我想起了一件往事，1961年底，我被摘掉帽子，又蒙恩重被安排做记者（限制使用），你曾悄悄地提醒我："注意些，千万要收敛些，人家的眼睛都盯着你呢！"当时我喏喏连声，很感谢你的关照。回家想想确实又想不通：我这人究竟招谁惹谁啦！

心里的阢陧不平一直隐蔽到我又恢复为一个堂堂正正的公民，遇有机会，总禁不住要以这样那样的方式或多或少地宣泄一番。你看着我总有点不以为然，认为我年纪有一把了，还是这样不成熟，甚至比早先还要桀骜不驯。我则认为，正因为年纪有一把了，也就用不着再低声下气地做小媳妇了。

也正因为我们是朋友，你说我点什么，我说你点什么，当时可能不高兴，过后并没有放在心上。我们彼此都认为：别的都无所谓，朋友的交情是最可珍惜的。

曾国藩死后，左宗棠写了一副挽联。上联："谋国之忠，知人之明，自愧不如宰辅。"这个你我都当不起，差得十万八千里。但下联："同心若金，攻错若石，相期无负平生。"似可值得参考。如仍有人说我们狂妄，就由他们说去吧。置之不理可也。

毓刚，你我活了一辈子，即使谈不上对社会，对人民作出什么贡献（你是有的，我比你差），但绝对没有做过丝毫对不起社会，对不起人民的事。这是肯定的。你安心地走吧。我还要顽强地赖在世上，多一年是一年，多一天是一天。当然，最终还是要来与你相聚的。

1999.6.4 晚

新民晚报 1999.06.08

悼沈毓刚

蒋文杰

一篇登毕一篇催，
善把文章逼出来。
我有人琴俱逝痛，
不堪重对夜光杯。

新民晚报 1999.06.17

悼沈毓刚学长

姚昆田

光华先后属同窗①，
少长咸知沈毓刚；
早慕文才高出众，
夜光杯上总流芳！
当年母校聚英髦②，
笔健推君志气高；
多难兴邦人百炼，
文章从未见牢骚！
长葆青春在笔头，
辛劳从未计沉浮；
以身殉职新民报，
到老孜孜写不休③！
常蒙学长嘱填词，
道有知音好勉之；
校诞相逢犹似昨，
何期今挽哭君诗④！

新民晚报 1999.06.23

① 沈毓刚同志在抗战时就读于光华大学暨附属中学，高我数班。
② 沈与前不久去世之董乐山及李君维等均为当时同校英才。
③ 毓刚在报社老同志聚会时突然病故。
④ 每年光华校诞常与毓刚相晤，岂知今年校诞前夕得君噩耗。

追思沈毓刚

董鼎山

老友沈毓刚刚于 5 月 22 日在《夜光杯》发表一篇悼念董乐山的文字（《魂归异乡，心留祖国》），九天后我在这里写悼念毓刚的文章，人生就是这么一回事。不过这一次，我觉得上帝太不公道，于毓刚兄在我旅沪之时将他召去，不但没有让我见他一面，而且剥夺了我与他谈话（的）最后机会。27 日中午我与承惠沈寂共用午饭时，已向他们要了毓刚的电话号码，三小时后，承惠给我宾馆打电话，说是毓刚已于当日中午去世。后来我从北京的四弟名山得悉，他的最后一次电话其实是打给乐山遗妻畹君的，然后突然跌倒……

毓刚噩讯传来时我好似觉得心胸打了一下闷棍。我躺在宾馆床上追思，重读他于 4 月 18 日写给我的最后一封信。去年他在本刊发表了一篇《遥念董氏兄弟》后，我两兄弟都写过回答，纠正一些记忆上的错误，他耿耿于怀又来信作解释。毓刚就是这么一位君子，要把什么细节都搞得清清楚楚。其实我是受宠若惊，看到老友作文"遥念"，已是够高兴了。我们这些老人都是靠过去的记忆来持续生命的。回忆是我们生活中找寻心灵慰藉的极大部分。（不过由于他的多虑，我的回答在他过目后未及见报。）

因此有什么可以阻碍我在这个时机对毓刚的怀忆？我与毓刚初次相识是 1945 年（抗战胜利的一年）。那年我在圣约翰大学毕业，秋间考入《申报》当记者，毓刚也在同期考入，他充任了文艺副刊助编，而我是吴嘉棠麾下的外交实习记者（在那时，我们名片上都是"实习记者"衔头，后来因我们的抗议而被取消"实习"二字）。凑巧的是，我们在新闻界都有兼职，都在那时甚销行的《辛报》工作。在那份小报上，我们的职务恰与《申报》职务相反。他是国际新闻编辑，我编了副刊的一版（另一版由杨复冬主持，那是另一个可以回忆的故事）。

由于我们在两个报馆的不同部门工作，接触很少，我只知道他是一位很拘谨、谨慎的人，什么都是循规蹈矩，不愿得罪人。有时我们一群同事下班上舞厅、去夜总会，他从不参加。到了多年后我才知晓，远在我们加入《申报》之前，我们早已在柯灵先生所编的副刊页上成为神交，他的笔名是其佩，我的笔名是坚卫。

我于1978年初度回国（31年的隔离）后几年，开始了我写作中文第二次生命，毓刚不断催促我替《夜光杯》写稿，我偶然才应付一次（现在觉得懊恼）。我还记得当时他对我说的老实话："晚报太穷，没有国际邮资给你寄上刊出的剪报。"作家对稿费不在乎，见刊的文章则非看不可。我既收不到剪报，后来供稿的兴趣也减了。这与今日的境况大不相同，现在《新民晚报》美国版赠报我每期都收到。

我与许多老友于多年后恢复关系还得感谢柯老。不知是80年代初期的哪一年，柯灵老先生在西藏路上一家宁波菜馆请客，把当年在他报刊上撰写散文的"学徒们"召集在一起。

我还记得那是一个最兴奋的晚上，互相发现当时各自所用的笔名（"啊，其佩原来就是你！"）好似重新相识。那天晚上宴会后出来，在南京西路上散步。毓刚特别指出我所穿的"异装奇服"取笑（那时与今日不同，国外时式在国内一律蓝黑制服的社会中格格不入）。他腼腆地故意不与我一起行走。这个印象深深刻人我的脑中。毓刚是不喜招摇惹人注意的。

按照往例，我每回上海，总由老友们"公宴"一次。这次也不例外。虽然我不敢打扰年过九十龄的柯老，但他与夫人陈国容女士也来了，席中就是缺了沈毓刚与董乐山。宴会就成为带有传统欢聚性的追思会。我刚谈了徐开垒新作《巴金的同时代人物》与沈寂的回忆录《风云人生》，看到书中所提的许多老友名字，不少已经作古，颇有感慨。在座的朋友越来越少，只有柯灵才是"巴金的同时代"，我们（徐开垒，何为，沈寂，吴承惠，方明与我）都可算是小辈，但也都是七十开外了。

席中我提起五年前的乐山旧作《论中国知识分子的软弱性》，刚在香港一个期刊发表。五年前，乐山用了"曹思汉"笔名，不敢用真名，此稿在我处存了五年，在国外也找不到出处（因为文中的直言得罪人）。此次终于出世改用真名见刊，是我的主意：已经去世，有什么可虑？我想毓刚对此文的直率态度还是会不以为然的。

我们谈到文人骨气，我猝然回想起五十多年前柯灵在日军宪兵队拘留所中的坚强不屈精神。我们小辈当时对他的尊敬，凝固了我们之间半个世纪来的深厚友谊。在道别时，我再次意识到毓刚已不在人世。

（1999.5.31 在上海瑞金宾馆）

新民晚报 1999.06.26

副刊组长沈毓刚

观　浪

1982 年 1 月 1 日，新民晚报在经历"文革"被封门的劫难后正式复刊。其时"夜光杯"的"编辑组织"名为"副刊组"，组长为沈毓刚先生。

沈毓刚先生当时六十多岁，方脸浓眉，说一口不带南方音的普通话，他爽直的性格和那口普通话，曾让我误以为他是北方人。后来才知他祖籍宁波。当时副刊组的人事格局是"四老三新"：沈毓刚、胡澄清、陈榕甫、吴承惠，四位老报人各有所长，负责承继晚报副刊之文脉，架构"夜光杯"之新局；金海、建平和我，三个年轻人跟着边学边干。

当时我们称老报人为"老某"，如称沈毓刚为"老沈"。这是他们自己叫我们如此称呼的。唯独对胡澄清先生，我们"三新"以先生称之。因他在"四老"中年最长，举止迟缓已显老态。过了一二年，更多的年轻人进入晚报，对老报人他们按时尚"先生"不离口，此称呼遂成大局。此时晚报唯余"两老"，"老将"（赵超构）和"老束"（总编辑束韧秋）了。

老报人曾是我 28 年（进晚报时）人生中遇见的"另类人"。在此之前，我少时读书，后上山下乡，所遇均无"此类"。他们的才华、敬业与亲和，令我一进晚报就如鱼入水，心情舒畅。与老报人共事，很纯，大家是同事，办报之外，无有他心。老报人中也有带衔的，但在我心中似乎从来未将其视作"领导"，只是视作"有一定职务的同事"而已。记得某年春节聚餐，两位青年才俊喝了酒，因为工作上的不同见解，对老束出言颇有些冲撞。但老束并没有心存芥蒂，反而在后来提拔了两位，使他们的才华得以展现。我所遇老报人大多如此，不管你在业务上与他们意见是否一致，在人格上，你不能不表示尊敬。

老沈身为副刊组长，但我回想起来，他似乎从未对我编发的稿子说过"这个不能写""那个要改掉"之类的话。有时候，他会跟你"探讨"。比如有一次，他问我对某篇文章的看法。我看过这篇文章，写事徒具表象，通篇无有性情，词藻华丽而已。我谈了看法，他表示首肯。有时他会对我说："这个人会写文章，要抓住。"他还教我："逢年过节要给一些作者寄去贺卡，或写封短信问候，让这些作者知道你一直想着他，有好文章人家才首先会想到你。"他会想出一个专栏，然后叫你们自己去搞成气候，如果还行，其间他再不置一词。有一次他指着我编发的一篇文章说："原来你也喜欢这样淡淡的文字。"后来我才知道，沈先生早年曾是上海滩的左翼文学青年作家，他当年恐怕就擅写这类淡雅而隽永的文字的吧？可惜我一直无缘读到。

沈毓刚先生的言行常让我想起孔子"六十而耳顺"的话，他的和顺是一种历世老人的练达，但绝不是"好好先生"。某次，他拿一篇小样给我看，问我："这样的文章你敢发吗？"我说："敢。"他颔首而去。他也会指出你的不是，但只是"提醒"。复刊之初，我负责看群众来稿和"灯花"专栏。"灯花"一天一篇，当时的来稿质量不甚高，几乎三分之一要改写，三分之一要做相当修改，还有三分之一基本可以。如此每日进行。忽一日，沈先生对我说："你编的稿子总喜欢讽刺讽刺的。"我听出他有批评之意，但当时未悟。过了一段时间，有一作者打电话给我，对我将其文的标题改掉提出异议。我当时跟他探讨了一番，我说原标题太平，所以改了，报上的文章标题要做得"跳一些"才好。但该作者的话让我思索，标题虽然"跳"了，却将文章的悬念事先漏了底，他说得有道理啊。如果当时再仔细一点，也许能将标题做得两全其美。此事忽然让我联想起了沈先生的那句话，并"顿悟"了他的意思：当我们修改作者文章时，首先要尊重作者，尽可能保留原作的风格。假如把一个专栏的文章改成了"一个模子"，那多么乏味啊!

沈先生的老朋友都称呼他"沈大编",我记得他说过的一句话:"做编辑要能包容各种文章。版面是给广大读者看的,不是给自己看的。"对文章能包容的人,对人也有包容的胸怀。沈先生是位和善的知人善任的副刊主事者,1999 年他遽然而逝,我因身体欠佳未能送行,特托建平兄送去一副挽联:忠厚长者,此去当安。

老沈是新民晚报老报人中的一员,我们将怀念他,并怀念这个极优秀的群体。

新民晚报 2006.10.15

兄弟好编辑

——怀念沈毓刚、沈毓强

王　殊

曾同我一起在新华社国际部当了多年编辑和发稿助理的沈毓强同志，今年刚过几天就走了。他是一个新闻工作的好编辑，一直受到同事和领导们的好评。他的去世更使我想起了比他早走多年的他的兄长沈毓刚同志，他也是一个好编辑，当年曾为《夜光杯》立下了汗马功劳，读者和编者都是很熟悉的。

我是在抗战胜利之前认识沈毓刚的，当时我们都在上海的大学上学，向柯灵先生主编的《万象》月刊投稿，就在编辑部认识了。抗战胜利后，又在同一地点的《周报》（柯灵、唐弢主编）、《文艺复兴》（郑振铎、李健吾主编）的编辑部时常碰到，成了好朋友。当时，我只知道他有一个弟弟也在大学上学，还常常写些文章由他转给报刊发表，没有见过面。朝鲜战争后，我从新华社志愿军总分社转到国际部工作时，看到东方组有个编辑叫沈毓强，从上海来的，问过他才知道了他就是沈毓刚的弟弟。他们兄弟俩脾气不一样，毓刚同我差不多，闲来好聊聊，不要多久就熟悉起来了，而毓强不爱说话，闲话极少，只有在熟悉以后才知道他同他哥哥一样是个热心肠。

他们俩都是新闻工作的编辑好手。尤其是我同毓强在编辑组一起工作以后，就深深感到了他的这个长处。他作风严谨，思考周密，处理稿件不论在内容上和文字上都非常慎重和细致。他非常注意尊重作者原稿中的立意和风格，从不强加于人或自以为是。凡不必改的一律不改，能少改的尽量少改，对不妥或有误的地方很认真地增删一些字或一些句子，尽量避免大段改写，而且用勾圈的办法保持原稿的文字，以便领导审稿时酌情考虑。同时，他在看稿时也注意发现好稿，在评选稿件时给予表扬，而对没有写好的稿子，也向作者善意提出意见，请他们进行修改或重写。他在后来担任新华社《环球》杂志副总编辑时，更把评选好稿作为提高刊物质量的经常性工作。

尤其难得的是，毓强自 1949 年从上海的华东新闻学校选调到北京新华社国际部工作，一直到离休，除了两年多担任驻巴基斯坦记者外，主要都是做编辑工作。有人说，做编辑是为他人作嫁衣裳，也有的人不想干，但他四十多年如一日，淡泊名利，甘于寂寞，勤勤恳恳把工作做好。特别是他在担任国际部的发稿助理以后，当时他在国际部负责人中年龄相对较轻，而且是专职发稿的，常常值大夜班，从下午三四时上班一直到过了半夜或天明才下班回家。他在"文革"中被罢"官"多年，还多次被批斗过，到"四人帮"粉碎后他重返岗位，仍任劳任怨地努力工作。

我同很多同事一样，对他的工作作风和编辑功底十分佩服。他有时同我也谈起过，说他过去上高中时常写些稿子请在报社工作的大哥毓刚介绍到报刊发表，大哥对他的稿件很严格，每篇稿子都要同他反复推敲修改，做到立意新，文理通，连稿件也要正楷抄清，绝不马虎。毓刚常对他说，你将来还会写稿子，也说不定要做编辑工作，一定要养成这个好习惯。沈毓刚严格的编辑作风，我和其他几个老朋友都领教过，我们写的稿子写得不错，他就很高兴，立即来信表扬，写得不好甚至文理欠通、字迹粗糙，他也毫不客气提出批评。我也常听到曾同他在报刊特别是《夜光杯》合作过的编辑和作者说过，对他的编辑作风和功底非常称赞，使他们受益很多。令人非常惋惜，这两位编辑好手先后都走了，但我相信他们这种认认真真为他人作嫁衣裳的作风将会一代代传下去。

新民晚报 2007.02.07

怀念沈先生

白子超

　　我熟悉的前辈报人中，沈毓刚先生是比较特殊的一位。当年，沈先生第一次称呼我，竟然是"白公子"，尽管实际上我不是什么公子。此后十多年，一直如此。我感受到的，是一种不寻常的父辈的关爱。看看沈先生对更年轻的"小字辈"的随随便便，就知道他是一位风趣的不讲究尊卑形式的长者。

　　我从未见过发怒的沈先生，少有的严肃也不是令人望而生畏的那种。沈先生多是微笑着，甚至是嘻笑着，像个普通的快乐老头儿。不过，在与同辈人相处时，在开会讨论问题时，沈先生的庄重和矜持却十分鲜明。沈先生说话较慢，一两句短语，几个词儿，幽默，有时又俏皮，当然也不乏犀利。沈先生穿戴比较休闲，偶尔也穿西服，系领带。我猜那西服、领带一定是几十年前的遗存，虽说有些旧，可那款那型却令人肃然起敬，绝非上世纪 80 年代新制西服可比。其时，沈先生俨然一位"老克勒"，而我脑海里则浮现出年轻潇洒的《申报》编辑形象，这位编辑深受西方文明熏陶，追求自由，喜欢喝咖啡，吃牛排。

　　沈先生是副总编，主管副刊。晚报副刊本来就在我心目中具有很高地位，而沈先生主持十年的"夜光杯"堪称辉煌。我不清楚巴金的许多重要文章，柯灵的"访欧日记"，夏衍、萧乾等人的许多文章，是否由沈先生亲自约来，仅凭诸多大家频频在"夜光杯"亮相，就足以说明沈先生人脉之广、功劳之大。令我钦佩的还有沈先生用笔名"其佩"发表的短文，文笔老到，充满睿智，非喜欢写文章的年轻人所能及。

80 年代，晚报工作环境相当局促，我和沈先生时常见面。有时候，我到副总编办公室走走，沈先生也到我们新闻编辑组转转，但更多是在走廊阅报栏碰头。当时，那里常贴有"小字报"形式的评报意见，社长赵超构先生偶尔也亲自动笔。老报人中，最热心公开发表看法的就是沈先生。有一次，沈先生竟然写了四张稿纸，贴了一长串。我也热衷于此道，每每受到沈先生的支持和称许。

上世纪 90 年代初，报社搬到新址，楼层阻隔，我和沈先生见面少了。不久之后沈先生退休，更是难得一见。没几年，我到新闻研究室工作。一次，有事请教沈先生，跑了很远的路去他家。只有沈先生一人在，苍老了一些，腿脚已有些不便。沈先生看见我非常高兴，仍旧是谈笑风生。我不便问沈先生晚年生活的具体情况，只是主观地感受到些许冷清。

当时，新闻研究室创办了一份内部小报《业务探索》，我经常以书信的方式与报社同仁讨论业务问题。每期同时寄给退休人员，沈先生有选择地看一些，而我的文字他却都看过。1997 年秋，时任副总编的李森华同志写了一篇《虎年的路怎么走》，论述下一年的报纸怎么办。没多久，沈先生给我写来一千七百字的长信《"误解和偏见"》，几天后又补写八百余字的信《我们走在晚报大路上》，谈论晚报发展问题，实际是与李副总编商讨办报方针。我被沈先生身退在家、心系报社的精神深深感动，将两信一字不动地照登出来。沈先生的参与，引起强烈反响，大大促进了报社内部探讨业务的风气。

1999 年 5 月的一天，沈先生拖着老迈的身躯来报社看看，不慎摔倒，引发脑溢血而去世，终年 80 岁。痛哉！哀哉！此后提起前辈报人，我总会想到沈先生……

新民晚报 2008.04.11

感谢沈毓刚同志

任溶溶

我是一个儿童文学工作者，只写些儿童文学作品，本来从未想过给报刊写小文章。我开始写这种小文章，是在"改革开放"之际，而如今老了，接触孩子不多，儿童文学作品反而写得少，怀旧的小文章写了一篇又一篇，乐此不疲。我之所以写起这种文章来，真要感谢一位老兄。这位老兄就是沈毓刚同志。

沈毓刚同志是老报人，《新民晚报》的副总编辑，我认识他是在"文革"的特殊情况下。他属新闻界，我属出版界，当时我们都在上海郊区奉贤的新闻出版干校。周总理批示要编译世界各国史，由全国各省市承办，上海分到的是非洲史。干校于是成立翻译连，把各单位懂外文的，从事译文工作的人集中起来。我是译文编辑，自然进翻译连，而沈毓刚同志在之江大学本来读外文系，英文好，也进来了。于是我们碰上了，渐渐熟悉了。不过我们不是一个组，我译俄文，他译英文，我想不起来他译哪国的历史。翻译连后来回上海，成了上海人民出版社的编译室，我们仍在一起。

粉碎"四人帮"后，编译室改为上海译文出版社，我留下，许多同志归队回原单位，沈毓刚同志回《新民晚报》去。他走时知道我译瑞典女作家林格伦的童话《长袜子皮皮》，对我说，他回报社要编副刊"夜光杯"，正需要一个连载作品，可以连载《长袜子皮皮》。经过"文革"，大家好久没看到过外国作品，晚报又是老少咸宜的，正可以登这个童话，孩子爱看，爷爷奶奶爱孙子也会欢迎。我想，不错，外国儿童文学作品好久没出现了,《新民晚报》影响大,能发表,当然是大好事,只有感谢他。就这么定了。

当时《新民晚报》的临时社址在九江路近外滩处,在邮局对面,我交稿常去那里。记得沈毓刚同志身边常出现一位小伙子跟他商量稿件。沈毓刚同志向我介绍,说这位小同志乃是报界前辈严独鹤老先生之孙严建平。如今,快30年过去了,严建平同志成了《新民晚报》的副总编辑。

童话快登完时,沈毓刚同志对我说,希望我继续帮忙,写些小文章给他,只要是生活中有趣的事都可以写,字数是千字不到,应不费力。对我来说这是新鲜事,但沈毓刚同志态度诚恳,对我信任,我不好推,就答应了。我已经忘记一开头写了些什么,只记得用的笔名是"一七"。我的名字"以奇"正是"一七"的谐音。1940年10月17日我去苏北参加新四军,改名字时就以"以奇"代"一七"。沈毓刚同志觉得这名字太怪,改为"乙七"比较雅。他对我给他的文章大加赞赏,说是敲定了,一个礼拜至少来一篇。真的,我一下子写了不少,出国访问,出差外地,怀念童年在广州,等等,无所不写。

因为写童年在广州的文章,我还受到同乡夸奖。有一次广州来了几位同志,住在虹口一家广东人办的旅馆里,我去看他们。旅馆的人听说我就是《新民晚报》写那些广州文章的作者,围上来称赞我为广州争光。我实在不敢当。

沈毓刚同志写的文章也给了我启发。他用其佩等笔名在"夜光杯"上写了许多好文章。我至今记得其中一篇,是他访问德国回来写的。说的是我们大家都知道的汉堡包,因为汉堡是德国的著名城市,就以为汉堡包是德国人发明的,其实不然,汉堡包是美国人发明的。美国人工作紧张,午餐赶时间,就用面包夹汉堡牛排(即牛肉饼)当午餐吃。说到汉堡包我就会想到这篇文章。沈毓刚同志的这些文章又好看又有意思,值得我学习。

我就这样给《新民晚报》写啊写,一直写到沈毓刚同志退休。他退休了，也就没人催我写了，总算告一段落。

沈毓刚同志退休后我们常通电话，我只知道他有孩子在香港，一年当中有半年住在香港。听说他的夫人是我大夏大学的校友，可惜无缘一见。

沈毓刚同志去世已经十二年，他曾指导我写小文章，如今我又写起来了，怎能不怀念和感激他呢？

新民晚报 2012.04.06

后 记

沈毓刚先生是我敬重的老报人，他曾担任《新民晚报》副总编辑，主管过刚复刊的"夜光杯"副刊，力倡雅俗共赏的编辑方针。我进晚报后，他就把我要到副刊，手把手地教我做一个合格的副刊编辑，他是我的恩师。

早在中学时代，沈先生就开始给报纸副刊写稿，后参与《万象》杂志的编辑工作，得到柯灵先生的扶持和赏识。抗战胜利后，他正式进入新闻界，开始了长达四十年的新闻生涯。新中国成立后，他的工作重点放在新闻版编辑上，直至退居二线特别是正式退休以后，他又拿起笔来，在"夜光杯"上用其佩、方晓蓝的笔名发表了大量的随笔和杂感。这些文章以书信体为主要形式，直抒胸臆，真实展现了一代知识分子的心路历程和家国情怀。

在 2020 年沈先生百年诞辰之际，《其佩文存》编辑工作正式启动，并得到了上海文化基金会图书出版专项基金和文汇出版社的大力支持。为了方便读者阅读，全书根据内容分为"世事杂谈"、"素笺怀想"、"赏读笔记"、"访德随笔"、"世界之窗"等五个专辑，附录中则有"早年援笔"、"书札选粹"和"心香一瓣"三个部分，并配有巴金先生赠书题签书影，钱锺书、杨绛、王蘧常先生来信原件照片等。

《其佩文存》终于编成出版了，我完成了一个心愿。如果读者看了有所感悟，有所收获，沈先生在天有灵，应会欣慰。

最后，对本书编辑过程中提供帮助的李天扬、黄惠、祝鸣华、丹长江、祝淳翔、於耀毅、钱剑文等诸位同道，表示衷心的感谢！

严建平

2023 年 9 月